KB167667

404 NOT FOUND

404 낫 파운드

vol. 1

404 NOT FOUND vol. 1

초판 1쇄 인쇄일 | 2020년 03월 06일
초판 1쇄 발행일 | 2020년 03월 13일

지은이 | 정이채
펴낸이 | 박성면
펴낸곳 | 도서출판 로담

출판등록 | 제406-2007-000071호
주소 | 경기도 파주시 문발로 115, 세종출판벤처타운 201-A호
전화 | (031)8071-5201
팩스 | (031)8071-5204
E-mail | bear6370@hanmail.net

정가 | 9,800원

ISBN 979-11-5641-165-9 (04810)
979-11-5641-166-6 (set)

404 NOT FOUND

404 낫 파운드

vol. 1

정이채 장편소설

RODAM

ROMANCE

STORY

404 NOT FOUND

로담

Contents

Prologue

마크팰리스에 대단한 사람이 이사를 왔다. 지나가던 거주민을 붙잡고 '2동 1202호에 누가 사는지 아시나요?' 하고 묻는다면 십중팔구는 활짝 웃으며 대답할 터였다.

"아, 당연히 알지! 그 잘생긴 총각이 거기에 살잖아. 운동을 아주 열심히 하더만? 몸이 참 좋아."

2동 1-2라인 최상층에 사는 남자를 보기 위해서는 오후 아홉 시를 넘어 휘트니스 센터에 가면 됐다. 남자는 매일같이 한 시간 반을 꼬박 운동한 후에야 자리를 떴다. 남자가 아파트 내에서 유명해진 이유는 '운동을 열심히 하는 몸 좋은 젊은이' 말고도 하나가 더 있었다.

모든 입주민이 그의 존재에 대해 알게 된 데에는 2동 대표의

공이 컸다. 고상한 사모님과 거리가 먼, 2동 대표 김말숙은 집마다 방문해서 수다 떨기를 좋아했다. 왕년에 잘 나가는 성우였던 말숙은 극적인 톤으로 1202호 남자의 소식을 하나부터 열까지 다 떠들어 댔다.

"해주 씨, 내가 말했잖아. 그 총각이 아주 괜찮다고. 지난번에 내가 주차하다가 모르고 그쪽 차를 살짝 긁었단 말이야. 근데 어머나, 전화하니까 너무 착한 거 있지?"

거실에서 TV를 시청하던 소임은 리모컨 버튼을 꾹 눌러 볼륨을 키웠다.

'엄마가 어서 말숙 아줌마를 보냈으면 좋겠는데.'

부엌은 말숙이 떠드는 소리로 시끄러웠다.

"그 총각이 여보세요, 전화를 받는데 아우, 너무 목소리가 좋은 거야. 나 홀라당 넘어갈 뻔했지 뭐야. 우리 남편은 무슨 살진 돼지가 꽥꽥 대는 것 같은데. 어휴, 그래서 내가 우리 남편한테 전화를 잘 안 해. '여보세요'에서 '여보', 소리만 들어도 한숨이 나온다니까? 잠깐만, 근데 내가 어디까지 말했더라? 맞아, 하여튼 신경 쓰지 않아도 된다고 그러더라고. 내려와서 보지도 않았어. 같은 입주민이니까 좋게 넘어간다는 거지. 이 얼마나 심성이 고운 청년이야?"

말숙은 수다를 멈추지 않았다.

"아이고, 그런 착한 청년이 어쩌다가 파혼을 당했는지 몰라. 신혼집이라고 아주 예쁘게 꾸몄던데. 리모델링도 싹 하고. 내가 그 인테리어 전문가한테 물어봤는데 안방 침실에만 2천이 들었대, 2천!

젊은이가 참 능력도 좋아. 최근에 파혼만 안 했으면 딱 우리 둘째 딸이랑 맺어주는 건데. 아휴, 식을 2주밖에 안 남기고 파혼당하다니. 참 안됐어."

소임은 이제 말숙이 자리를 뜰 시간이 되었음을 알았다. 1202호 남자의 비극을 안타까워하는 건 기승전결 중에 결이었다.

"어머, 내 정신 좀 봐. 나 세 시에 402호 들르기로 했는데. 아이고, 정현 엄마 기다리겠네. 나 이만 가 볼게, 해주 씨. 커피 잘 마셨어."

종종거리며 부엌을 나서던 말숙은 소파 위에 누워 있는 소임을 발견했다.

"아이고, 소임아! 아가씨가 그렇게 늘어져 있으면 못 써. 다른 아가씨들은 열심히 가꾸고 있는데 위기감이 들지 않니? 볼이 터지려고 하잖아. 예쁜 얼굴 왜 자꾸 못나게 만드니? 운동 좀 하자, 응?"

"괜찮아요. 저는 살찐 상태가 좋아요. 안녕히 가세요, 말숙 아줌마."

본인이 행복하다는데 말해서 무엇하리. 말숙은 간지러운 입을 안고 1201호를 떴다.

1. 소문의 그 남자

'아, 큰일이다.'

소임은 두 손으로 배를 감싸고 끙끙거렸다. 장이 불쾌하게 꿀렁거리는 것은 좋지 않은 징조였다. 그녀는 이 증상이 어디에 기인하는지 확실히 알고 있었다. 소화가 잘 안 되고 속이 더부룩한 현상은 과민성 대장 증후군 때문이다.

이 증후군은 친절하게도 환자에게 선택권을 줬다. 설사 혹은 변비, 뭘 가질래? 오늘은 전자였다.

'안 돼, 소임아. 참아야 해, 넌 참을 수 있어! 아아, 내 괄약근아. 조금만 더 힘을 내 줘.'

소임은 위기가 닥쳤음을 직감했다. 오늘은 특히나 반응이 심했다. 배가 평소보다 더욱 크게 꾸르륵거렸다. 그녀는 안간힘을 써서 공동 현관 입구에 카드 키를 갖다 댔다.

10층, 9층, 8층……. 소임은 땀을 뻘뻘 흘리며 초조하게 위를 올려다봤다. 엘리베이터 내려오는 속도가 달팽이보다 더 느려 터졌다. 그녀는 답답한 마음에 소리를 지르고 싶었지만 자칫 잘못하다가는 모든 흐름이 어긋나 버릴 수도 있었다. 크게 심호흡하는 것도 허용되지 않았다. 아랫배의 심기를 거슬리지 않도록 행동해야 했다.

'드디어!'

소임은 문이 열리기도 전에 몸을 밀어붙였다. 한시가 급했다. 엘리베이터에 몸이 반쯤 넘어갔을 때 그녀의 귀에 '삑' 소리가 들렸다. 카드 키를 대는 소리였다. 뒤를 돌아보지 않아도 누군가가 공동 현관을 들어오고 있다는 것을 알 수 있었다.

소임은 거칠게 숨 쉬며 엘리베이터에 발을 디뎠다. 덜덜 떨리는 손으로 12층을 누름과 동시에 벽 한쪽에 몸을 기댔다. 어서 엘리베이터가 최상층까지 자신을 데려다 줬으면 싶었다.

"잠시만요."

무뚝뚝하지만 예의 바른 어투. 공동 현관을 통과한 사람은 듣기 좋은 목소리를 가진 남자였다. 소임은 반쯤 풀린 눈으로 앞을 바라보았다.

'잘생, 윽.'

남자에 대한 감상을 마치기도 전에 고비가 찾아왔다. 소임의 눈앞이 새하얘지고 머릿속에는 아무것도 생각나지 않았다. 화장실의 변기만이 눈앞에 어른거렸다. 빨리! 그녀는 '닫힘' 버튼을 미친 듯이 눌렀다. 희뿌연 시야에 남자가 언뜻 비쳤다. 미안하다고 말해 주고 싶었지만, 소임은 그럴 여유가 없었다.

"소임이 왔니?"

집에 도착하자마자 그녀는 자신을 부르는 엄마에게 대꾸하지도 못한 채 화장실로 직행했다. 폭풍이 한차례 크게 휘몰아친 다음에는 평화가 찾아왔다. 이제야 살 것 같았다. 입가에는 인자한 미소가 지어졌다. 세상은 아직 아름다웠다. 뒤늦게 남자가 생각난 그녀는 미간을 깊게 좁히고 기억을 더듬었다.

'아까 보니 꽤 생겼던데…… 그런 남자가 우리 라인에 살고 있었나?'

그러나 소임은 마크팰리스에 거주하는 지난 십 년간 그런 얼굴을 한 번도 본 적이 없었다.

'몇 층에 살지? 혹시 301호 민경 아줌마네 큰아들인가? 얼마 전에 행정고시에 합격했다는 소식은 들었는데.'

사실 지금 그게 중요한 게 아니었다. 그런 괜찮은 남자에게 무례하게 행동했다는 것이 문제였다. 소임은 잠시만 기다려 달라고 부탁하는 이웃 주민을 바로 앞에 두고 '닫힘' 버튼을 공격적으로 눌러 댔다.

어이없어 하던 남자의 표정이 아직도 눈앞에 생생했다. 아무것도 모르는 남자가 보기에는 이상한 여자가 따로 없을 것이다. 나이깨나 먹어서는 어린아이도 안 할 유치한 행동을 했으니.

남자는 어쩌면 소임이 긴급한 상황이었다는 걸 알아챘을지도 모른다. 그녀는 새하얗게 질린 얼굴로 진땀을 뻘뻘 흘리고 있었으니까. 하지만 그녀는 남자가 제 위급한 상태를 이해해 주는 것도 꺼림칙했다. 초면인 사람한테 급똥의 위기를 들켜야 하나? 이러나 저러나 참 난감한 상황이었다.

소임은 머리를 싸매고 절규하다가 이내 평안을 얻었다.

'그래, 다시는 보지 못할 사람이야.'

같은 라인에 살고 있었다고 해도 여태 마주치지 못한 사람이었다. 가까운 시일 내에 또 만날 가능성은 적었다. 그러니 괜한 걱정은 하지 않아도 될 터였다.

하지만 그건 크나큰 오산이었다. 정말 의도치 않게도 소임은 남자와 다시 마주쳤다. 딱 삼 일 만이었다. 시간은 그때와 같은 저녁 아홉 시. 장소는 똑같이 엘리베이터 안이었다.

소임의 장 상태는 사흘 전보다 훨씬 얄궂었다. 소화가 안 되어서 속이 더부룩하다 했더니 자꾸 트림이 밀려 나왔다. 위아래 둘 다 말썽이었다. 12층 버튼을 누르려는 찰나에 목울대가 꿀렁꿀렁하더니 트림이 나왔다. '꺼어어어억'. 천지가 개벽하는 듯 요란하고 기막힌 소리였다.

냄새는 또 얼마나 지독한지, 마치 일주일 삭힌 음식물 쓰레기 같았다. 그녀는 인상을 있는 대로 찌푸리며 코를 움켜잡았다. 제 냄새였지만 참을 수가 없었다.

'아이고, 큰일이다. 밀폐된 공간이라 냄새도 잘 안 빠질 텐데.

다음 사람한테 미안하네.'

소임은 참담한 마음으로 12층 버튼을 꾹 눌렀다. 삑. 그녀는 눈을 가늘게 좁혔다. 버튼을 누르는 소리치고는 너무 컸다. 마치 카드 키로 공동 현관을 여는 것 같은 소리.

"잠시만요."

저 남자는 지난번 그 남자였다. 저런 목소리를 가진 사람은 흔하지 않다. 소임의 등줄기에 소름이 쫙 돋았다. 처참한 상황이었다. 엘리베이터 안에 가득 찬 트림 냄새는 이미 스멀스멀 밖으로 새어 나가고 있었다.

그녀는 자동 반사적으로 '닫힘' 버튼을 연속적으로 눌렀다. 문을 바로 닫을 수만 있다면 손가락이 부러져도 좋았다. 닫히는 문 사이로 시선이 마주쳤지만 소임은 정색하며 남자를 외면했다. 손가락이 버튼을 누르는 속도는 여전히 빨랐다.

7층. 8층.

소임은 초조함에 발을 동동 굴렀다. 공간을 가득 메운 역한 냄새는 쉽사리 빠져나가지 않을 것이다. 남자가 엘리베이터에 오른다면 분명 사건의 진상을 바로 파악할 터였다. 12층에 당도한 소임은 쉬이 내리지 못하고 머뭇거렸다. 그녀는 층수 버튼을 빤히 바라보며 깊은 생각에 잠겼다.

모든 층수 버튼을 눌러 놓아 다른 사람들 엿 먹이는 또라이 대 음식물 쓰레기 냄새가 나는 트림리스트.

소임은 고심 끝에 손가락을 가져가 버튼을 차례대로 꾹꾹 눌렀다. 차라리 전자가 되는 것이 나았다. 11층, 10층, 9층, 8층, 7층, 6층, 5층, 4층, 3층, 2층, 1층. 그리고 남자가 기다리고 있을 지하 1층까지.

어차피 그녀는 이미 이웃 주민이 기다려 달라는데 두 번씩이나 야비하게 눈앞에서 엘리베이터를 닫아 버린 이상한 여자였다. 거기에 미친 짓 하나가 더 추가된대도 별로 달라질 건 없을 터였다.

소임은 남자에게 트림쟁이라는 사실을 들키기 싫었다. 2동 1201호 처녀 입에서 음식물 쓰레기 냄새가 난다는 소문이 동네방네 퍼질지도 모르지 않나. 그건 너무 창피했다.

얼마 지나지 않아 남자는 엘리베이터가 모든 층에서 멈춘다는 사실을 눈치챌 것이다. 그럼 그는 아마 기다림에 지쳐 계단을 선택할 터였다. 엘리베이터의 속사정은 소임 혼자만의 기억 속에 남는 것이다. 완벽한 시나리오였다.

소임은 마음이 무거워졌다. 남자가 안고 있던 기다란 화분은 꽤 무게가 나가 보였다. 그걸 들고 계단을 오르려면 퍽 힘들 것이다. 하지만 차마 남자를 엘리베이터에 태울 수 없었다. 그의 후각과 정신을 배려해서 내린 선택이었다.

소임은 남자가 최대한 낮은 층수에 살기를 바랐다.

* * *

학원 강사로서의 삶은 꽤 피곤하다. 신경 쓸 일이 수업 하나만 있는 게 아니었다. 소임을 괴롭히는 부류는 적어도 셋이었다.

첫 번째는 셈에 밝은 원장님.

“소임 씨, 자기네 반 학생들이 저번 달에만 두 명이나 학원을 끊었어. 애들을 달래서 학원에 나오게 해야지, 자꾸 애들을 놓치면 되겠어? 안 그래도 우리 학원 맞은편에 종합 학원이 하나 더 생겼는데 걔네한테까지 더 뺏기게 생겼어.”

원장님, 애들이 학원을 끊는 건 내 탓이 아니란 말입니다. 소임은 벌써 수십 번 마음속으로 중얼거렸다. 그러나 입 밖으로 나오는 말은 사근사근했다.

“네, 잘 관리해 볼게요.”

항변하고 싶어도 소임은 힘이 없었다. 까딱하면 날아가는 파리 같은 목숨. 그녀는 처량한 신세였다. 부디 갈릴레오 과학 학원에는 오래 머무를 수 있기를. 그동안 옮긴 학원만 다섯 곳이 넘는다.

갈릴레오 과학 학원의 원장, 문수복은 소임의 어색한 미소를 탐탁지 않아 했다. 소임은 수복의 안경 너머로 자신을 한심해하는 눈빛을 발견했다.

“잘 좀 해 봐요.”

“네.”

수복은 혀를 쯧쯧 차면서 손을 휘저었다. 나가라는 소리였다. 소임은 피눈물을 삼키며 원장실을 빠져나왔다. 교실의 문을 열고 들어가자마자 그녀는 자신을 괴롭히는 두 번째 부류를 마주했다.

여드름이 잔뜩 난 작은 악마들.

"다들 자리에 안 앉아?"

소임은 카랑카랑한 목소리로 소리쳤다. 학생들은 그제야 허겁지겁 자리에 앉았다. 혈기가 왕성한 중학생들은 선생님이 들어오기 전까지 교실 안을 뛰어놀아야 직성이 풀리는 모양이었다.

"자, 책 펴. 숙제 검사할 거야."

"저 책 집에 놓고 왔어요. 숙제는 다 했는데 깜박하고 집에 놓고 왔어요."

"어! 저도요. 저 집에서 숙제하다가 책상에 두고 온 것 같아요."

"선생님, 문제집 없는데 오늘 그냥 놀면 안 돼요? 내일은 꼭 가져올게요. 오늘만 놀아요."

소임은 그간의 경험으로 아이들에게 경고는 통하지 않는다는 것을 알았다. 혼내도 소용이 없었다. 이 아이들은 하루살이였다. 하루만 지나면 어제 일을 다 까먹었다.

"됐어. 말도 안 되는 소리 하지 말고 빨리 책 펴. 책 없는 사람들은 옆에 앉은 친구랑 같이 보도록 해. 2교시에는 선생님이 프린트해 줄 테니까 이번 시간에만 같이 봐."

소임은 문에 달린 창문으로 문수복 원장이 매섭게 감시하는 것을 발견했다. 그녀는 원장과 눈이 마주친 적 없는 것처럼 자연스럽게 시선을 돌렸다. 자신은 벌써 7년 차 학원 강사였다. 프로페셔널하게 행동할 줄 알았다.

"숙제로 내준 부분, 선생님이 답 불러 줄 테니까 너희들이 각자 채점해. 1번에는…….”

‘똑똑’ 노크 소리와 함께 문이 열렸다. 문수복 원장의 반질반질한 이마가 불쑥 들어왔다. 감시하는 줄 알았더니 할 말이 있었던 모양이었다.

“소임 씨, 학부모 상담 전화 왔어요. 데스크 가서 전화 좀 받아요.”

소임은 전화를 건 사람이 자신을 괴롭히는 세 번째 부류임을 예감했다. 서른한 살 과학 강사를 못살게 구는 일등 공신, 스트레스 발병의 원인, 바로 극성 학부모다.

“예, 어머니. 민수 담임 강사 전화 받았습니다. 무슨 일이세요?”

—아니, 선생님. 학생을 이렇게 차별하시면 어떡해요? 우리 민수가 그러던데 선생님이 민수한테 막말하셨다면서요. 애가 울어요, 울어. 지금 집에 돌아오자마자 계속 운다니까요? 제가 간신히 달래서 지금 피자 먹고 있어요. 우리 민수한테 뭐라고 하셨길래 우리 애가 울었죠?

소임은 진땀을 뻘뻘 흘리며 변명했다.

“어머니, 그게 아니라 아까 민수가 지희한테 나쁜 말을 해서, 그러면 안 된다고 혼냈을 뿐.”

—우리 민수가 무슨 나쁜 말을 했다고 그러시는 거죠? 우리 애는 절대 안 그래요. 고운 말만 쓰는 애란 말이에요!

소임은 도통 끝나지 않는 원성에 머리가 지끈지끈 아팠다. 학부모 전화만 안 받아도 강사 생활이 두 배는 만족스러웠을 것이다.

마크팰리스의 지하 주차장에 들어설 때가 소임에게 가장 행복한 순간이다. 끔찍한 학원에서 벗어나 아늑한 집에 돌아왔다는 것을 의미하기 때문이다.

'명당이 있군.'

소임은 콧노래를 흥얼거리며 운전대를 돌렸다. 벽 모퉁이에 있는 주차 구역은 다른 자리보다 공간이 넓어서 주차하기 편했다. 차에서 나가기 전에 소임은 가방을 뒤적거렸다. 공동 현관에 다다르자마자 문을 열려면 카드 키를 미리 꺼내 놓는 게 나았다. 별 쓸데없는 물건이 많은 가방 속을 한참이나 뒤지고 나서야 소임은 자신이 원하던 것을 찾아냈다.

삑. 공동 현관의 문이 부드럽게 열렸다. 소임의 낯빛이 밝아졌다. 마침 이웃 주민도 지하 주차장에서 주차를 끝낸 모양이다. 키가 훤칠한 남자가 엘리베이터에 오르고 있었다. 엘리베이터를 기다릴 필요가 없어진 그녀는 기쁜 목소리로 외쳤다.

"잠시만요!"

엘리베이터에 오른 남자는 소임을 바라봤다. 그녀는 남자의 무표정한 얼굴을 발견하고 당혹스러워졌다. 표정이 문제가 아니라 얼굴이 문제였다. 지난번 그 남자였다. 당황스러운 마음에 소임의 발걸음이 잠시 늦춰진 사이 남자의 손이 버튼으로 다가갔다. 남자는 '닫힘' 버튼을 빠르게 눌러 대기 시작했다

소임의 두 발이 우뚝 자리에 멈췄다. 입이 절로 벌어질 지경이었다. 사람이 기다려 달라고 했는데 눈앞에서 문을 닫아? 왜?

닫히는 엘리베이터의 문 사이로, 소임은 남자의 한쪽 입꼬리가 삐뚜름하게 올라간 것을 발견했다. 누구라도 쉬이 도달할 수 있을 만한 결론이 그녀의 머릿속에 두둥실 떠올랐다.

설마, 복수?

* * *

마크팰리스의 휘트니스 센터 앞에는 포장마차가 있다. 어묵과 붕어빵은 인기가 좋아서 불티나게 팔려 나간다. 찾는 이들이 많아 돈벌이가 쏠쏠했기 때문에 인상이 푸근한 아주머니는 겨울마다 마크팰리스에 자리를 잡았다.

소임도 포장마차를 애용하는 입주민 중 한 명이다. 군것질을 좋아하는 데다가 이제 곧 날이 따뜻해지면 포장마차가 사라질 것이라는 아쉬움 때문인지 최근 들어서는 이틀에 한 번꼴로 포장마차에 들렀다.

학원에서 돌아온 소임은 차를 댄 후에 휘트니스 센터로 향했다. 지하 주차장 출구에서 휘트니스 센터까지는 30초도 안 걸린다. 그러니 군것질을 마다할 핑곗거리가 없었다.

소임은 감칠맛 도는 따끈한 어묵 국물을 마실 생각에 군침이 돌았다. 귀찮은 것을 싫어하지만 음식은 게으름 위에 존재하는 상위 개념이다. 먹기 위해서는 약간의 고생을 감수해야 한다.

“안녕하세요, 아주머니. 붕어빵 이천 원어치 주세요. 어묵 두 개는 먹고 갈게요."

그녀는 김이 모락모락 피어오르는 어묵을 후후 불어서 입에 넣었다. 눈 깜짝할 사이에 두 개가 사라졌다.

"잘 먹었습니다. 많이 파세요."

소임은 붕어빵의 뜨끈한 열기가 느껴지는 종이봉투를 가방 안에 넣었다. 그녀는 포장마차에 올 때와 똑같이 빠른 걸음으로 지하 주차장에 돌아갔다.

'뭐야?'

소임의 미간이 푹 찌푸려졌다. 이웃과 이리 자주 마주치기도 쉽지 않은데, 남자와는 곧잘 마주쳤다. 남자는 직장에서 늦게 퇴근하는 모양이었다. 지난번에는 오후 아홉 시를 조금 넘어 마주치더니 오늘도 그쯤 비슷한 시각이다.

"……."

"……."

소임과 남자는 지하 1층에서 마주친 이후 한마디도 나누지 않았다. 서로를 알아본 건 확실한데, 짜 맞추기라도 한 듯 입을 열지 않았다. 잠시 눈싸움에 경쟁이 붙은 듯도 했지만, 남자가 먼저 고개를 돌렸다.

3분도 채 지나지 않은 이 짧은 시간에 남자는 소임의 심기를 네 번이나 거슬렀다. 아까 소임이 카드를 호출기에 대려고 하는 순간 남자가 새치기했다. '삑'. 남자는 카드를 찍고 그녀보다 빠르게 공동 현관을 통과했다.

'내가 카드 찍는 데 얼마나 오래 걸린다고 기다려 주지도 않아? 참을성이 그렇게 없나?'

소임은 조금 꽁한 마음으로 남자의 뒤를 좇았다. 미리 엘리베이터 앞에 당도해 있던 남자가 버튼을 늦게 누른 것 또한 그녀의 기분을 상하게 했다.

사람이 마음에 안 들면 어떤 짓을 하더라도 밉상으로 보이기 마련이다. 남자가 미리 버튼을 눌러 놨다면 아무 생각도 안 들었을 텐데, 소임이 도착하고 나서야 누르니까 마치 자신이 더 일찍 도착했다는 것을 눈앞에서 뽐내는 것 같았다.

엘리베이터의 문이 열리자마자 남자는 홱 들어가 버렸다. 소임의 눈이 가늘어진 것은 당연했다.

'레이디 퍼스트도 몰라?'

그녀는 세 번째로 기분이 상했다.

남자가 층수 버튼을 눌렀다. 12층에 빨간 불이 들어왔다. 소임은 그가 제 옆집에 산다는 사실에 놀라지 않았다. 남자가 소문의 1202호 총각이라는 것은 지난번에 깨달았다. 남자 혼자 오른 엘리베이터는 꼭대기 층에서 멈추었다. 소임의 집은 1201호였으니 남은 선택지는 하나밖에 없었다.

남자는 1202호에 산다.

그는 엘리베이터 구석에 자리를 잡자마자 주머니에서 핸드폰을 꺼냈다. 어차피 이쪽은 말 붙일 의향이 전혀 없었는데 대화를 사전에 차단하고 싶다는 것처럼 핸드폰을 무기처럼 꺼내 드니 소임은 기가 찼다.

남자는 가로로 눕힌 핸드폰을 손바닥에 받쳐 들고 다른 쪽 손으로 가볍게 화면을 터치했다. 소임이 슬쩍 눈을 흘겨 확인하니 역시나 게임이었다. 남자는 색이 똑같은 물 풍선을 다섯 개 주르르 나열해서 터뜨리고 있었다.

'저런 재미있는 어플이 있는 건 대체 어떻게 알고 다운받은 거야? 게임 같은 거 하나도 안 하게 생겨서는.'

그녀는 남자가 게임을 하는 것조차 아니꼬웠다.

입꼬리를 불만스럽게 씰룩이던 소임은 가방에서 붕어빵 봉지를 꺼냈다. 따끈한 종이봉투 속에서 달콤하면서 고소한 냄새가 피어올랐다. 그녀는 새침한 손길로 붕어빵 하나를 꺼내 들었다. 지난번엔 밀폐된 공간이 그렇게 야속할 수가 없더니만 오늘따라 엘리베이터가 사방으로 꽉 막힌 게 마음에 들었다.

'어서 냄새가 퍼져서 저 남자의 콧구멍으로 들어갔으면 좋겠다. 냄새 맡고 침 좀 흘리라지.'

소임은 붕어빵을 한입 크게 베어 물었다. 동시에 품에 안은 봉지를 더욱 세게 껴안았다. 남자의 뜨거운 시선은 부러 모른 척했다. 붕어빵을 여섯 개나 샀으니 이웃 주민에게 하나 나눠 줘도 상관은 없겠지만, 상대가 상대이니만큼 선뜻 내어주기 싫었다.

'왜 이렇게 느린 거야?'

엘리베이터는 고작 7층. 뒤늦게 8층. 이제야 9층. 소임은 눈을 옆으로 슬쩍 돌렸다. 옆얼굴이 뜨거웠던 건 역시 제 착각이 아니다.

남자는 어느새 게임 하던 것도 멈추고 소임을 유심히 지켜보고 있었다.

'왜 자꾸 보는 건데?'

남자는 기어코 횟수를 채웠다. 3분 동안 소임은 기분이 총 네 번 상했다. 그녀는 얄미운 남자에게 붕어빵은 절대 주지 않을 거라고 단단히 결심했다.

"12층입니다."

꼭대기에 도달했음을 알리는 기계음이 상냥하게 울려 퍼졌다. 남자는 견디지 못하겠다는 듯 문에 가까이 다가섰다. 곧장 밀고 나갈 것 같은 기세였다.

'누구는 먼저 안 나가고 싶을 것 같아?'

먼저 나서는 남자의 뒷모습을 보며 소임의 얼굴이 일그러졌다. 속이 편협한 남자는 정말 밉상이었다. 그녀는 재빨리 집 앞에 도착해 도어락에 손을 갖다 댔다. 뒤늦게 내렸어도 집은 자신이 더 빨리 들어가고 싶었다.

'근데 저쪽은 왜 비밀번호 누르는 소리가 안 나지?'

그녀는 의아해서 번호를 누르다 말고 옆집을 슬쩍 살폈다. 남자는 뚱하니 소임을 바라보고 있었다. 소임은 눈에 힘을 주고 남자를 노려봤다. 이번에도 역시 남자가 먼저 시선을 돌렸다. 남자는 느긋이 손가락을 움직였다. '삑삑삑삑'. 1202호의 비밀번호는 네 자리였다.

"닫혔습니다!"

소임은 그제야 아차 싶었다. 시간제한이 지나 도어락이 도로 잠기고 말았다. 그녀의 인상이 있는 대로 찌푸려졌다.

"닫혔습니다!"

남자의 집 도어락도 잠겼다. 이제 12층 복도에는 소임만 남아 있었다. 저 남자에게 지고 말았다는 생각에 그녀의 몸이 분노로 부르르 떨렸다.

2. 은근히 거슬려

"원장님, 저는 그럼 퇴근하겠습니다. 내일 뵈어요."

문수복 원장은 소임의 인사를 듣는 둥 마는 둥 했다. 그래도 소임의 입가에서는 미소가 떠나지 않았다.

"앗, 소임 쌤! 소임 쌤 얼굴이!"

"내 얼굴이 왜?"

"괜찮아요? 얼굴이 아주 아파 보이는데!"

소임은 민욱이가 '낄낄' 웃으며 도망가는 것도 너그럽게 봐 주었다. 저 가여운 중2는 내일 꿀밤을 피할 수 없을 테지만, 지금 당장은 안전할 것이다. 왜냐하면. 소임은 폰을 확인하고 씩 웃었다.

[한국은행. 2,920,000원 입금. 잔액 2,972,340]

오늘은 월급날이다. 하루에 열댓 번 학원을 뛰쳐나가는 생각을 했다가도 입금 내용을 보면 마음이 차분해졌다. 잔액이 바닥을 쳐 가는 와중 응급처치를 받은 계좌는 보기만 해도 흐뭇했다.

'월급날은 뭔가 맛있는 걸 먹어 줘야 예의니까, 오늘은 붕어빵하고 어묵을 잔뜩 사 가자.'

소임은 가벼운 발걸음으로 포장마차에 가까이 다가갔다. 그녀는 고지를 몇 걸음 앞두고 멈칫했다. 시야에 반갑지 않은 인물이 들어온 탓이다. 소임은 이제 뒷모습만으로도 남자를 알아볼 수 있었다. 요새 좀 안 보인다 생각하기 무섭게 마주치는 걸 보니, 정말 마가 껴도 제대로 낀 것 같았다.

남자는 긴 속눈썹을 내리깔고 종이컵을 입에 대고 있었다. 빈 꼬챙이가 네 개나 있는 걸 보니 벌써 어묵 네 개를 해치운 모양이다. 조금 뜻밖이었다.

'분식 같은 건 안 사 먹을 줄 알았는데…….'

소임은 남자의 곁에 다가가기가 꺼려졌다. 하지만 저 사람을 피하느라 자신이 원하는 것을 못 먹는다는 생각을 하니 억울했다.

'잘못을 저지른 것도 아닌데 내가 왜 피해야 하나?'

소임은 콧김을 내뿜으며 포장마차로 다가갔다. 남자의 시선이 느껴졌다. 그를 털끝만큼도 신경 쓰지 않는다는 것을 보여 주기 위해 소임은 일부러 아주머니의 얼굴만 바라보며 활짝 웃었다.

"안녕하세요, 붕어……."

"붕어빵 포장이요."

자기가 방금 소임의 말을 끊었다는 것을 아는지, 모르는지. 남자는 이어서 툭 내뱉었다.

"열 개요."

한꺼번에 밀려든 주문에 아주머니는 난감한 표정을 지었다. 그녀는 소임과 남자를 번갈아 보더니 어색하게 웃으면서 상황을 정리했다.

"아이고, 먼저 온 사람부터 줘야 할 것 같은데? 아가씨, 좀만 기다려요. 금방 줄 테니."

흰 장갑을 낀 손이 재빠르게 붕어빵을 봉지에 집어넣기 시작했다. 하나, 둘, 셋. 우연의 일치일까, 아니면 재빠른 계산일까? 미리 구워 놓은 붕어빵도 모자라 철판 위에서 구워지고 있던 따끈따끈한 붕어빵까지 모조리 종이봉투 속으로 들어갔다. 값을 치르고 종이봉투를 받아 든 남자의 입가에 만족스러운 미소가 떠올랐다.

"많이 파세요."

예의 바른 어투였다. 흠잡을 것 없는 건실한 청년의 탈을 쓰고 남자는 떠나갔다.

"아가씨, 몇 개 줄까요?"

아주머니는 텅 빈 붕어빵 기계에 반죽을 부었다. '치지직' 익는 소리가 들리기 무섭게 그녀는 숙련된 손길로 팥 앙금을 투척했다.

"……네 개요."

붕어빵이 익으려면 시간이 필요하다. 많이는 아니더라도 조금은. 즉, 소임은 기다려야 했다. 그녀의 입매가 비틀렸다.

'열 개를 주문하셨어? 열 개를? 혼자 먹기엔 많은 양인데 굳이 열 개를 사 간다는 건…….'

비약이 아니었다. 남자는 소임을 지나칠 때 피식 웃음을 흘렸다. 그게 승자의 웃음처럼 느껴졌던 건 과연 그녀의 착각일 뿐인가.

소임은 집에 돌아오자마자 친한 친구인 은지에게 전화를 걸었다. 보통은 먹을 것 얘기가 주를 차지하지만, 오늘의 화제는 단연 재수 없는 그 남자였다. 은지는 웬일로 네가 남자 얘기를 하냐며 깔깔거렸다. 소임은 '그 사람 진짜 재수 없어.'를 다섯 번 넘게 종알거렸다. 의리 깊은 은지는 소임을 도와 남자를 열심히 씹었다.

—엘리베이터 그거 좀 못 타게 했다고 자꾸 그런다고? 집이 아무리 12층, 음, 그래, 12층이라도 운동하는 셈 치면 될 것 같은데. 그 왜 있잖아, 계단 오르기가 그렇게 운동 효과가 좋대. 하여튼 그 남자 진짜 별로다.

"내 말이! 내가 일부러 못 타게 한 것도 아니고 나도 사정이 있어서 그런 건데, 너무하지 않아? 아까도 붕어빵 일부러 다 사 가고. 진짜 유치하지 않니? 그 나이 먹고 그러고 싶을까? 무슨 애도 아니고. 우리 옆집 사는 게 진짜 너무 싫다."

—네 옆집 원래 신혼집이라고 하지 않았나?

"맞아, 결혼 2주 남기고 깨졌을걸. 지금 그 남자 혼자 들어와서 살아."

—웬일이래. 보통은 그런 일 있으면 집 팔잖아.

"아마 리모델링에 돈 많이 들여서 그럴걸? 팔면 손해잖아.

침실에만 이천만 원 들었다는데. 그 안쪽이랑 연결된 방에 홈씨어터도 설치했대."

—아무리 그래도 그렇지. 나 같으면 못 들어온다. 자기 와이프 될 사람이랑 하나하나 다 고르고 그랬던 건데 자꾸 생각나잖아. 사는 게 곤욕일걸.

"그래서 사람이 그렇게 유치하게 구는 건가? 마음이 많이 꼬여 있는 것 같던데."

—어휴, 근데 그 사람 사정도 딱하긴 하다. 집까지 다 준비해 놨는데 결혼 깨져서 어떡한다니?

소임은 사심을 한껏 섞어 대답했다.

"곧 다시 결혼하겠지, 뭐. 신혼집도 마련해 놨겠다. 같이 살 여자만 있으면 되네. 이야, 그러고 보니 일부러 집 안 판 거 아냐? 재빨리 여자만 한 명 꼬시면 되잖아."

옆집 남자는 꽤 좋은 안주였다. 그 남자 하나만을 화제로 소임은 은지와 한 시간이 넘게 통화했다.

* * *

학원에 출근하지 않는 주말엔 모든 것이 평화롭다. 소임은 시끄럽게 울려 대는 알람을 가뿐히 무시했다. 아빠는 동호회 사람들과 골프 치러 아침 일찍 떠났을 테니 해가 중천에 뜬 다음에 일어나도 게으르다고 핀잔 들을 일이 없었다.

소임이 화장실로 들어갈 때부터 눈을 동그랗게 뜨고 있던 해주는 그녀가 이십 분 뒤 머리를 수건으로 툭툭 털면서 주방으로 나오자 기다렸다는 듯 말을 걸었다.

"너 어디 나가니?"

"엄마는 왜 나 씻기만 하면 어디 나가느냐고 물어? 안 나가."

"집에 있는데 씻으니까 신기해서 그러지."

"누가 보면 나 안 씻고 사는 사람인 줄 알겠다."

"너 잘 안 씻잖아. 네 방 가면 냄새나. 환기 좀 시켜."

"그거 향수 냄새야. 향기랑 냄새랑 구분을 못하시는구만? 아, 엄마. 나만큼 깨끗한 사람 있으면 나와 보라 그래."

무어라 잔소리를 줄줄이 내뱉을 것 같던 해주는 소임의 예상과 다르게 행동했다. 해주는 그저 소임을 향해 부드러운 미소만 보냈다. 엄마가 저렇게 웃을 때면 무언가 일이 일어나고 만다. 소임에게 안 좋은 쪽으로.

"우리 딸, 엄마가 휘트니스 회원권 끊어 놨다. 오늘부터 가면 돼."

소임은 들은 척 만 척 밥을 우걱우걱 입으로 밀어 넣었다. 딸의 무관심에도 아랑곳하지 않고 해주는 열심히 회유했다.

"이번에 새로 온 헬스 트레이너가 아주 친절하고 실력이 좋대. 트레이너가 성의 있게 지도해 주더래. 아줌마들도 다들 이삼 킬로씩 쑥쑥 빠졌다?"

"……."

"너 민정이 알지? 걔가 이번 수능 보고 나서 팔 킬로나 뺐단다. 엄마가 얼마 전에 봤는데 민정이 걔는 살이 아주 쪽 빠졌어. 눈도 찝어서 아주 몰라보겠더라. 우리 소임이는 쌍꺼풀이 있으니 살만 빼면 되겠네."

"……."

"오늘부터 소임이도 헬스장 가자, 응? 엄마가 다이어트 식단도 잘해 줄게. 샐러드 거리도 사다 놓고 단백질 셰이크도 초콜릿 맛으로 준비해 놨어."

소임의 가족은 마크팰리스에 이사 온 지 10년이 넘었다. 산악회다 뭐다 동네 아주머니들과 '하하 호호' 즐겁게 동호회 활동을 하는 마당발 해주 덕분에 소임은 주변 어른들과 안면을 터야 했다. 휘트니스 센터에 개중 누가 있을지 모른다. 소임은 헬스장에 들어가면 벌어질 사달이 눈앞에 훤했다. 적어도 두세 명은 그녀를 알아보고 반갑게 인사를 건넬 것이다.

'어머, 소임이 아니니. 요즘 직장은 잘 다녀? 몇 살이라고 했더라? 서른 살이던가? 서른한 살이던가? 뭐 좋은 소식 없어? 애인은 생겼니? 어머, 그러고 보니 엄마가 지난번에 소임이 네가 선을 봤다고 했는데 그거 잘 안 됐나 보구나. 뭐? 그게 벌써 다섯 달 전이라고? 어머머, 시간 참 빠르네. 학원? 그럼 소임이 너는 아직 과학 가르치는 거야? 정규직이야? 아니라고? 벌이는 괜찮니?'

소임의 근황이 갈기갈기 해부되어 난도질당하기 십상이다.

"엄마, 난 아직 마음의 준비가 안 됐어."

소임은 비운의 여주인공처럼 가련하게 고개를 떨구었다. 동정을 얻기 위한 시도였지만 해주에게는 역효과였다. 살에 뒤덮여 실종된 소임의 턱만 해주의 눈에 들어왔다.

"얘, 정말 안 되겠다. 심각해! 밥 먹고 좀 쉬다가 운동하러 가."

해주는 단단히 결심했는지, 소임이 미꾸라지처럼 상황을 빠져나가려고 해도 절대 놓아주지 않았다.

"너 정말 내일부터 가기로 한 거다?"

"알겠다니까? 오늘은 가만히 좀 내버려 둬. 주말엔 나도 쉬어야지."

"잘 생각했어. 어서 살 빼야지 웨딩드레스도 예쁘게 입지."

해주의 표정이 부드러워졌다. 벌써 웨딩드레스를 입은 소임의 모습을 상상하는 것이다. 소임은 엄마의 감상을 일부러 깨뜨릴 만큼 못된 딸은 아니었다. 그러나 해주에게 정확한 사실을 짚어줄 필요성이 있었다.

"엄마, 난 대학생 이후로 애인이 있어 본 적이 한 번도 없어."

"걱정하지 마. 엄마가 선 자리 잘 알아봐 줄게. 우리 소임이 살만 빼면 여기저기서 시집오라 난리가 나겠네."

"아, 엄마. 선은 됐어."

"아참, 얘. 심부름 좀 해 주렴."

해주는 소임의 군말을 차단하겠다는 듯, 부엌 뒤 베란다에서 재활용 쓰레기통을 가지고 나왔다. 가서 분리배출이나 하고 오라는 엄마의 명령에 소임의 입이 부루퉁 튀어나왔다.

3. 헬스장은 전쟁터

휘트니스 클럽은 만만한 곳이 아니었다. 소임에게 시련을 주는 사람이 곳곳에서 속출했다. 물론 대다수는 아줌마 클럽 멤버들이었다.

"소임이 오랜만이네? 이제부터 운동 다니는 거야?"

"네에."

"숙희 씨, 이리 와 봐. 여기 알지? 소임이, 해주 씨네 작은딸."

"어머머, 해주 언니 작은딸이야? 언니랑 별로 안 닮았네. 큰딸은 엄마 쏙 빼닮았던데. 날씬하고 예쁘고. 어째 작은딸은 안 닮았대? 아빠 닮았나? 으음, 살 빼면 닮을 것 같기도 하다. 언뜻 이미지가 보이네. 호호호, 근데 애인은 있니?"

헬스장의 트레이너는 스물여덟 살이었다. 그가 자신을 스스로 소개하지 않았더라면 서른여덟 살로 착각할 만큼 노안이었다. 운동을 배우는 데 트레이너가 잘생겼는지 아닌지가 중요하겠느냐마는 얼굴을 자꾸 들이민다면 말이 달라진다.

"소임 씨, 무릎이 발끝을 넘으면 안 돼요. 엉덩이를 뒤로 쭉 빼고. 옳지, 그렇게 내려가세요. 더, 더, 더. 허벅지 앞쪽이 당겨올 거예요. 거기 근육을 자극하는 겁니다. 어어? 무릎이 발 앞으로 나오면 안 된다니까요? 올바른 자세가 아니에요. 다시."

친절하다는 소문대로 옆에 딱 달라붙어 지도를 해 주는데 고맙긴 개뿔. 소임은 귓가에 닿는 트레이너의 뜨거운 콧김이 부담스러워 운동에 집중할 수 없었다. 결국, 소임은 러닝이나 뛰겠다며 트레이너에게서 벗어났다.

오랜만에 몸 좀 움직였다고 땀이 줄줄 흘렀다. 가볍게 샤워나 하고 가려 했던 소임은 여탕에 들어간 지 얼마 지나지 않아 깊이 후회했다. 탕에는 사람들이 아주 바글바글했다. 애들을 학교에 보내 놓고 목욕탕에 온 젊은 주부들부터 목욕탕에서 친목도모를 하는 부녀회들까지.

"소임이 운동은 잘했니?"

"아, 네."

"쟤 피부 고운 것 좀 봐. 나도 소싯적에는 저렇게 탱탱했었는데."

아줌마들의 시선이 주르륵 소임의 몸을 향했다. 소임은 수건이 간절해졌다. 몸을 가릴 수만 있다면……. 살 많은 것을 들킬까 봐 그녀는 탕에 있는 내내 배에 힘을 주고 있어야 했다.

헬스장에서의 첫날은 순탄하지 않았다. 그녀를 알아보는 사람들이 천지인 데다가 트레이너는 부담스럽기 이를 바가 없었다. 목욕탕, 그것 또한 문제였다. 하지만 집 가서 씻는 건 뭔가 손해 보는 느낌이었다. 회원권에 목욕비까지 포함되는 데다가 땀 흘리고서 바로 씻지 않으면 기분이 찝찝하지 않은가.

오후 한 시에 출근해서 아홉 시에 퇴근하는 학원 강사의 특성상 오전에 운동하면 일정이 딱 맞겠다고 생각했는데 계획을 수정해야 할 필요가 있었다. 고민하던 소임은 아예 늦은 밤에 운동하기로 했다.

'오전보다는 아줌마들이 없겠지?'

예상은 어느 정도 맞아 떨어졌다. 퇴근 후 찾아간 헬스장에는 아줌마들이 별로 없었다. 트레이너도 퇴근했는지 보이지 않았다.

대신 그 남자가 있었다.

소임은 눈이 마주치자마자 고개를 돌렸다. 남자도 굳이 멈칫하거나 당황한 표정을 지어 자신이 그녀를 알아봤다는 티를 내지 않았다. 둘은 서로를 완전히 무시했다. 소임은 헬스장 내부를 휙 둘러보았다. 사람들이 이미 운동 기구를 하나씩 차지하고 있었다.

'유일하게 비어 있는 거라고는 러닝머신인데…….'

소임은 남자의 너른 등판을 께름칙하게 바라보다가 고개를 저었다. 저 남자의 옆자리라면 가고 싶지 않았다. 어제 배운 런지나 스쿼트를 할까 생각했지만 운동 자세를 생각하면 영 아니올시다였다. 이곳처럼 탁 트인 장소에서 엉덩이를 뒤로 쭉

빼기엔 민망스러웠다.

"으헙!"

"하읍! 엇!"

배경음으로 아저씨들의 기합 소리까지 더해지면 더더욱.

스트레칭을 포함한 준비 운동을 10분이나 했음에도 빈자리는 나지 않았다. 소임은 어쩔 수 없이 러닝머신 위에 올라갔다.

삑, 2단계. 삑, 3단계. 소임은 슬금슬금 걷다가 한 단계를 더 높였다. 신경 쓰지 않으려고 해도 옆에서 남자가 자신보다 빠른 속도로 뛰고 있으니 승부욕이 불타올랐다.

이젠 열성을 다해 뛰지 않으면 미끄러져 넘어지고 말 속도였다. 하지만 남자가 아직 멀쩡해 보이는 탓에 소임은 멈출 수가 없었다. 여기서 멈추면 왠지 지는 기분이었다. 자존심 때문에 그녀는 20분 동안이나 전속력으로 러닝을 뛰었다.

앉아서 페달을 구르는 자전거가 다음 타자였다. 소임은 자전거 자리가 빌 기미가 보이자 러닝머신의 스톱 버튼을 눌렀다. 설마 싶었더니만 남자도 자전거를 노리고 있었다. 그는 자전거로 황급히 뛰어갔다. 눈앞에서 선수를 뺏긴 소임은 충격에 다리가 후들거렸다.

둘은 운동 코스가 많이 겹쳤다. 한 발짝 앞선 남자 때문에 소임은 조금이든 오래든 어느 정도는 자리가 비기를 기다려야 했다. 헬스장에 온 시각이 비슷해서 그런지 탕에 내려가는 타이밍조차 비슷했다.

재수 없는 놈. 소임은 샤워하는 내내 속으로 한탕 욕을 퍼부었다.

'일곱 살 난 아이도 유치하다고 안 할 짓을 하고 있어. 속 좁은 놈, 멀쩡하게 생겨서 왜 그렇게 사냐? 인생이 고달프고 슬프면 혼자만 땅굴을 팔 것이지, 왜 남 인생을 방해하고 있냐고! 어휴, 옆집에 어쩌다 저런 좀생이가 이사를 와서.'

꽁했던 것을 다 내뱉은 탓인지 소임은 샤워를 마칠 때쯤 마음이 편해져 있었다.

'그래도 덕분에 운동은 열심히 했네.'

부담스러운 트레이너에게 지도를 받는 것보다 남자가 하는 걸 보고 따라 하는 게 더 효과가 좋았다. '저 인간은 이렇게 하던데, 내가 그것보다 못할 순 없지' 하면서 죽을 둥 살 둥 따라붙게 되는 것이다. 이렇게 열심히 운동하다 보면 살도 금방 빠질 것 같았다.

'웬일? 도움이 되네? 에이, 약이 되는 개똥 같은 놈.'

소임은 남자를 새로이 평가했다.

* * *

오후 아홉 시가 넘은 시각에도 헬스장은 사람으로 붐볐다. 회사에서 퇴근한 직장인들, 특히 중년 남성들이 다수였다. 몸 키우는 것에 관심이 많은 편인지 그들은 서로에게 자문을 많이 구했다.

그들의 관심을 한 몸에 받는 사람은 바로 2동 1202호 남자였다. 남자는 중년 남성들 사이에서 아이돌이 따로 없었다. 아저씨들은 남자가 오기만 하면 반갑게 손을 흔들었다.

"오, 동생! 왔는가!"

그들은 남자가 먹는 단백질 셰이크 종류를 궁금해했다. 자기 운동하는 자세 좀 봐 달라며 청하기도 했다. 남자는 담백한 태도로 정보를 나눠 주었다. 단백질 셰이크는 어디 회사 거, 닭 가슴살은 무슨 제품, 그리고 운동복은 어디 스포츠 브랜드.

"다리를 조금만 더 모으시면 좋을 것 같습니다. 어깨 너비보다 너무 펴져 있어요. 허리는 꼿꼿이 펴고. 팔을 안쪽으로 굽힐 때는 팔꿈치가 직각이 되게. 네, 좋아요."

'아주 트레이너 납셨네, 납셨어.'

소임은 코웃음을 팽 치면서도 머릿속에 그의 말을 똑똑히 새겼다. 아니꼽지만 남자가 제게 도움이 되는 것은 사실이었다.

소임은 이마 위로 흐른 땀을 닦으면서 물병에 쪼르륵 물을 담았다. 시큼한 향이 코를 톡 쏘아 왔다. 다이어트를 할 때 식초 종류를 먹으면 지방 분해에 도움이 된다는 말을 듣고 마련한 홍초였다.

남자가 정수기로 다가왔다. 그는 후각이 예민한 편인지 몇 걸음 남았을 때부터 미간을 찌푸렸다. 마침내 정수기에 당도한 남자는 얼굴을 심하게 구겼다. 시큼한 홍초의 향을 땀 냄새로 오인하는 듯했다.

'아닌데요.' 하고 변명하고 싶었지만 소임과 남자는 말 한마디 안 나눠 본 사이였다. 그녀는 억울해도 꾹 참았다. 한편으로는 자기가 또 왜 변명을 해야 하나 싶었다.

'땀 냄새나면 좀 어때서? 어차피 저 인간한테 잘 보일 것도

아닌데.'

자신에게도 유치한 구석이 있는 모양이다. 소임은 자기 때문에 남자가 인상을 썼다고 생각하니 기분이 좋았다. 남자는 언제나 무표정이고, 기껏해야 비웃는 얼굴만 보여 주던 인간이었다. 그가 기겁하며 코를 막는 모습을 보니 소임은 승리감이 들었다.

2주하고도 4일이 지나자 소임과 남자는 좋든 싫든 서로의 존재에 익숙해졌다. 아는 척도 하지 않는 것엔 변함이 없었지만 그래도 서로를 보면 '왔냐.' 하는 것처럼 2초간 눈을 마주쳤다. 오래 시선을 맞추진 않았다. 딱 2초, 더도 덜도 말고 딱 2초였다. 그러고선 휑하니 고개를 돌렸다.

러닝머신 뒤에서 순서를 기다리며 소임은 폰을 꺼내 들었다. 기다리는 시간은 지루하기 짝이 없어서 게임이라도 하지 않으면 견딜 수 없었다. 요즘 그녀가 푹 빠진 게임은 퍼즐식 어드벤처 게임이었다. 캐릭터가 길을 통과할 수 있도록 중간에 퀴즈도 풀고 괴물도 물리치는 게임이었다.

남자는 소임에겐 말도 걸지 않으면서 그녀가 무엇을 하고 있으면 열심히 구경했다. 소임이 헉헉거리며 러닝을 뛰거나, 땀을 뻘뻘 흘리면서 자전거 페달을 밟고 있을 때. 심지어 스트레칭을 할 때마저도. 다정함이라고는 하나도 담겨 있지 않은 무심한 눈빛이라 소임은 그걸 자신을 향한 관심이라고 오해하는 일이 전혀 없었다.

소임이 게임을 할 때도 예외는 아니었다. 남자는 그녀를 유심히 살폈다.

'뭘 봐?'

소임은 아니꼬운 마음에 그가 화면을 보지 못하도록 폰을 자기 쪽으로 기울였다. 소임은 보란 듯이 일부러 재밌게 플레이를 했다. '아이고, 어쩌나' 하면서 추임새도 가끔 넣어 주었다.

다음 날, 남자는 자신의 휴대폰을 꺼냈다. 같은 게임이 깔려 있었다. 소임은 화면을 보고 표정을 굳혔다. 어쭈? 그녀는 남자의 얼굴과 휴대폰 화면을 번갈아 보았다.

[레벨 13]

소임이 깨지 못한 레벨이었다. 남자는 그녀가 끙끙대고 있는 12레벨을 통과한 것이다.

'어떻게? 난 삼 일간 노력해도 못 깼었는데. 저 남자는 단 하루 만에!'

소임은 졌다는 생각에 짜증이 나면서도 은근히 궁금했다.

'어떻게 깼지? 힌트 좀 얻고 싶은데…….'

소임은 초조함에 입술을 깨물었다. 그러나 말을 걸기엔 자존심이 상했다.

다음 날 학원에서 쉬는 시간마다 게임을 한 결과 12레벨을 통과했다. 소임은 헬스장에서 뿌듯하게 폰을 꺼내었다. 화면 오른쪽 위에 표시된 '13레벨' 글자가 자랑스러웠다. 남자 역시 자연스럽게 자기 휴대폰을 꺼냈다. 소임은 안 보는 척하면서 슬쩍 엿보았다.

[CLEAR. 다시 도전하시겠습니까?]

소임은 그날 혼이 빠진 채로 운동했다.

* * *

줄기차게 출석 도장을 찍던 사람이 눈에 안 보이면 궁금하기 마련이다. 아무리 남자를 눈엣가시처럼 여기는 소임이라도 그가 사흘째 헬스장에 나타나지 않자 호기심이 생겼다.

'왜 운동 안 오지? 어디 아픈가?'

남자가 헬스장에 오지 않았던 이유는 금방 확인됐다. 소임은 엘리베이터에서 내리자마자 정황을 파악했다. 현관에 몸을 기대고 있는 남자. 그리고 남자의 뺨을 안타까운 듯이 쓰다듬고 있는 한 여자. 남자는 아팠던 모양이었다. 입술이 마르고 수척해 보였다.

'오후 열한 시에 남자 집에서 나오는 여자라.'

소임은 남자의 취향을 알 수 있었다. 바람 불면 날아갈 것처럼 가냘픈 몸매에 긴 생머리. 여자는 뒤태만 보아도 상당한 미인이다. 남자는 역시 대단한 놈이었다. 파혼한 지 고작 두 달 됐을 텐데 벌써 여자를 집안으로 끌어들였다.

'어쩌면 바람을 피워서 파혼당한 것일 수도?'

소임은 경멸의 감정을 담아 남자를 쳐다봤다. 눈이 마주치자, 남자의 표정이 좀 떨떠름해졌다. 그는 소임에게 애정 행각을 들켜서 민망했는지 슬쩍 고개를 돌려서 뺨에 얹힌 여자의 손을 피했다.

이미 집에서 여자 나오는 거 다 봤는데 뭘 그렇게 수줍은 척 하는지. 소임은 남자가 매우 아니꼽게 느껴졌다. 그녀는 고개를 홱 돌리고 자신의 집으로 들어갔다.

아무도 남자의 본모습을 몰랐다. 어른들에게 그는 예의 바르고 건실한 청년, 혹은 최근에 파혼한 안타깝고 가여운 총각이었다. 그 증거로 해주는 남자에게 호의를 베풀고 싶어 했다.

"소임아, 김치 좀 옆집에 갖다 줘. 우리 가족이 먹긴 너무 많잖아."

바람을 피워 파혼당했을지도 모르는 남자에게 김치를?

"아, 엄마. 무슨 옆집에 갖다 줘. 그냥 우리가 먹어."

"다 먹지도 못한다니까? 어서 갖다 줘."

"말숙 아줌마네 갖다 주자. 아니면 301호 민경 아줌마네라도. 난 1202호는 싫어."

"계집애가 게을러터져서는. 소임아, 잔말 말고 어서 갖다 줘라. 바로 옆집인데 얼마나 엉덩이가 무거워야 가기 싫다는 소리가 나오니?"

해주의 타박에 소임은 툴툴대며 김치 통을 갖고 나왔다. 1202호에게 김치를 전해 줘야 한다니 소임은 눈앞이 막막했다. 그녀는 남자와 말 섞기도 싫었다. 한참을 고민하던 소임은 문 앞에 김치 통을 놓고 벨을 누르기로 했다. 한마디로 벨튀. 벨 누르고 튀는 것이다.

'궁금하면 나와 보겠지?'

딩동.

소임은 초인종을 누르고 후다닥 숨었다. 그녀는 계단에서 슬쩍 1202호의 동향을 살폈다.

—누구세요?

대답이 없자, 남자는 응답을 끊었다. 그는 밖으로 나오지 않았다. 소임이 설마 하면서 한 번 더 벨튀를 했을 때도 남자는 절대 밖에 나와 보지 않았다.

'참나, 게으른 인간.'

소임은 카메라를 노려보며 초인종을 다시 눌렀다. 딩동. 남자가 재깍 응답했다.

—누구세요.

"저기요. 문 좀 열어 보세요."

—신문 안 봅니다.

"아니, 저 옆집이거든요?"

—절 다닙니다.

"전도하러 온 거 아니거든요!"

소임은 짜증을 내며 문을 쾅쾅 두들겼다. 얼마 지나지 않아 현관문이 '딸깍' 열렸다. 남자는 의외라는 표정을 짓고 있었다. 단정히 다물린 입매가 은근히 들썩거리는 걸 본 소임은 기분이 상했다. 이 상황이 뜬금없고 달갑지 않게 여겨지기는 자신도 마찬가지였다.

"우리 엄마가 갖다 주래요. 드시라고요."

소임은 남자에게 김치 통을 떠밀고 몸을 돌렸다. 순간 그녀의 발걸음이 멈칫했다.

'아니지? 이대로 떠나면 통을 또 나중에 받으러 와야 할 거 아냐? 아니면 저 남자가 다시 갖다 주거나.'

소임은 남자와 집을 왕래하는 사이가 되는 게 싫었다.

"지금 통 주세요."

남자의 한쪽 눈썹이 삐죽 올라갔다.

"나중에 통 때문에 집 오고 가는 거 귀찮잖아요. 지금 그 통 주시라고요."

남자는 소임을 자신의 집에 들어오게 할까 말까 고민하는 것 같았다. 아니, 고민하지도 않았다. 그는 '흠' 소리를 내더니 가볍게 말했다.

"최대한 빨리해 보죠."

소임은 1202호의 현관 앞에서 한참을 기다렸다. 안에서 물소리가 들려왔다.

'뭐야, 설거지까지 하고 있어?'

소임은 답답해서 당장 소리를 지르고 싶었다. '안 해도 되니까 그냥 주세요!' 5분은 족히 지나서 남자가 느긋이 걸어 나왔다.

"어머니께 감사하다고 전해 주세요."

남자는 기분이 좋아 보였다. 얼마나 즐거워 보이는지 몰랐다. 안 웃으려고 노력하는 것 같은데도 자꾸 입꼬리가 씰룩거렸다. 그의 얼굴에서는 소임을 기다리게 했다는 미안함을 눈곱

만큼도 찾아볼 수 없었다.

소임의 얼굴이 시뻘겋게 달아올랐다. 예상이 맞았다. 남자는 자신이 처음에 엘리베이터를 두 번 기다려 주지 않은 거로 아직 꽁해서 계속 복수를 하는 것이다. 저 남자가 파혼당한 이유를 알 것 같았다. 저렇게 마음이 좁고 못난 남자인데 어느 여자가 같이 살아 주겠나.

'도망가신 여자분, 아주 잘하셨습니다. 그대 인생은 구원받았습니다. 아무래도 조상님께서 당신을 지옥에서 구해 주신 모양이에요.'

소임이 도어락을 누르고 집 안으로 들어갈 때까지도 옆집에서는 문이 닫히는 소리가 들리지 않았다. 남자는 팔짱을 낀 채로 소임을 계속 바라봤다. 그 여유로운 태도마저 아니꼬워서 소임은 부득불 고개를 돌리지 않았다.

4. 적, 원수, 화상, 혹은 라이벌

'마크팰리스 관리 사무소에서 알립니다. 금일 오후 한 시부터 삼십 분 동안 2동 앞에 간이 장터가 열리오니 산지 직송 채소를 구매하고 싶으신 입주민 여러분들은 시간을 맞춰 일요 장터를 찾아 주시기 바랍니다. 다시 한번 알립니다. 금일 오후…….'

거실 소파에 드러누워 TV를 시청하던 소임은 시계를 쳐다봤다. 열두 시 오십 분. 앞으로 십 분 후에 일요 장터가 열린다. 해주는 외출 전 소임에게 신신당부했다.

'일요 장터에 오는 채소가 싸고 신선하니 오이랑 당근을 잊지 말고 사 놓아라.'

나가기 싫어서 미적거리던 소임은 파장(罷場) 5분 전에 간신히 집을 나섰다. 잠옷 위에 카디건 하나 걸치고 두 손에는 사천 원을 꼭 쥔 채로.

발 빠른 사람들이 이미 한바탕 휩쓸고 간 모양인지, 인기 많은 채소는 거의 동나 있었다. 소임은 가지런히 주차된 트럭들을 세 대나 지나고 나서야 오이를 발견했다. 그녀는 바구니에서 얼른 한 봉지 집어 들어 계산을 마쳤다. 이제 남은 건 당근이었다.

'여긴 대파, 양파, 감자, 고구마…….'

두리번거리던 소임의 시야에 흙 묻은 주황색 당근이 들어왔다. 그녀는 종종걸음으로 다가가 당근 봉지를 집어 들었다.

읏차, 어?

봉지 위로 소임은 누군가와 손이 겹쳤다. 그녀는 고개를 돌려 손의 주인을 확인했다.

"제 겁니다."

남자는 너무도 당당하게 소유권을 주장했다. 얼마나 기세등등한지 소임은 하마터면 사과할 뻔했다. 제가 실례가 많았다면서. 하지만 그녀는 재빠르게 정신을 차렸다.

"아뇨? 제 건데요? 제가 먼저 집었어요. 보세요, 제 손이 아래에 있잖아요."

남자가 소임의 손등을 꼬집었다.

"아얏!"

깜짝 놀란 그녀가 당근에서 손을 떼자 남자는 여유롭게 봉지를 들어 올렸다.

"이젠 제 손에만 있네요. 됐죠?"

소임의 시선이 사정없이 흔들렸다.

'이거 순 또라이 아냐?'

소임이 충격에 빠져 아무 말도 하지 못하던 그때, 한 중년 여성이 호들갑 떨며 다가왔다.

"소임이 채소 사러 왔나 보구나? 어머, 천이백이호 총각 아니야? 총각은 뭐 사러 왔어? 당근?"

양손 가득 검은 봉지를 든 말숙의 등장은 소임에게 기회였다. 소임은 행운처럼 찾아온 황금 기회를 놓칠 만큼 어리석지 않았다.

"말숙 아줌마! 이 분 저희 옆집 사는 분이신데 대박이에요. 왠지 아세요?"

"으응? 왜?"

"하나 남은 당근을 제게 양보해 주겠다고 하시지 뭐예요? 무려 하나밖에 안 남았는데!"

"어머, 정말? 천이백이호 총각 착하기도 하네."

"말숙 아줌마가 말해 주셨던 것처럼 참된 사람이에요. 아주 됐어. 정말 된 사람이야. 대단하죠, 그쵸?"

"그러게 말이야. 어쩜 총각은 마음이 그렇게 넓어? 지난번에 내가 차 긁었을 때도 그냥 가라고 하더니. 우리 남편 같았으면 지랄 발광을 하면서 뒷목을 잡았을 텐데. 아이고, 마크팰리스에 좋은 사람이 이사를 왔네. 2동 대표로서 너무 기뻐. 참, 사는 데 불편함은 없어? 아파트에 건의할 사항은?"

"괜찮습니다."

"무슨 일 있으면 편하게 말하도록 해요. 내가 할 수 있는 일이라면 발 벗고 도와줄게. 뭐, 총각이 내 마음에 쏙 들어서 그러는 게 아니라 내가 동 대표잖아. 그래서 그래. 알았지?"

"예, 감사합니다."

말숙이 남자의 혼을 쏙 빼놓고 있는 사이를 틈타 소임은 봉지를 뺏어 들었다.

"난 어서 가 봐야겠다. 우리 남편이 마랑 호박 좀 갈아 달라고 성화를 부리지 뭐야. 피로 해소에 좋다는 소리는 어디서 들었는지. 아니, 그런다고 밤에 뭐가 달라져? 몇 번 흔들다가 쓰러지는 건 똑같은데. 아이고, 하여튼 다들 그럼 수고해."

"안녕히 가세요, 말숙 아줌마! 여기 돈이요, 아저씨. 이천 원 맞죠?"

트럭 주인은 흔쾌히 소임에게 돈을 받아들었다. 그는 값만 받는다면 아무에게 팔아도 상관이 없었다. 소임은 우쭐한 표정을 지었다. 과정이야 어떻든 당근은 자신의 품에 들어와 있었다.

드디어 남자에게 비웃음을 똑같이 돌려줄 기회가 찾아왔다. 콧구멍으로 바람을 크게 내뿜던 그녀의 입에서 비명이 튀어나왔다.

"악! 왜 이러세요!"

"네?"

"밟았잖아요!"

"뭘요?"

"제 발이요!"

"언제요?"

소임은 어이없는 눈으로 남자를 쳐다봤다. 남자는 시치미를 뚝 떼고 있었다. 그녀는 입꼬리를 바르르 떨며 손가락으로 신발을 가리켰다.

"아니, 이것 좀 보세요. 제 흰 신발에 자국이, 자국이……."

이럴 수가. 자국이 안 나 있었다. 소임이 당황하자, 남자는 다시금 그녀의 발을 밟았다.

"아니! 뭐 하시는 거예요! 아, 이거 봐요! 자국이 남았잖아요. 그쪽이 밟아서 제 흰 신발에 흙 자국이 남았잖아요! 보세요, 여기 검은 얼룩! 이거 산 지 얼마 안 됐단 말예요!"

남자는 지나가는 개를 보고 '개인갑다' 하는 것처럼 여상스럽게 인정했다.

"그러네요, 검은 얼룩. 흰 신발에. 그것도 새것."

중딩들도 자기가 나쁜 짓을 했으면 우물쭈물하면서 눈치를 본다. 학생 신분은 옛적에 벗어났을 사람이 죄책감 하나 느끼지 않고 있으니, 소임은 미쳐서 팔짝 뛸 노릇이었다.

"장난하세요? 지금 뭐 하자는 거예요. 이 신발을 보고도 할 말이 없으세요?"

"왜요, 또 밟아드려요?"

소임은 기가 막혀 죽을 것 같았다.

'이 남자는 제대로 된 또라이야. 미쳤어! 무시가 상책이다.'

소임은 씩씩거리며 집으로 돌아왔다. 당연히 그녀가 제일 먼저 한 것은 은지에게 전화를 거는 것이었다. 이번 통화 또한 한 시간을 거뜬히 넘었다.

* * *

오늘은 재수가 옴 붙은 날이 틀림없었다. 문수복 원장한테 삼십 분이 넘도록 깨질 때부터 알아봤어야 했는데 말이다.

학부모 전화가 두 번이나 오고 뉴턴 반 학생이 한 명 학원을 끊었다. 건너편 종합 학원으로 옮긴다는 공통된 의견이 있었다. 그러니까 종합하면, 하루 만에 세 명이 갈릴레오 과학 학원을 그만둔 것이다.

그래도 손해 보는 건 문수복 원장뿐. 성과급이 아닌 월급제기 때문에 소임은 그나마 마음이 편했다.

최악이라면 잘릴 수도 있겠지만, 원장이 이 혼잡한 시기에 강사 한 명을 새로 뽑을 일이 있을까? 안 그래도 바쁜 중간고사 기간이었다.

소임은 운수가 참 더럽게 별로인 하루였다고 생각하며 집에 돌아왔다. 그녀는 나쁜 일이 더 생길 것이라고는 전혀 상상하지 못했다. 그러나 하루의 악운을 한 방에 날려 버릴 정도로 끔찍한 사고가 일어났다.

"어떡해……."

운전 경력 만 1년. 집과 직장만 왔다 갔다 하는 소시민으로서

교통사고라는 것이 뉘 집 개 이름이여, 하면서 살아왔는데 오늘 거하게 한 판 하고 말았다. 소임은 떨리는 손으로 번호를 눌렀다. 공일공에 사칠이사…….

뚜, 뚜, 뚜, 딸칵.

—여보세요.

"아, 안녕하세요. 5245 차주 분 되세요? 다름이 아니라 저는 음, 마크팰리스 2동에 사는 사람인데요. 그게 제가 주차를 하다가 실수로 차주 분 차량을 긁었어요. 어, 많이는 아니고 왼쪽 앞 범퍼부터 그 운전석 쪽 뒤에까지, 음, 많인가? 어떡해……. 너무 죄송해요. 제가 끽, 소리 났을 때 멈춰야 했는데 당황해서 액셀을 밟아 버렸어요. 혹시 지금 댁이세요? 잠시 나와 보셔야 할 것 같은데……."

—1201호?

"아, 네. 어? 어떻게 아셨어요? 누구세요?"

—지금 내려갑니다.

뚝.

소임은 발을 동동 굴러야 했다.

'이 정도면 봐주진 않겠지? 긁힌 게 너무 티 나니까. 돈은 얼마나 부를까? 같은 아파트 사람인데 바가지 옴팡 씌우진 않겠지? 아씨, 하필 왜 외제 차를 긁어서.'

공동 현관으로 나오는 사람은 차주라고 절대 믿고 싶지 않은 사람이었다. 제발 오지 마라, 제발 저 사람만은 아니어라, 했지만 남자는 무슨 일이 일어났는지 아는 것처럼 정확히 소임에게 다가왔다.

'통화할 때 어디서 들었던 목소리 같다 했더니 역시. 난 운도 지지리 없지.'

남자가 밉상이든 아니든 지금은 그걸 따질 때가 아니었다. 남자는 갑이요, 자신은 을도 병도 안 되는 정이었다. 소임은 가식적인 미소를 매달고 살살 눈치를 보았다.

"저기요, 죄송한데 제가 보험을 안 들었거든요……. 이게 사실 저희 언니 차인데, 저희 언니가 지금 잠시 외국에 나가 있거든요. 전 어차피 시내만 왔다 갔다 하니까 사고 날 일 없을 줄 알고……. 여튼 중요한 게 그게 아니라, 혹시 현금으로 수리비 드려도 괜찮을까요?"

"괜찮습니다."

남자는 차의 외상에 별로 신경 쓰는 것 같지 않았다. 눈을 찌푸리지도, 뒷목을 잡지도 않았다. 그저 무심히 차를 훑어보았다.

설마! 소임의 가슴이 기대로 두근두근 뛰었다. 그녀의 머릿속에 '차를 긁었는데 그냥 보내 주었다'는 말숙 아줌마의 말이 떠올랐다.

"생각보다는 많이 안 긁혔네요."

이번에도 그냥 보내 주려는 듯했다. 소임은 남자가 참 괜찮은 사람이라고 생각했다. 자기가 손해를 온전히 감수하겠다는 것 아닌가. 그동안 오해했던 게 미안할 정도로 그는 정말 착한 사람이었다.

이 은혜는 잊지 않으리라. 감동으로 인해 소임은 반쯤 울먹였다.

"정말 감사합니다……."

"현금으로 퉁 치죠. 오백만 원 받겠습니다."

잘못 들은 것일 게 분명해, 소임은 어색하게 웃었다.

"방금 뭐라고 하셨죠?"

"오백만 원만 주시면 된다고요."

"네? 아까 괜찮다고 하셨잖아요."

"현금으로 받겠다고요."

남자는 친절하게도 차 면을 가리키며 설명을 시작했다.

"앞 범퍼는 페인트가 벗겨졌고 차 면은 두 개 걸쳐서 긁혔잖아요. 이거 두 개 다 갈아야 해요. 아예 판을 다 뜯어서 새 걸로 갈아야 합니다. 제 차는 본사가 해외에 있어서 수리하려면 부품을 따로 주문해야 해요. 아무리 빨리 고친다고 해도 2주는 걸립니다. 같은 차종으로 렌트하는 비용도 청구한 거고요."

소임의 등줄기에 땀이 주르륵 흘렀다.

"분명 생각보다는 많이 안 긁혔다고 하셨는데……."

"예, 반쯤 부서졌을 줄 알았습니다. 그러면 가격이 어마어마하게 올라가겠죠. 오백이면 뭐, 양호한 편이고."

남자가 중얼거리는 소리가 사형선고처럼 소임의 귓가에 울려 퍼졌다.

오백이라고……?

"제가 어, 지금은 여유가 없는데 다음 달까지 기다려 주시면 어떻게든 마련해 볼게요."

"지금 받겠습니다."

"네, 당연히 드려야죠. 근데 제가 지금 당장은 어려워서요. 백만 원 정도가 모자라는데 다음 달 월급이 나오는 즉시 드릴게요."

"제가 차에 흠집 난 건 못 참아서요. 지금 수리 맡기려고 합니다."

"어, 그러면 그쪽이 돈 먼저 내시고 나중에 제가……."

"저도 당장은 마련이 어려워서요."

소임은 머릿속으로 돈을 빌릴 친구들을 빠르게 떠올렸다. 미희, 세정이, 명진이, 은지……. 힘들다. 거의 다 기저귀와 분윳값에 등골이 휘는 유부녀들인 데다가, 은지는 결혼 준비 때문에 여유가 없다. 그들에게 어떻게 돈을 빌려 달라고 말할까.

사실 가장 먼저 생각난 건 부모님이었지만, 소임이 제일 피해야 할 대상 또한 그들이었다. 자동차 보험 안 들었다는 거 들키면 아작 난다. 보험 들으라는 말을 귓등으로 넘겼다는 것을 자백하는 셈이니까.

소임은 자신의 모습 중에 가장 여리고 안타까운 면모를 끄집어냈다. 턱은 몸쪽으로 당긴 채 사납지 않게 눈매를 누그러뜨렸다. 그녀는 조심스럽게 입술을 움직였다.

"그럼 신용카드로 먼저 긁으시면 안 될까요?"

"한도가 모자랍니다. 정 어려우시면 그쪽 카드로 긁겠습니다."

소임은 선불리 그러라 하지 못하고 눈치를 봤다.

"제 카드는……."

한도 초과입니다! 그것도 완전 초과입니다!

한도가 모자라는 건 이쪽도 마찬가지였다. 소임은 월급이 삼백을 넘지 않았다. 한도는 그에 맞춰 삼백을 넘지 않도록 설정해 놓았다. 어색한 침묵의 시간이 길어지자 남자가 결국 휴대폰을 꺼내 들었다. 엄지가 차분히 화면을 세 번 두드렸다. 아무리 봐도 112라고밖에 생각되지 않는 모양새였다.

"저기요. 설마 지금 경찰에 신고하시는 건 아니죠? 제가 뭐든지 해 드릴 테니 잠시만 진정하시고……."

"뭐든지?"

"네?"

"정말 뭐든 말입니까?"

"네, 네. 그럼요."

남자는 소임의 얼굴을 천천히 뜯어봤다. 이마에서부터 코를 지나 턱까지 아주 느릿하고 여유롭게 살폈다. 소임은 오싹해졌다. 자신이 영화를 너무 많이 봤나. 이 분위기에서 나올 말이 벌써 귓가에 맴돌았다.

'서, 설마 내 몸을 달라 하는 건 아니겠지!'

남자가 그런 호색한처럼 보이진 않았지만 그래도 혹시 몰랐다. 그녀는 침을 꿀꺽 삼켰다. 별로 동하는 외모가 아니었나 보다. 탐색을 마친 남자는 심드렁하게 중얼거렸다.

"오백 주세요. 뭐든지 해 주신다면서요."

"아니 그건 좀……."

소임은 나쁜 생각이 들고 말았다. 분명 잘못한 건 자신이니까 당연히 돈을 물어 줘야 하는데, 김말숙 아줌마한테는 그냥 가라고 했다면서 지금 자신한테만 돈을 물어 달라고 하는 게 억울했다.

'이씨, 따지고 보면 말숙 아줌마가 나보다 더 부잔데. 말숙 아줌마는 보험도 들었을 거고.'

괜히 주차를 잘못해서 이 모양 이 꼴이 되었다는 후회감과 억울함이 사무쳐 눈꼬리에 눈물이 글썽글썽 맺혔다.

"어, 저기, 제가 정말로 죄송한데요……. 제가 지금은, 아…… 정말 지금은요. 어떡해…… 아, 진짜……."

인정사정 봐주지 않을 것 같이 냉정하던 남자의 입꼬리가 꿈틀하고 올라갔다.

"됐습니다. 가세요."

"네?"

"그냥 가시라고요."

"가라고요?"

"예."

"돈은, 그럼 돈은 어떻게? 이거 두 짝 갈려면 돈이 엄청나게 나간다고 하셨는데."

"보험 처리하면 됩니다."

"제가 차 보험을 안 들었어요."

"제가 처리합니다."

"아까 저보고 현금으로 오백 달라고 하셨잖아요."

"한번 놀려 봤습니다."

어리둥절하기도 잠시, 소임의 머리가 팽팽히 돌아갔다. 그냥 가도 된다니, 이건 하늘이 주신 기회였다. 남자의 마음이 바뀌기 전에 어서 자리를 피하는 게 나을 듯했다.

“감사합니다!”

소임은 꾸벅 인사를 한 뒤 헐레벌떡 도망쳤다. 그녀는 카드키를 찍고 공동 현관 안으로 냉큼 들어갔다가 아차 싶어서 뒤를 돌아봤다. 남자 역시 2동 12층에 사는 사람이다. 집에 돌아가는 건 저쪽도 마찬가지였다.

소임은 자신이 너무 눈에 튀게 행동했다는 생각이 뒤늦게 들었다. 그녀는 현관문으로 쭈뼛쭈뼛 다가가 손을 휘저어 문을 열었다. 남자는 의외라는 눈빛으로 소임을 바라봤다.

엘리베이터가 지하 1층까지 내려오길 기다리면서 소임은 옆을 흘끗댔다. 남자는 습관처럼 핸드폰으로 게임을 하고 있었다. 어색한 분위기를 견디지 못했던 그녀가 먼저 입을 열었다.

“저기요, 성함이 어떻게 되세요?”

대답은 한 박자 늦게 돌아왔다.

“이선호입니다. 변소임 씨.”

어느새 남자는 핸드폰에서 시선을 거두고 소임을 바라봤다. 남자가 제 이름을 알고 있다는 것에 놀라서 소임은 펄쩍 뛸 뻔했다. 어떻게 알고 있는지 물어보려던 찰나 묘하게 신경 쓰이는 부분이 있었다. 소임은 그것을 바로 찾아냈다.

“죄송한데 성을 떼고 불러 주시겠어요?”

"변, 말입니까?"

"네, 제가 성이랑 이름이랑 같이 불리는 걸 정말 싫어해서요. 아시잖아요. 어감이 좀 이상해서."

남자는 흥미롭다는 듯 소임을 바라보다가 툭 내뱉었다.

"저도 이름만 부르는 걸 정말 싫어합니다. 아시잖아요. 좀 친근해 보여서."

남자는 엘리베이터 문이 열리자마자 빠르게 올라탔다. 소임 또한 뒤질세라 허겁지겁 들어갔다. 그녀의 쓸데없는 승부욕은 남자가 은인이 되었더라도 가라앉지 않았다. 소임은 남자를 힐끔대다가 용기를 갖고 다시 말을 걸었다.

"근데 선호 씨가 제 이름의 특이성을 고려해 주셔야 해요. 절 아는 사람들은 다 이름만 불러 줘요. 제가 부탁하거든요. 아시다시피 성하고 같이 부르면 정말 이상하게 들려요."

"아예 안 부르면 되지 않습니까. 어차피 제가 그쪽을 부를 일 없을 것 같은데."

"그러네요."

맞는 말인데 이상하게 거슬렸다. 소임은 12층 버튼을 누르는 남자의 손을 노려보았다.

'가만히 있자. 괜히 저 사람을 귀찮게 하면 안 돼. 나보고 다시 돈을 물어내라고 할 수도 있잖아.'

1층. 2층. 3층.

"그런데요. 사람 일은 혹시 모르잖아요. 아무리 부를 일이 없다고 쳐도 혹시나 부를 일이 생겼을 때는,"

"변 씨."

"네?"

"성이랑 이름 합쳐서 부르는 게 싫다고 하셨으니 변 씨라 부르면 되겠네요."

"그러네요."

8층. 9층. 10층.

소임은 똥 씹은 표정으로 엘리베이터를 노려봤다.

12층.

엘리베이터 문이 열리고 남자가 빠져나갔다. 소임은 남자의 뒷모습을 뚱하니 바라보다가 입을 열었다.

"안녕히 들어가세요. 이 씨."

"변 씨도요."

남자는 뒤를 돌아보지도 않았다.

5. 휴전 협정

인간은 적응의 동물이다. 줄어 가는 몸무게에 눈물을 흘리며 감탄하는 일은 금방 끝나고 말았다. 아침마다 체중계에 올라가거나 자기 전에 거울을 유심히 들여다보는 것은 딱 3개월까지만 즐거웠다.

개구리 올챙이 적 시절 생각 못한다고, 작년 여름에는 맞지 않았던 바지가 넉넉하게 남아돌자 소임은 저가 원래부터 날씬했노라고 착각하게 되었다. 착각은 근거 없는 자신감을 낳았다. 원래 날씬했으니 이제는 운동하지 않아도 몸매를 유지할 수 있을 거라는 자신감이 무럭무럭 자라났다. 헬스장에 더는 가지 않아도 될 거라는 그런 자신감.

직장에서 받는 스트레스 또한 헬스장에 갈 필요 없다는 주장에 힘을 보탰다. 학원의 부흥을 위해 노력하라고 달달 볶는 문수복 원장 덕택에 소임은 과민성 대장 증후군이 더욱 심해졌다.

무엇을 먹든지 곧장 신호가 왔다. 시도 때도 없는 배출에 얼굴이 수척해진 건 당연지사. 계집애가 근성이 없어서 무엇 하나 진득이 하지 못한다고 잔소리를 퍼붓는 해주도 소임의 반쪽이 된 얼굴을 보고는 안타까운 시선을 보냈다.

그렇다고 남아도는 인력을 마다할 정도까진 아니었다. 해주는 집에서 빈둥거리는 소임에게 뭐라도 시키지 않고서는 못 배겼다.

"소임아, 아빠 옷 좀 갖다 드려라."

해주는 소파 위에 늘어져 있는 소임의 모습이 탐탁지 않았다. 밖에 나가 연애라도 하면 좋으련만 주말마다 집에 콕 틀어박혀 있으니.

"엄마가 갔다 오면 안 돼? 나 집에서 쉴래."

"아줌마들이랑 이따가 저녁 먹으러 가기로 했어. 아빠한테 옷 갖다 드리고 너도 밖에서 사 먹고 들어와."

외출하는 것과 집에서 혼자 밥 차려 먹는 것의 귀찮은 정도를 견주어 보던 소임은 후자가 더 심하노라 결론 내렸다.

건축 사무소에서 일하는 변재식은 야근이 잦았다. 변 씨 집의 여자들은 번갈아 가며 재식에게 옷을 가져다주곤 했는데, 소임의 연년생 언니 새임이 작년에 해외로 취업한 이후로 옷 배달은 해주와 소임의 몫, 그것도 주로 소임의 일이 되어 버렸다.

소임은 사무소 문을 열고 아빠를 불렀다. 재식보다도 그의 동료들이 더욱 반갑게 소임을 맞았다.

"어, 소임이 왔구나?"

"아이고! 우리 똥쟁이 오랜만이네. 잘 지냈어?"

"똥쟁이 아니거든요."

소임은 볼멘 목소리로 받아쳤지만 실제로 기분이 나쁘진 않았다. 그녀는 꼬꼬마 시절부터 재식의 동료를 봐 왔다. 아저씨들의 장난에 애정이 묻어 있다는 것을 모르지 않았다. 더군다나 그들이 소임에게 안겨 주는 용돈은 꽤 짭짤했다.

'누구지?'

소임의 시야에 낯선 사람이 들어왔다. 그녀와 눈이 마주치자 멋쩍게 웃는 젊은 남자. 소임은 뒤늦게 재식이 얼마 전 신입을 한 명 뽑았다는 소리를 기억해 냈다. 엉거주춤 고개를 숙여 인사하자 그쪽에서도 꾸벅 고개를 숙였다.

배가 불뚝 나온 중년 남성들은 남 놀리기에 도가 텄다. 15평 남짓한 사무소 안에 야유 소리가 울려 퍼졌다.

"이야, 이거 뭐냐? 수상한데?"

"저거, 신정우 저놈. 귀 빨개진 것 봐. 소임이가 맘에 드냐?"

"우리 똥쟁이가 미인이긴 하지. 암, 그렇고말고. 어이, 재식. 우리 올해 국수 먹는 건가?"

소임은 시큰둥하게 고개를 기울였다. 나이 앞자리가 2였다면 조금이나마 볼을 붉혔을 테지만 서른한 살인 지금은 당황스럽지도 않았다. 남자는 이런 경우가 처음인지, 목까지 새빨갛게 붉히고 허둥지둥 손을 휘저었다. 그는 자신이 동료들에게 저를 놀릴 떡밥을 친히 제공하고 있다는 사실을 모르는 듯했다.

소임은 놀림 받는 남자가 가여웠다. 이럴 때는 그녀가 차라리 빨리 빠져 주는 게 나았다.

"저 그만 가 볼게요. 다들 일 열심히 하세요. 아빠, 집에서 봐. 어? 아빠 왜 나와?"

"우리 딸 밥이라도 사 줘야지. 아빠 옷까지 갖다 줬는데. 어이, 나 잠시 나갔다 온다."

재식은 회사 주변의 국숫집으로 소임을 데려갔다. 그는 소임이 먹는 모습을 흐뭇하게 지켜봤다.

'딸이 먹는 모양만 봐도 배부르다 이건가?'

소임은 재식의 미소를 마음대로 판단하고 더 크게 소리 내어 후루룩 면을 흡입했다. 그러나 부모님이 흐뭇하게 웃고 있을 때는 무언가 숨겨진 의도가 있다는 것을 간과해서는 안 된다.

"아까 그놈 어떻더냐."

쿨럭. 사레가 들려 캑캑대는 소임에게 재식이 물 잔을 건넸다. 소임은 꿀꺽꿀꺽 급히 들이마셨다.

"아빠, 나 그 사람 고작 2분 봤는데?"

"더 보고 싶어? 자리 마련해 줄까?"

"그 소리가 아니잖아."

"아빠는 그놈 마음에 든다. 성격도 순하고 된 놈이여. 일도 시키는 거 군말 없이 싹 하고. A대 공대 나왔다 아니여."

소임은 아까 봤던 남자를 떠올렸다. 동료들의 놀림에 진땀을 뻘뻘 흘리며 당황하던 남자. 생긴 것도 순했다. 7년 차 학원 강사 변소임이 보기에 신정우라는 남자는 학창 시절에도 모범생이었을 것 같았다.

"물어보니까 여자 친구도 없다는데 딱이야, 딱. 한번 만나 볼터?"

서른한 살이 되도록 애인이 없는 딸을 걱정하는 아빠의 마음도 이해가 갔지만 소임에겐 귀찮기 짝이 없는 호의였다.

"아니. 됐어."

"생각도 안 해 보고 그렇게 빨리 거절하면 어떡하냐."

"그럼 생각해 보고 나중에 말해 줄게."

"아빠가 보기엔 생각해 보고 말 것도 없어. 그냥 한번 만나 봐."

소임은 젓가락을 내려놓았다. 당연히 국수 그릇은 싹 비어 있었다. 다 먹었으니 젓가락을 내려놓은 것이다. 변소임 사전에 입맛이 떨어져서 밥을 남긴다는 문장은 없었다.

"몇 살인데?"

"서른다섯. 딱 좋지. 네 살 차이는 궁합도 안 본다잖냐."

"생각보다 나이가 많네? 한 서른둘 되었을 줄 알았더니. 엑, 잠깐만. 그러면 결혼 전제로 만나야 할 거 아냐? 나이가 그 정도면."

"너도 이제 서른하나니까 결혼할 준비 해야지. 언제까지 혼자 살 거냐?"

소임은 결혼 얘기만 나오면 머리가 지끈지끈 아팠다. 꼭 명절에

친척 집을 방문하지 않아도 자신의 미래 계획을 캐묻는 사람이 많았다. 아빠만 봐도 그렇지 않은가. 제일 가까운 곳에서 이렇게 압력을 넣었다.

"내가 무슨 혼자 살아? 엄마, 아빠랑 같이 살고 있잖아."

"너희 엄마랑 나는 이제 둘만 살고 싶다."

"와, 진짜 배신. 나 남자 친구 있었을 때는 나보고 늦게 시집 가라더니."

"그게 벌써 십 년 전 얘기다, 이것아."

"아냐, 아빠. 꼭 결혼하지 않아도 돼. 그거 있잖아. 골드미스. 그게 나야. 난 골드미스로 남을래."

소임은 재식의 뜨거운 시선을 모른척하며 국수를 한 그릇 더 주문했다.

* * *

인생사 새옹지마라고. 불행한 일 있다가도 행복한 일 찾아오고, 즐거운 일 있다가도 슬픈 일이 온다는데 소임에게 이번 해는 줄곧 가혹했다.

한눈팔지 않고 열심히 집과 직장만 오갔건만 갈릴레오 과학학원의 원장 문수복은 그녀에게 앞으로 더는 출근하지 않아도 된다는 똥 같은 말을 투척했다.

학원의 경제 사정으로 인한 불가피한 해고. 대머리 문수복이 그나마 미안하다는 표정을 지으면서 했던 말이었다. 물론 소임은 그를 절대 믿지 않았다. 구인 홈페이지에 올라온 강사 채용 공고를 봤기 때문이다.

문수복은 월급을 인상해 주기 싫어서 그녀를 자른 것이다. 연차가 차기 전에 뎅강 모가지를 잘라 버리면 돈 굳고 좋지 않은가.

7년 차 학원 강사. 그동안 옮긴 학원만 다섯 곳. 이제 여섯 곳.

소임은 졸지에 백수 생활을 영위하게 되었다. 그녀는 매일 집에서 띵까띵까 놀았다. 오랜만의 휴가를 즐기고 싶은 마음 반, 현실을 외면하고 싶은 마음 반이었다. 괜찮은 과학 학원에 이력서를 넣어 면접 보러 다니는 일은 잠시 미뤄 두고 싶었다.

다행히 해주와 재식은 소임을 재촉하지 않았다. 오히려 이번 학원에서는 꽤 오래 버텼다며 어깨를 토닥여 줬다. 낮에는 소임을 착잡한 눈으로 바라보고 밤마다 재식과 숙덕거렸던 해주는 어느 날 소임에게 놀라운 소식을 전했다.

"얘, 소임아. 아빠가 돈 빌려줄 테니 학원 차리란다."

소파에 누워 배를 벅벅 긁고 있던 소임은 벌떡 일어났다. 자신만의 학원을 꾸리는 건 그녀도 예전부터 마음에 두고 있었던 일이었다.

"돈이 어디 있어서? 설마 아빠 퇴직금은 아니지? 엄마, 그건 아냐. 나 아무리 양심이 없어도 엄마, 아빠 노후 자금까진 못 끌어다 써. 됐어, 괜찮아. 나 일자리 다시 구하면 돼."

"아빠 퇴직금 아니야. 너 결혼 자금으로 모아 뒀던 건데 그거 준다는 거야. 대신에 다는 못 줘. 반만 줄 테니까 나머지는 네가 융통해. 모아 둔 돈 있지?"

'여기서 없다고 대답하면 큰일 나겠지?'

재빨리 머리를 굴린 소임은 태연하게 고개를 끄덕였다. 그녀는 주택 청약을 깰 계획을 세웠다. 어차피 자신은 근래에 결혼할 리 없었다. 부모님의 집에 얹혀 살 기간이 늘었다.

부동산 중개인이 소개해 준 건물은 임대료가 약간 비쌌다. 하지만 위치를 고려했을 때 매력적인 장소였다. 주변 학교들이 있어 경쟁력이 있는 데다가 집에서부터 차로 20분 거리였다. 소임은 집과 직장은 최대한 가까워야 한다는 신조를 지니고 있었다.

소임은 설레는 마음으로 건물에 들어섰지만, 개원도 전에 망한 기분을 느꼈다.

"변 씨?"

악운도 이런 악운이 없었다.

"어머, 안녕하세요."

소임은 뒤늦게 중개인이 옆 구역은 남자 두 명이 쓰고 있다고 언급했던 것이 생각났다. 대충 흘려들었는데 그들 중 한 명이 재수 없는 옆집 남자일 줄이야.

"저쪽에 학원 들어온다는 말은 들었는데 선생님이세요?"

선호의 옆에 찰싹 붙어 있던 사람이 친근하게 말을 붙였다.

귀에는 볼펜을 꽂고 한 손에는 오렌지 주스를 든 남자였다. 소임은 대외용 미소를 띠고 상냥하게 대답했다.

"네, 변소임이라고 합니다. 제가 인사를 먼저 드려야 했는데……. 앞으로 며칠간 좀 시끄러울 수도 있어요. 물품 들어오고 인테리어 공사할 일이 있어서. 양해 좀 부탁드릴게요. 정말 죄송해요."

"괜찮아요. 여기 방음 엄청 잘되거든요. 복도에서 노래 부르고 난리 쳐도 사무실에서는 절대 안 들려요. 사 층은 반년 넘게 저희만 써서 조금 심심했는데 앞으로 좀 활기차겠네요. 아, 저는 양진수입니다. 선호랑은 아는 사이신가 봐요?"

선호가 진수의 옆구리를 툭 치더니 옆집이라고 내뱉었다. 소임은 진수가 '옆집'이라는 소리를 듣자마자 눈을 동그랗게 뜨고 자신을 빤히 바라보는 것을 알아차렸다. 대체 선호가 그간 무슨 말로 그녀를 설명해 놨기에 신기한 괴생명체를 대하는 것같이 구는지.

"아! 천이백일 호?"

진수는 오렌지 주스를 왼손으로 옮겨 들더니 오른손을 제 셔츠에 벅벅 문질러 닦았다. 그가 소임에게 정중히 악수를 청했다.

"아유, 이거 영광입니다."

"아, 네. 저도."

손이 맞닿으려는 순간, 선호가 진수의 소매를 잡아당겼다.

"인사만 하면 됐지 뭘 악수까지 해? 유부남이."

유부남이었나? 소임은 진수의 왼손을 살폈다. 매끈한 금반지가 눈에 들어왔다. 그녀는 역시 괜찮은 남자는 임자가 있는 법이라는 진리를 다시금 깨달았다.

"난 천이백일 호랑 악수도 못 하냐? 진짜 예민하게 구네, 천이백이 호."

소임은 눈썹을 꿈틀거렸다. 내막은 잘 모르겠지만 자신의 존재는 그들에게 유흥거리였다.

'대체 뭐라고 지껄여 놨기에 진수 씨가 날 보고 자꾸 입꼬리를 씰룩대는 거야?'

선호는 그녀의 못마땅한 눈빛을 깔끔하게 무시했다. 소임은 옆집 남자가 더 싫어졌다.

* * *

개원을 일주일 앞두었을 때부터 소임은 밤늦게까지 학원에 머물렀다. 학원 홈페이지 단장을 비롯해 학부모들에게 나누어 줄 계획표, 수업 자료 제작 등등 준비할 것이 많았다.

밤 아홉 시가 넘어가는 시각. 열심히 막판 스퍼트를 올리던 소임의 눈이 팍 찌푸려졌다.

"뭐야, 이거?"

엔터 버튼을 눌러도 화면에는 변화가 없었다. 소임은 손바닥으로 모니터와 본체를 두어 번 두들겼다. 파란 화면에는 여전히 알 수 없는 영어들만 나열되어 있었다.

"설마 다 날아간 거 아냐?"

소임은 소름이 쫙 끼쳤다. 수업 자료를 만들던 중에 블루스크린이 떴다. 파일을 저장하지 않았으니, 잘못하면 오늘의 노동이 물거품이 될 수도 있었다.

초조해진 소임은 폰으로 이리저리 검색을 해 보았다. 그녀는 컴맹에 가까웠다. 알아들을 수 있는 말은 '컴퓨터를 잘 아는 사람에게 도와달라고 하라'는 내용밖에 없었다. 기사를 부르기엔 늦은 시각이었다.

발을 동동 구르던 소임의 머릿속에 갑자기 옆 사무실의 남자들이 떠올랐다. 아무래도 자신보다는 컴퓨터에 대해 잘 알 것 같았다.

소임은 실례를 무릅쓰고 옆 사무실의 문을 두들겼다. 옆집 남자와의 악연 때문에 머뭇거리기엔 저장하지 않은 자료가 너무 귀중했다.

문이 벌컥 열렸다. 소임은 선호를 발견하고 잠시 멈칫했다. 그녀는 진수가 나오기를 바랐다.

"뭡니까?"

선호는 처음부터 세게 나왔다. 소임은 벌써 자신감이 하락했다. 옆집 남자는 기분이 별로 좋지 않아 보였다.

"어…… 저기, 아주 바쁘세요?"

"네."

"그렇구나. 열심히 일하세요!"

남자는 어색하게 웃는 소임을 물끄러미 바라보다가 문을 도로 닫았다. 냉정한 태도였다.

복도에 홀로 남겨진 소임은 기분이 한껏 상했다.

'치졸한 놈…… 무슨 일이냐고 물어보지도 않아?'

자신도 너무 약자처럼 굴 필요 없었다. 저쪽도 저렇게 매너 없이 구는데 이쪽이라고 예의 바르게 굴 필요가 있나! 소임은 아까와 달리 위협적으로 '쿵쿵' 노크했다.

끼익.

문이 열리자마자 소임은 냅다 내뱉었다.

"저기요. 저 좀 도와주세요. 컴퓨터가 이상해요."

'내가 왜요?' 같이 한 번쯤은 토를 달 줄 알았는데 선호는 순순히 그녀를 따라왔다. 소임은 기분이 떨떠름했다. 남자는 좀처럼 알 수 없는 사람이었다.

"제가 한글 프로그램으로 문서 작성하고 있었는데 갑자기 '삑' 하더니 파란 화면이 뜨는 거예요. 인터넷에 블루 스크린 원인을 찾아봤는데 사람들이 뭔 소리 하는지 전혀 모르겠어요. 키보드 눌러 봐도 아무것도 안 바뀌더라고요. 근데 재부팅 하면 절대 안 되는 거 아시죠? 제가 문서 저장을 안 해 놨거든요."

"물이나 한 잔 주세요."

그녀가 종알거리는 게 귀찮은지 선호는 손을 내저었다. 소임의 표정이 똥 씹은 것처럼 변했다. '물을 달라', 모로 봐도 자신을 내쫓고 싶어서 하는 말 같았다.

그녀가 커피를 내왔을 때 상황은 종결되어 있었다. 마법이라도 부린 것처럼 블루 스크린은 온데간데없고 한글 프로그램이 반갑게 얼굴을 내비쳤다.

고마움도 잠시, 묘한 패배감이 소임을 잠식했다. 자신이 20분간 노력해도 해결하지 못한 일을 저 남자는 3분도 채 지나지 않아 해결한 것이다! 하지만 이런 상황에서까지 유치하게 굴고 싶지 않았기에 그녀는 활짝 웃으며 잔을 내밀었다.

"아! 너무 감사해요. 이 씨 덕분에 정말 죽다 살았어요."

선호는 커피 잔을 받아 들지 않고 빤히 내려다봤다.

"물 달라 그랬는데."

진짜 물을 마시고 싶었던 거였어? 뒤늦은 충격이 소임을 강타했다.

"아, 죄송해요. 금방 가져다드릴게요."

"됐습니다. 가서 마시죠."

선호는 1초라도 학원에 머무르고 싶지 않은 것처럼 재빨리 자리에서 일어났다. 소임은 안절부절못하면서 그의 뒤를 따라갔다.

"어, 정말 물 안 드시고 가세요?"

"물은 제 사무실에도 있습니다."

소임은 선호를 이대로 보낼 수 없었다. 염치가 있는 사람이라면 절대 그래서는 안 될 것 같은 기분. 자신은 저 이기적인 옆집 남자와는 달리 그래도 예의란 걸 아는 여자였다. 소임은 보답으로 무언가를 해야 한다는 의무감에 사로잡혔다.

'가만 보자. 뭘 해 줄 수 있을까? 무얼 해 줘야 컴퓨터를 고친 사람에게 물 한 잔도 대접하지 못한 염치없는 여자라고 낙인찍히지 않을까? 돈으로 보답하는 건 너무 물질주의 같고. 뭔가 정성이 가득 담겼으면서도 괜찮은 일이…… 그러고 보니 이 씨는 혼자 살잖아?'

소임은 살갑게 물었다.

"혹시 반찬 필요하세요? 반찬 좀 갖다 드릴까요? 저 이래 봬도 음식 잘해요. 국도 잘 끓이고 반찬도 맛있게 하는데. 필요하시면 말씀하세요. 밥도 잡곡으로 해서 갖다 드릴게요."

"저도 요리 잘합니다."

"그럼 제가 쓰레기라도 버려 드릴게요. 분리배출 하는 거 귀찮잖아요."

"됐습니다."

"제가 뭘 해 드려야 그쪽, 아니 이 씨가 마음이 편할까요?"

"귀찮게 달라붙지 좀 마세요."

소임의 눈꺼풀이 파르르 경련했다. 그녀는 작게 대답했다.

"네."

* * *

소임과 선호는 같은 층을 공유하니까 적어도 하루에 한 번은 서로를 마주쳤다. 소임은 얌전하게 눈을 내리깔고 종종 걸어서 저쪽의 심기를 거스르지 않도록 노력했다. 그런데도 둘은 자꾸 길목에서 부딪쳤다.

"먼저 가세요."

소임이 너그럽게 양보해도 남자는 그녀의 존재 자체가 불만이라는 듯이 인상을 썼다. 그녀가 선호를 떠올리며 이를 가는 횟수도 날이 갈수록 늘어났다. 소임은 옆집 남자가 하는 모든 행동이 아니꼽게 보였다.

남자는 담배도 피우지 않으면서 복도에 자주 나왔다. 그가 테라스에 서서 하는 짓이라고는 별거 없었다. 그저 밖을 바라봤다. 서울 공기 나쁘다는 건 모든 이들이 아는 사실인데 망부석처럼 가만히 서 있었다. 가끔은 핸드폰 게임을 하고 있기도 했다.

선호는 소임을 발견할 때마다 눈을 가늘게 좁혔다. 소임이 '무슨 용건이라도 있느냐'는 듯 눈을 부릅뜨면 그는 미간을 찌푸린 채로 고개를 홱 돌렸다. 선호는 예민한 사춘기 학생 같은 행동을 꽤 오랜 기간 지속했다.

소임에게 아는 척도 안 하더니 어느 날은 그녀에게 먼저 말을 걸었다.

"운동 왜 안 옵니까?"

"네?"

"헬스장 왜 안 오냐고요."

"그만뒀어요. 힘들어서요."

소임은 선호가 '안 힘들면 운동인가.' 하면서 작게 중얼거리는 것을 듣고 말았다. 그건 마치 '그러니까 살이 찌지.'에 가깝게 들렸다. 소임이 새침하게 대꾸했다.

"다시 운동 다닐 거거든요?"

"언제부터요?"

"다음 주요. 근데 요가 다닐 거예요. 헬스장 안 가요."

"요가?"

이번에는 '과연 네까짓 게 요가를?'이다. 선호의 눈빛이 그것을 증명했다. 과연 소임이 꼬아서 듣는 건지, 아니면 남자의 어투와 표정에 문제가 있는 건지는 아무도 모를 테지만.

"아이고, 어머니. 뭘 이런 걸 다 주세요. 이런 거 안 갖고 오셔도 괜찮아요."

"에이, 괜찮아요. 우리 민수가 그래도 선생님을 많이 좋아해서 학원은 빠지지 않으려고 해요. 갈릴레오 학원도 선생님이 그만두니까 다니기 싫다고 어찌나 떼를 쓰던지. 아유, 선생님 학원 아주 잘 차리셨어요. 우리 민수가 다닐 과학 학원이 있어서 얼마나 다행인지 몰라요. 우리 민수 잘 부탁드립니다."

"네, 어머니. 조심해서 들어가세요. 민수도 잘 가라. 내일 보자."

갈릴레오 학원 시절 소임의 스트레스 유발 주범이던 민수 모자(母子)는 예상외로 큰 도움이 되었다. 그녀가 새 학원을 차린 것을 어떻게 알았는지, 개원 첫날부터 부리나케 찾아왔다.

학원 강사한테까지 전화해서 제 아들이 얼마나 순진하고 착한 아이인지를 떠들어 댔던 민수 엄마는 그간의 민폐를 보상하기라도 하듯 다섯 명의 학부모를 이끌고 왔다. 아파트 부녀회에서 과학 학원의 중요성에 대해 일장연설이라도 한 모양이었다. 다들 결연한 얼굴로 등록 서류에 서명하고 갔다.

소임은 민수 엄마가 주고 간 커피와 도넛을 챙겨 옆 사무실을 방문했다. 혼자 먹기에는 많은 양이니 나눠 먹으면 좋을 것 같았다. 그녀는 선호가 나온다면 음식만 안겨 주고 도망칠 계획이었다. 몇 번이고 가상 시뮬레이션을 돌린 다음 문을 두드렸다.

"어? 소임 씨, 무슨 일이에요?"

다행히 진수가 그녀를 반겼다. 소임은 재빨리 방 안의 동향을 살폈다. 웬일인지 선호는 보이지 않았다.

"이거 저희 반 학부모님이 갖다 주셨는데 혼자 먹긴 많아서요. 드세요."

"아! 감사합니다. 안 그래도 좀 출출하던 참이었는데."

진수는 입이 귀에 걸리도록 씩 웃었다. 그는 언제나 기운찼다. 선물을 가져온 보람이 있는 반응이어서 소임의 기분 또한 상쾌해졌다.

"바쁘세요? 잠깐 들어오세요. 도넛 저랑 같이 드시고 가시지."

워낙 살갑게 이끄는 탓에 소임은 진수를 따라 얼떨결에 사무실에 들어갔다.

사무실은 남자 두 명이 쓰는 것 치고 굉장히 넓었다. 큰 책상 위에 산더미처럼 쌓인 종이 뭉치가 인상적이었다. 언뜻 내려다본 종이에는 정체를 알 수 없는 수식들이 가득했다. 소임은 그것들을 오래 바라보지 않았다. 그녀는 생물이나 화학엔

강했지만 물리에는 젬병이었다.

그리고 엄청나게 모니터가 큰 컴퓨터가 무려 세 대. 그것도 한 사람의 책상에. 그러니까 컴퓨터만 총 여섯 대였다.

'이 컴퓨터들로 대체 뭘 하는 걸까?'

소임은 호기심을 가득 품고 컴퓨터를 살펴보았다. 화면에는 A 브랜드의 사이트가 켜져 있었다. 비싸기로 유명한 명품 가방 브랜드였다. 그녀의 의아한 시선을 알아챈 진수가 경쾌히 설명했다.

"다음 주가 결혼기념일이라서요. 아내 선물 고르고 있었어요. 오, 그러고 보니 잘됐다. 소임 씨, 여기 좀 앉아 봐요."

소임은 어정쩡하게 의자 끝에 엉덩이를 걸쳐 앉았다. 진수는 의욕적으로 모니터에 창 여러 개를 띄웠다.

"어떤 게 예쁜지 좀 말해 주세요. 예쁜 걸 사 주고 싶은데 뭘 사야 할지 모르겠네요. 제 눈에는 다 똑같아 보여서. 브랜드도 겨우 구별했어요. 어떤 게 나아요?"

"아내 분께서 어떤 스타일을 좋아하시는데요?"

"그걸 모르겠어요."

진수는 푼수같이 으흐흐, 웃었다. 소임도 피식 웃으며 손가락으로 화면을 가리켰다.

"아내 분이 평소에 들고 다니는 백이 깔끔하고 무난한 편이라면 이 가방이 좋을 것 같고요. 만약 장식이 많고 화려한 편이라면 이게 나을 것 같아요. 둘 다 인기 많은 제품이에요. 연예인이 드라마에서 들고 나왔다가 그 주에 완판됐다는 전설의 가방이죠. 뭐, 사실 A

브랜드 가방은 아무거나 골라도 다 예뻐요. 비싼 값을 한다고 할까.”

“그렇구나. 이거랑 이거? 지희한테 사진 보내 줘야겠다. 둘 중에서 고르라고 해야지.”

“깜짝 선물 아니었어요?”

“보내면 깜짝 놀라겠죠. ‘와! 가방 사 줄 거야?’ 이렇게.”

“결혼기념일 당일에 주는 줄 알았어요.”

“상관없어요. 매일 기념적인 날인데요.”

소임은 몸을 부르르 떨었다. 닭살 돋는 말에는 면역이 되어 있지 않았다. 진수는 곧장 와이프에게 사진을 전송했다. 실실 웃으며 자판을 치는 그를 보면서 소임은 고개를 갸우뚱거렸다.

‘그렇게 좋을까?’

얼굴을 마주한 상태도 아니고 단지 카톡을 보내고 있을 뿐인데 진수의 입가에서는 미소가 떠나지 않았다. 연애 세포가 다 죽어 버린 소임에게는 낯선 광경이었다.

‘마지막 연애가 언제였더라…….’

기억을 한참 더듬어야 할 정도로 그녀에게 이성의 존재는 멀고도 멀었다. 전 남자 친구와는 대학 졸업 즈음에 이별했다. 그놈이 바람을 피웠다. 끝이 안 좋았기 때문에 자주 떠올리는 기억은 아니었다.

바보 같은 질문이라는 생각이 언뜻 들었지만 소임은 정말 궁금했다.

“결혼하면 좋아요?”

“그럼요. 완전 좋죠.”

"뭐가 좋아요?"

"그냥 다 좋은데? 흠, 기다려 봐요."

진수는 손을 턱에 대고 고민하기 시작했다.

"일단은 둘이 할 수 있는 게 많아서 좋아요. 밥도 같이 먹을 수 있고, 쇼핑도 같이 할 수 있고, 심지어 샤워도 같이할 수 있어요. 주말에 종일 같이 있을 수도 있고요. 그리고 아침에 눈 떴을 때 가장 먼저 보이는 사람이 아내예요. 얼마나 좋아요? 또 밤에 데이트하고 같이 집으로 돌아갈 수도 있어요. 결혼하기 전에는 각자 집으로 가야 했으니까 되게 아쉬웠거든요."

"좋아 보이긴 하네요."

"별로 감탄하는 표정이 아닌데요?"

"솔직히 전 잘 모르겠어요. 결혼하면 귀찮은 일도 많지 않아요?"

"예를 들면요?"

대답하는 것은 어렵지 않았다. 소임은 평소에도 타인과 같이 사는 것에 대한 단점을 많이 느끼고 있었다. 평생을 같이 살아 온 가족과도 사소한 면에서 부딪치는데, 생판 남과 집을 공유한다면 아마 불편할 구석이 많을 것이다.

예를 들자면, 생활 습관 같은 게 다르다. 이쪽은 늦잠을 많이 자는데 상대방은 아침 일찍 기상한다거나, 본인은 아침으로 밥을 먹어야 하는데 저쪽은 빵을 먹는다거나. 특히 자신이 괜찮다고 생각하는 부분에 지적이 들어온다면 스트레스를 받을 것이다.

오늘 아침에도 해주는 소임에게 방 청소 좀 하라고 잔소리를 했다. 소임이 보기에 자신의 방은 아주 잘 정돈되어 있었다. 물건들이 약간 널브러져 있긴 해도 움직이는 데 크게 불편하지 않았다.

소임은 '너 나중에 시집가서도 이러고 살 거니?' 하고 혀를 차는 엄마에게 자신이 곧잘 대답하는 말이 '결혼 안 해! 혼자 살 거야!'라는 것을 떠올리고 역시 결혼은 귀찮은 짓임을 스스로에게 되뇌었다.

매일 해주에게 지적받는 부분을 마치 자신의 얘기가 아닌 척하며 소임은 어깨를 으쓱였다.

"생활 습관이 다르면 스트레스 많이 받잖아요? 변기 뚜껑 올려놓니, 마니, 치약 밑에서부터 짜니, 마니만 해도 의견이 갈리잖아요. 수건도 하루에 두 개씩 쓰는 사람, 하나 갖고 이틀 쓰는 사람 나뉘는 걸요. 서로 맞추면서 살아가는 거지만 그 과정이 너무 불편할 것 같아요."

"아, 그러고 보니 지희는 제가 양말 벗는 방식이 마음에 안 든대요. 빨래할 때 일일이 뒤집어야 한다고. 그래도 우린 다행히 잘 맞는 편이에요."

진수는 생활 습관이야 서로 조금씩 양보하며 배려하면 된다고 인심 좋게 허허 웃었다.

"서로 다르게 살아온 두 사람이 서로를 위해 노력하는 것……. 이게 사랑이고 기적이죠. 사랑하는 사람을 위해서 노력하는 건 전혀 귀찮게 느껴지지 않아요. 저도 집안일 하기 싫지만 지희가 사용한 그릇 설거지 하는 건 재밌는 걸요."

소임은 결혼 생활은 행복 그 자체라고 무언가에 홀린 것처럼 중얼거리는 진수를 보니 닭살이 돋았다. 그의 환상에 태클을 걸고 싶은 건 아니었으나, 사실 며칠 전에도 결혼한 친구 한 명이 전화로 푸념을 늘어놓은 탓에 의문이 머릿속에서 사라지지 않았다.

"그래요? 근데 또 결혼은 두 사람만 노력한다고 되는 게 아니지 않나……."

작게 우물거렸는데 진수는 어서 그 말을 자세히 설명해 보라는 듯, 눈을 동그랗게 떴다. 소임은 어쩔 수 없이 말을 이었다.

"생판 모르던 사람들이 한순간에 시댁이 되어 내 삶에 간섭하잖아요? 결혼한 친구들 보니까 고부 갈등도 꽤 있더라고요. 전 게을러서 안부 전화도 제대로 못 드릴 걸요. 우리 엄마 잔소리만으로도 힘든데 양쪽으로 있다고 생각하면 끔찍해요."

"그런 건 서로 알아서 잘 하자고 얘기하면 괜찮지 않을까요? 자기 집에 안부 전화는 자기가 드리자고……. 근데 저는 제가 장모님께 연락 많이 드려요. 진짜 잘 챙겨 주시거든요. 매일 김치도 보내 주시고."

"뭐, 그렇게 사전에 합의를 잘하면 문제가 없는데 결혼 후에 꼭 말을 바꾸는 남자들이 있잖아요. 예를 들어 뭐가 있을까……. 음, 그래, 애를 낳자고. 근데 저는 애 키울 자신이 없거든요. 아기들 보면 정말 예쁜데 잘 키울 자신이 없어요. 제 삶이 뺏기는 느낌도 들고요."

너무 불평만 하는 것 같아서 소임은 어깨를 으쓱여 보였다.

"그냥 개인적인 의견이에요. 저는 그냥 사랑하는 부모님이랑 평생 살아 보려고요."

"음, 그렇구나."

알겠다는 듯 고개를 끄덕이던 진수가 문득 생각난 듯 물었다.

"소임 씨는 그럼 결혼 생각이 아예 없으신 거예요?"

"뭐, 그냥 반반이에요. 해도 되고 안 해도 괜찮고."

"괜찮은 사람이 나타난다면 결혼할 마음도 있다는 건가요?"

"그렇죠. 제 이상형은 둘째 아들. 첫째면 제사니 뭐니 그런 거 챙겨야 하고 시댁에 자주 가야 하니까 둘째 아들. 셋째 아들도 안 돼요. 막내는 사랑을 많이 받는 편이잖아요. 그러니까 꼭 둘째. 부모님은 저 멀리 해외에 계시고."

"큰일 났네요. 선호 놈, 첫째거든요."

"그게 왜요?"

에크. 진수는 실수했다는 표정으로 급히 얼버무렸다.

"여자들이 싫어하잖아요. 동생도 밑으로 두 명이나 있는데."

"설마 둘 다 여동생은 아니겠죠?"

"다행히 남자예요. 그럼 더 싫어하려나? 시동생이 둘이나 있으니까."

"사실 가족이 문제가 아니에요. 그 사람은 자기 자신부터 문제일 거예요. 그렇게 무뚝뚝한 남자를 누가 좋아……."

소임은 말을 끝맺지 못한 채로 생각에 빠져들었다.

'아니지? 좋아하는 사람이 있긴 하겠구나. 결혼까지 하려던 사람이 있었으니까. 근데 그 여자는 왜 파혼을 결심한 걸까? 결혼식을 고작 2주 남기고. 막판에 치명적인 결함을 발견한 걸까? 만약 그렇다면 그 치명적인 결함이란 게 뭘까? 좀 재수가 없긴 해도 어른들한테 예의 없는 편은 아닌데. 겉모습도 멀쩡하고. 역시 바람을 피웠던 걸까?'

어리둥절해하던 진수가 소임을 불렀다.

"소임 씨?"

"아, 네. 말씀하세요."

"소임 씨가 말씀하시던 중이었어요."

"그래요? 전 다 말한 것 같은데."

진수는 별것 아닌 소임의 말에도 씩 웃었다. 원체 다정하고 성격이 밝은 사람인 것 같았다. 만약 그가 결혼하지 않았다면 소임은 그가 자신을 이성으로서 엄청 좋아한다고 착각하고 말았을 것이다.

둘이 즐겁게 담소를 나누고 있을 때 선호가 사무실에 돌아왔다. 그는 뭔가 못마땅한 기색이었다. 소임은 선호가 밖에서 누구한테 뺨이라도 맞고 돌아온 줄 알았다. 그는 자기 자리에 앉자마자 휴대폰을 꺼내 들었다.

'저 사람은 매일 게임만 하나 봐.'

가만 보면 선호는 항상 휴대폰 게임에 열중했다. 복도에 나와 있을 때나, 아니면 소임이 지나가다 창문을 통해 선호의 사무실 안을 엿볼 때나.

"이선호, 도넛 먹을래? 소임 씨가 가져왔어."

"안 먹어."

소임의 눈썹이 꿈틀거렸다.

'그럴 때는 배부르다고 돌려 말할 수 있단다, 인간아.'

그녀는 사무실에 있는 게 불편해지기 시작했다. 조금 전까지는 하하 호호 즐거웠는데 바로 저 남자, 이 씨 때문에.

"소임 씨, 제가 재밌는 사실 하나 알려드릴게요."

진수가 갑자기 귓속말을 해 왔다. 소임도 그를 따라 목소리를 낮췄다.

"뭔데요?"

"보통 다들 집에 노트북 있죠?"

"대부분은 있죠."

"와이파이는요? 여기가 집보다 더 잘 터지나요?"

"글쎄요. 비슷한 것 같은데? 음, 아무래도 집이 조금 더 빠른 것 같아요."

"그럼 집 가서 일해도 될 텐데 말이에요. 그렇죠?"

"네?"

의뭉스러운 질문에 대한 해답을 얻을 기회는 생기지 않았다. 선호는 속닥대는 둘을 무섭게 노려보았다. 소임은 얼굴에 꽂히는 뜨거운 시선이 불편해 도망치듯 사무실을 빠져나왔다.

* * *

봄은 정신없이 지나갔다. 아직 초창기인 탓에 소임은 밤늦게까지 학원에 붙어 있어야 했다. 원생 관리부터 수업 준비, 그리고 회계까지. 전반적 관리를 혼자 도맡아서 하려니 너무 바빴다. 저녁을 챙겨 먹을 시간도 없어 가볍게 샌드위치로 때우거나 끼니를 거르는 날이 허다했다.

'강사를 한 명 더 구해야겠어. 아니면 직원이라도.'

구인구직 홈페이지를 훑어보던 소임은 꼬르륵 요동치는 뱃소리에 결국 전화기를 집어 들었다. 빨리 끝내 버리고 집에 돌아가려 했지만, 현 상태면 퇴근도 전에 아사할 것 같았다.

주문한 야식은 삼십 분도 지나지 않아 빠르게 도착했다. 이 끝내주는 냄새. 소임은 콧구멍을 벌렁거리며 배달원에게서 신나게 피자를 받아 들었다.

소임은 문득 옆집 남자가 생각났다. 아까 화장실을 갈 때 옆 사무실에 불이 환하게 켜진 것을 목격했다. 선호는 하는 것도 없어 보이는데 야근을 자주 했다. 정작 열심히 일하는 진수는 칼퇴근하건만.

소임은 과연 자신이 이 씨에게 호의를 베풀어야 하는가에 관해 치열하게 고민하다가 결국 박스를 오픈하기 전에 선호를 찾아갔다. 음식은 자고로 나누어 먹어야 더 맛있다고 하니까.

사무실 문 사이로 빼꼼 얼굴을 들이민 소임은 뚱한 표정의 선호에게 고갯짓으로 학원 쪽을 슬쩍 가리켜 보았다.

"제가 피자를 한 판 시켰는데 혼자 먹긴 양이 많아서요."

"혼자 다 먹을 수 있을 것 같은데."

"못 먹거든요?"

소임의 얼굴이 일그러졌다. 저 생각해서 물어봐 줬더니만 괜한 오지랖이었다. 그녀는 퉁명스레 내뱉었다.

"먹기 싫으면 오지 마시든가요."

그래도 소임은 내심 선호가 올 거라 믿고 있었다. 그 믿음이 어디에 근거하느냐면……. 그냥 올 것 같았다. 피자 같이 먹자고 하는데, 설마 오지 않으리라고? 그녀가 생각하기에 이건 절대 거절할 수 없는 초대였다.

하지만 학원 문은 10분이 넘도록 열리지 않았다.

허무와 배신감을 넘어 짜증이 치솟았다. 오지도 않을 사람을 기다려서 괜히 피자를 식게 하고 말았다. 소임은 무의미한 기다림을 보상하기라도 하듯 전투적으로 피자를 먹어 치웠다. 5분도 채 걸리지 않아 여덟 개 중 두 개가 감쪽같이 사라졌다. 피자 한 조각을 더 집어 들 때였다.

"읏, 차거."

소임은 깜짝 놀라 제 볼을 만졌다. 차가운 콜라 캔이 손에 잡혔다.

"혼자 다 먹을 기세구만."

"뭐예요? 안 온다면서요."

선호가 소임의 맞은편 소파에 앉으며 캔을 땄다. 탄산이 쏴아아, 시원한 소리를 내며 공기 중으로 튀어 올랐다.

"내가 언제요?"

선호는 콜라를 꿀꺽꿀꺽 마셨다. 소임은 눈을 가늘게 좁히고 그의 목울대가 크게 움직이는 걸 유심히 지켜봤다. 웃기게도 지금 그녀의 머릿속에 가득 찬 생각은 '과연 선호가 저 콜라를 마시고 트림을 할까, 안 할까'였다.

"뭘 봅니까?"

"아무것도."

소임은 재빨리 시선을 내리깔고 피자를 입에 욱여넣었다.

'트림이 안 나오나? 나올 것 같은데. 하면 놀려야지.'

은근히 그의 수모를 기대하고 있던 소임은 멀쩡한 목소리가 들려오자 크게 실망했다. 선호가 억지로 트림을 참는 것 같지는 않았다. 힘겨워하는 느낌이 전혀 없었다.

"그쪽은 보면, 참 웃깁니다."

선호는 또 시비를 걸 작정인 것 같았다. 소임이 미간을 좁히고 반문했다.

"뭐라고요?"

"웃기다고요."

소임은 빈정거리고 싶었다. 어쩌라고? 하지만 불행히도 그렇게 내뱉을 용기가 없었다. 그녀는 그저 민망함을 감추기 위해 호탕하게 웃었다.

"하하! 네, 제가 좀 재밌는 사람이에요."

"재밌다곤 안 했습니다. 웃긴다고 했지."

"네, 제가 좀 웃기는 사람이에요."

“그래서 재밌네요.”

소임의 입꼬리가 바르르 떨렸다.

“아, 예……. 고맙습니다.”

“별말씀을.”

둘은 아무 말 없이 피자를 먹었다. 소임은 우걱우걱 피자를 먹다가 목이 막혀 콜라를 벌컥 들이켰다. 탄산음료를 급하게 마신 것은 실수였다. 트림이 나오려고 했다.

으읍. 소임은 밀려오는 가스를 내보내지 않고 다시 삼켰다. 하지만 선호는 무슨 일이 일어났는지 눈치챈 모양이었다. 그가 소임을 빤히 바라봤다.

‘젠장.’

소임은 동요를 감추기 위해 태연스레 질문을 던졌다.

“그런데 이 씨는 무슨 일을 하세요?”

선호의 눈에 잠시 한심하다는 빛이 스친 것도 같았지만 그건 아주 순식간이었다. 소임은 기분이 나쁠 시간도 없었다.

“무슨 일 하는 것처럼 보입니까?”

“아무 일도 안 하는 것처럼 보이던데…….”

분위기가 싸하게 내려앉았다. 소임은 더듬거리며 부연 설명을 했다.

“진수 씨는 그래도 컴퓨터 앞에 앉아서 무언가를 하는 것 같던데 그쪽은 허구한 날 폰만 들여다보더라고요. 그래서 이 씨가 무슨 일을 하는지 참 궁금했어요.”

"게임 개발합니다. 변 씨가 하던 게임 어플, 그거 제가 개발했어요."

"어떤 거요?"

"리보의 하루."

"정말요? 대박이다. 그거 되게 잘나가잖아요. 스토어에서 계속 1위던데! 어머, 어머. 대박이다."

소임은 크게 감탄하며 엄지를 치켜세웠다. 하지만 속이 거하게 쓰렸다. 소임은 아직 헬스장에서의 수모를 기억했다. 자신이 게임을 할 때마다 흘끗거리다가 다음 날 더 높은 레벨을 깨 왔던 이 씨.

'자기가 개발자여서 트릭 다 알고 있는 거였어. 그러니까 그렇게 쉽게 깨지. 영악한 인간.'

소임은 선호를 초대한 자신의 선택을 후회했다. 그의 입으로 들어가는 피자가 아까워 소임은 열심히 먹어 대기 시작했다. 남은 피자라도 아끼기 위한 처절한 노력이었다. 쩝쩝대는 소리가 실내에 울려 퍼졌다. 소임은 그것이 제 입에서만 나온다는 사실을 뒤늦게 알아차렸다.

선호는 그녀를 물끄러미 바라보고 있었다. 소임은 목구멍으로 넘어가던 피자가 기도로 잘못 넘어가 켁켁 기침이 나왔다.

"왜, 왜요? 더 드시죠."

"입맛이 뚝 떨어지네요. 변 씨 많이 드세요."

정말이라고 뒷받침하는 것처럼 선호는 피자를 더 먹지 않았다.

가끔 콜라만 들이켜며 자리를 지켰다.

'그럴 거면 사무실로 돌아가 주지. 먹지도 않을 거면서 왜 남이 먹는 모습을 지켜보고 있는 거야?'

하지만 외간 남자가 저를 빤히 응시한다고 피자를 안 먹을 수도 없는 노릇이었다. 피자는 환상적으로 맛있었다. 이 맛있는 음식을 먹지 않는 것은 중죄다. 소임은 중간에 으음, 감탄사도 섞어 가면서 맛있게 먹었다.

"거봐요, 혼자 다 먹지 않습니까?"

"네? 무슨 소리예요. 이 씨도 같이 먹었잖아요."

선호는 고작 한 조각을 먹었다. 그 사실을 모르는 건 아니었으나, 소임은 뻔뻔하게 나가기로 했다. 혼자서 피자 일곱 조각을 먹어 치워서 배가 불렀다. 배가 부르면 전투력 상승. 무서울 게 하나 없었다.

그래도 양심이 찔리긴 했다. 손님을 기껏 초대해 놓고 혼자 다 먹어 치운 건 사실이었으니. 소임은 뻴쭘한 표정을 지었다.

"다음부터는."

"예에, 죄송합니다. 앞으로 혼자 먹겠습니다."

"두 판 시켜요."

저의를 알 수 없는 모호한 말에 고개를 갸웃거리기도 잠시, 소임의 머릿속에 삐딱한 생각이 떠올랐다.

'저거, 내가 두 판도 거뜬히 먹을 수 있다는 소리지?'

그녀는 새침하게 대꾸했다.

"네에, 알겠습니다."

먹고 있던 피자를 한입에 와앙 털어 넣고 소임은 열심히 턱 근육을 움직였다. 입안에 씹히는 쫄깃한 도우가 눈앞의 저 얄미운 남자라고 상상하면서.

* * *

홀로 학원을 꾸려 가는 건 어려운 일이다. 강의를 도맡으면서 원생 관리까지 하기 벅찼다. 눈 밑에 퀭한 다크서클이 가실 날이 없는 자신이 불쌍했던 소임은 강사를 충원하기로 했다.

자신이 6년 전 가르쳤던 중학생이 훌쩍 대학생이 되어 강사에 지원했을지라도 낙하산은 없었다. 그녀는 이해타산을 잘 따지는 원장이었기 때문에 제자의 전공 성적을 꼼꼼히 살폈다.

서울 상위권 사립대학의 화학 교육과. 분석 화학 B, 유기 화학 A, 일반 생물학 A+. 뽑지 않을 이유가 없었다.

"선우진, 공부 열심히 했네?"

"다 소임 쌤이 잘 가르쳐 주신 덕분이죠. 제가 쌤한테 배워서 과학이 좋아졌다, 아닙니까."

우진은 중학생 때도 꼬박꼬박 말대답 잘하는 장난꾸러기였다. 그 성격 어디 가지 않았다. 우진은 넉살 좋게 알바 자리를 얻어 냈다. 대학생 강사로는 부족한 감이 있어서 소임은 전담 강사를 한 명 더 모집했다.

앞으로 자신을 도와 학원을 꾸려 나갈 성실한 일꾼.

"어머! 소임 언니! 언니가 원장이었어요?"

과 후배 민경지가 이력서를 들고 찾아온 순간, 소임은 직감했다. ATP 과학 학원은 철저한 인맥 주의로 운영될 것이라고.

하여튼 이렇게 강사가 세 명이 되었다. 소임은 나머지 둘과 의기투합하여 학원을 번창시키겠노라 다짐했다.

"언니, 마셔요! 꺄! 원 샷! 원 샷!"

"에헤이! 소임 쌤! 밑 잔 빼기 있기 없기? 원 샷! 원 샷!"

그러나 환영 파티 겸 친목 도모를 위한 회식이 삼 일 연속 이어졌을 때 소임은 뭔가 아리송해졌다.

'과연 얘네들이랑 잘 이끌어 갈 수 있을까?'

경지와 우진은 놀기를 워낙 좋아하는 데다가 말술이었다. 소임은 파리한 낯으로 지갑에서 카드를 꺼냈다. 회식 한 번 할 때마다 상당한 돈이 깨졌다.

그래도 소임은 경지와 우진을 채용한 것을 후회하지 않았다. 둘은 타고난 성격이 워낙 쾌활하여 학생, 학부모 할 것 없이 인기가 많았다. 수업도 나무랄 데 없이 원활하게 진행했다. 7년 차 강사인 소임이 당황할 정도로.

"왜 우린 하필 원장 쌤이야?"

"그러니까. 우진 쌤네 반 애들 되게 부럽다."

반 아이들이 속닥거리는 것을 들었을 때 소임의 가슴이 덜컹 내려앉았다. 나이도 많은데 인기가 제일 없는 사람이 자신이었다.

옆집 남자 또한 그녀의 자신감 하락에 일조했다.

"웬만하면 그 남학생이랑 나란히 서 있지 마요."

"왜요?"

"이모처럼 보이니까."

소임은 손에 든 서류 뭉치로 선호의 통수를 가격하고 싶은 것을 꾹 참았다. 그녀는 말괄량이도, 다혈질도 아니었다. 하지만 어째서인지 선호에게는 전투적으로 나가게 되었다.

소임이 보기에 선호는 예의를 밥 말아 먹은 남자였다. 그러나 경지는 이상하게도 그를 높게 평가했다. 그녀는 선호가 정말 괜찮은 남자라며 엄지를 치켜들었다.

"언니, 옆 사무실 남자. 키 큰 사람 완전 대박이에요. 매너 진짜 굿. 아까 제가 문제집 많이 들고 있었는데 같이 들어 줬어요. 문도 열어 줬음! 진짜 괜찮더라고요. 얼굴도 잘생겼는데 목소리까지 좋네?"

"그렇게 괜찮으면 네가 사귀지그래?"

"어머, 저 애인 있어요. 근데 그분 애인 없대요? 웬일이래? 진짜 괜찮은데."

ATP 과학 학원에서 애인이 없는 사람은 소임 혼자였다. 내년 1월에 입대할 선우진마저도 여자 친구가 있었다. 그것도 무려 CC.

"야, 우진아. 쌤이 CC는 절대 하지 말라고 했잖아. 좋게 끝나는 경우가 별로 없다니까."

"에이, 소임 쌤 저랑 우리 민지는 오래갈 거예요. 우리 민지가 얼마나 착하고 예쁜데요. 우린 천생연분이에요."

'그래, 좋을 때구나.'

소임은 말을 아꼈다. 새 인물들이 들어와서 더 젊고, 더 활기차진 ATP 과학 학원. 그러나 소임의 눈가엔 주름이 늘어 갔다. 왠지 모르게 쓸쓸한 요즘이었다.

* * *

조용한 사무실에 키보드 소리가 따닥따닥 울려 퍼졌다.

"광합성은 식물의 빛을 이용해 양분을 스스로 만드는 과정. 에이치투오 플러스 씨오투 쭈우욱, 중간에 빛 에너지 주고, 씨식스에이치투웰브오식스 플러스 오투. 이렇게만 하면 애들이 모르니까 밑에 써 놔야지. 반응물은 물이랑 이산화탄소고 생성물은 포도당이랑……."

똑똑.

신나게 수업 자료를 타이핑하던 소임은 학원 문을 두드리는 소리에 깜짝 놀랐다. 열한 시를 훌쩍 넘은 시간이었다. 학생일 리는 없고, 경지와 우진일 리는 더더욱 없었다.

ATP 과학 학원 강사들은 근무시간이 지나면 학원에 코빼기도 비추지 않았다. 그들은 삶의 질 향상을 위해 주장했다. 급하지 않은 일은 내일로 미루자! 칼 퇴근이 최고다!

문틈으로 진수가 빼꼼 얼굴을 내밀었다.

"아, 계시네요! 불이 아직 켜져 있어서 혹시나 했는데."

"진수 씨?"

어플 개발자인 진수는 평소 빠르게 퇴근했다. 근무시간과 장소에 구애받지 않는 프리랜서여서 오후 다섯 시도 되기 전에 집으로 돌아갔다. 신혼이라서 특히 귀가가 일렀다. 그런 그가 야심한 밤에 아직 사무실에 남아 있으니 소임은 얼떨떨했다.

"혹시 소임 씨 집에 언제 돌아가실 예정이세요?"

"이제 곧요. 지금 수업 자료 준비하고 있었는데 거의 다 끝났거든요. 무슨 일이세요?"

"사실은 제가 오늘 선호랑 요 밑에서 술을 좀 마셨거든요."

진수에게서 알코올 냄새가 풍겼다. 그의 볼은 술 때문에 발갛게 달아올라 있었다.

"선호 자식이 오늘따라 들이붓더라고요. 제가 좀 말렸어야 했는데 저도 술자리가 오랜만이라서, 끕."

토기가 치미는지, 진수는 급하게 입을 틀어막았다. 소임이 걱정스럽게 물었다.

"괜찮으세요?"

"아, 네. 대리 불러서 집에 돌아가려 했는데 지희가 자기 이미 화장 다 지웠다고, 끕, 절대 데리고 오지 말래서. 취해서 괜찮다고 하는데도 화를 내서 끕."

"정말 괜찮으세요? 물 드릴까요?"

"아뇨, 괜찮, 끕."

소임은 빨리 용건을 듣고 그를 사무실에서 내보내야겠다고 생각했다. 그녀는 내일 휴무였다. 일주일 만에 쉬는 건데 금 같은 휴일을 진수의 토를 치우는 것으로 시작하고 싶지 않았다.

"네, 와이프 분이 거절하셨군요. 그래서요?"

"선호가 지금 아예 정신을 못 차려서요. 대리 부른대도 지 집까지 들어갈 수 있을까 걱정이 되고. 마음 같아서는 제가 데려다주고 싶은데 저도 상태가 별, 헉, 으읍!"

소임은 두 손을 모으고 진수를 응원했다.

'참으세요. 참을 수 있어요!'

다행히 그는 토를 참아 냈다. 진수는 파리한 낯빛으로 말을 이었다.

"소임 씨가 선호 옆집에 거주하신다는 게 생각이 났고, 마침 퇴근도 안 하셨고 하니까……."

"제 차 뒷좌석에 이 씨를 싣고 싶으신 건가요?"

"네."

썰렁한 공기가 둘 사이를 감돌았다.

"죄송해요. 너무 무례하, 끄으읍."

"아니에요! 우리 일단 나가서 얘기해요. 근데 친구분은 어디 있나요?"

소임은 재빨리 소지품을 챙겨서 진수와 같이 1층으로 내려갔다.

"아이고, 소임 씨가 아니었으면 저 정말 곤란할 뻔했어요. 아무리 여름이라도 모포 한 장 없이 사무실에 버려두고 가기가 마음에 걸려서요. 호텔에 데려다 놓기도 시간이 오래 걸리고. 지희가 빨리 들어오라고 성질을 부렸거든요. 하여튼 제가 다음에 거하게 대접할게요. 정말 감사해요."

"전 그냥 이 씨를 집에 데려다주기만 하면 되는 건가요? 그분, 집에는 혼자 들어갈 수 있으세요?"

"죄송한데 현관 안에만 던져 주시면…… 진짜 죄송해요! 비밀번호는 1002예요."

진수는 소임에게 연신 미안해했다.

"선호 놈이 같이 사는 사람이라도 있으면 전화해서 부르면 되는데 가족들이 다 멀리 떨어져 있거든요."

"이 씨는 빨리 결혼하셔야겠어요. 아내 분이 있으셔야 그래도 술을 적당히 먹죠. 진수 씨처럼 집에 기필코 들어가야겠다는 생각도 할 테고."

"아쉽지만 어렵겠어요. 선호 걔 독신주의거든요."

"그래요?"

"네, 아무래도 그런 일이 있었으니…… 결혼에 회의감이 들만도 해요. 앗."

자신도 모르게 말해 버렸는지 진수는 아차 싶은 얼굴로 입을 가렸다. 그가 난감한 기색으로 소임에게 말했다.

"방금 한 말은 실수예요. 못 들은 걸로 해 주세요."

소임은 진수가 어떤 말을 하는지 파악했다. 아마 선호는 파혼당한 후로 독신을 결심했을 것이다. 마크팰리스에 파다하게 퍼져 있어서 이미 그녀도 알고 있는 내용이지만 굳이 티를 내어 대화를 진전시키지 않았다. 진수는 괜한 말을 꺼냈다고 자책하는 눈치였으니까.

“아, 저기 있어요. 저기 벤치에 널브러져 있는 놈입니다. 소임 씨는 차 어디다 대셨어요?”

진수가 선호를 질질 끌고 와서 소임의 차 뒷좌석에 집어넣었다. 키가 큰 남자를 차 안에 구겨 넣는 것은 힘들어 보였다. 그런데 진수는 선호가 문턱에 다리를 부딪치든 말든 신경도 안 쓰는 눈치였다.

“아이고, 다 됐다. 이제 가시면 됩니다.”

진수는 고민거리를 해결해서 그런지 한결 개운해 보였다. 소임은 과연 자신이 진수가 한 것처럼 선호를 책임질 수 있을지 의문이 들었다. 하지만 도착한 후의 일은 도착하고 난 후에 생각하면 될 터였다. 진수가 신나게 손을 흔들며 그들을 배웅했다.

쥐 죽은 듯 누워 있는 남자의 모습이 백미러에 비쳤다. 소임은 선호가 독신주의자라는 진수의 말을 떠올렸다.

비밀번호는 1002예요.

‘그 여자 생일이려나? 유부남 직전까지 갔던 사람이 독신을 결심할 정도면 얼마나 그 여자를 사랑했던 걸까?’

선호의 파혼 이유를 생각하다 보니 어느새 마크팰리스 주차장에 도착했다. 뒷문을 연 소임은 막막해졌다.

‘이 사람을 어떻게 12층까지 데리고 가지?’

핏기 없는 그의 얼굴을 보자 소임은 속에서 뭔지 모를 울분이 치밀었다. 그녀는 선호의 멱살을 잡고 흔들었다.

"일어나요!"

안 일어나니까 뺨도 찰싹 때려 봤다.

"집에 가셔야죠! 일어나세요!"

선호의 눈꺼풀이 미세하게 떨렸다. 소임은 기회를 놓치지 않았다. 찰싹! 그녀의 손바닥에 선호의 뺨이 착 달라붙었다. 시샘이 날 정도로 매끄럽고 탱탱한 피부였다.

"으음……."

"정신이 좀 드세요?"

"……변소임?"

"왜 남의 이름을 막 부르고 그러세요, 이선호 씨?"

"꿈……."

선호는 깨어나는가 싶더니 다시 잠에 빠져들었다. 소임은 하는 수 없이 그를 업어 멨다. 저보다 20cm는 족히 큰 남자를 다루는 것은 힘들었지만, 그녀는 선호에게 빚진 게 있었다. 소임은 낑낑 애쓰면서 그를 끌고 엘리베이터에 탑승했다. 자신은 은혜를 잊지 않는 여자였다.

체격 좋은 남자를 옮기는 건 역시 힘든 일이었다. 이동 거리는 얼마 되지 않는데도 땀이 줄줄 흘렀다. 그를 바닥에 버려두고 싶은 마음이 굴뚝같았지만, 소임은 아주 잘 버텼다.

1202호 앞에 당도한 순간 천국의 종소리가 귓가에 들려왔다.

"비밀번호는 일…… 공……."

남의 집 현관을 열고 들어가는 느낌이란 참 기묘했다. 그게 옆집 청년의 집이라니까 더욱 이상했다.

여기까지 왔으니 임무 완수였다. 소임은 선호를 현관에 버려두고 돌아갈까 했다. 그러나 뭔지 모를 책임감이 그녀의 발목을 잡았다. 그녀는 선호의 팔을 잡고 거실까지 질질 끌었다. 지금 상황에 소파에 눕혀 주는 것까진 무리였다.

'잠깐만 쉬자.'

소임은 이마에 흐르는 땀을 닦으며 집 안을 구경했다. 1202호는 같은 평수인데도 소임의 집보다 널찍해 보였다.

'가구는 있을 만큼 있는 것 같은데…… 아하, 거실 베란다를 확장했군.'

신혼집이라는 게 진짜인 것 같았다. 거실 곳곳에 젊은 여자의 취향이 잔뜩 반영된 아기자기한 소품들이 있었다. 사진을 꽂아 놓지 않은 빈 액자도 보였다. 소임은 선호가 어떤 여자와 뺨을 맞대고 환히 웃는 모습을 상상하려 했으나, 어려웠다. 그의 무표정한 얼굴만 생각났다.

소임은 바닥에 널브러져 있는 선호의 겨드랑이에 손을 넣었다. 그녀는 이를 악물고 그를 소파 위로 끌어 올렸다. 편하게 자라고 셔츠의 첫 단추까지 끌러 주었다.

이만한 이웃이 또 있을 것인가. 소임은 뿌듯한 마음으로 1202호를 나섰다.

6. 친교 수립

일요일은 경지가 ATP 과학 학원을 전담한다. 소임이 일주일에 한 번 있는 달콤한 휴일을 만끽하며 늘어지게 자다 일어났을 땐 해가 벌써 중천에 떠 있었다. 소임은 배를 긁으며 방에서 나왔다.

"얘, 소임아. 옆집 청년 지금 집에 있을까?"

해주의 손엔 큼지막한 냄비가 들려 있었다. 재식이 어제저녁에 사 온 설렁탕이었다. 집에 많이 먹는 사람도 없으니 옆집에 나눠 주면 누이 좋고 매부 좋은 일이었다.

소임은 잠이 덜 깬 와중에도 잔머리를 굴렸다. 여기서 있다고 대답을 하면 심부름을 시키겠지? 그녀는 볼 것도 없다는 듯이 손을 내저었다.

"아니, 없을걸? 주말이잖아. 누가 주말에 집에 있어? 밖에 나가서 놀지."

"그래도 한번 갔다 와 봐. 옆집이잖아."

"없다니까."

"없으면 그냥 오고."

"어차피 없는데 뭘 오고 가고 해. 그냥 우리가 먹어."

"너 하루 세끼 설렁탕만 먹을 거야? 자신 있음 그렇게 하든지."

"아, 엄마. 나 세수도 안 했어."

"이것만 주고 오는데 뭘 세수를 해? 그냥 빨리 주고 와."

"엄마가 갔다 오면 안 돼?"

"얘는. 엄마 머리도 안 했어."

소임은 착하게 입을 다물었다. 그녀의 표정은 사뭇 숙연했다.

'어머니, 할 말은 많지만 하지 않겠습니다.'

소임은 슬리퍼를 질질 끌고 현관을 나섰다. 두 손에 들린 냄비가 묵직한 만큼 발걸음도 무거웠다. 그녀는 1202호의 초인종을 누르지 않고 미적거렸다. 아무리 선호에게 이성적으로 호감이 없다고 해도 맨얼굴을 보이는 건 창피했다.

세수라도 했으면 덜 부끄러울 텐데 거울 한 번 보고 나오지 못해 신경이 쓰였다. 어쩌면 입가에 침 흘린 흔적이 있을 수도 있었다. 그녀는 1분만 있다가 집에 돌아가야겠다고 생각했다. 가봤는데 사람이 없었다고 하면 해주도 별말 안 할 터였다.

그러나 1202호의 문이 철컥 열리고 선호가 나타났다. 어디 외출이라도 하는지 옷차림이 깔끔했다. 술에 떡이 되도록 마셨으면 보통은 다음날 죽어나야 정상인데, 그는 지난밤 과음한 사람처럼 보이지 않았다. 약간 수척해 보이긴 했으나 평소와 같이 멀끔했다.

'먹을 복은 대단하군.'

기가 막힌 타이밍에 감탄하며 소임은 선호에게 다가갔다. 그녀는 잠옷 차림에 민낯인 게 부끄러워서 어서 자리를 피하고 싶었다.

"어, 안녕하세요? 이거 드세요. 설렁탕이에요."

선호는 냄비를 받지도 않고 소임을 바라봤다. 그녀는 머리를 흔들어 최대한 얼굴을 감추었다. 그가 자신의 안 씻은 얼굴을 알아보는가 싶어 민망했다.

"저기요? 냄비는 나중에 주셔도 되니까 일단 받으시고, 저는 이만 가 볼 테니까……."

"들어오세요."

현관문을 고정해 놓고 선호는 집 안으로 들어갔다. 그녀가 당연히 들어오리라 생각하는 태도였다.

'누가 들어갈 줄 알고?'

소임은 어이가 없었다. 설렁탕만 주고 어서 돌아갈 생각이었는데, 자신의 계획이 어그러져 기분이 나빴다. 소임은 선호의 매너 없는 행동을 지적하기 위해서 1202호에 들어섰으나, 그는 이미 부엌까지 가 버렸는지 현관에선 보이지도 않았다.

"저기요. 제가 설렁탕 드리러 왔지 이 씨 집에 놀러 온 줄 아세요? 냄비는 나중에 주셔도 된다니까요?"

"어제 저 데려다주셨다면서요."

"네?"

선호가 소임에게서 냄비를 받아 가 식탁 위에 올려놓았다. 그는 다시 돌아와 그녀의 팔을 잡고 부엌으로 데려갔다.

"앉아 있어요."

선호는 그녀에게 의자를 빼 주는 배려를 베풀었다. 소임은 웬일인가 싶어 얼떨떨했다.

"오늘은 학원 쉽니까?"

선호가 수납장을 열고 설렁탕을 옮겨 놓을 냄비를 찾았다. 1202호의 수납장은 솜씨 좋은 주부의 것처럼 잘 정돈되어 있었다.

"그러니까 여기 있겠죠."

소임은 퉁명스럽게 대답했다. 선호는 그녀의 불만을 눈치챈 듯 고개를 돌렸다. 소임은 제게 꽂히는 시선이 부담스러워서 머리카락을 볼 쪽으로 끌어왔다.

"아니, 그게, 음…… 일요일은 경지가 맡아요. 토요일은 제가 전담하고요. 일요일이 제 휴일인 셈이죠."

그녀는 선호가 어서 고개를 돌려주길 바랐다. 다행히 그는 다시 냄비를 찾기 시작했다. 적당한 것을 골랐는지, 설렁탕을 옮겼다. 다음은 설거지할 차례였다. 선호는 고무장갑을 착용하고 수세미에 주방 세제를 묻혔다. 냄비를 문지르는 손길이 익숙했다.

"점심 먹었습니까?"

'쏴아아' 하고 쏟아지는 물 때문에 말소리가 잘 들리지 않았다. 소임이 눈을 찡그리고 되물었다.

"다시 한번 말해 주실래요? 못 들었어요."

"밥 먹었냐고요."

"아직요. 일어난 지 얼마 안 됐거든요. 이제 먹을 거예요."

물소리가 뚝 끊겼다. 그가 설거지를 다 했나 싶어서 소임은 엉거주춤 일어났다. 그녀의 머릿속엔 집으로 돌아가야겠다는 생각밖에 없었다. 민낯인 채로 남의 집에 있는 기분은 참 어색했다. 소임은 선호가 언제 자신을 바라볼지 몰라 초조했다.

"지금이 열두 시 반이니까."

선호가 마른행주로 냄비 겉을 닦으며 무뚝뚝하게 말했다.

"한 시에 집에서 나와요."

"네? 왜요?"

"제가 어제 실례를 저질렀으니까요."

"그게 제가 한 시에 집에서 나오는 거랑 무슨 상관인데요?"

소임은 정말 이해가 안 되었다. 한 시에 집 밖으로 나와서 자신보고 뭐를 하라는 것인가.

"점심 대접하겠다, 이 말입니다."

"이 씨 어디 가시지 않아요? 나가시던 길이었잖아요."

"지하 주차장에 변 씨 차 있는지 보려고."

"차는 왜요?"

선호가 작게 한숨을 쉬었다. 아까부터 계속 눈치 없게 되묻고 있는 소임이 답답하게 느껴질 만도 했다.

"차가 있으면 집에 있다는 거니까. 전화번호도 확인할 겸."

"제가 집에 있으면 왜요?"

"밥 같이 먹게요."

"아니, 그것보다 대중교통 이용할 수도 있잖아요. 왜 차가 주차장에 있으면 제가 외출을 안 했다고 생각하세요?"

"대중교통 잘 이용하는 편이에요?"

소임은 당연하게 부정했다.

"아뇨."

자가용이 있는 사람들이 보통 그렇지만 소임은 가까운 거리여도 차를 이용했다. 날이 더워지자 대중교통은 꿈도 못 꾸었다. 걷는 것을 좋아하지 않는 게으른 성정도 자가용 이용에 한몫했다.

"한 시에 나와요. 어머니께 감사하다고 전해 드리고."

소임은 선호에게서 빈 냄비를 받아 들었다. 뽀득뽀득 깨끗하게도 씻었는지 새 냄비처럼 멀끔했다.

"근데 전 제가 왜 한 시에 나와야 하는지 아직도 모르겠어요."

"시간 부족합니까? 그럼 한 시 반까지 나와요. 화장해도 별 차이는 없을 것 같은데."

소임의 얼굴이 일그러졌다. 그녀는 '우씨' 하고 욕을 내뱉을 뻔했다. 민낯이 예쁘다는 칭찬일 리가 없으니 화장을 해 봤자 호박에 줄긋기라는 소리일 터였다. 그러나 소임은 가까스로 침착을 유지하고 대화의 엇나간 초점을 지적했다.

"아니요, 제 말은요. 이 씨가 저한테 밥을 사 주지 않아도 괜찮다는 거예요."

“어제 내가 왜 이 인간 뒤치다꺼리를 해야 하냐고 화냈잖습니까? 어차피 필름 끊겨서 은혜도 못 갚을 인간인데.”

소임의 눈꺼풀이 파르르 떨렸다.

‘들었군. 괜찮아, 뺨 때린 것만 모르면 돼.’

소임은 웃으면서 괜찮다고 손을 저었다.

“에이, 이웃 사이에 무슨 그런 걸 따져요? 순수한 호의였으니까 너무 괘념치 마세요.”

그녀는 슬금슬금 뒷걸음질 쳐 부엌에서 벗어나려 시도했다.

“절대 신경 쓰지 마세요. 그리고 따지고 보면 제가 실수한 게 더 많은데요. 이 씨는 차 수리비도 안 받으셨잖아요.”

“그러고 보니 그러네요.”

선호는 무표정으로 소임을 바라보았다.

“밥은 내가 얻어먹어야겠습니다. 오늘 점심은 변 씨가 사세요.”

소임의 발이 우뚝 멈추었다.

“네?”

“40년이면 갚겠네요. 주말마다 세 끼를 사면. 차 수리비가 오백 좀 넘게 나왔으니까.”

“잠시만요. 무슨 말을 하시는 거죠?”

“산수 못 해요? 한 끼에 만 원씩 치면 하루면 삼만 원. 거기에 백칠십 곱하면 오백십만 원 아닙니까.”

“아니요, 제 말은요. 그때 분명 그냥 봐주신다고 그랬잖아요?”

“마음이 바뀌었습니다.”

"네? 사람이 어떻게 한 입 갖고 두말을 해요!"

"그러면 저는 손가락 빨고 삽니까? 차 수리 맡기느라 밥값을 다 써 버렸는데."

"아니, 그래도 그건 좀…… 너무한 것 같은데. 제가 일부러 박은 것도 아니고."

"제가 차 좀 박아 달라고 사정했나 봅니다."

소임의 입이 억울한 듯 비죽 튀어나왔다. 선호는 선심 쓰듯 내뱉었다.

"무이자 할부 갚는 거라고 생각해요. 세 끼 다 챙기긴 귀찮으니까 그냥 비싼 거로 하루에 한 끼만 사든가. 나한테 하루에 10만 원씩만 쓰면 50주. 1년이면 다 갚겠네요."

"말은 쉽죠. 10만 원이라니…… 1년이라니!"

"그쪽 밥값도 포함하면 되잖아요. 둘이 합쳐서 하루에 10만 원씩 쓰는 거로. 됐습니까?"

소임은 패닉에 빠진 와중에도 이해타산을 따졌다. 둘이 합쳐서 10만 원? 하루, 그것도 주말마다니까 날짜로 치면 일주일에 10만 원. 심각하게 나쁘진 않다.

'저 남자랑 같이 다니면서 10만 원을 쓰기만 하면 되는 건가?'

인터넷에서 할인 쿠폰을 내려 받아서 패밀리 레스토랑에 가도 되었다. 생일 쿠폰에다가 통신사 할인을 받으면 3, 4만 원 아끼는 건 껌이었다. 원 가격으로 10만 원이 나오기만 하면 되니까.

뮤지컬 티켓이나 연극 표 같은 것도 원 플러스 원 기획 상품으로 많이 나온다. 인터넷 검색에 시간만 좀 투자하면 표를 싸게 구할 수 있을 거다.

주말마다 10만 원을 갚으라는 제안은 분명 이상한데, 모로 봐도 이상하고 꺼림칙하고 말도 안 되는 소리인데 묘하게 이득 보는 느낌이 들었다.

"괜찮은 것 같아요."

괜찮다마다. 다시 생각해 보니 이건 정말 놓쳐서는 안 될 기회같이 느껴졌다. 말 그대로 무이자 할부 개념이다. 요즘같이 각박한 세상에 누가 무이자로 거금 오백을 빌려주는가. 선호의 마음이 변하기 전에 어서 빨리 제안을 수락해야겠다 싶어서 소임은 허둥지둥 고개를 끄덕였다.

"알겠어요. 근데 저기, 영화는 곧잘 보시죠? 영화 표 값도 계산에 포함해도 되는 거죠?"

"네."

"다행이네요. 식사 메뉴는 어떻게 할까요? 양식 좋아하세요? 아니면 일식? 중화요리 드실래요?"

"아무거나."

"그래요. 저도 가리는 거 없어요. 10만 원을 논란의 여지없이 잘 써 보자고요."

어느새 소임은 활기를 되찾았다. 빨리 준비하고 한 시 반까지 나오라는 선호의 말에 그녀는 힘차게 고개를 끄덕였다. 뭔가 이상하다는 것을 깨달은 건 1202호의 현관문을 닫은 직후였다.

* * *

원래 소임의 계획은 선호를 자신의 차에 태우는 거였다. 운전비와 기름 값을 들먹이며 은근슬쩍 부담금을 깎으려 했다. 대리운전비가 적어도 3만 원이니 밥 한 끼와 영화 한 편을 보면 오늘의 일정이 끝날 줄 알았다.

“제 차 끌고 가죠.”

“네? 왜요? 제가 운전할게요.”

“그쪽 차는 무서워서 못 타겠습니다. 주차하다가 남 차 박으면 어떡합니까?”

그리하여 운전대는 선호가 잡게 되었다. 소임의 계획이 물거품이 되었지만 나쁜 일은 아니었다. 그녀는 조수석에 편하게 앉아 바깥 구경을 했다. 차내는 에어컨을 틀어 선선했다. 등받이가 얼마나 푹신한지, 도착했을 즈음엔 소임은 선호의 주차 실력이 형편없기를 빌었다. 그러나 그는 핸들을 한번 꺾은 그대로 차를 주차선 안에 반듯이 집어넣었다.

“주차를 아주 잘하시네요?”

“그쪽보다는.”

‘예, 제가 대역죄인입니다.’

소임은 인상을 쓰고 무거운 엉덩이를 일으켰다. 선호가 그녀를 데려간 곳은 분위기 좋은 레스토랑이었다. 소임은 메뉴판을 본 순간 알아차렸다. 그는 제대로 우려먹으려는 것이다.

그래도 뭐 이쯤이야 감수할 수 있었다. 그녀는 음식에 돈을 아끼지 않았다. 월 지출의 반 이상이 식비였다. 어차피 써야 할 돈이니 그의 검은 속내에 스트레스 받지 말자고 생각하며 소임이 너그럽게 내뱉었다.

"마음껏 주문하세요."

그러나 선호는 별로 기뻐하는 기색이 아니었다. 소임의 눈이 가늘어졌다.

'뭐야, 왜 안 좋아하지? 애초부터 자기 맘대로 주문하려고 했나?'

소임은 점심 특선을 골랐다. 채끝 스테이크, 수프, 음료가 제공되는 세트 메뉴였다. 메뉴판을 뒤적거리던 선호가 의외라는 듯이 그녀를 바라봤다.

"그거 가지고 되겠어요?"

소임은 '나를 얼마나 돼지로 보는 거냐!'라고 소리치고 싶은 마음이었다. 하지만 곰곰이 생각해 보니 아예 틀린 말은 아니었다. 시각은 두 시에 가까웠다. 안 그래도 늦은 점심인데 아침까지 걸렀으니 배가 몹시 고팠다.

"그럼 오지 치즈 후라이도 한 접시 시키죠. 감자튀김에 치즈 올라가면 환상이잖아요."

"크림 스파게티는 안 좋아합니까?"

"환장하죠."

너무 과하게 주문하는 것은 아닐까 걱정했지만 소임은 이내 걱정을 말끔히 지워 버렸다. 괜찮다. 나오면 다 먹는다.

친구들과 모일 때도 이 정도는 시켰다. 게다가 선호는 남자니까 자신보다 더 많이 먹을 터였다.

음식을 기다리는 시간은 괴로웠다. 소임은 식전 빵을 뜯어 먹으면서 주방 안쪽을 흘깃거렸다. 배에서 어서 먹을 것을 달라며 보채고 있었다. 서버가 언제 음식을 갖다 줄까 궁금했다.

"이제 곧 휴가철인데."

"왜 살 안 빼냐고요? 이야, 이 씨 굉장히 직설적이네요."

"어디 놀러 갈 계획 있냐고요. 이야, 변 씨 굉장히 방어적이네요."

"뭐예요? 저 따라 하지 마세요!"

"제가 변 씨를 왜 따라 합니까? 앵무새도 아니고."

소임이 기가 막힌 표정으로 그에게 사실을 짚어 주려 했는데 서버가 음료를 내온 탓에 흐름이 끊겼다. 소임은 입을 꾹 다물고 그를 흘겨봤다. 선호는 찔리지도 않는지 묵묵히 시선을 받아 냈다.

'어휴. 저 뻔뻔한 남자랑 무슨 말을 해. 참자, 변소임.'

소임은 가만히 빨대로 음료를 저었다. 바닥에 가라앉아 있던 오렌지 과육이 떠올랐다. 의미 없는 손장난을 계속하던 그녀는 가방 안의 내용물을 기억해 냈다. 줄까 말까 망설였지만 그래도 이왕 가져왔으니 주는 게 나을 것 같았다.

"아, 맞다. 제가 이 씨를 위해 선물 가져왔어요."

"안 받아도 됩니까?"

"왜 그렇게 몸을 사려요? 제가 이 씨한테 이상한 걸 준 적은 없잖아요."

"준 게 아예 없죠."

"그러니까 말이에요. 왜 벌써 걱정을 사서 하냐고요. 이상한 거 아니에요."

"뭔데요?"

소임은 선호에게 부채를 건네주었다. 여름방학을 맞아 원생 유치에 힘쓰기 위해 특별히 제작했다. 부채에는 ATP 과학 학원의 홍보 문구가 대문짝만하게 박혀 있었다. 선호가 무표정으로 중얼거렸다.

"이상하네요."

"어머, 무슨 소리세요? 잘 보세요. 이상하긴 뭐가 이상해요. 색도 예쁘구만. 이거 튼튼한 소재로 제작해서 단가도 나름 높아요. 이런 거 어디 가서 못 구해요."

"정말 못 구하겠네요."

"갖기 싫으면 주세요. 기껏 생각해서 가져왔더니."

선호는 부채를 뺏으려고 시도하는 소임의 손을 가뿐히 피했다. 그녀가 반쯤 일어서서 손을 더 멀리 뻗자, 그는 머리 위로 손을 높게 들었다. 소임이 테이블을 돌아 그에게 다가가지 않고서야 닿을 수 없는 거리였다.

"아, 주세요. 별로라면서요."

"제가 언제요?"

"이상하다고 그랬잖아요."

"이상하면 버립니까? 취향일 수도 있죠."

"이 씨는 이상한 거 좋아하시나 봐요?"

"아뇨."

"그럼 왜 이상한 부채를 갖고 계세요? 마음에 안 들면 주세요!"

"변 씨가 줬으니까. 성의를 봐서."

소임은 코를 씰룩이며 다시 자리에 앉았다. 그녀는 선호를 향한 불만을 표시하기 위해 새침하게 입을 다물고 있었다. 그러나 음식이 하나둘씩 테이블 위에 놓이기 시작하자, 저절로 입꼬리가 꿈틀거렸다. 소임은 양손에 포크와 나이프를 들고 고기를 신나게 썰었다.

"아, 맛있겠다. 이 씨도 많이 드세요."

소임은 스테이크를 우물대면서 포크로 감자튀김을 찍었다. 입으로 쉴 새 없이 음식이 들어갔다. 한참을 정신없이 먹고 나니 꼬르륵 아우성치던 배도 어느새 잠잠해졌다. 뒤늦게 저를 빤히 바라보는 시선을 느낀 소임은 아차 싶었다. 너무 먹는 것에만 집중했다. 그녀는 민망함에 눈을 굴리다가 상냥하게 질문했다.

"이 씨는 게임 어플 만든다고 하셨죠?"

"네."

"그거 되게 복잡하지 않아요? 리보의 하루 플레이하면서 진짜 잘 만들었다고 생각했거든요. 막 괴물도 많이 나오고 트릭도 많고. 캐릭터도 예쁘고. 전 그냥 플레이하는 사람이니까 재밌었는데 개발자는 만들려면 힘들었겠더라고요. 코드 짜는 거 안 복잡해요?"

"복잡해요."

소임은 뒷말이 이어지길 기다리고 있었다. 하지만 그대로 끝인 것처럼 선호는 스테이크를 자르는 것에 집중했다. 소임이 어금니를 으득 깨물었다.

'사람이 신경 써서 물어봐 줬는데 정성스럽게 대답해 줘야지, 안 그래?'

기분이 상한 그녀가 입을 꾹 다무니 선호가 뚱하니 덧붙였다.

"어차피 진짜 궁금해서 묻는 거 아니잖아요."

"아닌데요? 궁금한데요? 어플 개발자라는 직업이 사실 주변에서 흔하게 볼 수 있는 건 아니잖아요."

"뭐가 궁금합니까?"

사실 소임은 게임을 플레이하는 것만 좋아했지, 어플이 만들어지는 과정에는 관심이 없었다. 다만 선호가 자신의 마음을 정확히 간파해 버리니까 민망해서, 뭐라도 질문해야겠다는 생각에 사로잡혔다.

"어, 음, 리보의 하루는 만드는 데 얼마나 걸리셨어요?"

"일 년 정도요."

"생각보다 꽤 걸리네요? 원래 그렇게 오래 걸려요?"

"어플 수준에 따라 다릅니다. 회사 단위의 큰 게임은 연 단위로 걸리고 간단한 게임은 6개월 안쪽. 빠르면 3개월 정도."

"으음, 이 씨는 진수 씨랑 둘이 일하잖아요. 그래서 진행이 더딘 건가요? 프로그래머가 많으면 좀 더 빨리 끝날 수도 있잖아요."

"그럴 수도 있고. 근데 진수는 프로그래머 아닙니다. 디자이너예요."

소임이 고개를 갸우뚱 기울였다. IT 부문에도 디자이너가 필요하다는 사실이 생소했다.

“디자이너요?”

“보통 기획자가 어떤 기능이 있으면 좋겠다, 아이디어를 내면 프로그래머가 ‘안드로이드 스튜디오’라는 프로그램으로 자바 기반 코딩을 합니다. 그럼 디자이너는 그 코드에 맞는 디자인을 하는 거죠. 아이콘이나 배경, 메뉴 같은 거. 그런 다음 합체합니다.”

“그렇군요.”

“아까 코드 짜는 거 복잡하냐고 물어봤죠? 복잡해요. 마지막에 컴파일하고 run 돌려 보는데 컴파일 할 때 컴파일 오류가 나고. run 돌려 볼 때 또 실행 오류가 납니다. 오류 잡아서 고치느라 오래 걸리는 거예요.”

설명이 계속될수록 소임의 얼굴이 해쓱해졌다. 분명 선호는 친절히 알려 주고 있는데, 그녀는 들으면 들을수록 머릿속이 복잡해졌다.

“또 궁금한 거 있습니까?”

“아뇨…….”

“그럼 이제 그쪽 이야기나 해 봐요.”

“제 얘기는 궁금하긴 해요?”

“네.”

즉각 튀어나오는 대답에 소임은 살짝 당황했다. 선호가 자신의 일상을 궁금해할 거라고는 상상하지도 못했기 때문이다. 사람 사이에 불신이 자리 잡고 있으면 의심도 따라 깊어진다.

‘이거 설마 신종 괴롭힘 수법인가? 말하는 거 귀찮았으니까 너도 한번 떠들어 봐라, 이런 거?’

소임은 그의 술수에 넘어가지 않겠다고 다짐하며 새침하게 내뱉었다.

“제 얘기는 별로 재미없어요. 전 지루하게 살아요. 매일 힘들답니다.”

“알아요.”

소임의 이마에 힘이 실렸다. 나이프를 쥔 손이 부들거렸다.

“그래도 해 봐요. 들어 줄게요.”

“어차피 말해 봤자 제 고충을 이해하시지 못할 거예요.”

“이해시켜달라고 안 해요. 해 봐요.”

“학원 강사의 삶이란…… 참 힘들어요.”

“애들 가르치는 게 힘들긴 하죠.”

소임은 선호가 제게 공감했다는 사실에 깜짝 놀라 되물었다.

“이 씨가 알아요? 가르치는 게 힘든 걸?”

“네.”

“아니, 대체 어떻게요?”

“저도 애들 가르쳐 봤으니까요.”

“진짜요? 언제요?”

“동생들이랑 나이 차이가 좀 나서. 걔네 학교 숙제 좀 봐주느라.”

“아, 남동생 두 명 있다고 하셨죠?”

“제가 변 씨한테 말했습니까?”

소임에게 선호가 두 명의 남동생이 있다는 사실을 말해 준 사람은 진수였다. 그녀는 괜히 아는 척을 했다고 후회했다. 어쩌면 선호는 둘이 자신 몰래 제 얘기를 했으니 기분이 좋지 않을 수도 있었다.

소임은 조심스럽게 진수에게 들었노라 자백했다. 다행히 그는 대수롭지 않게 지나갔다.

"각각 여섯 살, 여덟 살 차이 납니다."

"바로 밑에 남동생이 지금 몇 살인데요?"

"스물여덟 살."

소임은 머릿속으로 자연스럽게 그의 나이를 계산했다. 스물여덟에 여섯을 더하면 서른넷이니, 그는 자신보다 세 살이 많았다. 선호가 자신보다 연상이라는 것을 실제로 확인하니 얼떨떨했다.

나이로 기 싸움하는 일은 초등학생 때 벗어나야 했으나, 왠지 기가 밀렸다. 소임은 절대 자신의 나이를 밝히지 말아야겠다고 다짐했다. 숙녀의 나이는 비밀이기도 하니까 안 알려 줘도 될 것이다.

"스물여덟이면, 변 씨보다 세 살이 적은 거죠."

사레가 들려서 캑캑대는 소임을 보면서도 선호는 시큰둥했다. 그는 방금 제가 내뱉은 말의 위력을 모르는 것 같았다. 그녀는 입가에 흐르는 주스를 냅킨으로 거칠게 닦아 냈다.

"이 씨? 제 나이는 어떻게 아셨죠?"

"다 아는 방법이 있습니다."

"그러니까 어떻게 아셨냐구요."

"그냥 이곳저곳에서 들었습니다."

소임은 배신감을 느꼈다. 이곳저곳이라니! 선호에게 자신의 나이를 알려 준 사람이 적어도 한 명이 아니라는 뜻이었다. 그녀는 의심이 가는 사람들을 떠올려 보았다.

일단 엄마, 김말숙 아줌마, 휘트니스 아줌마 클럽 멤버들, 선호를 좋은 남자라고 생각하는 경지, 그냥 모든 사람한테 친근한 우진이……. 아니면 장난기가 넘치는 철부지 중딩들. 많아도 너무 많아 대체 어디서 말이 새어 나간 것인지 단정 지을 수 없었다.

소임은 그냥 자포자기했다. 누가 말했든 자신이 서른한 살이라는 것은 사실이었다. 나이를 비밀로 하려던 계획이 어그러진 게 살짝 억울하긴 했지만 뭐, 선호가 나이로 유세를 부릴 것 같지도 않으니.

"제가 고등학교 입학했을 때 변 씨는 중학교 입학했겠네요."

"……?"

"제가 대학 입학했을 때 변 씨는 고등학교 입학했겠고요."

"그런 말씀을 하시는 이유가?"

"그냥 서로한테 의미 깊은 해가 비슷했겠다 싶어서."

소임의 머릿속은 이미 그가 자신을 나이로 누르려고 한다는 생각으로 꽉 차 있었다. 그녀는 입술을 지그시 깨물었다. 옆집 남자는 자신의 상상 이상으로 유치했다. 사회에 나와서 무슨 나이를 논한단 말인가.

소임은 선호처럼 유치하게 굴지 않을 거라고 다짐했지만 내심 어떻게든 나이 차를 무마하고 싶어서 안달이 났다. 그녀는 대수롭지 않게 웃었다.

"의미 깊은 해라……. 글쎄요. 전 그런 거에 별로 의미를 두지 않는 편이에요. 생각해 봐요. 나중에 한 팔십, 구십 먹었을 때 내가 몇 년도에 학교 다녔는지, 그런 게 생각나겠어요? 그런 건 별로 중요하지 않아요."

"그럼 변 씨는 뭐에 의미를 둡니까?"

"웰빙이요, 웰빙. 안 아프고 행복하게 오래 사는 게 최고예요."

"그것도 중요하죠. 나이 먹으면 몸이 예전이랑 달라지니까. 잠을 자도 눈 밑에 다크서클이 사라지지 않고 눈가에 주름도 생기고."

"설마 지금 저 눈주름 있다고 말씀하시는 거예요?"

"제 얘기 한 겁니다."

"근데 왜 저를 보면서 얘기하세요?"

"변 씨는 대화할 때 사람 눈 안 봅니까?"

"……어쨌든 이 씨, 비록 세 살 차이가 나긴 하지만 우린 어차피 같이 늙어 가는 처지예요. 아흔 살이나, 아흔세 살이나. 오십보백보잖아요. 나이 차는 별로 중요하지 않다는 거 알고 계시죠?"

"그래요, 가는 데는 순서 상관없다니까."

"……."

"별 뜻 없습니다. 그냥 갑자기 생각나서."

"평균적으로 여자가 십 년 더 오래 산대요."

"예, 장수하세요. 여자인 변 씨."

"저도 별 뜻 없어요. 그냥 갑자기 생각나서. 여튼 감사해요. 이 씨도요."

덕담이 오고 갔으나 전혀 훈훈한 분위기가 아니었다. 소임이 새침하게 눈을 내리깔았다. 선호가 계산서를 집으며 일어섰다.

"다 먹었으면 가죠."

선호는 소임이 소지품을 챙기길 기다려 주지도 않고 쌩하니 나가 버렸다. 그녀는 선호의 배려 없는 행동에 구시렁대며 자리에서 일어났다. 계산대로 향하던 소임은 뜻밖의 상황을 발견하고 멈칫했다. 선호가 점원에게 카드를 내밀고 있었다.

"뭐예요? 왜 이 씨가 계산해요?"

선호는 소임을 힐끗 바라보고 무뚝뚝하게 말했다.

"카드 포인트 쌓을 겁니다."

소임은 모니터에 뜨는 가격을 확인하고 수긍했다. 꽤 적지 않은 금액이었으니 포인트 적립이 탐날 수도 있었다. 그녀는 선호가 꽤 알뜰한 편이라고 결론 내렸다.

"돈은 그럼 계좌로 보내드릴게요."

"그러세요."

"은행이랑 계좌 번호 좀 알려 주세요."

"나중에 집 가서 알려드리죠."

"뭐야, 본인 계좌도 못 외워요?"

"삼공이육칠팔사팔일칠구팔일. 한국은행."

소임은 조금 전에 뭐가 지나갔는지 몰라 어리둥절했다. 자신의 지갑에 카드를 꽂아 넣은 선호가 피식 웃으며 그녀를 스쳐 지나갔다.

"뭐야, 방금 들은 것도 못 외웁니까?"

선호는 소임을 위해 문을 잡아 주지도 않고 저 혼자 가게를 나갔다. 홀로 남은 그녀는 몸을 부르르 떨었다. '딸랑' 하고 울리는 종소리마저 자신을 비웃는 것만 같았다.

소임은 콧김을 내뿜으며 선호를 쫓아갔다. 그녀는 운전석에 타려는 선호를 저지하며 자신의 가방에서 휴대폰을 꺼냈다.

"다시 불러 주세요! 휴대폰으로 받아 적을게요."

"됐습니다. 집 가서 문자로 찍어 드리죠. 하나하나 부르는 거 귀찮아서 그럽니다."

선호가 정말 귀찮은 듯이 인상을 썼기 때문에 계좌 번호를 당장 알아내 돈을 부쳐 버리려던 소임의 기세가 한풀 꺾였다. 그가 차에 빨리 타라며 턱짓했다. 소임은 우물쭈물하다가 조수석에 올라탔다. 소임이 안전벨트를 착용하면서 그에게 물었다.

"근데 우리 이제 어디 갈 거예요?"

"어디 가고 싶습니까?"

"집이요."

"뭘 했다고 벌써 집에 갑니까? 이제 고작 밥 먹었는데."

그의 기세가 사뭇 흉흉했기에 소임은 눈을 데구루루 굴렸다. 자신이 생각해도 아직 계획했던 것보다 돈을 덜 쓰긴 했다. 그녀는 어색하게 웃으며 손짓했다.

"에이, 농담이죠. 이제 배도 채웠으니 본격적으로 움직여야죠. 뭘 할까요? 영화 볼까요? 아니면 책 좋아하세요? 서점 가서 책

사 드릴까요? 그것도 싫으면 달콤한 디저트 먹을까요?"

선호가 차를 출발시키며 툭 내뱉었다.

"놀이공원 가죠."

소임의 콧구멍이 살짝 벌렁거렸다. 놀이공원이라니. 역시 선호는 자신을 제대로 벗겨 먹을 속셈이다. 주말이라 사람들이 바글바글한 곳에 갈 생각을 하니 정신이 아득했지만, 그녀는 애써 긍정적으로 생각했다. 어차피 써야 할 돈, 즐겁게 쓰면 좋을 것이다.

게다가 놀이공원은 자신도 오랜만이다. 소임은 제가 대학생 이후로 놀이 기구를 탄 적 없다는 사실을 떠올렸다.

"놀이공원이요? 와! 그럼 저 정말 오랜만에 가는 건데! 한 칠팔 년 됐나? 팔 년이 뭐야, 거의 십 년 만에 가는 거네? 신기하다."

"팔 년 전엔 누구랑 갔습니까?"

"당연히 남자 친구랑 갔죠."

전방을 주시하던 선호가 소임을 한번 흘끗댔다. 그의 무심한 눈빛에 소임은 괜히 기분이 나빠졌다. 예민하게 받아들이지 말자고 다짐했지만, 입이 불퉁하게 저절로 움직였다.

"어째서 그런 눈으로 바라보시는 거죠?"

"조금 당황스러워서요."

"설마 제가 남자 친구 있었다는 게 당황스럽다는 거예요?"

선호에게서 무언의 긍정을 읽어 낸 소임은 기가 막혔다.

"어머, 왜 이러세요! 저 대학 다닐 때 엄청 인기쟁이였어요."

소임은 상처 입은 자존심을 복구하기 위해 필사적이었다.

선호에게 '변소임은 괜찮은 여자였다.'라는 사실을 주입하기 위해 허풍도 조금 섞었다.

"우리 대학 남자들이 저 한번 만나 보고 싶어서 줄을 섰어요. 과 선배, 후배, 조교님, 심지어 도서관 옆자리에 앉은 타과생까지. 다들 저 보면 귀엽다고 난리도 아니었어요. 다들 제 매력에 푹 빠져서 헤어 나오질 못했다니까요?"

선호가 별로 신경 쓰지 않는 듯하자 그녀는 더욱 의지에 불타올랐다. 기어코 그가 자신을 인정하게 하고 싶었다. 소임은 눈을 이글거리며 검지로 선호의 팔을 콕콕 찔렀다.

"이 씨, 지금 제 말 안 듣고 있죠?"

"듣고 있습니다."

"근데 제가 거짓말한다고 생각하고 있죠? 정말이에요. 저 인기 탑이었어요. 우리 과에서 최고로 귀여운 애가 누구냐고 남자애들한테 인기 투표하면 제가 1위 했다니까요? 저 완전 우리 생물교육과의 귀염둥이였어요. 생교과 여신까지는 아니어도 생교과 요정은 됐다니까요?"

선호가 피식 웃었다.

"그랬겠네요."

"뭐가 '그랬겠네요.'예요?"

"다들 변 씨 귀여워했을 것 같다고요."

소임은 순간 할 말을 잃었다.

'어…….'

살짝 웃음기를 머금은 선호의 말투는 비꼬는 것처럼 느껴지지 않았다. 상대가 저렇게 나오니, 화제에 열성적으로 달려들었던 게 머쓱해졌다. 소임은 창밖으로 시선을 돌렸다.

다들 변 씨 귀여워했을 것 같다고요.

본인은 아무 생각 없이 말한 것일 테니, 소임은 별 의미를 두지 않으려고 했다. 하지만 귓가에서 선호의 나직한 목소리가 계속 맴돌았다. 소임은 그의 중저음이 꽤 멋지다고 생각하는 자신이 어색하게 느껴져 볼을 긁적였다. 기분이 조금 이상했다.

* * *

놀이동산에는 사람이 많았다. 우글거리는 인파 속에 있으니 답답하면서 몸에 열기가 치솟았다. 소임은 선호 몰래 블라우스 밑단을 손으로 나풀거리며 츄러스를 한 입 크게 베어 물었다.

"아, 덥다. 아이스크림 사 먹을 걸 그랬나 봐요."

소임은 선호 손에 들린 소프트아이스크림을 흘끔 쳐다보았다. 알록달록한 컵 안에 담긴 새하얀 아이스크림은 무척이나 시원해 보였다. 소임은 츄러스를 우물거리며 넌지시 선호를 떠봤다.

"그거 맛있어요?"

"그냥 그래요."

소임의 눈치가 팽팽 돌아갔다. 선호는 여태 아이스크림을 고작 두 번 떠먹었을 뿐이다. 이대로라면 아이스크림은 높은 온도에 주르륵 녹아 버리고 말 것이다.

'녹기 전에 한 번만 먹으면 소원이 없겠다.'

이마에 땀이 송골송골 맺힌 소임은 시원하게 목구멍을 넘어갈 아이스크림이 간절했다.

"그래요? 제 눈엔 맛있어 보이는데."

소임은 냉큼 덧붙였다.

"저 한 입만 먹어도 돼요?"

"새로 사 줄게요."

"아니에요. 딱 한 입이면 돼요. 저 배도 부르고. 그냥 한 입만 먹을게요."

"어떻게 변 씨한테 내가 먹던 걸 줍니까."

"에이, 상관없어요. 이 씨 되게 깨끗하게 먹었잖아요. 그리고 저 학원 애들이랑도 다 나눠 먹어요. 진짜 딱 한 입이면 되는 걸요."

소임은 신뢰를 주기 위해 과장되게 입꼬리를 끌어 올렸다. 속사정이 계산된 미소였다. 오늘 돈은 다 선호가 냈지만, 어차피 그녀가 이따 지급할 금액이었다. 한 숟가락으로 해결될 아이스크림을 갖고 쓸데없는 돈을 낭비하기 싫었다.

"왜 남이 먹던 걸 먹어요. 그냥 여기 있어요. 하나 또 사 올 테니까."

"됐어요. 안 먹어요. 츄러스나 먹을래요."

소임은 포기하고 츄러스를 질겅질겅 씹었다. 선호가 워낙 강하게 나오니까 한 입만 나눠 달라고 매달린 자신이 이상한 사람이 된 것만 같았다. 소임이 뚱하게 딴 곳만 보고 있으니 선호는 문제의 아이스크림을 들고 혼자 치열하게 고민했다. 그러나 결국 안 주는 게 낫겠다고 판단했는지 소임에게 컵을 건네주지 않았다.

긴 줄은 줄어들 기미가 없었다. 기다림에 지친 소임은 시큰둥하게 중얼거렸다.

"놀이 기구는 기다리는 시간이 거의 두 시간, 그러곤 3분 타는 게 고작이에요. 이게 뭐야? 차라리 영화를 보는 게 낫겠다."

"영화는 보는 시간이 두 시간, 대화하는 시간이 고작 3분일 걸요."

"뭐가 다른 거예요?"

"변 씨랑 오래 얘기할 수 있다는 점이 다르겠죠."

소임은 이마에 주름이 가도록 인상을 썼다. 왜 아까부터 이상한 느낌이 드는지 모를 일이었다. 단짝 친구 은지가 들으면 배를 잡고 깔깔 웃어 대겠지만, 마치 선호가 자신을 꼬시는 것처럼 느껴졌다.

'귀엽다느니, 오래 얘기하고 싶다느니.'

소임은 자신이 더위를 먹었나 보다고 생각하며 착각을 떨치기 위해 고개를 저었다. 어쩌면 연애한 지 너무 오래되어서 남자에 대해 갈피를 잡지 못하는 것일 수도 있다. 소임은 괜히 손으로 뜨거운 햇볕을 가리는 척하며 붉어진 얼굴을 감추었다.

해가 서쪽으로 사라지고 더위가 한풀 가셨을 무렵 소임과 선호는 놀이 기구를 그만 타는 것에 합의했다. 소임은 크게 소리 지르느라 칼칼해진 목을 큼큼거렸다. 오랜만에 신나게 놀았더니

스트레스는 확 풀렸다.

다만 걱정인 건 기력이 예전과 같지 않아 내일 삭신이 쑤실지도 모른다는 거였다. 어깨를 두드리며 지나가는 소임을 고등학생 커플이 붙잡았다. 교복을 입은 여고생은 발랄하게 부탁했다.

“언니, 저희 사진 좀 찍어 주실 수 있으세요?”

소임은 흔쾌히 휴대폰을 받아 들었다. 고등학생 커플은 신나서 포토존으로 쪼르르 달려가 벤치에 앉았다. 커플은 어떤 포즈를 취할지 상의하다가 머리 위로 하트를 그렸다. 풋풋하고 싱그러운 모습에 소임의 입가에 미소가 지어졌다.

“세로로 찍지 말고 가로로 찍어요. 꽃이 보여야 하잖아요.”

선호는 팔짱을 낀 채 가까이서 휴대폰 화면을 들여다봤다. 소임은 민망한 상황이 벌어질까 봐 옆을 바라볼 수 없었다. 괜히 고개를 돌렸다가 선호의 얼굴이 너무 가깝다는 사실을 알게 될까 봐. 그녀는 개미만큼이나 작은 목소리로 알겠다고 대꾸하며 부랴부랴 휴대폰을 가로로 돌렸다.

“찍겠습니다!”

찰칵. 찰칵. 찰칵.

소임이 포즈를 바꿔서 세 장이나 찍어 준 게 고마웠던지 여고생은 활짝 웃으며 제안했다.

“언니도 찍어 드릴까요?”

“네?”

떨떠름하게 되묻는 소임을 대신해 선호가 불쑥 대답했다.

"그러죠."

선호는 로봇처럼 뚜벅뚜벅 걸어가 벤치에 앉았다. 소임은 그를 황망히 바라보았다. 선호는 뭐가 문제인지 전혀 알지 못하는 태도로 그녀를 멀뚱히 마주 보았다.

"언니, 어서 가요. 휴대폰도 주고요."

채근하는 여고생의 손길에 소임은 어쩔 수 없이 휴대폰을 넘겼다. 벤치로 다가가면서도 '이건 아니다', '뭔가 잘못됐다'는 생각이 그녀의 뇌리를 채웠다. 소임이 선호에게 소리 죽여 말했다.

"우리가 사진을 왜 찍어야 하는지 모르겠어요."

"변 씨는 선생님이잖아요. 애들의 환상을 깨뜨리기 싫으면 그냥 찍어요. 쟤들은 우리가 커플이라고 생각하고 있으니까."

묘하게 설득력 있는 어조에 소임은 긴가민가하며 그의 옆자리에 앉았다. 여고생이 까르르 웃으며 소리쳤다.

"에이, 왜 이렇게 어색해? 이건 사귄 지 얼마 된 것 같지도 않다. 잘생긴 오빠, 설마 우리 있어서 애정 표현 안 하는 거예요? 그러지 말고 언니 어깨에 팔이라도 올려요!"

소임의 눈이 휘둥그레졌다.

"어머, 오빠 아냐! 이 사람, 너희들한테는 완전히 삼촌이다. 오빠라고 부르지 말렴."

"그쪽은 언니고, 저는 삼촌입니까? 뭔 차인지……."

선호의 낮은 음성엔 불만이 가득했다. 소임은 혹시 그가 여고생한테 '오빠'라는 단어를 듣고 싶은 건가 해서 기가 막혔다.

"어머, 이 씨. 정말 그러고 싶어요? 아니, 삼촌이라 불리는 게 어때서요? 나이 차로 따지면 삼촌 맞잖아요. 삼십 대랑 십 대랑."

"그럼 그쪽도 이모라고 불려야죠."

둘은 투덕거리느라 얼굴이 꽤 가까워져 있었다.

"좋아요, 좋아! 딱 좋아요, 그 자세. 완전히 키스할 것처럼 가까워."

소임은 화들짝 놀라 선호에게서 몸을 떨어뜨렸다. 하지만 사진은 이미 찍힌 후였다. 여고생이 즐거워하며 소임을 불렀다.

"언니! 진짜 잘 나왔어요. 분위기 로맨틱해."

소임은 께름칙하게 휴대폰을 받아들었다. 화면을 확인하기 두려웠다. 고등학생 커플은 예의 바르게 인사하고 즐겁게 재잘거리며 현장을 떠났다. 선호가 뒤늦게 소임의 곁으로 왔다.

"나한테도 보내 줘요."

소임은 잔뜩 경계하며 되물었다.

"왜요? 삭제할 건데요."

"나한테 보내고 삭제해요."

"왜요? 이 사진을 갖고 싶어요? 왜?"

소임은 경악하듯 얼굴을 찡그렸다. 선호의 표정이 뚱하게 변했다.

"내 얼굴 좀 보게요. 남이 찍어 준 사진에서 얼마나 늙게 나오는지."

"아하!"

띠링. 선호는 문자를 확인하고 살짝 웃었다. 물론 그는 소임이 자신을 바라볼 때는 웃은 적 없는 것처럼 시치미를 뚝 뗐다.

"젊게 보이네요. 오빠 정도로."

"우와. 요즘 같은 세상에 새파랗게 어린애한테 오빠라고 불리고 싶어요? 철컹철컹 몰라요?"

"아니, 그쪽한테 오빠."

선호는 긴 다리를 이용해 빠르게 앞서 걸어가기 시작했다. 소임은 졸지에 낙동강 오리 알 신세가 되었다.

그녀는 선호의 뒤를 필사적으로 쫓아갔다. 차를 가져오지 않았으니 집에 편하게 가려면 선호의 차를 얻어 타는 수밖에 없었다.

선호를 간신히 따라잡은 소임은 새침하게 종알거렸다.

"오빠라고 안 부를 거예요."

"불러 달라고 한 적 없습니다."

"진짜 웃기다. 나이 많은 거 되게 티 내고 싶나 봐. 세 살 많다고 갑자기 오빠라고 부르라 하면 어떡해?"

"이쯤 되면 오빠라고 부르고 싶은 건 그쪽 같은데."

"근데 왜 아까부터 자꾸 그쪽, 그쪽 해요?"

"그럼 뭐라고 불러요? 소임아?"

소임은 흠칫 놀란 자세 그대로 얼어붙었다. 전기에 감전된 것 같은 충격으로 소름이 전신을 타고 쫙 흘렀다. 그녀는 금붕어처럼 입을 뻐끔거렸다.

"아……."

"갑시다, 변 씨."

소임이 고개를 열성적으로 끄덕이는 동안 선호는 또 앞서 나갔다. 소임은 뒤처질세라 허겁지겁 그를 뒤따랐다. 그녀는 어느새 선호와 발걸음이 나란해졌다는 것을 알아차렸다. 보폭이 큰 그가 자신을 기다려 준 건지, 아니면 자신이 빨리 걸어서 그를 따라잡은 건지는 불확실했지만.

집에 돌아온 후 소임은 줄곧 휴대폰 화면을 노려봤다. 그녀가 기다리는 것은 선호의 계좌 번호였다. 갚아야 할 돈이 있으니 신경이 쓰였다.

오늘 돈을 총 얼마나 썼나 머릿속으로 셈해 보고, 놀이공원에서 있었던 일을 떠올려 보고, 선호와 찍은 사진을 확인하며 가슴이 몽글몽글하게 조여드는 것 같은 이상한 기분에 휩싸이기도 하면서 문자를 기다렸지만, 자정이 다 되도록 휴대폰은 잠잠했다.

'내 존재를 아예 까먹은 건가?'

먼저 연락하기 좀 그래서 기다리고 있었건만 이대로 기다리다가는 끝이 없을 것만 같았다. 소임은 큰마음 먹고 선호에게 문자를 보내기로 했다.

[계좌 찍어 주세요. 송금할게요.]

문자 내용을 검토하던 소임의 미간이 좁혀졌다.

'너무 정 없나? 잘 자라고 인사라도 덧붙일까?'

소임은 '잘 자라'는 말만 덧붙이기로 하고 휴대폰 키보드를 터치했다.

"잘…… 자…… 요."

소임은 자신이 '잘 자요' 뒤에 느낌표 대신 실수로 하트를 붙이고 말았다는 것을 전송 버튼을 누르고 난 뒤에 깨달았다.

[계좌 찍어 주세요. 송금할게요. 잘 자요♥]

침대에 배를 깔고 엎드려 있던 소임은 벌떡 일어났다.

"아니, 이게 뭐야! 이거 뭐야! 하트 왜 있어!"

소임은 끔찍한 대참사에 발로 이불을 차며 머리카락을 쥐어뜯었다. 그녀는 선호가 이 문자를 보고 자신이 그에게 관심이 있다고 착각할까 봐 소름이 끼쳤다.

띠링. 답장은 뜻밖으로 빨리 왔다. 머리를 쥐어뜯던 소임은 재빨리 화면을 확인했다. 부디 선호가 하트를 완전히 무시한 채 답장을 보내 주길 희망했다.

[윽]

소임의 얼굴 근육이 파들파들 경련했다. 선호가 착각하지 않길 바랐으면서도 막상 그가 이렇게까지 진절머리 치니 소임은 기분이 상했다.

'짜증 난다 이거지? 근데 이쪽도 짜증 나거든?'

소임은 휴대폰 화면을 꽁하니 노려보다가 손을 움직였다.

[♥♥♥♥♥♥♥♥♥♥♥♥♥♥♥♥♥♥♥]

소임은 선호의 기분이 지금보다 훨씬 더러워지길 희망하면서 검은 하트로 꽉 채운 문자를 전송했다.

7. 남의 결혼식

"얘들아!"

소임은 밝은 얼굴로 뛰어가며 한 무리의 여자들에게 손을 들어 보였다. 네 명의 여자들은 깔깔거리며 그녀를 반겼다.

"여신 변소임 오셨네."

"너무 예쁜 거 아니니? 얼굴에서 빛이 나는데? 얘, 우리 기죽겠다."

소임은 씩 웃으며 능청스럽게 받아쳤다.

"지진 못 느꼈어? 이 일대 근방이 변소임 온다고 들썩였잖아."

자기들이 먼저 시작해 놓고도 웃긴지 그들은 숨넘어갈 듯 웃어댔다. 소임도 킬킬거리며 웃음소리를 보탰다. 누가 봐도 초췌한 얼굴인데 세계 최고 미녀라 부르기. 그들만의 실없는 농담이었다.

소임, 미희, 세정, 명진, 은지. 다섯 명은 여고 동창이었다. 대학을 다 각기 다른 곳으로 갔지만, 대학생 때는 해외여행도 같이 다녀올 정도로 사이가 각별했다. 취직하고, 몇몇이 결혼한 이후에는 다 같이 시간 잡기가 어려웠지만 그래도 모두가 꾸준히 노력한 덕에 모임이 유지됐다.

"신미희, 오늘 화장 좀 잘 먹었는데?"

소임의 칭찬에 미희는 과장하여 턱을 치켜들고 우쭐댔다.

"애 둘 낳은 어머니처럼 안 보이지?"

"그러게 말이야. 어째 허리가 더 얇아졌어? 애는 내가 낳았나 보다."

"네 딸 내가 잘 키우고 있으니 걱정하지 마."

즐겁게 깔깔거린 그들은 술집으로 이동해 자리를 잡았다.

근황 묻고 답하기로 시작한 대화는 끊기지 않았다. 다들 할 얘기가 너무 많았고 술만 마시면 목소리가 커졌다.

그들은 요즘 유행하는 드라마 이야기를 거쳐 서로의 인생이 얼마나 고달픈지 털어놓았다. 이미 결혼한 세 여자는 시댁, 육아, 남편에 관한 고충을 토로했고 은지는 결혼 준비에 관해 걱정했다. 소임도 학원 경영이 얼마나 힘든지 목소리를 높였다.

삶의 고충을 한 보따리 쏟아 낼 수 있었지만, 한탄만 하지는 않았다. 오랜만에 봐서 즐거운 만큼 재밌고 유쾌한 이야기 역시 쏟아졌다.

"시댁에서 장어를 한 박스 줬는데……."

남편 있는 여자만 할 수 있는 농담부터 학창 시절 있었던 재미난 이야깃거리까지. 분위기는 점차 고조되었다.

그러다 명진이 얼마 전에 길거리에서 우연히 본 고등학교 동창의 소식을 화제에 올렸다.

"야, 맞다! 걔 결혼한다더라. 걔 있잖아, 세정이네 반 반장. 물리 쌤 좋아했던 애."

"신희영?"

"어, 어. 맞아, 희영이 걔."

"진짜? 걔 고삼 때 물리 쌤 아니면 자기 결혼 안 한다고 계속 말하고 다니지 않았어? 집에서 과일 깎아 와서 막 가져다 바치고. 근데 대학교 올라가더니 조용해졌잖아."

"원래 그러는 애들이 졸업하고 한 번을 안 찾아가."

"신랑은 뭐 하는 사람이래?"

"중소기업 다닌대. 연봉이 그렇게 높진 않은데 시댁이 부자라 하더라. 시아버지 될 분이 강남에 빌딩 두 개 있대."

서른한 살. 나이가 이쯤되니 주변에서 결혼 소식이 자주 들려왔다. 결혼 얘기만 나오면 소임은 기분이 이상했다.

고등학생 때의 여드름 난 얼굴과 기름진 앞머리가 아직도 눈앞에 선연한데 언제까지고 어린 학생일 줄만 알았던 친구들이 하나 둘 가정을 꾸리다니.

이 모임에서도 소임만 유일하게 미혼이었다. 미희, 세정이, 명진이는 이미 결혼을 했고, 은지는 내년 초에 결혼할 예정이었다. 더군다나 대학을 졸업하자마자 결혼한 미희는 애가 벌써 두 명이다.

소임은 부모님과 함께 사는 지금의 삶에 만족했다. 그런데 친한 친구들이 몽땅 결혼해 버리니까 기분이 싱숭생숭했다.

뭐든지 같이 하던 친구들이었다. 고등학교 졸업부터 대학교 입학, 중간에 휴학, 해외여행도 같이 가고, 비슷한 시기에 취업 준비를 했다. 백수로 살았던 기간은 소임이 조금 더 길지만, 인생의 단계를 비슷하게 밟아 갔다.

지금은 그나마 다들 노력해서 모임이 유지되지만, 앞으로 이렇게 다섯 명이 다 같이 모이는 일이 얼마나 있을까? 시간이 지날수록 모두가 함께 만나는 횟수가 적어지고 있다.

잡생각이 많아지는 건 나이가 들어간다는 증거일까? 아니면 벌써 술에 취해서 감성에 젖은 걸까? 소임은 맥주를 꿀꺽 마신 뒤 답답한 마음을 뱉어 냈다.

"캬."

너무 시원하게 뱉어 낸 탓인지 친구들의 시선이 일순 그녀를 향했다. 의도치 않게 집중된 관심에 소임은 히죽 웃어 보였다.

"맥주 되게 시원하네."

세정이 문득 생각났다는 듯, 크게 쌍꺼풀진 눈을 깜빡이며 물었다.

"얘, 넌 요즘 만나는 사람 없니?"

소임의 연애 상황은 그들의 관심사 중 하나였다. 친구들은 만날 때마다 소임에게 애인의 여부를 물어봤다. 항상 없다는 대답만 돌아오니 이제는 그들도 별 기대 없이 던지는 편에 가깝지만.

소임은 천연덕스레 대답했다.

"있겠니?"

친구들이 고개를 끄덕였다.

"하긴."

소임은 마지막이자 첫 연애를 끝으로 남자를 더 만나지 않았다. 그때 큰 상처를 받은 것은 아니었다. 고작 반년 사귀었는데 뭐가 그리 깊은 인연이었겠는가? 그놈이 바람을 피운 것은 아직도 생각하면 이가 갈리지만, 그래도 이제는 그냥 헛웃음과 함께 넘길 수 있었다. 거의 십 년 전에 가까운 이야기니까.

소임이 연애를 하지 않는 이유는, 그저 상황이 허락지 않았기 때문이다. 교내에서 어떤 활동을 하든 간에 다른 사람과 필수적으로 부딪혀야 했던 대학 생활이 끝난 후 선택적으로 사람을 만날 수 있는 시기에 접어들자 소임의 인간관계는 더 좁아졌다.

친구들이 동호회에라도 나가 보라 조언했지만, 마땅한 취미조차 없었다. 그녀는 소파에 드러누워 TV 드라마와 영화 보는 것이 낙이었다.

쉬는 날에 집에만 있다 보니 또래 남자를 만날 기회가 별로 없었다. 주변의 성화에 소개팅도 몇 번 해 보았지만, 결과가 좋지 않았다. 미련은 별로 없었다. 소임은 자연스러운 만남을 추구했다.

남들처럼 연애를 해 볼까, 싶다가도 새로운 사람을 사귀는 것이 귀찮아서 이렇게 미적거리며 훗날을 기약하다 보니 어느새 서른하나가 되었다. 소임은 느긋했지만, 애석하게도 시간이 그녀를 기다려 주지 않았던 거다.

애인에 대한 질문을 받으니 잠시 잊고 있던 것이 또 떠올라 소임을 괴롭혔다. 어쩜 사람들은 왜 다 그녀에게 애인이 있기를 기대하는지. 얼마 전에 문수복 원장한테 연락을 받았다.

—소임 씨, 모바일 청첩장 잘 받았지? 우리 딸 다음 주에 결혼해.

당연히 첫 번째로 들었던 생각은 '가기 싫다'였다. 하지만 안 갈 수도 없었다. 예전 학원 원장이라고 해도 문수복과 앞으로 아예 안 볼 사이가 아니니까. 학원 연합회도 있고, 같은 업종인 만큼 어떻게든 소식이 서로에게 흘러들어 올 테니 적당한 관계를 유지하는 게 나았다.

게다가 갈릴레오 과학 학원 수강생들이 ATP 과학 학원으로 많이 옮겨서 약간 눈치가 보이던 차였다. 자기들이 알아서 찾아온 거지만 문수복 원장은 소임이 아이들을 빼갔다고 여길 수도 있으니까.

—와서 밥 맛있게 먹고 가요. 이번에 우리 식대 비싼 거 했어. 스테이크도 나와.

거기까지만 말했어도 소임은 군말 없이 참석했을 것이다. 귀한 휴일에 외출하는 게 번거롭긴 하지만 비싼 밥 먹고 온다고 치면 되니까.

하지만 문수복 원장이 그다음에 뭐라 했던가.

—애인이랑 와서…… 아! 소임 씨 애인 없지?

그러고서 호의랍시고 딱한 목소리로 덧붙였다.

—이번에 와서 얼굴도 비추고 그래 봐요. 우리 딸이 의사랑 결혼해서 사위 쪽 하객들이 아주 많이 빵빵해. 다들 인물도 훤칠하고. 뭐, 소임 씨 맘에 드는 사람 있으면 내가 한번 힘써 볼게. 그동안 갈릴레오에서 열심히 일해 주곤 했으니까. 소임 씨가 얼마나 성실하고 괜찮은 사람인지 내가 알잖아? 다른 사람은 몰라도.

일부러 소임의 속을 긁으려고 했던 것이 틀림없다. 그간 문수복 원장은 소임을 은근히 무시했다. 이 상황에 나이라도 더 먹으면 안 된다고 얼른 애인을 사귀라며 필요 없는 훈수까지 두었다. 겉으로는 그녀를 신경 써 주는 척하면서 신나게 후려쳤다.

이미 결혼식에 참석하겠다고 대답했는데 안 갈 수도 없고, 잽싸게 얼굴만 비추고 올까 했는데 문수복이 '역시 혼자 왔구나' 하는 눈빛을 보이며 기세등등할 거 생각하면 자존심도 상하고.

아주 딜레마였다. 소임은 다음 주말에 있을 결혼식 생각만 해도 이마가 지끈거렸다.

자신을 인기 없는 노처녀 취급하던, 그 콧방귀 섞인 목소리를 곱씹어 볼수록 문수복 원장에게 복수하고 싶다는 생각이 마구마구 차올랐다. 애인 대행 서비스라도 알아볼까 하는 생각이 잠깐 들었다. 얼굴 반반한 남정네 하나 데리고 가면 재수 없는 문수복 원장의 콧대를 납작 눌러 줄 수 있을 테니까.

하지만 그랬다가는 돈이 이중으로 나갈 것이다. 안 그래도 요즘에 얼마나 돈 나갈 일이 많은데. 소임은 속으로 길게 한숨을 쉬었다.

'후우…….'

그러고는 고개를 양옆으로 세차게 흔들었다. 걱정은 술과 함께 잊는 것이다. 내일이면 또 스트레스에 골치가 아프겠지만 적어도 이 밤만은 즐거운 생각만 하는 거다. 소임은 술잔을 번쩍 들었다.

"야, 마시자!"

친구들이 곧바로 호응했다.

"건배!"

"건배!"

그들은 옆 테이블에 앉아 있던 남자들마저 돌아볼 정도로 큰 목소리로 외치며 술잔을 공중에서 맞부딪쳤다.

* * *

소임은 한 달간의 실적을 되돌아봤다. 원생의 추이를 살펴보니 순조롭게 성장하고 있었다. 경지와 우진이 열심히 일해 준 덕분인지 입소문을 타고 학생들이 점점 늘어났다. 이대로라면 다음 달에는 분반을 하나 더 늘릴 수 있을 것이다.

"소임 씨, 커피 한잔할래요? 요 밑에 카페에서 방금 사 왔는데."

매출을 정리하던 소임의 집중이 깨졌다. 열린 문가에는 양손에 커피를 든 진수가 서 있었다. 소임은 방문자에게 웃어 보이며 정리하던 서류들을 덮었다.

"네, 좋죠. 들어오세요."

진수는 보통 빠르게 퇴근하지만 늦게까지 일하는 일이 있으면 꼭 소임에게 들러 커피 한 잔이라도 하고 갔다. 같이 일하는 선호는 말이 많지 않아서 심심하다면서. 소임은 항상 먹을 것을 들고 오는 그의 방문을 꺼리지 않았다.

진수와 소임은 원장실 소파에 마주 보고 앉았다. 그가 건네준 라떼를 한입 들이킨 소임은 입안 가득 퍼져 나가는 부드러운 맛에 미소를 지었다. 은은하게 감도는 바닐라 향에 피로했던 기분이 조금 풀리는 기분이었다. 건물 아래층에 개인 카페가 잘 들어온 것 같다고 말을 꺼내자 진수가 동의했다.

"도장도 여덟 개만 모으면 아메리카노 한 잔 주더라고요. 커피 맛 괜찮아서 요즘 선호랑 여기 거 마셔요. 사무실에도 캡슐 커피 머신 있긴 한데 어째서인지 사 먹게 되네요."

"저도 커피 매일 마시니까 커피값 아껴 보겠답시고 머신 들여놨는데 출근하면서 자꾸 하나씩 사 들고 와요. 뭐, 내려 먹는 커피 맛이랑 카페에서 파는 커피 맛이랑 조금 다르긴 하잖아요. 이것저것 번갈아 마시고 하는 거죠."

"그건 그래요. 그런데 여기 주변에 시켜 먹을 게 너무 없지 않아요? 매일 돈가스만 먹기도 질려요. 나가기 귀찮으니까 배달시켜 먹는데 매일 시켜 먹다 보니 또 마땅한 게 없더라고요. 소임 씨는 점심에 뭐 드세요?"

"저희도 뭐 비슷하죠. 백반 시켜 먹어요. 거북이식당 괜찮던데요?"

"아, 거북이식당. 잘 알죠. 저희도 초반엔 거기서 많이 먹었어요. 근데 매일 먹다 보니까 질리더라고요. 밖에서 사 먹는 건 역시 집밥만 못해요. 사실 우리 지희가 음식을 잘하는 편은 아닌데……."

또 사랑을 찬양하던 진수가 문득 생각난 듯 휴대폰을 꺼내들었다.

"맞다, 소임 씨. 이거 한번 해 보실래요?"

"그게 뭔데요?"

"사진 어플이에요. 얼굴 바뀌는 거."

소임은 진수가 보여 주는 어플을 유심히 살펴봤다. 혼자 집에서 노는 일이 많은 소임은 휴대폰 어플을 자주 갖고 놀았다. 게임도 좋아하고 사진 찍는 것도 좋아했다.

"처음 보는 건데요? 이거 유명한 거예요?"

"아뇨. 제 친구가 개발한 건데 아직 베타 테스트 중이에요. 출시하기 전에 임시로 테스트하는 버전이요. 원래 어플 개발하면 서로 리뷰해 주거든요. 한번 해 보실래요? 어떤 필터가 제일 재밌는지 말씀해 주세요."

소임은 호기심 가득한 얼굴로 진수의 휴대폰을 받아들었다. 카메라를 빤히 바라보자 본래의 얼굴을 보여 주는 듯했는데 갑자기 그녀의 얼굴 위로 털이 숭숭 났다.

"으악!"

소임은 털북숭이가 된 제 얼굴에 놀라서 휴대폰을 치웠다.

진수가 옆에서 킥킥 웃어 댔다. 다시 슬쩍 휴대폰을 바라보니 그제야 깔깔 웃음이 나왔다.

"이거 재밌네요."

소임은 쿡쿡 웃으며 필터를 바꿔 보았다. 얼굴을 변형시키는 카메라 필터가 색다르고 유쾌했다. 그녀는 진수에게 친구들과 함께 있을 때 하면 재밌을 것 같다는 의견을 내어 주었다.

정식 버전이 출시되면 내려받겠다는 소임의 말에 진수는 무척 기뻐하더니 친구에게 잘 전해 주겠다며 싱긋 웃었다. 휴대폰을 돌려받은 그의 눈이 갑자기 빛났다.

"소임 씨, 우리 사진 한 장 같이 찍을까요? 이거 털 숭숭 난 필터 끼고."

소임은 어리둥절하게 그를 바라보며 '네'라고 대꾸했다. 만약 맨 얼굴이 그대로 나온다면 조금 망설였겠지만, 무성한 잡초처럼 얼굴 전체를 까만 털로 뒤덮는 필터가 적용되면 누가 누군지도 모르고 그저 형체만 보일 뿐이다. 그러니 사진 함께 찍는 것은 크게 난감한 요구가 아니었다.

진수가 휴대폰을 든 손을 멀리 뻗고 소임과 한 프레임에 같이 나오도록 몸을 돌렸다. 건너편 소파에 앉아 있던 소임은 반사적으로 손가락 두 개를 들고 브이 모양을 만들어 볼 옆에 가져갔다. 손 위로도 털이 숭숭 뒤덮였다.

찰칵. 한 장의 사진을 찍은 진수는 킥킥거리며 휴대폰을 만져 댔다. 소임은 그가 뭘 하나 싶었다. 그가 뿌듯한 표정을 지었다.

"소임 씨를 궁금해하는 사람한테 방금 사진 보냈어요."

"누구요? 지희 씨요?"

진수가 누구라고 대꾸하기 전에 휴대폰 진동이 울렸다. 지이잉, 지이잉. 일정한 패턴을 반복하며 울리는 것을 보니 전화인 듯했다. 그는 소임에게 조용히 하라는 듯이 입에 손가락을 가져간 뒤 휴대폰을 탁자 위에 올려 두고 스피커 폰으로 전환했다.

"여보세요?"

—너 일 안 해?

소임은 단번에 통화를 걸어온 사람이 누군지 알아차렸다. 스피커를 통해 원장실에 울려 퍼지는 선호의 무뚝뚝한 목소리는 평소보다 더 낮게 들렸다. 그가 짓고 있을 뚱한 표정이 그녀의 눈앞에 선명히 그려지는 듯했다.

소임이 듣기에 전화를 건 사람은 별로 기분이 좋지 않은 것 같은데 진수는 전혀 신경 쓰지 않고 싱글벙글했다.

"일하고 있는데? 사진 보내 줬잖아. 명호 형 거 베타 버전, 그거 소임 씨한테 리뷰 좀 부탁했지. 재밌대."

수화기 너머는 한동안 잠잠했다. 진수가 웃으며 덧붙였다.

"명호 형 거 잘 나갈 거 같지? 재밌잖아."

—너 언제 올 거야?

일하고 있는 친구를 약 올릴 심산인지, 진수는 말꼬리를 길게 늘였다.

"글쎄. 잘 모르겠네. 소임 씨랑 커피 마시고 있는데 아직 다 못 마셔서. 그리고 사진 필터 아직 안 시도해 본 게 너무 많아서 소임 씨한테 부탁 좀 하고 가려고. 나 신경 쓰지 말고 일해."

—알았어. 컴 전원 끈다.

"야! 그거 렌더링 다 안 끝났는데!"

지켜보는 소임이 약 오를 정도로 느물거리던 진수는 대번에 낯빛이 새파래진 채 자리에서 벌떡 일어나 허둥거렸다.

"야! 이선호!"

탁자 위에 올려 뒀던 휴대폰을 들어 황급히 입가에 대며 소리를 질렀지만 이미 선호는 전화를 끊은 모양이었다. 진수는 안절부절못하며 전화를 다시 걸었다.

"이 녀석 설마 안 끄겠지? 아니, 같이 컴 만지는 놈이 어떻게 이런 끔찍한 일을…… 어떻게 나한테 이런 극악무도한 짓을 하겠다고……."

하지만 수신 거부를 해 놓은 듯, 통화가 연결되지 않았다. 진수는 거의 울기 직전이었다.

"아우, 소임 씨 저 사무실에 가 볼게요. 좀 놀려 보려고 했더니 이놈 역시 성질이 있어서……."

소임은 피식 웃으며 고개를 끄덕였다.

"자기는 일하고 있는데 진수 씨 놀고 있으면 당연히 샘나죠. 얼른 가세요."

"네? 아니, 얘는 그게 아니라……."

머리를 긁적이던 진수가 다시 초조한 기색으로 발을 동동 굴렀다.

"하여튼 컴퓨터 전원 끄진 않았을 거예요. 지금 광고 영상 작업하는 중이거든요. 제가 그거 얼마나 힘들게 만들었는지 다 아는데……. 3일 걸렸어요. 게다가 앱 출시일도 얼마 안 남았는데 뭐 서로 같이 죽자고 그런 짓을…… 설마 할까요?"

그는 문 쪽을 힐끔거리면서 불안하게 엉덩이를 들썩였다. 빨리 가 보라는 소임의 손짓에 진수는 앓는 소리를 내며 걸음을 옮겼다.

"커피는 두고 가세요. 제가 치울게요."

"어우, 감사합니다. 무서워서 이젠 장난도 못 치겠네요."

방 안에 있을 때까지는 그나마 괜찮은 척하던 진수는 문을 나서자마자 자신의 사무실 쪽을 향해 헐레벌떡 뛰어갔다.

"으아아!"

그가 내는 비명에 소임은 어깨를 바짝 움츠렸다.

예전에 그녀도 컴퓨터 문제로 열심히 만들었던 학습지를 날려 버릴 뻔한 적 있었다. 그걸 날려 버린다는 생각만으로도 소름이 이렇게 돋는데, 3일 동안 작업한 결과물을 날리면 어떤 기분일까. 몸을 부르르 떨던 소임은 부디 진수의 작업물이 무사하길 빌었다.

그보다 선호에 관한 자신의 평가가 틀리지 않았다는 것에 소임은 뭔지 모를 뿌듯함을 느꼈다. 역시 옆집 남자는 아주 마음이 좁았다. 자기 일하는데 친구가 놀고 있다고 저렇게 꽁해서야.

'그것도 나이 먹을 만큼 먹은 어른이!'

쯧쯧, 혀를 차면서 느긋하게 혼자만의 커피 타임을 가지던 소임의 방에 우진이 들어왔다. 옆구리에 프린트와 문제집을 끼고 있는 그는 막 수업을 끝낸 참이었다. 우진은 탁자 위 놓인 커피 컵을 빠르게 발견하고 천진난만하게 물었다.

"쌤, 누구 왔다 갔어요?"

남은 커피를 한입에 꼴깍 털어 넣은 소임은 자신의 컵 위에 진수의 컵을 꽂아 넣으며 대꾸했다.

"어. 옆에 사무실 쓰시는 분."

우진은 감 잡았다는 듯이 눈을 크게 뜨고 입을 동그랗게 오므리더니, 그다음에는 한 손으로 입 옆을 감쌌다. 의도를 알아차린 소임이 하지 말라고 눈치를 줬지만, 우진은 기어코 굵은 함성을 냈다.

"우오오오오."

소임은 콧방귀를 뀌었다. 중학생 대상 학원 일만 7년 차, 얼레리 꼴레리 유치한 몰아가기에는 아주 익숙해져 있다. 예전에는 문수복 원장이랑도 엮인 적 있었다. 근거 없는 놀림에 아주 이골이 난 소임은 흥분해 있는 우진에게 냉정히 찬물을 끼얹었다.

"그분 유부남이시란다."

"네?"

우진은 행동을 멈추고 의외라는 표정을 지어 보였다.

"선호 형이요? 아닐 텐데. 그 형 미혼이잖아요. 그리고 제가 물어봤는데 사귀는 사람 없댔어요."

너무나 자연스럽게 흘러나오는 호칭에 소임은 적잖이 놀랐다.

언제부터 스물두 살 선우진과 서른네 살 이선호가 형 동생 사이가 된 것인가? 친해질 구석도 없을 텐데.

그보다 더 놀라운 것은 사귀는 사람이 없다는 대목이었다. 소임은 자신도 모르게 허, 하고 감탄을 뱉었다. 자신이 그의 집에서 나오는 여자를 똑똑히 봤는데 말이다.

밤 열한 시에 남자 혼자 사는 집을 방문해서 뺨을 안타깝게 쓸어내리며 아프지 말라고 호소하는 여자와 사귀는 사이가 아니라면 그들은 대체 무슨 사이란 말인가?

물론 둘이 사귀지 않을 수도 있다. 선호는 소임과 다르게 쿨한, 그러니까 더 개방적인 연애관을 가진 남자일 수도 있다. 여자들을 자신의 집에 거리낌 없이 초대하긴 하지만, 사귀는 사이는 아니라는 거지.

그러나 그렇게 생각한다고 해서 선호에 관한 인식이 좋아지지는 않았다. 바람둥이라면 끔찍하다. 하지만 아무런 관계없는 성인 남자의 연애 생활에 간섭할 수는 없는 노릇이다. 그것은 선호의 사생활이었으니까.

소임은 자신이 동의하지 않는 그 부분—선호는 사귀는 사람이 없다—을 얼렁뚱땅 넘겨 버리고, 제3자로서 가볍게, 그리고 마땅히 호기심을 가질 수 있는 부분에 관해 물었다.

"뭐야? 둘이 언제 형 동생 사이 됐어?"

"에이, 계속 얼굴 보는 사이인데 당연히 인사하고 통성명해야죠. 저 선호 형네 사무실도 놀러 갔다 왔어요. 와, 형. 게임 선물 코드 되게 많던데. 하고 싶은 거 있으면 말하래서 스토어 1위부터 10위까지 다 공짜로 다운받았어요. 아! 그리고 소임 쌤 블링키 알아요? 그 게임 회사 있잖아요. 거기 캐시도 받아서 유료 아이템 엄청 질렀어요. 저 이제 부자임."

"우진아, 아무리 그래도 준다고 다 받으면 어떡하니? 적당히 받아야지."

"형이 어차피 남는 거라 괜찮댔어요. 그리고 개발자끼리 거의 아는 사이라나 봐요? 막 선물 코드 주고받는대요."

우진은 선호에게 받은 캐시권을 학교 가져가서 뿌렸더니 인기 많아졌다고 으쓱댔다. 소임은 설마 하며 물었다.

"너 그거 되팔고 그러는 거 아니지? 애들한테 돈 받고."

우진이 억울하다는 표정을 지었다.

"저 그렇게까지 야비한 짓 안 해요."

"그럼 됐다."

"그냥 약소한 정성만 받을 뿐이에요. 음료수 한 캔이나 삼각 김밥 같은 거."

밉지 않게 씩 웃는 우진을 소임이 한심하게 쳐다보았다.

"형이 호의로 준 거 그렇게 상업적으로 이용하기나 하고. 이거 글러 먹은 놈이네."

"에이, 저도 일방적으로 받아먹기만 한 건 아니에요. 저도 선호 형한테 할 만큼은 다 했다구요. 그러니까 형도 나를 그렇게 예뻐하지."

"네가 뭘 했는데?"

"저요?"

우진이 자부심 가득한 음성으로 답했다.

"정보력이 최고의 자산이라 평가받는 이 정보화 시대에서 주류로 다뤄질 만한 고급 정보를 거래했다고 할 수 있죠."

처음엔 무슨 말인가 했는데, 우진의 눈빛이 음흉한 것을 보니 저와 관련된 얘기일 것 같았다. 그를 의심스레 쳐다보던 소임은 어느 순간 과거의 기억을 떠올리고 충격을 받았다.

"너어……! 너구나! 내 나이를…… 네가 팔아먹었구나!"

소임은 두 눈을 부릅뜨고 우진의 귀를 세게 잡아당겼다. 우진은 귀가 잡혀도 좋은지 실실 웃으면서 항변했다.

"아니에요! 제가 어떻게 소임 쌤 나이가 서른하나라는 걸 말하고 다니겠어요. 그건 아니에요. 제가 아무리 막돼먹은 제자래도 소임 쌤 나이는 어디 가서 함부로 말 안 하죠. 여자 나이는 지켜 줘야 하는 거랬어요. 그건 말 안 했어요. 선호 형이 묻지도 않았고요. 다른 거예요, 다른 거."

그러나 소임은 우진이 선호에게 그녀의 나이를 밝혔다고 확신했다. 당황은커녕, 그녀에게 혼나는 게 즐겁다는 것처럼 낄낄거리기만 하는 우진이 얄미워서 소임은 반대쪽 귀까지 잡았다. 양손에 힘을 주자, 그제야 우진이 반성하는 기미를 보였다.

"아야. 아파요, 소임 쌤."

우진은 눈물을 글썽거리며 선처를 바라는 표정을 지었다.

그 갸륵한 표정이 더욱 징그럽게 느껴져 그를 응징할 마음이 뚝 떨어진 소임은 자포자기한 마음으로 그의 귀를 놔주었다.

그새 또 장난기를 회복한 우진이 손바닥으로 귀를 쓱쓱 쓸어내리며 히죽거렸다.

"근데 같은 남자끼리 보기에 그 형 소임 쌤 좋아해요. 딱 감이 와요."

소임은 대꾸할 가치도 느끼지 못해서 콧방귀를 흥, 하고 뀌었다. 우진은 키득거리면서 무슨 중대한 비밀이라도 알려 주듯 목소리를 낮췄다.

"진짜예요! 왜인 줄 알려 줄까요? 소임 쌤은 모르지만 제가 아는 거 알려 줄까요? 티 엄청 나는데."

소임은 이마에 힘을 주었다. 빙글거리는 우진의 태도는 가증스럽기 짝이 없었지만 호기심이 슬슬 피어났다. 궁금하긴 했다. 대체 우진은 어떤 면에서 선호가 그녀를 좋아한다고 확신하는 걸까?

하지만 괜히 관심을 보이면 우진이 또 건수를 잡았다는 듯이 신나서 호들갑을 떨 테니까 최대한 호기심을 억눌러야 했다. 아주 태연하고 무심하게 행동해야 했다.

자신은 굳이 물어보지 않아도 상관이 없지만 우진이 말하고 싶어서 안달이 났으니 '그래, 너 한번 원하는 대로 떠들어 봐라' 하고서 포용력 있는 어른의 모습을 보여 주는 것이다.

소임은 차가운 커리어 우먼처럼 턱을 치켜들고 무심한 말투로 물었다.

"왜 그렇게 생각하니?"

"그 형, 저한테 소임 쌤 몇 시까지 일하냐고 묻던데요?"

일급 기밀이라도 가진 척 한껏 껄렁거리다가 내놓은 말이 겨우 저거라니. 기가 막힐 지경이었다. 소임은 헛웃음을 크게 터뜨렸다.

"야, 선우진! 지나가던 할머니도 나한테 저기 약국 몇 시까지 하느냐고 물어보는데 그럼 그 할머니 약국에서 일하는 약사 좋아하는 거냐?"

우진은 눈을 크게 뜨고 너스레를 떨었다.

"쌤 몰랐어요? 할머니들 요즘 훈남 약사 있는 약국 아니면 안 가요. 거기 가서 박카스라도 하나 사 먹으면서 눈요기하는 거지. 그게 6년산 홍삼 진액 마시는 것보다 효과 더 좋아요."

"그래서? 그 사람이 내 근무 시간 아는 거랑 나한테 관심 있는 거랑 무슨 상관이 있다는 거야?"

"소임 쌤 이렇게 둔감해서야."

딱한 표정을 짓던 우진이 열변을 토했다.

"관심 없으면 물어보지도 않아요. 저 인간이 몇 시까지 일하는지 마는지 내가 알 게 뭐예요? 하지만 관심 있는 여자라면 말이 달라지죠. 같은 공간에서 같이 일하고 있다는 생각만 해도 막 에너지가 솟아오르고 입가에는 미소가 지어지고, 침침하던 눈이 번쩍 뜨이고……."

"그건 사이비다. 그러다 공중 부양까지 하겠네."

"야근을 버틸 수 있게 하는 힘이 되는 거죠. 소임 쌤도 알잖아요.

남자 애들 학원 오기 싫어하는데 왜 꼬박꼬박 나오겠어요? 반에 좋아하는 여자애가 있어서 그렇잖아요. 그 형도 똑같아요. 소임 쌤 일하고 있으니까 자기도 야근하겠다는 거지. 소임 쌤 일찍 퇴근하면 자기도 일찍 퇴근하고. 그리고 일하다가 피곤하면 소임 쌤 살짝 보러 오고요. 왜냐? 인간 비타민 C니까! 이 새초롬하게 예쁜 얼굴 보고 피로 해소하는 거죠. 아우, 나도 아는 걸 우리 소임 쌤이 왜 모를까 몰라."

소임은 전혀 감동하거나, 동요하지 않았다. 그녀는 우진이 유난히 기억에 남는 제자였던 이유를 떠올려 보았다.

6년 전, 중학교 3학년이던 우진은 그때 같은 반 여자애가 자신을 좋아한다고 주장하면서 그 여자애의 옆에 찰싹 붙어 앉았다. 그 후로 어떻게 되었던가? 결국 그 여자애가 학원을 끊었다. 고로 우진의 주장은 궤변에 불과했다.

소임은 갑자기 걱정스러운 마음이 들어서 심각하게 말했다.

"우진아, 너 그렇게 사람 마음을 착각하면 안 돼. 떡 줄 사람은 생각도 없는데 그게 내 떡이다, 저건 재 떡이다, 이렇게 생각하면 되겠니?"

"에이, 솔직히 소임 쌤도 선호 형이 자기 좋아한다고 느끼고 있잖아요. 여자의 감이 최고 아니에요?"

소임은 미간에 힘을 주었다.

'그런가?'

약간 솔깃했다.

하지만 깊게 생각해 봐도 아리송했다. 그렇지 않다는 생각이 강하게 들었다. 선호가 자신을 좋아한다는 생각만 해도 온몸에 닭살이 돋았다. 그와 자신은 그냥 이웃 사이일 뿐이다. 30년 넘게 살아오면서 옆집 사람이랑 이렇게 친밀하게 지내본 적은 없긴 하지만.

우진은 그새 선호에게 뭘 얼마나 많이 얻어먹었는지 열성팬 노릇을 자처했다.

"소임 쌤, 근데 그 형 진짜 괜찮은 거 같아요. 남자가 봐도 멋있다니까요. 사귀려면 그런 사람이랑 사귀어야 해요. 능력 있지, 잘생겼지, 목소리 좋지. 와, 그 형 어깨 봤어요? 그거 운동 아무리 많이 한다 해도 만들기 힘든 몸인데. 이야……."

과장스럽게 감탄하던 우진이 은밀히 속삭였다.

"그리고 사람이 딱 무게감이 있잖아요? 어떻게 그렇게 당당할까 궁금했는데 최근에 이유를 알았어요. 그 자신감이 어디서 나오느냐면……."

우진은 히죽 웃으면서 말꼬리를 길게 늘였다. 소임은 불안감을 느끼고 미간을 좁혔다.

"화장실에서 볼일 보고 있는데, 아니, 내가 일부러 본 건 아닌데 하필 그때 선호 형이 내 옆에 와서…… 아후! 형은 세상에 두려울게 없겠더라고요. 사실 딱 처음 봤을 때 직감적으로 그럴 것 같긴 했는데에……."

느물거리는 꼴을 보니 무슨 얘기를 할 건지 감이 왔다. 소임은 탁자 위에 있던 종이를 돌돌 말아서 회초리처럼 책상을 내리쳤다.

"조용! 선우진, 조용! 입 다물어! 그거 다 성희롱이야."

"에이, 이게 무슨 성희롱이에요. 부럽다는 말이지. 그냥 내가 여자였으면 형이랑 사귀었겠다, 그 생각 했어요."

"너 그거 민지한테 말한다?"

아무리 눈치를 줘도 촐싹거리던 우진의 입이 대번에 다물렸다. 그의 눈가가 촉촉이 젖어 갔다.

"흑……."

만약 그에게 토끼 귀가 달렸으면 두 개 다 시무룩하게 처졌을 것이다. 그 정도로 우진은 슬퍼 보였다. 그는 소임이 근래 본 모습 중 가장 진지한 기색으로 고백했다.

"저 민지랑 헤어졌어요."

그는 소임이 묻지도 않았는데 주저리주저리 털어놓았다.

"제가 너무 연락을 자주 해서 짜증 난대요. 하나부터 열까지 다 일과 보고하는 거 싫대요. 자기가 무슨 일기장이냐고 했어요. 그러면서 자기도 자기만의 시간을 갖고 싶대요."

소임은 약간 떨떠름한 표정으로 그의 이별 이야기를 경청했다. 그녀가 생각하기에 민지는 우진에게 그냥 정이 떨어진 것 같았다. 호감 있는 사람의 연락은 귀찮지 않을 텐데 사귀는 사이에서 연락이 너무 잦다고 불평하는 것은 이미 마음이 다했다는 뜻일 터.

그러나 실연당한 사람에게 굳이 짚어 줄 내용은 아닌 듯했다. 소임은 안타까움이 섞인 음성으로 우진을 가볍게 타박했다.

“그 봐. 내가 그랬잖아. CC는 오래 못 간다니까. 그러게 왜 쌤 말을 안 들었어.”

“저 어떡해요. 소임 쌤……. 헤어진 거 창피해서 학교 어떻게 다니죠?”

엄지와 검지로 미간 밑 콧대를 쥔 우진이 앓는 소리를 냈다. 소임은 살짝 혀를 차며 해결책을 제시했다.

“그냥 군대 갔다 와. 그럼 민지도 졸업해 있을 거야.”

우진은 울먹이더니 한숨을 푹 쉬었다.

“민지랑 결혼까지 생각했었는데…….”

결혼. 저 단어를 들으니 잠시 잊고 있던 문제가 불쑥 떠올랐다. 문수복 원장 딸의 결혼식이 코앞이었다. 소임의 머리가 다시 지끈거리기 시작했다.

문수복 원장과 마주했을 때의 그 불편한 상황이 벌써 눈앞에 그려지는 듯했다. 잘난 남자 한 명이라도 옆에 끼고 가면 문수복이 그 안경 너머 단춧구멍 같은 눈으로 자신을 한심하게 바라보지 못할 텐데.

“안 되겠다. 소임 쌤 오늘 저 술 좀 사 주세요.”

징징거리는 음성은 마치 신의 계시인 듯했다. 묘안이 번뜩 소임의 뇌리를 스쳤다.

‘우진이를 데려갈까?’

저 먹보는 먹을 것을 사 준다면 모르는 사람의 결혼식이라도 흔쾌히 따라갈 것이다. 소임은 눈을 가늘게 뜨고 우진을 샅샅이 훑어보았다.

“아이잉, 예쁜 소임 쌤. 우리 예쁘고 능력 좋은 소임 쌤! 실연 당한 불쌍한 제자 위로 좀 해 주세요옹.”

그러나 우진이를 데려가는 것은 득보다 실이 커 보였다. 저 애를 데려가면 자신의 꼴이 더욱 우스꽝스러워 보일 것이다. 액면가가 안 맞는다. 우진은 아직 군대도 갔다 오지 않은 데다가 볼에 젖살 가득한 남자애였으니까.

그리고 만에 하나라도 자신이 연하 남자 친구가 있는 능력 있는 여자로 보이고 싶으면, 우진이 더 훤칠하고 잘나야 했다. 지금 저 애는 무조건 사촌 동생으로밖에 안 보인다. 신체 조건을 평가해서 미안하지만 우진의 키는 170cm였다. 자신이 높은 구두를 신으면 키가 엇비슷해 보일 것이다.

소임은 냉정하게 그를 외면했다.

“안 돼. 나 요즘에 술 못 먹어. 한약 먹는다.”

“그래요? 그럼 카드 주세용. 처량 맞게 자작하면서 궁상떨래요.”

우진이 싹싹하게 소임의 어깨를 주무르며 졸라 댔다.

“아잉, 소임 쌤. 하해와 같은 은혜를 베풀어 주세용. 삼겹살 3인분에 소주 두 병만 마실게요. 네?”

얼굴을 가까이 들이미는 우진 때문에 소임은 기겁했다. 그녀의 질색하는 표정에도 굴하지 않고 우진은 살갑게 애교를 부려 댔다. 마침내 소임은 백기를 들고 지갑에서 카드를 꺼내 줬다.

“적당히 마셔. 그리고 이걸로 이번 달 회식 퉁 치는 거다?”

"네! 역시 소임 쌤밖에 없어요. 제가 한 여덟 살만 많았으면 소임 쌤이랑 사귀었을 거예요."

카드를 받은 우진은 두 팔을 위로 뻗으며 승리감을 만끽했다. 소임은 귀찮다는 듯이 손짓했다.

"얼른 밥 먹으러 가라. 그리고 내가 지금보다 여덟 살 어렸어도 난 너랑 안 사귀어."

우진은 낄낄거리면서 머리 위로 하트를 만들어 보였다.

"이루어질 수 없는 사이라서 더 애틋한가 봐요. 사랑해요, 소임 쌤!"

우진이 방을 나가자 이제 좀 조용히 쉴 수 있나 싶었다.

하지만 문은 금세 또다시 열렸다. 이번에는 선호였다. 소임은 오늘따라 참 방문객이 많다고 생각했다.

선호는 우진이 원장실을 나가면서 크게 소리친 사랑 고백을 들었는지, 설명을 요구하는 눈빛으로 소임을 바라봤다. 아니, 어쩌면 별꼴을 다 보겠다는 눈빛인 것도 같았다. 소임은 따가운 시선에 태평히 대응했다.

"봤어요? 흔한 일이죠. 매일 저래요."

우진이 사랑을 고백하는 이유는 당연히 카드 때문이지만 소임은 시치미를 뚝 뗐다.

"뭐, 새파랗게 어린애가 저 좋다고 하니 기분은 좋네요."

"매일 카드 뺏깁니까?"

푹, 가벽으로 쌓아 올렸던 자존심이 와르르 무너졌다. 소임은 코를 씰룩이면서 가까스로 대꾸했다.

"……매일은 아니에요."

"돈 쓰면서까지 어린애 만나진 말아요. 보기 좀 그래요."

"뭔 소리야. 언제는 나보고 조카랑 이모 같다더니. 우진이 실연당해서 술 사 주는 거예요. 조카 위로하는 이모의 마음으로."

소임은 새침하게 덧붙였다.

"그리고 걔 여자였으면 이 씨랑 사귀었을 거래요. 와아, 이 씨 인기 많아서 아주 좋겠어요?"

"뭐 말 같지도 않은 소리를……."

선호가 혼잣말처럼 중얼거린 말소리가 소임의 귀에 똑똑히 들어왔다. 기분이 단단히 상해 버린 소임은 어금니를 아득 깨물었다. 우진에 이어서 선호가 너무나도 얄미웠다. 소임은 그를 흘겨보면서 퉁명스레 물었다.

"여긴 왜 왔어요?"

"유부남이랑 단둘이 커피는 왜 마십니까?"

저를 탓하는 말투에 소임은 대번에 억울해졌다.

"아니, 내가 오라고 한 것도 아니고 진수 씨가 놀러 온 거예요. 공짜 커피 주는데 그럼 안 마셔요?"

진수와 그녀가 같은 건물 같은 층을 공유하는 이웃에 지나지 않는다는 것을 본인이 가장 잘 알면서 둘을 이상한 관계로 몰아가는 선호에게 서운해 소임은 입을 삐죽거렸다. 따지고 보면 상담하러 오는 학부모랑도 커피 마신다. 그 사람들도 기혼자인데!

선호는 자기가 일하는데 남들이 펑펑 노는 것처럼 보이니까 심술이 난 게 분명하다. 그가 제게 시비를 걸러 왔다고 짐작한 소임은 꽁한 마음으로 그를 계속 째려보았다. 그는 자기 문제 푸는 동안 선생님도 문제 풀라고 재촉하는 유치한 학생 같았다.

그를 탐탁지 않게 쳐다보던 소임은 어느 순간 시선이 향하는 각도가 완전히 다르다는 것을 알아차렸다. 선호는 우진이보다 훨씬 키가 컸다.

그녀는 새삼스러운 눈으로 선호를 훑어보았다.

'그러고 보니…… 이 씨가 있었네?'

소임의 머리가 본능적으로 팽팽 돌아갔다.

겉모습으로만 판단하면 선호는 최상급의 남자였다. 자신도 그를 처음 봤을 때 잘생겼다고 생각하지 않았는가. 외모의 장점을 압도적으로 깎아 먹는 치명적인 결함이 있어서 문제지. 예를 들어 재수가 없다든가. 아니면 부도덕한 사생활 문제로 파혼을 했다든가.

하지만 사람들은 그 단점들을 모른다. 특히 문수복 원장은 전혀!

우진이가 했던 말이 귓가에서 메아리처럼 울려 퍼졌다.

소임 쌤, 근데 그 형 진짜 괜찮은 거 같아요. 남자가 봐도 멋있다니까요. 사귀려면 그런 사람이랑 사귀어야 해요. 능력 있지, 잘생겼지, 목소리 좋지.

'남자가 봐도 멋있다'는 구절이 소임의 마음속에 콕 박혀 떠나지 않았다. 더군다나 어른들이 보기에 선호는 아주 건실한 청년일 것이다. 생긴 것도 날티 나지 않고 진중해 보이니까. 말숙도 매일 선호를 자기 둘째딸이랑 엮어 주고 싶다며 아쉬운 입맛을 다셨다.

만약 선호를 옆에 끼고 간다면 문수복 원장은 놀라 자빠질 것이다. 자신이 늘 무시했던 소임에게 어마어마하게 멋진 애인이 있으니까. 그 옹졸한 입이 아무 말도 못한 채 꼭 다물려져 있는 모습을 상상하자 소임의 몸이 희열로 들썩였다.

소임은 머리를 굴려 '과연 선호를 결혼식에 데려갈 수 있을 것인가'에 관한 가능성을 살폈다.

큰 관건은 없어 보였다. 일단 선호는 미혼인 데다가 본인 주장으로는 애인도 없다니까. 정확히 말하면 집에 들락날락거리는 여자가 있긴 있는데, 그것을 사귀는 관계라고 여기지 않을 만큼 자유로운 연애관을 가진 남자다.

선호가 개방적인 남자라는 사실은 소임에게 좋은 소식이었다. 그런 쿨한 성향의 남자라면, 그냥 얼굴 아는 사이인 여자가 결혼식에 같이 가자며 제안한다고 해도 심각하게 받아들이지 않을 것이다. 여자의 지인에게 '결혼식에 데려갈 정도의 친분 관계가 있는 남자'로 보이는 것에 대한 부담감을 별로 느끼지 않을 거란 뜻이다. 왜냐하면 어차피 본인부터가 그런 식의 관계를 추구하지 않으니까.

키스는 해도 친구 사이. 누가 결혼식에 같이 가자고 하면 따라는 가지만 실은 안 친한 사이. 이런 모순적인 명제가 선호에게는 통할 것 같았다.

문수복 원장에게 수모를 당하지 않을 수 있다는 가능성이 소임을 향해 반갑게 손을 흔들고 있었다.

선호를 결혼식에 데려가야겠다.

빠른 계산을 마친 소임의 입가에 흡족한 미소가 떠올랐다.

무엇보다 자신은 선호에게 갚아야 할 빚이 남아 있었다. 차 사고를 냈다는 죄책감을 조금이라도 덜려면, 밥을 사야 하지 않겠는가? 어떻게 생각해도 이 일에는 선호가 적임자였다.

지금 자신이 해야 할 일은 선호를 어떻게든 붙잡아 희망찬 미래를 위한 발판으로 삼는 것이다. 소임은 목소리를 가다듬고 작업에 착수했다.

"저기, 이 씨. 혹시 이번 주 일요일에 일정 있어요?"

급격히 다정해진 그녀의 태도에 놀란 듯, 선호가 떫은 표정을 지었다.

그렇다는 대답이 선뜻 나오지 않는 것을 보아하니 특별한 일정은 없는 모양이다. 소임은 자애로운 미소를 지으며 친근히 제안했다.

"그럼 나랑 어디 좀 가요. 뷔페에서 맛있는 밥 먹여 줄게요."

"누구 결혼식이라도 있습니까?"

소임의 상냥한 미소에 균열이 생겼다.

'눈치가 백 단이네.'

소임은 뜨끔했지만 애써 태연하게 변명했다.

"전에 다니던 학원 원장 쌤 딸이 결혼하는데 거기 결혼식장 밥이 맛있다고 소문이 났어요. 한우 스테이크도 나온대요. 지난번에 보니까 이 씨 고기 잘 먹던데…….”

선호의 눈이 가늘어질수록 소임의 목소리도 기어들어 갔다. 그녀는 이래서 도둑이 제 발 저린다고 하는 말이 있는 거구나, 자신은 간이 너무 작구나를 동시에 깨달았다.

선호의 무표정한 얼굴을 보니 그를 이용하려던 속셈을 간파당한 듯해서 기가 죽었다. 나약해진 마음을 다잡으려 소임은 목청을 높여 봤다.

“거기 비싼 데예요! 몇 년 전에 제 친구가 거기서 결혼했어요. 하객들 다 밥 맛있다는 소리 하면서 돌아갔어요. 이 씨도 거기 가 보고 싶지 않아요?”

선호의 미간이 좁아졌다. 양심이 찔리기도 해서 소임은 포기하고 솔직히 말하기로 했다.

“아니, 그 원장님이 저 잘랐거든요. 별로 가고 싶지도 않은데. 저 축의금도 많이 내거든요. 그러니까 같이 가서 많이 먹어요. 저 혼자 가는 것보다 둘이 가는 게 돈 덜 아깝잖아요. 그리고 어차피 내가 이 씨한테 밥 사야 하잖아요.”

소임은 어색하게 눈웃음을 지어 보였다.

“그러니까 괜찮으면 결혼식 같이 가 줘요.”

“그래요.”

그가 협조해 주길 바라긴 했지만 이렇게 선선히 제안을 수락할 줄은 몰랐기에 소임은 꽤 놀랐다. 생각보다 쉽게 풀린 일에 얼떨떨해하며 눈을 빠르게 깜빡이고 있을 때, 선호가 물었다.

“결혼식 어디서 몇 시에 합니까?”

“프레이야 웨딩홀이요. 식은 열두 시에 시작해요.”

“넉넉하게 열 시 반쯤 출발하면 되겠네요. 그때 집 앞에서 봐요.”

“네……. 근데 진짜 가도 괜찮아요? 그날 일정 없어요?”

“주말은 비워 놨습니다. 변 씨한테 밥 얻어먹어야 하니까.”

선호의 표정은 무덤덤했다. 즐거워하거나 기뻐하는 기색은 아니지만 부담스러워하거나 꺼리는 기색 또한 없었다.

소임은 그를 멍하니 바라보았다.

‘역시 쿨한 사람이구나. 이런 쪽에 전혀 부담을 안 느끼나 봐.’

선호는 보기보다 사교적이고 활발한 사람인 듯했다. 소임은 자신의 전략이 통했다는 점에 속으로 쾌재를 불렀다.

그가 사무실로 돌아가고 나서야 머릿속에 뒤늦은 의문점이 두둥실 떠올랐다.

‘근데 나한테 밥 얻어먹으려고 주말을 비워 놔?’

그래서 황금 같은 주말에 다른 사람을 만나지 않는다? 그럼 선호는 대체 여자를 언제 만나는 건지 약간 궁금해졌다.

‘그 사귀지 않는다는 여자와는 평일에만 만나는 걸까? 아니면 벌써 끝난 걸까?’

아리송했다.

‘만약 관계가 끝났다면, 누가 먼저 이별을 고했을까? 이런 몸뿐인 관계는 더 이상 견딜 수 없다면서 여자가 눈물을 흘렸을까? 그럼 이 씨는 ‘내게 사랑을 기대한 건 당신의 잘못이야.’

하며 차갑게 돌아섰을까? 아니면…….'

소임은 머릿속에서 뭉게뭉게 피어나는 드라마틱한 상상을 떨쳐 버리려 노력했다.

그래, 어쩌면 자신을 위해 주말을 비워 놨다는 말은, 아주 싹싹 긁어먹겠다는 각오일지도 모른다.

'주말마다 내 통장에 빨대를 꽂아 호록 돈을 빨아먹겠다는 거지. 지금 이 씨한테는 대금 청구가 연애보다 중요한 거야.'

그렇게 이해할 수밖에 없었다. 왜냐하면 저 무뚝뚝하고 냉정한 옆집 남자가 자신에게 호감이 있다고 생각하기가 무척이나 어려웠으니까.

* * *

소임은 오랜만에 풀 메이크업을 했다. 평소 화장대 구석에 자리만 차지하고 있던 붓들도 오늘만큼은 구실을 톡톡히 했다. 붓으로 파우더 팩트를 쓸어 얼굴을 가볍게 터치하고, 살구색 블러셔를 볼에 발랐다.

평소 학원에는 가볍게 선크림과 립글로스만 바르고 다닌다. 그러나 오늘은 아주 심혈을 기울였다. 안 좋게 헤어진 전 남자 친구를 재회하는 자리라고 해도 이만큼 신경을 쓰진 않았을 것이다.

잠깐 참석하고 오는 자리라고 해도, 소임은 저를 삶의 패배자 보듯 했던 문수복 원장에게 조금의 흠도 잡히고 싶지 않았다.

이제는 고용주와 피고용인의 입장도 아니다. 대등하다고 하기에는 갈릴레오 과학 학원의 규모가 좀 더 크지만 그래도 소임 역시 엄연히 학원 원장이다.

그러니 그 막중한 직책에 어울리도록 말쑥한 차림을 하고 가서 문수복 원장을 놀라게 하고 싶었다. 그간 피곤해 보인다느니, 외모에 신경 좀 써야겠다느니 오지랖을 부렸던 문수복 원장에게 제대로 보여 주는 거다. 변소임이 누구인지!

"음……."

소임은 눈에 힘을 주고 거울을 노려보았다. '정말 이게 나?'라고 감탄하기에는 본바탕이 너무나 익숙했다.

그래도 노력이 영 헛되지는 않았다. 아이라인을 길게 빼서 기존보다 길어진 눈매는 갈색 음영 아이섀도와 잘 어우러져 그윽한 느낌을 줬다. 눈 앞머리에 반짝거리는 투명 글리터까지 살짝 발라 주니 분위기 있어 보였다.

소임은 생기 넘치는 얼굴을 흡족하게 감상했다. 깐 달걀처럼 매끄러워 보이는 피부가 마음에 쏙 들었다. 어제 마스크 팩을 하고 잔 보람이 있게 파운데이션이 피부에 찰떡처럼 발렸다.

이런 화사한 낯빛은 대학생 때 이후로 오랜만이다. 이대로라면 아무도 자신을 피곤에 절은 직장인으로 보지 않을 것이다. 급격히 기분이 좋아진 그녀는 콧노래를 흥얼거리며 옷을 챙겨 입었다.

시계를 보니 오전 열 시 이십 분. 선호와 만나기로 한 시각에서 아직 십 분이나 남았다.

소임은 느긋하게 구두를 신고는 현관 거울에 몸을 비추어 보며 옷매무새를 마지막으로 점검했다. 독특한 패턴이 들어가 있는 베이지색 원피스는 다크 베이지색 구두와 맞춘 듯이 잘 어울렸다. 파마기 있는 단발도 신경 써서 말린 덕에 예쁘게 곱실거렸다.

제 세련된 모습에 한껏 감탄한 소임은 기분 좋게 현관 손잡이를 잡았다. 부모님 두 분 다 아침 일찍 외출했기 때문에 안방을 향해 '다녀올게!'라고 우렁차게 외칠 필요는 없었다.

짤랑.

현관문에 달아 놓은 종소리가 경쾌하게 울렸다. 아무 생각 없이 현관을 나가려던 소임은 순간 발걸음을 멈칫했다.

매일 보는 회색빛 엘리베이터. 소임은 마크팰리스 2동 12층에서 10년을 넘게 살아왔다. 그런데 익숙하지 않은 광경이 눈앞에 있었다.

"왜 그러고 있습니까?"

정장 차림의 선호가 흘깃 뒤를 돌아보았다.

소임은 선호의 군살 없이 탄탄한 허벅지를 멍하니 응시했다. 고작 정장 입은 남자 한 명 서 있을 뿐인데, 완전히 딴 세상에 와 있는 것 같았다.

저렇게 완벽히 세팅된 차림이라니. 선호의 슈트는 가끔 재식이 거래처 사람 만나러 간다고 차려 입는 넉넉한 양복이나 학원에 상담하러 오는 직장인 학부형의 주름진 셔츠에 비교할 수 없을 정도로 세련되고 깔끔했다. 맞춘 것처럼 품이나 기장도 딱 적당해서 그의 넓은 어깨나 큰 체격을 돋보이게 하면서도 몸을 알맞게 감싸서 둔해 보이지 않게 했다.

평소에도 깔끔하게 차려입고 다니긴 했지만 그건 캐주얼한 차림이었다. 지금처럼, 마치 잡지에 나오는 슈트 전문 모델처럼 입고 있으니 괴리감이 느껴졌다. 그는 평범하기 짝이 없는 엘리베이터 앞을 무슨 촬영 세트장처럼 보이게 했다.

"잠 덜 깼어요?"

어정쩡하게 굳어 있던 소임은 그제야 정신을 번쩍 차렸다. 앞으로 나가다 말았던 발에 힘을 실어 몸을 내보내고는 현관문을 닫았다.

선호의 옆에 나란히 선 그녀는 자신이 그에게 넋이 나갔었다는 사실을 부정하기 위해 일부러 너스레를 떨었다. 잘 차려입은 남자에게 이런 말쯤은 가볍게 던질 수 있는 사람임을 스스로에게 증명하고 싶었다.

"아니, 뭘 이렇게 차려입었대요? 본인 결혼식인가?"

"네. 변 씨랑."

소임은 흠칫 놀랐다. 그 역시도 장난으로 대꾸한 거겠지만 당황한 탓에 말문이 막혔다. 이런 가벼운 농담에 동요하는 자신의 모습이 마음에 들지 않아 미간에 힘이 실렸다. 눈을 부릅뜬 채 적당한 반응을 생각해 봤지만 그에게 말을 돌려주기 전에 엘리베이터가 더 빨리 도착해 버렸다. 그녀는 하는 수 없이 선호를 따라 엘리베이터에 올랐다.

소임은 바짝 긴장감이 들었다. 밀폐된 공간에 있으니 아까는 자각하지 못했던 향이 코끝에 느껴졌다. 선호는 향수도 뿌린 모양이었다. 깊고 부드러운 나무 향에 톡 쏘는 시나몬 향이 잘 어우러진 향이었다.

소임은 그가 평소에 향수를 뿌렸나 곰곰이 생각해 봤는데…… 아침이라 그런지 머리가 잘 돌아가지 않았다.

그녀는 슬금슬금 움직여 엘리베이터 벽면에 가까이 붙었다. 원래도 선호와 그렇게 친근한 사이는 아니지만 그가 오늘따라 낯설고 어색했다. 소임은 자신이 선호를 과하게 의식하고 있다는 사실을 인정하고 싶지 않았다.

어째서 그를 이렇게 의식하는 것인가? 왜 옆을 바라보지 못하는가? 설마 자신이 긴장한 것일까!

소임은 제게서 수줍은 아가씨의 면모를 발견하고 심각해졌다.

이런 건 전혀 좋지 않았다. 그에게 기가 눌린 제 모습은 아주 멍청해 보였다. 선호가 제 기죽은 모습에 즐거워할 것이라 생각하니 턱에 힘이 들어갔다.

그래, 전혀 신경 쓰지 말아야 했다. 선호가 멋져 보이든 말든, 그의 진정한 내면을 떠올려야 했다. 그는 유치한 좀생이다. 자신에게 매번 시비만 걸어 대지 않나. 그러니 그 어른답지 못한 모습을 떠올리고 그냥 자연스럽게 대하는 거다.

어쩌면 그는 오늘을 벼르고 있었을지도 모른다. 자기 몸매 좋은 거 자랑하려고 딱 붙는 정장을 차려입은 것이다. 그가 자기 잘난 맛에 사는 남자라고 생각하면 전혀 멋져 보이지 않는다. 소임은 펑퍼짐한 정장은 보통 중년 남성에게만 인기가 있다는 사실을 가볍게 무시해 버렸다.

좋아. 아무렇지 않게 말을 거는 것이다. 선호에게 거리감을 느낄 필요 없이, 자연스럽게.

소임은 뻣뻣한 고개를 돌려 선호를 바라보았다. 그는 거울을 보면서 손으로 눈두덩을 꾹꾹 눌러대고 있었다. 소임은 애써 발랄한 목소리를 꾸며 냈다.

“이 씨, 피곤해 보이는데요. 잠 잘 못 잤어요?”

“한숨도 못 잤어요. 떨려서.”

헉……. 소임은 침을 꼴깍 삼켰다.

이것은 대체 무슨 뜻이란 말인가. 같이 외출하는 날에 떨리다니.

죽어 있던 연애 세포가 하나둘씩 깨어나서 비명을 질러 댔다. 저 남자가 관심을 표하고 있는 것이 틀림없어! 소임은 끔찍함인지, 감동인지 모를 전율에 몸을 부르르 떨었다.

어쩌면 우진의 말대로 그가 자신을 정말 좋아하는 건지도 모르겠다는 생각이 들었다. 그러자 갑자기 어깨에 힘이 들어가고 배가 나왔다. 그렇다. 자신은 연애를 안 하는 거지, 못 하는 게 아니다. 변소임 좋아하는 남자는 세상에 쌔고 쌨다.

소임은 씰룩씰룩 삐죽 올라가려는 입꼬리를 애써 억누르며 목을 가다듬었다.

“크흠.”

그녀는 헛기침하면서 슬쩍 선호를 살폈다. 여기서 '왜요?'라고 물으면 너무 눈치가 없어 보일 것이다. 이왕이면 아주 능숙한 어른처럼 굴고 싶었다. 이런 상황에 익숙한 것처럼. 마치 남자에게 대시를 아주 많이 받아 본 것처럼. 그녀는 태평하게 대응하기로 했다.

"뭘 그렇게 특별한 날이라고 떨어요. 평상시랑 다를 게 없는데."

이런. 목소리가 프로답지 못하게 떨렸다. 하지만 시선 처리는 훌륭했다. 소임은 도도하게 턱을 치켜들고 옆을 바라보았다. 분명히 머쓱해하는 얼굴이 있을 거라고 생각했던 그곳에는 뭔 소리를 하느냐는 듯이 저를 내려다보는 무심한 얼굴이 있었다.

"오늘 어플 출시일이에요."

"아……."

"돈벌이인데 잘 되어야지."

소임은 입을 꾹 다물고 정면을 노려보았다. 아마 선호는 그녀가 무얼 착각했는지 절대 알지 못할 것이다. 아주 평범하고 무난한 문장이었으니, 그가 자신의 기쁨 어린 오만을 전혀 알아차리지 못했을 거라고 애써 합리화하며 엘리베이터를 뛰쳐나가고 싶은 마음을 열심히 억눌렀다.

매일 생각하건대 마크팰리스의 엘리베이터는 정말 느리게 내려간다. 소임은 층수를 표시한 화면을 올려다보았다. 아직도 반밖에 내려가지 않았다.

답답해 죽겠는데 숨도 크게 쉴 수 없었다. 선호의 향수 냄새가 너무 잘 느껴졌기 때문이다.

무의식적으로 그를 흘깃거리던 소임은 그의 말을 뒤늦게 인식했다. 오늘이 어플 출시일이랬다. 신경 쓰이는 날일 텐데도 결혼식에 같이 가 주기로 했다는 결정이 고맙게 느껴졌다. 게다가 어제 한숨도 못 잤다면 피곤하니까 외출하고 싶지 않을 수도 있는데 그는 옷도 제대로 차려입고 머리도 멋들어지게 다듬었다.

'이렇게 보면 또 착한 사람이네. 당일에 약속 째지도 않고.'

새삼스럽게 그가 괜찮게 느껴졌다. 만약 소임이 그의 상황이었다면, 아주 중요한 날인데 그쪽 부탁 때문에 선심 써서 나가 주는 거라며 잔뜩 거드름을 피웠을 텐데.

소임은 그를 자기 잘난 맛에 사는 남자니, 왜 저렇게 열심히 꾸몄니, 하면서 속으로 욕한 게 너무나 미안해졌다. 상대방은 호의를 갖고 나와 준 건데 말이다. 유치하게 굴었던 자신을 반성하며 소임은 그를 상냥히 칭찬했다.

"하여튼 이 씨 정장 차려입으니까 정말 멋있네요. 이렇게 키 큰 줄 몰랐어요."

"글쎄, 알고는 있었을 텐데."

선호가 혼잣말처럼 중얼거렸다.

"매일 봤으면서 키 큰 걸 몰랐다는 게 말이 되나."

상냥한 미소를 띠고 있던 소임의 입매가 우지끈 무너졌다. 그가 괜찮은 남자라는 말은 취소다.

'어떻게 칭찬을 해 줘도 이렇게 삐딱하지?'

그에 대한 불만감에 코를 씰룩거리며 새침하게 고개를 돌린 그녀는 무안함 반, 짜증 반의 기분으로 볼멘소리를 냈다.

"아, 엘리베이터 왜 진짜 이렇게 느린 거야!"

"……."

선호의 무반응에 소임은 더욱 겸연쩍어졌다. 솔직히 엘리베이터가 느리다는 말엔 동의해 줄 줄 알았다.

'한국 사람이면 다 그렇게 생각하지 않나…….'

자신은 별 불만 없다는 듯이 멀쩡히 서 있는 선호를 보니 소임은 제가 좀 까탈스러운 인간이 된 느낌을 받았다. 인내심이 바닥이라 별것 아닌 일에 역정을 내는 사람. 그게 자신이었다.

'우씨. 나만 또 이상한 사람 됐네.'

생각할수록 억울해졌다. 그러고 보니 선호는 자신에게 별 반응을 보이지도 않았다. 관심이 있든 없든, 누가 열심히 꾸민 티가 나면 좀 감탄하는 기색을 보이는 게 일반적인 매너 아닌가.

새로 파마하고 온 날에 우진이가 하는 것처럼 요란하게 난리법석을 피워 달라고 기대한 것도 아니었다. 그저 조금 알아차려 달라는 거였다. 어쩜 선호는 남성이 마땅히 갖춰야 할 그런 매너도 없는지.

몰래 선호를 흘겨보던 소임은 그와 눈이 마주쳤다. 할 말 있느냐는 것처럼 눈썹을 들어 올리는 그의 모습에 소임은 소심하게 목소리를 높였다.

"근데 이 씨는 나 왜 칭찬 안 해 줘요? 사람이 오고 가는 게 있어야지. 내가 오늘 얼마나 옷차림에 신경 썼는데."

입을 오리처럼 부루퉁 내밀고 있으니 엎드려 절 받기 식의 칭찬이 돌아왔다.

"원피스 잘 어울리네요. 새로 샀습니까?"

본인이 생각해도 참 사람이 가볍다 싶은 것이, 또 저 말을 들으니까 기분이 급격히 좋아졌다. 소임의 입꼬리가 씰룩씰룩 올라갔다. 역시 남들 눈에도 옷이 괜찮아 보이는구나 싶었다.

쇼핑할 때 여러 번 갈아입은 보람이 있었다. 소임은 핸드백을 들지 않은 왼손으로 원피스 주름을 탁탁 털면서 자부심 가득하게 말했다.

"이거 사십만 원짜리예요. 아빠가 저번 주에 백화점에서 사 줬어요. 예쁘죠?"

"네."

원하는 대답이 순순히 나오니까 소임의 마음도 훨씬 가뿐해졌다. 약간 영혼이 담겨 있지 않은 로봇 느낌이었지만 저 입에서 칭찬이 나왔다는 게 중요했다. 찌르면 더 나올 것 같아서 소임은 헛기침을 하고서 은근히 목소리를 높여 보았다.

"큼, 그리고 뭐, 다른 거 말해 줄 건 없어요?"

그녀는 엘리베이터 거울에 얼굴을 요리조리 비춰 보았다.

"화장이 잘 먹었나 모르겠네. 어젯밤 팩하고 자긴 했는데."

슬쩍 선호의 눈치를 살폈는데 굳게 다물린 입은 열릴 기미가 없었다. 소임은 떠보듯이 물었다.

"나 오늘 괜찮아요?"

"평소랑 똑같아요."

소임의 입매가 내려갔다. 맘에 드는 대답이 아니지만 뭐라 할 수도 없는 노릇이었다. 어째 좋은 말을 해 주는 경우가 없나 싶어서 가자미눈으로 그를 째려보았다.

띵.

지하 1층에 도착한 엘리베이터의 문이 열리고 선호가 밖으로 나가면서 나지막하게 덧붙였다.

"항상 예뻐요."

소임은 길게 붙인 속눈썹이 눈 밑에 닿을 정도로 빠르게 눈을 깜빡였다. 정말이지 깜짝 놀랄 소리였다.

'뭐래? 저 인간이 방금 뭐랬지?'

멍하니 그의 뒷모습을 바라보던 소임은 엘리베이터의 문이 닫힐 때가 되어서야 정신을 차리고 문 열림 버튼을 눌러 허둥지둥 그를 뒤따라갔다.

하이힐을 신어서 운전하기 불편할 테니까 자신이 운전하겠다는 선호의 말에 대충 고개를 끄덕이며 소임은 과연 그가 어떤 저의로 그런 말을 했을지 의심스레 살폈다.

설마 잠에서 덜 깬 것이 저 인간일까? 아니면 정말 진심일까?

어찌 됐든 기분은 좋았다. 남자에게 찬사를 받는 기쁨이란! 선호의 차에 신나게 올라탄 소임은 근질거리는 입을 참지 못하고 곧바로 말을 붙였다.

"그런데 저기, 흠, 뭐, 이 씨 눈에는 제가 항상 예뻐……."

"주소 어디랬죠?"

선호가 그녀의 말을 끊으며 내비게이션에 손을 갖다 댔다.

아! 소임은 뒤늦게 깨달았다.

자신의 호감을 사 보려던 게 아니었구나.

손뼉도 마주쳐야 소리가 나지. 그는 낭만적인 분위기를 조성하는 것에 전혀 관심이 없어 보였다. 그는 장난을 친 거였다. 우진이 항상 생글거리면서 소임을 서울 최고 미인이라고 치켜세우는 것처럼, '그래, 너 항상 예쁘다' 하면서 놀린 거였다.

소임은 혼자 들떴던 게 멍청하게 느껴졌다. 사실 그에게 진심 어린 칭찬을 바랐던 것부터가 잘못이다. 선호가 자신을 예쁘다고 생각할 이유가 뭐가 있겠는가?

지난번 목격한 바, 그의 취향은 여리여리한 뒤태 미인이었다. 짧은 머리인 자신과 다르게 머리카락도 가슴 밑까지 내려오는 그런 여자.

소임은 입을 삐죽거리면서 대답했다.

"프레이야 웨딩홀요."

차 사고 대금을 회수하는 것만이 머릿속에 가득 들어 있는 선호에게 무언가를 기대하는 것이야말로 부질없는 짓이라고 생각하며 소임은 안전벨트를 찼다.

차 안은 무척이나 조용했다. 소임은 노래는커녕 라디오조차 틀지 않는 그가 답답했다. 자신이 입을 열기 전까지 이 적막이 깨지지 않을 것을 확신한 그녀는 어쩔 수 없이 입을 열었다. 꽁한 기분에 가만히 있기에는 너무 심심했다.

"저기 있잖아요. 오늘 어플 출시된다면서요. 이번 것도 게임이에요?"

"네. 근데 이번엔 내가 만든 건 아니고, 모바일 프로젝트 외주 개발자로 참여했습니다."

"그게 뭔 말이에요?"

"기존에 피씨 사양으로만 할 수 있었던 게임인데 모바일 버전으로도 만들었다구요."

"게임 이름이 뭔데요? 지금 스토어에 검색하면 나와요?"

"'리질리언스'라고 쳐 봐요."

소임은 핸드백에서 휴대폰을 꺼내 검색해 봤다. 귀엽게 혀를 내밀고 있는 개가 인사하듯 발을 올리고 있는 그림이 어플의 메인 화면이었다. 간단한 게임 소개를 읽어 보니 12세 이상 플레이 가능한 어드벤처 게임이었다.

"오, 나오네? 근데 이런 거는 어떻게 하게 된 거예요?"

"그쪽 회사 대표가 아는 사람이라."

"그쪽 업계도 인맥 주의예요?"

선호가 핸들을 크게 돌리면서 심드렁히 대꾸했다.

"네. 실력 없어도 다 꽂아 줍니다."

순간 소임은 간이 덜컹했다. 설마 그가 인맥으로 일감을 얻은 것인가 의심하는 말투로 들렸나 싶었다. 그냥 호기심에 가볍게 물은 것이었는데 말이다. 이마에 진땀이 배어 나왔다.

하지만 이제 와서 실수를 필사적으로 무마하려고 한다면 오히려 더 이상하게 보일 것이다.

그러니까 최대한 유연하게, 절대 그를 깎아내리려는 의도 따위는 없었다는 듯이 자연스럽게 행동해야 했다. 소임은 웃긴 농담을 다 듣겠다는 듯이 활짝 웃었다.

"하지만 이 씨는 실력 있잖아요. 리보의 하루도 스토어에서 1위 찍었고. 다운로드 수 보니까 어마어마하던데요. 한국에서만 먹힌 게 아니라 글로벌 버전으로도 여러 개 출시됐더만."

"운이 좋았던 거죠."

"근데 운이 세 번 연속으로 좋을 수가 있나? 예전에 인터넷에서 찾아봤는데 그 이 씨가 만든 게임…… 그거 뭐지? 원시시대 집 짓는 거. 맞아, 피텍인가? 그것도 1위 했었고. 그다음에 개 미용하는 게임 어플은 스테디셀러에 올랐잖아요. 또 나 그것도 봤는데. 어디지? 어느 매체에서 젊은 개발자들 인터뷰 한 거. 막 이 씨랑 진수 씨랑 리보의 하루 어떻게 만들었는지 말해 주고. 언젠가 한 번은 사무실 정전되서 작업한 거 다 날아갔다면서요."

"안 그런 척하면서 나한테 관심 많네요."

"무슨 소리예요! 내가 이 씨한테 관심이 많긴 무슨!"

소임은 버럭 반발했다. 절대 동요하지 않은 채 평화로워 보이려고 했는데 순식간에 씩씩거리게 됐다.

"관심 없는 사람 이름은 인터넷에 왜 검색해 봤습니까?"

"리보의 하루 엔딩 여러 개라 그래서 찾아봤을 뿐이에요. 근데 연관 검색어에 뭐 많이 떠서 이것저것 눌러 봤어요."

그의 정보를 알게 된 것은 절대 자의가 아니었다는 것처럼 가볍게 대꾸한 뒤에 소임은 말을 돌렸다.

"얘는 무슨 게임이에요? 왜 장르가 어드벤쳐지? 아…… 개가 아픈 주인의 약을 찾기 위해 모험하는 거구나. 이거 그냥 맵 깨고 나면 다음 맵으로 넘어가는 거예요? 마지막 맵에 약 있고? 아니면 여러 가지 아이템 찾아서 약 조합하는 거예요?"

"직접 해 봐요."

소임은 핸드폰을 든 채 뚱하니 그를 쳐다봤다.

"알려 주는 게 그렇게 어려워요?"

"스포 당한 영화는 절대 안 본다고 했잖아요. 이것도 미리 알려 주면 재미없어요. 직접 해 보고서 어떤지 말해 줘요."

"네에."

약간 불만스러운 상태로 어플을 다운 받던 소임은 그가 캐시권을 줬다는 우진의 말이 번뜩 생각났다. 게임에 돈을 조금 투자하면 플레이하기 더 수월하고 재밌어진다. 그녀는 눈치를 보다가 조심스럽게 물어봤다.

"저기 이 씨, 혹시 이거 캐시권 남는 거 있어요? 나 이거 프리미엄 모드 지르고 싶은데."

"내 핸드폰에 코드 있어요. 문자함에."

그가 오른쪽 아래를 향해 살짝 턱짓했다. 소임은 컵 놓는 곳에 꽂아 놓은 그의 핸드폰을 잡아 들었다. 화면을 터치하자 비밀번호 누르는 창이 떴다. 운전 중인 사람에게 핸드폰 좀 만져 달라고 요구하긴 미안하고……. 소임은 그가 과연 알려 줄까 궁금해하며 물었다.

"비밀번호 치라는데요?"

"영 네 개."

소임은 어리둥절한 표정을 지었다.

"뭐야? 왜 그렇게 허술해요. 어플 개발자가."

"직업이 무슨 상관이에요."

영 네 개를 치자 정말로 잠금 화면이 풀렸다. 솔직히 조금 더 성의 있고 어려움직한 비밀번호를 사용할 것 같았는데 이건 너무 쉬웠다. 뭔가 김이 확 샌 그녀는 꿍얼거렸다.

"어떻게 나보다 비밀번호 허술하냐……."

"변 씨 비밀번호는 뭔데요?"

"저요? 일이삼사."

무의식적으로 대답하던 소임은 자신의 실수를 알아채고 뒤늦게 입을 막았다. 이럴 수가. 그녀는 선호를 살짝 째려보고 중얼거렸다.

"비밀번호 얼른 바꿔야지."

선호가 코웃음을 쳤다.

"그 손바닥만 한 고철 덩어리 안에 뭐 그리 중요한 게 있다고."

그가 이런 식으로 나오면 또 자신만 괜한 유난 떠는 사람이 된다. 자존심이 팍 상한 소임은 그에게 톡 쏘았다.

"중요한 게 있을 수도 있죠!"

"어떤 거요?"

진땀이 흘렀다. 일단 그렇게 큰소리치긴 했는데……. 사실 그다지 중요한 것은 없었다. 하지만 선호에게 대항할 게 필요했다. 대체 어떤 중요한 것이 핸드폰 속에 있을까 잔머리를 굴리던 소임은 적당한 변명거리를 생각해 냈다.

"사진 때문에 안 돼요. 남이 보면 절대 안 되는 사진들이 있잖아요."

"그게 뭔데요?"

"막 나체 사진이 있을 수도 있으니까."

자신이 그런 것을 찍어 놓는다는 말은 아니었다. 하지만 세상에는 그런 사진을 찍어 놓는 사람이 있을 수도 있으니까 그렇게 말한 거였다.

하지만 소임은 상황이 제게 나쁘게 돌아가고 있음을 직감했다. 내내 정면만 주시하던 선호가 고개를 돌려 흘끗 그녀를 바라봤다. 마치 길거리에서 헐벗고 다니는 사람을 보는 듯이 굉장히 놀랍고 생경하다는 눈빛으로.

소임은 재빨리 변명했다.

"아니…… 살 얼마나 빠졌는지 보려고! 이 씨도 막 그런 거 해 놓을 거 아니에요. 상반신 탈의하고 거울에 비친 자기 사진 찍기. 헬스장 다니는 남자들 운동 전후 비교샷 찍고 자랑하던데요?"

"전 그런 거 안 합니다."

임기응변으로 떠올린 내용이지만 입 밖으로 뱉고 나니 몹시 그럴 듯했다. 선호가 그런 과시용 사진들을 가지고 있을 것 같았다. 헬스장을 그렇게 열심히 다니는 사람이니까.

나이 지긋이 먹은 아저씨들도 살 좀 빠졌다 싶으면 덤벨 들고 사진 찍는데, 하물며 남들에게 경탄 받는 몸매의 소유자가 그런 사진 한 장 없겠는가?

이미 소임은 그가 상반신 탈의 사진을 찍는다고 확신했다. 선호는 어쩌면 이미 SNS 스타가 되었는지도 모른다. 그가 본인 사진 밑에 자랑용으로 여러 해시태그를 달아 놓았을 거라 생각하니 끔찍했다.

"에이. 몰래 할 거 다아아 알아요. 운동 아주 여어얼시임히 하잖아요."

선호는 소임의 과장스러운 말투에 짧은 웃음을 터트렸다.

"사진첩 들어가 봐요."

소임은 어깨를 으쓱이면서 사진첩 폴더를 열었다. 보기 민망한 사진을 발견한대도 놀라지 않고 오히려 그를 잔뜩 놀려야겠다고 벼르고 있었는데 막상 들어가 보니 기대한 것이 없었다.

사진 자체가 별로 없을뿐더러 있는 거라고는 서류 사진, 필기해 놓은 코딩 수식, 가끔 강아지 사진…….

"응? 없네."

소임은 사진첩을 심각하게 들여다보다가 알겠다는 듯이 그를 쳐다봤다.

"사진 정리했죠?"

그가 말없이 피식 웃는 모습에 소임은 자신이 괜한 질문을 했음을 알아차렸다. 기필코 그를 당황하게 만들 사진을 찾아야겠다고 다짐하며 다시 사진 구경에 열중하던 그녀는 뜻밖의 것을 발견하고 펄쩍 뛰었다.

"악! 이 씨 왜 내 사진 갖고 있어요?"

빨간 불에 정차하고 있던 선호가 뜬금없다는 표정으로 그녀를 돌아봤다. 소임은 질색하며 그에게 핸드폰을 보여 줬다. 둘이 놀이공원 벤치에 앉아 함께 찍었던 사진이 화면을 가득 채우고 있었다. 그가 시큰둥하게 대답했다.

"난 또 뭐라고. 내 사진이네."

소임은 눈을 가늘게 뜨고 사진을 살펴봤다. 그래, 또 그렇게 말한다면 할 말은 없었다. 하지만 사진에서 서로를 바라보고 있는 자신과 선호는 너무나 가깝고 다정해 보여서 몸이 부르르 떨렸다. 그럴 사이가 아닌데 그렇게 보인다는 점이 소름 끼쳤다.

"으, 이거 왜 안 지웠어요?"

"있는지도 몰랐어요."

"웃기시네. 매일 들여다봤을 거면서."

소임은 그가 둘의 사진을 지워 놓지 않았다는 점이, 또 그의 사진첩에 유일한 여자 사진이 자신이라는 점이 은근히 신경 쓰였다. 하지만 뭔가 특별하다는 느낌은 착각이 분명할 것이다.

왜 자꾸 아무것도 아닌 것에 의미를 부여하게 되는지 모르겠다고 생각하며 소임은 사진첩을 나왔다.

* * *

웨딩홀 주차장에 도착하고 나서 소임은 갑자기 걱정이 들었다. 지금까지는 자신의 계획대로 착착 일이 잘 진행되고 있다. 착장도 완벽하고 옆구리에 낄 남자도 데려왔고.

그런데 막상 저 위에 올라가서 불상사가 벌어진다면?

소임은 자신과 선호가 그다지 친하지 않은 사이라는 것을 떠올렸다. 어색하게 데면데면 서 있는 남녀를 아무도 커플로 보지 않을 것이다. 직장 동료인가 싶기도 할 것이고. 문수복 원장이 그녀를 더 안타까운 시선으로 볼지도 모르는 상황이다.

팔짱이라도 껴서 어찌 저찌 선호와 애인으로 보이는 것에 성공한다 쳐도 그다음이 문제다. 만약 선호가 본인이 합의되지 않은 상황에 이용당했다는 사실에 눈을 크게 뜨며 그녀를 무슨 팔 위에 내려앉은 벌레 보듯 바라본다면, 문수복 원장 앞에서 창피당하기 십상이다.

적어도 선호에게는 자신이 어떤 의도를 갖고 있는지 말해 놔야 되지 않을까 싶었다. 전 직장 원장에게 무시당하고 싶지 않아서 아무 사이도 아닌 남자를 데려왔다는 게 좀 창피하긴 하지만, 거꾸로 생각해 보면 아무 사이도 아닌 남자라서 이런 일을 할 수 있는 거다.

소임은 자신이 선호에게 지켜야 할 이미지 따위는 없다는 것을 알고 있었다. 일단 비밀에 부치고 싶었던 숙녀의 나이부터 들켰고, 맨 얼굴은 물론, 헬스장에서 땀을 잔뜩 흘리고 녹초가 된 모습까지 보여 줬다.

그는 소임이 운전 잘 못하는 것도 알고, 500만 원을 한 번에 내어놓을 경제적 여유가 없는 것도 알고, 심지어 애인 없는 것도 다 아는 눈친데……. 여기에 무엇을 더 들킨다고 수치스러울까 싶었다.

서로서로 돕고 사는 세상 아닌가. 아마 선호는 너그럽게 그녀를 포용해 줄 것이다. 본인이 남에게 큰 도움이 될 수 있다면 얼마나 기쁘겠는가. 소임은 그가 크리스마스 시즌이 되면 구세군 자선냄비 앞을 그냥 지나치지 못하는 유형이기를 간절히 바라며 차에서 내리려는 그의 팔을 덥석 잡았다.

"저기, 이 씨, 우리 재밌는 게임 하나 할까요?"

그녀는 신뢰의 미소를 지어 보이면서 말했다.

"예를 들어서…… 이 상황을 스토리 게임으로 가정해 보는 거예요. 이제 문수복 원장님한테 인사를 하러 갈 건데 아마 원장님은 우리가 사귀는 사이라고 생각할 거예요. 원래 혼자 와도 되는 곳인데, 둘이 같이 왔잖아요. 알아요. 굉장히 구시대적인 사고방식이지만 어쩌겠어요. 원장님은 꽉 막힌 사람인 걸요. 남자랑 여자가 같이 있기만 해도 애인 사이라고 생각해요. 근데 우리처럼 젊은 사람은 꽉 막힌 원장님과 대화를 길게 나누기 싫잖아요? 얼른 밥 먹으러 가고 싶잖아요?"

자신을 빤히 바라보는 선호에게서 시선을 돌리고 싶은 마음을 꾹 참으며 소임은 말을 이었다.

"그러면 우리가 어떻게 해야겠어요?"

"……."

"바로 이게 퀘스트예요! 문수복 원장님에게서 빠르게 벗어나는 거. 여러 해결책이 있겠지만 가장 효율적인 방법은 그냥 가만히 웃고만 있는 거죠. 말을 섞었다가는 대화가 길어지잖아요. 그냥 반응을 하지 않으면 돼요. 문 원장님이 뭐라고 하시든 '네네' 하면 금방 대화가 끝나요. 이건 원장님 밑에서 일했던 제가 보장해요. 어때요? 재밌어 보이죠?"

조마조마한 마음으로 기다린 그의 감상은 간단했다.

"안 팔리겠네요."

"네? 뭐가요!"

"게임으로 만들면 아무도 하고 싶지 않아 할 것 같다고요. 그냥 내 의견을 말해 본 겁니다."

소임이 불퉁한 표정으로 노려보니 선호는 선심 쓴다는 것처럼 자신의 팔에서 그녀의 손을 떼어 내며 말했다.

"한 번만 해 줄게요. 다른 사람한테 이런 거 부탁하진 말아요."

그가 별로 크게 신경 쓰거나 부담 갖는 기색이 아니라서 소임은 안심했다. 선호가 순순히 도와준다고 해서 아주 신이 난 그녀는 차에서 내린 다음 그에게 붙임성 있게 달라붙었다.

"혹시 이따 팔짱 끼어도 돼요? 조금 친밀해 보이게요."

"안 된다 해도 낄 거잖아요."

"최대한 적당하게 팔짱 껴 볼게요. 이 씨가 너무 부담스럽지 않도록."

"팔짱을 낀다는 것부터가 부담스러워요."

"어차피 모르는 할머니가 계단 내려가는 거 도와달라고 할 때도 부축해 주잖아요. 그런 거랑 같다고 생각하면 되지 않아요? 아주 잠깐인데."

"그럼 할머니라고 불러도 됩니까?"

"안 되거든요!"

그에게 으르렁거리는 것도 잠시였다. 웨딩홀이 있는 6층에 오자, 소임은 자세를 단정히 고쳤다. 이제 곧 문수복을 만나리라. 그녀는 사람들로 북적이는 공간을 가볍게 훑어보았다.

유난히 사람들이 북적이는 곳. 축의금 내는 곳 바로 옆. 바로 그곳에 문수복이 있었다. 조명에 반사되어 그의 넓은 이마가 더욱 반지르르하게 빛났다.

소임은 크게 심호흡하며 그를 만날 준비를 했다. 어차피 하객들 맞느라 바쁜 문수복과 긴 대화를 나누진 않겠지만 짧은 시간 동안 최대한 깊은 인상을 심어 주는 것이 중요했다. 소임에게 괜찮은 애인이 없을 것이라는 그의 편견을 깨주는 것이다.

아마 문수복은 선호를 보고서 놀랄 것이다. 소임은 예전에 문수복이 자신에게 보여 줬던 웨딩 사진을 떠올리고 회심의 미소를 지었다. 솔직히 문수복의 사위보다 선호가 백배는 잘생겼다.

익숙하게 축의금을 내고 하객 명단에 이름을 적은 소임은 선호에게 슬금슬금 다가갔다. 자신조차 이런 짓을 하는 게 소름 끼치고 탐탁지 않았지만 어쩔 수 없었다. 그녀는 굳게 결심하고 슬쩍 그의 팔과 옆구리 사이로 손을 들이밀었다.

무덤덤한 얼굴로 웨딩홀을 둘러보던 선호는 그녀가 팔짱을 끼자 잠시 멈칫했다. 소임은 시치미를 뚝 떼고 그를 잡아끌었다. 옆에서 웃음 참는 느낌이 났지만 소임은 팔짱을 풀지 않았다. 문수복보다는 차라리 선호에게 비웃음당하는 게 낫다.

눈을 한번 세게 감았다 뜬 소임은 내면에 있는 또 다른 자아를 불러일으켰다. 사회적으로 특화된 가면을 뒤집어쓰는 일은 아주 쉬웠다. 왜냐하면 그녀는 몹시 전문적인 사회인이니까.

소임은 아주 생글생글 웃는 얼굴로 수복 앞에 나타났다.

“안녕하세요, 원장님! 따님 결혼 너무 축하드려요.”

“어어, 소임 씨 왔어? 잘 지내는가 봐? 얼굴이 피었네.”

아무래도 딸이 결혼하는 날이라 기분이 매우 좋은 모양인지, 수복은 소임이 여태 봤던 그 어떤 모습보다도 반갑게 그녀에게 악수를 청했다. 그러나 소임은 무테 안경 너머 가느다란 눈이 본능적으로 자신을 위아래로 훑으며 평가하는 모습을 놓치지 않았다.

그녀는 역시 자신의 판단이 틀리지 않았음을 확신했다. 혼자 왔으면 분명히 ‘아유, 애인은 왜 안 데려왔어?’ 하고서 수복이 한마디라도 던졌을 것이다. 왜냐하면 오늘 자신의 인상착의는 완벽했으니 그렇게라도 트집을 잡아야 하는 것이다. 문수복 원장은 그녀를 하찮게 여기는 버릇이 있었으니까.

하지만 소임의 옆에는 남자가 있다. 소임은 과연 수복이 어떤 반응을 보일지 몹시 궁금했다.

문수복 원장은 선호를 힐끔거리며 소임에게 은근한 목소리로 물어 왔다.

"근데 옆에는 누구?"

"아."

소임은 대수롭지 않게 웃으며 팔짱을 더 친밀히 껴 보였다.

"저번에 통화할 때 데려올 사람 있으면 같이 오라고 하셔서 한번 같이 와 봤어요."

"안녕하세요. 경사 축하드립니다, 원장님."

예의 바르게 인사하는 선호를 보는 문수복의 번들번들한 얼굴에는 당황한 기색이 역력했다. 소임은 문수복 원장의 땅콩 같은 눈이 조금 커지는 것과, 그가 믿기 힘들다는 눈빛으로 천천히 자신과 선호를 번갈아 보는 모습을 1초도 놓치지 않았다.

당황한 기색이 역력한 문수복은 이미 악수한 소임에게 또다시 손을 내밀었다.

"그렇구만. 하여튼 와 줘서 고마워요, 소임 씨. 그, 시, 식권은 받았나?"

"네, 받았어요."

"그래그래, 밥 맛있게 먹고 가요. 또 연락할게."

"네에, 다시 한번 축하드려요, 원장님."

밝게 웃으며 인사한 소임은 북적거리는 인파를 벗어나자마자 참았던 웃음을 푸하하 터뜨렸다.

"원장님 얼굴 봤어요? 나 진짜 혼자 올 줄 알았나 봐요. 저렇게 눈 커진 거 처음 봤네."

그 얼빠진 얼굴을 보니 십 년 묵은 체증이 쑥 하고 내려가는 것처럼 속이 시원했다. 소임은 상기된 얼굴로 손뼉을 치며 좋아했다.

"아! 오늘 밥맛 진짜 죽이겠다."

싱글싱글 웃으면서 식당으로 향하려는 소임을 선호가 멈춰 세웠다.

"식 좀 보고 가죠. 곧 시작하는데."

소임은 의아하다는 듯이 그를 쳐다봤다.

"네? 남의 결혼식인데 뭘 봐요? 어차피 신부랑 안면도 없어요."

"그냥 남의 결혼식이니까 보는 거죠."

고개를 기우뚱하던 소임은 활기차게 알았다고 대답했다. 뭐, 결혼식 좀 보자는 게 어려운 일도 아니고. 그녀는 식장으로 들어가는 선호를 쫄래쫄래 따라갔다.

예식이 시작되기까지는 아직 시간이 좀 남아 있었다. 신랑 신부의 지인도 아니니 소임은 선호와 함께 맨 뒤 테이블에 앉았다. 신부 친구들일 게 분명한 젊은 여자들이 앞쪽 테이블에 카메라를 들고 옹기종기 모여 앉은 것을 본 소임은 문득 생각난 것을 입 밖으로 내었다.

"그러고 보니 은지도 나한테 부케 받아 달라고 부탁했는데."

"은지가 누군데요?"

"고등학교 친구요. 내년에 결혼하거든요. 근데 결국 다른 친구가 하기로 했어요. 은지 대학 동기가."

"왜 변 씨가 안 받고?"

소임은 잠시 머뭇거리다가 대답했다.

"그거 속설…… 있잖아요."

"어떤 거?"

소임은 이걸 꼭 자신의 입으로 말해야 하나 싶어서 뜸을 들였다. 하지만 정말 모르겠다는 선호의 표정에 하는 수 없이 알려 줬다.

"부케 받고 6개월 안에 결혼 못 하면 3년 동안 결혼 못한다는 거요."

"뭘 그런 얘기를 믿습니까?"

선호가 어이없다는 듯이 픽 웃자, 소임은 그를 찌릿 노려봤다.

"나도 안 믿거든요! 근데 애들이 나한테 부케 주지 말라고 해서 은지가 넘어갔어요. 나 마음 편하게 다른 친구한테 넘기겠대요."

"변 씨가 다시 설득해 봐요. 속설 같은 거 상관없으니까 부케 받겠다고."

"됐거든요? 그리고 이미 다른 친구가 해 주기로 했어요."

"그래서 안심됩니까?"

"난 그런 거 안 믿는다니까요?"

흥. 콧방귀를 뀐 소임은 핸드폰을 꺼내 아까 다운받았던 어플을 실행했다. 선호가 자신을 놀리려는 기색이니까 게임하는 척해서 대화를 피하는 것이다.

처음엔 그냥 대화를 회피하기 위해 시작한 게임인데, 막상 시작해 보니까 흥미로웠다. '리질리언스'는 강아지가 불치병에 걸린 주인을 위해 약을 구해 오는 스토리 게임이었는데 사용자가 직접 강아지의 능력을 선택할 수 있었다. 소임은 빠른 달리기 속도와 높은 점프력 중에 고민하다가 후자를 선택했다.

캐릭터 설정을 마치고 이제 막 본 게임에 들어가려는데 사회자가 예식의 시작을 알렸다. 소임은 아쉽지만 핸드폰을 가방에 넣었다. 남의 결혼식이래도 핸드폰만 들여다보고 있을 수는 없었으니까.

가만히 앉아 엄숙한 예식을 보고 있으려니 소임은 정신이 슬슬 빠져나가는 것 같았다. 졸리고 배가 고팠다. 그래도 타이밍에 맞춰 열심히 손뼉을 치다가 문득 선호는 어떻게 하고 있을까 싶어서 옆을 바라보니, 그는 굉장히 무표정했다. 마치 깊은 고요 속에 잠겨 있는 것처럼.

소임은 자신의 시선조차 알아차리지 못하는 그를 보며 생각했다.

'설마 본인의 결혼식을 떠올리고 있는 걸까?'

그녀는 예단에 있는 신랑과 선호를 번갈아 봤다.

'만약 그때 파혼당하지 않았다면 자신도 저 자리에 섰겠다, 이런 생각을 하는 걸까?'

선호가 지금 저 신랑이 하는 것처럼 주례를 향해 '이 여자를 평생 사랑하며 살겠다'고 서약하는 모습을 상상하자, 소임은 약간 닭살이 돋고, 기분이 싱숭생숭해졌다. 이 무뚝뚝하고 냉정한 남자가 그런 낭만적인 짓을 하는 건 말이 안 되는 일 같았다.

그보다 선호가 이렇게 무슨 생각을 하는지 모르겠는 표정을 짓고 있으니 소임은 어딘가 불편했다. 그가 자신과 너무나 먼 사람처럼 느껴졌다. 그와 가까운 사이가 되고 싶은 건 절대 아니지만, 다른 세상 사람처럼 아득히 느껴지는 기분도 이상했다.

소임은 왠지 모를 반감에 그의 어깨를 검지로 조급하게 톡톡 쳤다.

"밥 먹으러 가요. 뱃가죽이 등에 들러붙겠어요. 저 아침도 안 먹었어요."

선호가 알겠다는 듯 고개를 끄덕이고서는 자리에서 일어났다. 소임은 자신보다 조금 앞서가는 너른 등을 보면서 이상하게도 그가 약간 쓸쓸해 보인다는 인상을 받았다.

'음…….'

눈을 데구루루 굴리던 그녀는 그에게 얼른 따라붙어 조잘거렸다.

"다섯 그릇 이상 먹을 거예요. 김밥이랑 샐러드는 절대 안 먹고. 해산물도 비싼 걸로만. 스테이크도 꼭 먹어야지. 제일 먼저 수프로 속 좀 데우고. 여기 양송이 수프 진짜 맛있거든요. 이 씨도 많이 먹어야 해요. 축의금 많이 냈으니까 둘이서 뽕 뽑아야 해요, 알겠죠?"

"알겠어요."

선호가 피식거리자, 소임은 그제야 한결 기분이 나아졌다. 아까 그 고독해 보였던 모습보다는 지금 이 모습이 훨씬 낫다고 생각하며 그녀는 식당으로 걸음을 재촉했다.

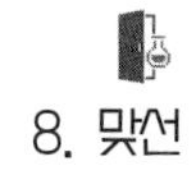

8. 맞선

퇴근 후, 피곤에 절어 집에 들어오는 소임을 해주가 반갑게 맞았다.

"소임이 왔니? 어머, 몰골이 말이 아니다. 눈 밑이 아주 퀭하네. 학원 일이 많이 힘든 모양이지? 어쩌니, 얘. 원래 돈 벌기가 그렇게 힘들단다."

해주가 소임을 안타깝게 바라보며 혀를 찼다. 소임의 고개가 옆으로 기울었다.

'오늘 평소보다 활기차 보인다고 했는데?'

아까 선호가 지나가듯이 그랬다. 그런데 왜 해주와 선호의 의견이 갈린단 말인가.

'보통은 엄마 말이 다 옳은데…….'

설마 선호가 자신을 놀린 것인가 아리송해 하며 소임은 화장실로 들어갔다.

화장을 지우는 소임을 해주가 뒤에서 흐뭇하게 바라봤다. 화장실 거울에 비친 어머니의 표정을 확인한 소임의 가슴이 덜컥 내려앉았다. 무언가 꿍꿍이가 있는 듯 인자한 미소. 그녀의 머릿속에서 위험 신호가 둥둥 울렸다.

"예쁜 우리 딸."

해주가 간드러진 목소리를 냈다.

"다음 주 일요일에 약속 잡아 놨다. 루크 호텔 커피숍 두 시!"

눈 화장을 지우던 소임의 얼굴이 일그러졌다. 왠지 불길하더니 역시나. 대충 세수하고 나온 그녀는 곧바로 불퉁히 반항했다.

"맞선 보라고? 싫어. 나 안 나가."

"어머, 얘 좀 봐?"

해주는 양손으로 허리를 짚고 짐짓 엄한 얼굴을 만들었다.

"너 이러면 안 돼. 사주 보니까 내년에 결혼 운이 있다더만. 지금이 9월이지만 곧 겨울 온다? 내년에 결혼하려면 다음 주에 선봐야 해. 그래야 가능성이 있지."

"난 중매결혼은 싫어. 너무 인위적이잖아."

"그렇다고 네가 연애로 결혼할 깜냥은 안 되잖니? 얘, 그냥 한번 나가 봐. 아빠 대학 후배 아들이래. 인연일 수도 있잖니."

소임은 남자의 신상을 주절거리는 해주의 말을 한 귀로 듣고 흘렸다. 그녀의 방까지 따라온 해주는 로션을 바르는 소임의 귓가에 빠르게 말을 쏟아 냈다.

"얘, 남자 명의로 집이 두 채란다. 제 아버지가 해 준 게 아니라 자기가 착실하게 돈 모아서 산 거래. 딴짓 안 하고 돈만 열심히 번다고 하더라. 요즘 그런 남자가 어디 있니? 다들 부모한테 손 벌리는데 알뜰하게 돈을 차곡차곡 모아 놓고. 기특해 죽겠어. 그런 남자랑 결혼해야 돈 걱정 없이 산다."

"엄마, 나는 선을 보고 싶지 않다니까요?"

"숨겨 둔 애인 있으면 데려와. 결혼 허락해 줄게."

"없어요, 없어."

"남들은 딸이 애인이랑 주말마다 놀러 가고 집에 안 들어와서 걱정이라는데 우리는 어째 한평생 그런 일이 없냐, 소임아? 엄마도 제발 그런 걱정 좀 하게 해 줘."

소임이 근래 주말에 종종 외출하긴 했지만 학원에 출근할 때와 크게 외양이 다르지 않아서일까. 부모님 중 아무도 그녀가 남자를 만나러 간다고 생각하지 않았다. 소임도 굳이 약속에 대해 부연하지 않고 그냥 '밖에서 놀다 올게.' 하고 나갔기 때문에 그녀의 외출은 변 씨 집안에서 전혀 화제가 되지 않았다.

"몰라요, 몰라."

소임은 해주를 방에서 밀어내고 문을 닫았다. 이미 약속을 잡아 놨는데 다음 주 일요일에 안 나가면 아버지 얼굴에 먹칠하는 거라는 해주의 호령에 소임은 골치가 아팠다.

띠링. 그때 타이밍 좋게 휴대폰에서 알림음이 울렸다. 확인해 보니 선호에게서 온 문자였다.

[내일 출근할 때 나 태워 가요.]

화면을 노려보던 소임의 미간이 좁아졌다.

이 인간…….

소임은 답답한 마음에 푹 한숨을 쉬었다. 주변에는 자신을 귀찮게 하는 사람만 한가득하다. 서러워서 살겠나. 그녀는 비틀거리며 침대 위로 폭 엎어졌다.

* * *

소임은 간만에 영화관에 왔다. 원래 영화 보는 것을 좋아하는 편이지만 근래 학원 일이 바빠서 문화생활도 즐기지 못하고 있었다. 평일에 퇴근하고 집에 오면 바로 침대 위에 뻗어지고 휴일에는 체력을 보충한답시고 집에서 빈둥거렸다.

어느 쪽으로 보나 시간을 내어 영화관에 간다는 것은 사치였는데, 그래도 선호에게 돈을 써야 한다는 명분으로 결국엔 오게 되었다.

집을 나설 때만 해도 귀찮았는데 막상 외출해서 바깥 공기를 마시니 기분이 좋았다.

특히 자신이 좋아하는 스파이 영화 시리즈의 속편을 관람해서 더욱 신이 났다. 잘생긴 주연 배우들이 90분 내내 출연하는 데다가 코미디 요소가 가득하니 영화를 보는 내내 웃음보가 터졌다.

한바탕 깔깔거린 소임은 영화관을 나와서까지 웃음기를 머금고 있었다.

"이 씨, 아까 그 총 쏠 때 남자 표정 기억나요? 자기가 방아쇠 당겨 놓고는 무슨 슬퍼 죽겠다는 것처럼. 근데 그래 놓고 죽은 거 확인하려고 한 번 더 쐈어."

영화에서 인상 깊었던 내용을 쉬지 않고 선호에게 재잘거리던 그녀는 바람을 타고 날아온 매캐한 향에 반사적으로 얼굴을 찌푸렸다. 앞서 걸어가는 중년 남자가 내뿜는 담배 연기가 그대로 흘러오고 있었다. 소임은 코를 막고 투덜거렸다.

"으, 담배 냄새. 저거 진짜 민폐 아니에요? 왜 길에서 담배를 피우지? 비흡연자한테 연기를 맡게 하잖아요. 담배가 그렇게 좋으면 자기 혼자 피우든가."

"잠시 멈췄다 가죠."

소임은 고개를 끄덕이며 길가에 멈춰 섰다. 잠시 기다리자 담배를 피우던 아저씨는 저 멀리 사라져 버렸고 거슬리던 담배 냄새도 더는 나지 않았다. 가뿐하게 문제를 해결한 소임은 다시 기분이 좋아졌다.

가볍게 콧노래를 흥얼거리던 그녀는 문득 깨닫고 새삼스럽게 선호를 훑어보았다. 그러고 보니 선호는 담배를 안 피웠다.

소임의 대학 동기들, 게임을 좋아해서 매일 PC방에 출석 체크하러 가던 남자애들은 애연가를 넘어 골초였다. 냄새 난다고 핀잔을 주어도, 그들은 컴퓨터를 하다 보면 자연스럽게 담배를 피우게 된다며 천연덕스럽게 변명했다. 소임은 강의실을 공유하던 그들 때문에 담배 냄새에 더 질색하게 됐다.

뭐, 컴퓨터를 많이 한다고 해서 꼭 담배를 피우게 되는 건 아니겠지만, 그래도 선호가 담배를 피우지 않는다는 점은 칭찬받아 마땅했다. 담배를 피울 수도 있었는데 본인 선택으로 안 피우는 거니까.

소임은 그가 흡연하는 모습을 본 적이 없다는 사실을 떠올리며 안도했다. 한때 피웠다가 요즘 금연 중인지, 아니면 애초부터 흡연을 시작하지 않은 건지는 모르겠지만 일단 담배를 좋아하는 기미는 보이지 않았다. 선호도 아까 눈가를 좀 찡그렸다.

워낙에 운동 열심히 하며 건강 챙기는 사람이니 아마 몸에 나쁜 담배도 싫어할 것 같다고 생각하며 소임은 별생각 없이 선호에게 다음 주의 일정에 대해 말했다.

"맞다. 다음 주는 못 만나요."

"왜요? 돈 없어요?"

소임의 얼굴이 구겨졌다. 요즘 영화 값이 너무 비싸다며 칭얼대긴 했지만 이렇게 직설적으로 남의 약점을 파고들 필요는 없지 않나. 우스갯소리로 넘기기에는 요즘 그녀의 통장 잔고가 가벼웠다.

선호가 대수롭지 않게 말했다.

"내가 낼 테니까 나와요. 다음 주에 보고 싶은 영화 개봉하니까."

"이 씨가 보고 싶은 영화인데 왜 내가 나가야 하죠?"

"변 씨랑 같이 보고 싶으니까."

소임은 떨떠름한 표정을 지었다. 선호는 뭐가 문제냐는 눈빛으로 그녀를 내려다봤다.

"공포 영화입니다. 변 씨가 옆에 있으면 하나도 안 무서울 것 같은데?"

설마 선호가 자신을 꼬시려고 하나 진지해질 뻔했다가 그의 의도를 깨닫고 민망해졌다. 그녀는 겸연쩍은 마음을 감추려 괜히 너스레를 떨었다.

"어머, 내가 옆에 있으면 위안이 되나 봐요? 덩치는 그렇게 커 가지고 보기보다 겁이 많으시네."

"무섭게 생긴 사람이 바로 옆에 있는데 영화가 무서울 리가."

소임은 입술을 오리처럼 내밀고 불퉁하게 대꾸했다.

"미안하지만 영화는 혼자 보시죠."

선호도 그녀만큼이나 뚱한 음성을 냈다.

"할 것도 없잖아요. 그냥 나와요."

"어머, 무슨 소리세요? 저 되게 바쁜 여자예요. 약속이 얼마나 많은데! 다음 주 일요일은 특히나 바빠요."

"뭐 하는데요?"

"흐흠. 그 저, 선을 보기로 했거든요?"

소임은 괜히 부끄러워 헛기침을 했다. 선호가 눈살을 찌푸렸다.

"선이요?"

"네."

"누구랑?"

"몰라요. 잘 모르는 사람이에요."

"그럼 맞선을 모르는 사람이랑 보지, 아는 사람이랑 봅니까?"

갑자기 까칠해진 선호의 반응에 소임은 어리둥절했다. 왜 이러나 싶었지만 맞선남의 이력을 읊는 거야 어려운 일은 아니었다. 소임은 자신이 아는 정보를 털어놨다.

"신상 듣긴 들었어요. 대충 듣자 하니 나이가 서른셋이라던가? 우리 아빠 대학 후배의 아들인데 사업가래요. 요식업 한댔나? 벌써 집도 두 채나 있다고. 사람 성실하고 괜찮다고 하더라고요."

"대충 들은 건 아니네요. 너무 상세히 알고 있는데요."

"내 기억력이 좋을 수도 있죠! 이 씨는 이상한 구석이 있네요. 별것도 아닌 것 갖고 왜 이렇게 트집을 잡아요?"

"변 씨한테는 맞선이 별게 아닙니까?"

"내가 대충 들었다고 해서 기분이 나쁜 거예요? 알았어요. 매너 지키면 되잖아요. 앞으로 선볼 때 상대방 정보는 샅샅이 외우고 나오면 될 거 아니에요."

톡 쏘아붙인 소임은 고개를 돌리고 입을 삐죽거렸다.

'같은 성별이라 이건가? 왜 그 남자 대신 화를 내는 거야?'

공포 영화를 같이 안 봐줘서 그런 건지, 아니면 맞선을 가볍게 여기는 자신의 태도에 불만을 가진 건지. 어쨌든 그가 화가 난 것처럼 입을 꾹 다물고 있으니 소임도 기분이 상했다.

* * *

맞선 상대, 곽수택은 빈말로라도 잘생긴 남자가 아니었다. 이미 사진을 보고 와서 어떻게 생겼는지는 대충 알고 있었다. 평균보다 살짝 아래의 외모였지만 워낙 착실하고 진중하다길래 만나 보려고 했다. 외모가 다는 아니었으니까.

그러나 제대로 대화를 나눠 보기도 전에 정이 떨어진 건 사실이다. 차마 솎아 내지 못했는지, 코털 하나가 슬쩍 삐져나와 있었다. 게다가 그가 착용한 금목걸이는 너무 누렜다. 나름 멋을 부린답시고 검정 재킷 안에 칼라 셔츠를 받쳐 입은 것 같은데 묘하게 촌스러웠다.

"만나서 반갑습니다, 변소임 씨. 곽수택입니다. 우리 악수 한번 하죠."

그의 손은 땀으로 젖어 축축했다. 본능적으로 불쾌한 느낌에 소임은 직감했다. 이번 맞선 역시 성공적으로 끝날 것 같지 않다.

"하이힐 신으셨군요……. 어쩐지."

수택은 둘의 시선이 비슷한 곳에서 마주치는 이유를 소임의 구두 탓으로 미루고 싶은 듯했다. 소임은 자신이 신은 구두가 고작 5cm 굽이라는 사실을 떠올리고 참담한 심정이 되었다. 하지만 아직 대화를 나눠 보기 전이라는 것을 애써 되새기며 긍정적으로 생각해 보려 했다.

'그래. 또 키가 다는 아니니까.'

하지만 곧 확실해졌다. 곽수택은 썩 훌륭한 대화 스킬을 가졌다고도 할 수 없었다. 마치 여자를 별로 만나 보지 못한 타입 같았다.

대체 누구에게 조언을 받은 건지, 아니, 조언을 못 받아서 그런 건지, 소임이 시키지도 않았는데 갑자기 자신의 이력에 관해 떠들기 시작했다.

“에…… 제가 대학 졸업을 하자마자 창업했던 카페가 아주 잘 되었습니다. 그것을 사고 싶다는 사람이 나타나서 권리금을 크게 받고 팔아 버렸습니다. 그다음에는 모아 뒀던 돈과 권리금을 합쳐서 삼겹살집을 차렸습니다. 저희 아버지 친구 분이 축산업을 하시거든요. 덕분에 저는 시장가보다 훨씬 싼 값에 고기를 떼올 수 있었는데 그것이 제 경쟁력이었죠. 에…… 역시나 삼겹살집도 잘 되었어요. 그래서 요즘에 가맹 문의가 빗발치고 있습니다.”

수택은 소임의 반응조차 살피지 않았다. 그의 눈은 커피 잔에 고정되어 있었다. 고의가 아니라 그냥 여자와 눈을 못 마주치는 듯했다.

“아는 분들이 저보고 뭘 하든 대박이 난다고…… 부동산에도 관심을 가져 보라는데 그래도 저는 괜히 잘 모르는 분야에 도전하는 것보다는 제가 잘하는 요식업으로 돈을 버는 게 마음이 편하고…….”

“…….”

“그래도 어른들 조언은 받아서 목 좋은 곳에 신축 아파트 두 채는 분양받아 놓았습니다. 가만히 놔두면 올라가는 게 집값이라더군요. 그 말을 듣고서 얼마나 부럽던지요. 요즘 돼지고기

가격이 천정부지로 솟고 있어서 가게 매출이 많이 줄었거든요. 그래서 업종을 한 번 더 바꿔 볼까 생각 중입니다."

소임은 수택이 학원 강사를 해도 좋을 것 같다고 생각했다. 가만히 내버려 둬도 혼자 50분 동안 아주 잘 떠드니까. 이건 아무나 할 수 없다. 프로 강사인 소임마저도 계속 떠드는 것은 힘들어서 학생들에게 질문을 던지곤 하는데 수택은 그녀의 호응을 필요로 하지도 않았다. 덕분에 소임은 물에 푹 퍼져 가는 소면처럼 점점 활력을 잃었다.

초점 흐려진 눈으로 멍하니 테이블만 바라보고 있던 소임은 어느 순간 주변이 조용해진 느낌을 받았다. 무슨 일인가 싶어서 시선을 살짝 들어보니 수택이 근심 어린 표정으로 자신을 바라보고 있었다.

그가 왜 이러나, 잠시 고민하던 소임은 그가 제 대답을 기다리고 있다는 것을 뒤늦게 깨닫고 아차 싶었다.

"어…… 방금 뭐라고 하셨죠?"

하지만 이미 수택은 그녀가 딴생각을 하고 있었다는 것을 알아차린 듯했다. 그가 약간 풀이 죽은 음성으로 말했다.

"혹시 파스타 좋아하시느냐고요."

"아……."

소임은 잠시 입을 벙긋거렸다. 저 말은 커피숍에서 식당으로 자리를 옮기자는 제안이겠지만 본능적으로 거부감이 들었다.

그녀는 자신이 과연 파스타를 좋아하는지 곰곰이 생각해 봤다.

멀리 거슬러 올라갈 필요도 없이 바로 지난주에도 파스타를 먹었지만 왠지 지금은 끌리지 않았다.

게다가 배가 살살 아파 오고 있었다. 소임의 몸은 무척이나 예민해서, 긴장을 너무 많이 하면 곧장 장에 신호를 보낸다. 소임은 아랫배에서 미미하게 꾸르륵 거리는 진동을 느끼고 미간을 좁혔다. 조금 전에 마신 카페라테가 심술을 부리고 싶은 모양이다.

지금도 이 상태인데 파스타까지 먹으면 일어날 사달이 눈에 훤했다. 그녀는 어쩔 수 없이 돌려 거절했다.

"요즘에 속이 좋지 않아서요. 밀가루 음식은 피하고 있어요."

"그러시군요."

어색한 침묵이 한동안 이어졌다.

그 후의 시간은 밀물 들어오고 썰물 밀려가듯이 자연스레 흘러갔다. 만남이 잘 안 풀렸다고 벌떡 일어나 커피숍을 나가 버릴 정도로 치기 어린 나이는 둘 다 아니었기에 수택과 소임은 적당하게 더 시간을 보냈다.

수택은 업주들과 가맹하는 것에 관한 장단점을 주절거리기 시작했고 소임은 하던 대로 정신을 팔았다. 아무래도 가맹 제안을 받아들여서 판을 불려야겠다는 결론을 내어놓은 그는 드디어 자리에서 일어나 아까처럼 손을 내밀었다.

"오늘 대화 즐거웠습니다, 소임 씨. 귀한 시간 내어주셔서 감사해요."

"저도 감사해요, 수택 씨. 그리고 커피 잘 마셨습니다."

수택의 손은 여전히 축축했지만 이제 다 끝났다고 생각하니 처음보다는 덜 불쾌했다. 그와 안녕히 들어가시라는 인사를 주고받은 소임은 커피숍을 나와 택시를 잡아탔다. 역시 자리가 불편했던 게 문제였는지, 신경 쓰이던 복통도 싹 씻은 듯이 나았다.

집에 돌아가는 동안 소임은 어쩐지 마음이 공허했다. 수택에게 유머 감각이라도 있었으면 좋았으련만.

'나한테 질문도 안 하고. 자기 얘기만 하고……. 아마 그 사람도 날 재미없고 소극적인 여자라 생각하겠지?'

서로에게 쓸모없는 만남이었다고 생각하며 소임은 한숨을 푹 쉬었다. 대체 결혼이 뭐라고 이렇게 의미 없이 시간을 낭비할까 싶었다. 차라리 집에서 그냥 두 시간 동안 낮잠을 자는 게 나았을 것이다. 그러면 피로라도 풀리니까.

그녀는 이 허한 마음을 집에 가서 매콤한 비빔국수로 채워야겠다고 다짐했다.

"안녕히 가세요."

소임은 기사에게 인사하며 택시 문을 닫았다. 찌뿌둥한 목 부근을 어루만지며 1층 공동 현관에 다가간 그녀는 문 앞에 가만히 서 있는 여자 한 명을 발견했다. 새하얀 피부가 인상적인 여자는 핸드폰을 물끄러미 내려다보고 있었다.

'키 없나?'

카드 키를 집에 놓고 왔으면 비밀번호를 누르거나 경비실에 호출해도 공동 현관을 열 수 있다.

'외부인인가?'

소임은 핸드백에서 카드 키를 꺼내 들었다. 소임의 행동을 인지한 여자가 살짝 옆으로 비켜섰다.

삑.

카드 키를 인식한 문이 빠르게 열렸다. 소임은 여자에게 먼저 들어가라며 예의 바르게 손짓했다.

"감사합니다."

여자가 살짝 웃으며 문을 통과했다.

'예쁜 사람이 목소리도 예쁘네.'

소임은 엘리베이터를 기다리는 동안 옆을 살짝 힐끔댔다. 마크팰리스에 이사 온 지 꽤 되어서 2동 1~2라인에 사는 사람들은 거의 다 알고 있는데 낯선 얼굴인 걸 보면 확실히 외부인인 듯했다. 최근에 이삿짐 센터가 들어온 적도 없으니까.

도착한 엘리베이터에 오른 소임은 12층 버튼을 눌렀다. 그런데 문이 닫힐 즈음에도 다른 층수에 빨간 불빛이 들어오지 않아서 의아했다. 여자는 두 손을 가지런히 모은 채로 얌전히 쇼핑백을 들고 있기만 했다. 버튼 누르는 걸 깜빡했나 생각하며 소임이 상냥하게 물었다.

"몇 층 가세요?"

여자는 머뭇거리다가 멋쩍게 웃었다.

"저도 12층 가요."

“아.”

소임은 버튼을 눌러 주려고 들었던 손을 내리며 고개를 끄덕였다. 12층에 간다는 대답을 곱씹어 보다가 뒤늦게 위화감이 들었다. 12층에는 고작 집이 두 개밖에 없다.

‘우리 집에 오는 것 같지는 않은데.’

그러면 여자가 방문할 곳은 바로 1202호다.

소임은 새삼스러운 눈으로 그녀를 바라보았다. 여자가 자신의 집에 온다는 것보다 선호의 집에 간다는 사실이 어째서 더 뜻밖으로 다가오는지는 모르겠지만, 하여튼 충격적이었다.

긴 속눈썹을 내리깐 여자는 미인이었다. 새하얀 피부는 조금의 흠도 없이 매끄러웠고 작은 얼굴에 이목구비가 오밀조밀 들어차 있었다. 속으로 쌍꺼풀진 눈 덕분에 청순한 매력이 더 돋보였다. 특히 새까만 생머리가 가슴을 덮을 정도로 길어서 무표정으로 가만히 있으니 사연 있어 보였다.

소임은 여자가 지난번에 선호의 집에서 나오던 긴 생머리의 여자와 분위기가 많이 닮아 있다는 점을 알아차렸다. 키는 그 여자가 훨씬 컸지만 둘 다 날씬하고 예뻐서 보호 본능을 불러일으키는 타입이었다.

다만 쉽사리 선호의 또 다른 애인이라 짐작할 수 없는 이유는 여자가 몹시 어려 보이기 때문이었다. 대학교 2학년인 우진 또래라 해도 믿을 정도로 젊어 보였다.

소임은 그녀가 선호와 무슨 사이일까 궁금했다.

‘알 게 뭐야. 그냥 가만히 있자.’

옆집 남자의 집에 누가 드나들든 상관없는 일이다.

꾹 참아 보려고 했으나 소임은 결국 성공하지 못했다. 여자가 1202호를 방문하는 이유가 대체 무엇일지 궁금해서 몸이 들썩거렸다. 소임은 자신도 모르게 여자에게 말을 걸게 됐다.

“1202호 가세요?”

소임은 뱉어 놓고 속으로 후회했다. 괜히 오지랖 넓게 보일 것이다. 그새를 못 참은 자신을 타박하며 그녀는 사람 좋은 웃음을 지어 보였다. 질문에 불순한 의도 따위는 없다는 듯. 그냥 친근하고 친절한 이웃처럼 보이도록.

여자는 소임이 말을 걸 줄 몰랐는지 약간 놀란 표정을 짓다가 양 입꼬리를 끌어 올렸다.

“아…… 네.”

이왕 이렇게 된 것, 호기심이나 풀자 생각하며 소임은 반가운 미소를 입가에 매단 채 능청을 떨어 보았다.

“아! 새로 이사 오신 분인가? 저 옆집 1201호 살아요.”

그 질문에 여자의 미소가 불현듯 어색해졌다.

“그건 아니고, 아니, 원래 제가 여기에 이사 오기로 한 건 맞는데…… 아, 그게 그러니까…….”

여자는 적당한 말을 고르지 못하고 곤란해했다. 소임 역시도 혼돈 상태였다. 기껏해야 남자 친구네 놀러 왔다는 대답일 줄 알았다. 여자가 그렇게 말했다면 소임은 그냥 조금 놀라고 말면 그만이었다. 선호가 어린 애인이 있는가 보다, 하고.

그런데 예상보다 묵직한 대답이 나와서 소임은 크게 당황했다. 1202호가 원래 신혼집 목적이었다는 사실이 머릿속에 떠올랐다. 그렇다면 이 여자가 바로 그 사람일 것이다. 선호와 결혼할 뻔했지만 식을 2주 남기고 파혼을 통보했다는 바로 그 여자.

이건 보통 일이 아니라는 생각에 소임은 흥분했다. 자신은 그동안 제일 궁금했던 사람과 같은 엘리베이터에 타고 있는 것이다!

그때 타이밍 좋게 여자의 핸드폰이 울려 댔다. 소임은 고개를 정면으로 돌렸다. 여자가 조심스럽게 전화를 받았다.

"여보세요? 아…… 선호 오빠."

소임은 흠칫했다. 순식간에 온 신경이 여자 쪽으로 향했다. 이 작은 공간에 울려 퍼지는 목소리를 무시하기에 그녀의 청각은 너무 기능이 훌륭했다. 남의 통화를 엿듣는 건 좋지 않다고 생각하면서도 귀가 저절로 쫑긋 세워졌다.

"아아, 그러셨구나. 그래도 문자 일찍 확인하셨네요."

소임의 눈썹이 물결쳤다.

'뭐가 그랬다는 거지?'

여자는 생긴 것처럼 차분하고 조곤조곤한 말투를 구사했다.

"그럼 지금 건우랑 같이 계신 거예요?"

소임의 미간에 더 힘이 실렸다.

'건우? 건우가 누구야.'

분명 여자의 말소리가 다 들리는데 온전히 이해할 수가 없었다. 소임은 제가 선호의 지인 중에 아는 사람은 진수밖에 없다는 점에 그와 자신의 관계를 실감했다. 정말이지 그와 자신은 친한 사이가 아니었다. 그런데 어째서 친하지도 않은 사람의 인간관계에 이렇게 호기심이 돋는 걸까?

여자가 작게 웃으면서 말했다.

"아니요. 괜찮아요. 그냥 집 앞에 놓고 갈게요. 아뇨, 괜찮아요. 제가 미리 연락 안 하고 온 건데요."

소임은 여자가 소중히 들고 있던 쇼핑백이 선호에게 줄 선물이었다는 것을 알아차렸다. 과연 여자가 무엇을 갖고 왔을까 싶어서 힐끔 바라보았으나 쇼핑백 입구는 꽉 다물려 있었다.

쇼핑백 크기나, 그것을 들고 있는 여자의 자세로 보나 많이 무거운 물건은 아닌 듯했다. 겉으로 윤곽도 많이 드러나지 않는 것을 보니 부피감도 적은 물건인 듯하고……. 추리하던 소임은 자신도 모르게 여자 쪽으로 살짝 뺐던 목을 다시 집어넣었다.

"……."

선호가 무언가를 길게 얘기하는 모양인지, 여자는 잠시 말이 없었다. 멍한 건지, 슬픈 건지 모를 표정을 짓던 그녀가 살포시 미소 지었다.

"네. 이제는 괜찮아요. 그때 말씀드렸잖아요. 전 그거 받아들일 수 있어요. 네, 결심했어요."

통화 내용을 반만 아니까 더 답답했다.

'왜지? 뭐지? 무슨 일이지? 뭘 받아들인다는 거야?'

소임은 선호가 무슨 말을 했는지 알고 싶어서 미칠 지경이었다.

여자가 고민하는 것처럼 눈을 살짝 찌푸렸다.

"저녁이요? 아…… 근데 오늘은 저 학교 가야 해서. 조별 과제 약속 있거든요. 다음 주 토요일이요? 네, 점심 괜찮아요. 그날은 일정 없어요."

소임의 표정이 우지끈 무너졌다. 이번에는 통화 내용을 완벽히 이해할 수 있었다.

'토요일 점심에 이 여자와 밥을 먹는단 말이지?'

그녀는 선호가 주말에 자신과 밥을 먹으면 여자를 대체 언제 만나는 건가 궁금했는데…… 그래, 토요일이다. 그는 여자를 아주 잘 만나고 다니고 있었다. 애인뿐만이 아니라 전 약혼녀까지. 아무래도 이별한 커플이 재결합 단계에 들어선 듯했다.

"네, 네. 그럼 제가 또 연락드릴게요."

여자가 전화를 끊을 기색을 보이자 소임도 얼른 자세를 고쳐 잡았다. 전혀 통화를 엿듣지 않은 것처럼 평온한 표정을 유지하던 소임은 문득 생각난 듯이 옆을 돌아봤다.

"아, 혹시 요즘에 대학교 시험 시간인가요? 구립 도서관에 책 빌리러 갔더니 학생들 많던데."

개강한 지 얼마 안 됐으니 중간고사는 아직 멀었겠으나 소임은 시치미를 뚝 떼고 물었다. 여자는 빙그레 웃으며 답했다.

"아뇨. 10월에 중간고사 봐요."

"아우. 그렇구나. 근데 혹시 대학교 몇 학년이에요? 3학년? 4학년?"

"4학년이에요."

"으음, 그럼 몇 살이더라? 제가 대학을 졸업한 지 하도 오래 되어서."

"스물세 살이에요."

띵.

엘리베이터가 12층에 도착했음을 알리는 경쾌한 소리는 소임의 심리 상태를 대변했다. 그녀는 누군가에게 둔기로 머리를 얻어맞은 기분이었다.

"안녕히 가세요."

여자가 웃으며 엘리베이터에서 내렸다. 소임 역시도 그녀에게 마주 웃어 주고 싶었으나 표정 관리를 할 수 없었다.

'와, 양심 없어.'

선호의 나이는 서른넷. 그와 여자는 열한 살씩이나 차이가 났다. 게다가 여자가 대학도 졸업하기 전에 결혼하려 했다니.

'아무리 자기가 결혼이 급해도 그렇지, 스물세 살 어린애를?'

소임은 혀를 내둘렀다. 어쩐지 선호가 교활한 능구렁이 같다는 생각을 지울 수 없었다. 나이 차이를 고려하면 저 여자에게 선호는 복학생 오빠를 넘어 교수뻘이다.

1202호 앞에 선 여자는 쇼핑백을 문 앞에 내려놓았다가 다시 집어 들었다. 무언가 고민하는 기색을 보이던 그녀는 조심스럽게 검지로 비밀번호를 누르기 시작했다. 그녀가 손을 떼자 경쾌한 소리가 울렸다. 여자가 1202호에 들어가는 것을 지켜본 소임의 입이 크게 벌어졌다.

'집 비밀번호도 아는 사이구나.'

심기가 불편해진 소임은 고개를 절레절레 저으며 집으로 들어갔다. 아마 주변 어른들에게 성실하다고 평가받는 선호의 이면을 아는 게 자신뿐이라는 것에 화가 나는 걸지도 몰랐다.

소임은 발을 옥죄던 하이힐을 벗어 던지며 심통 난 목소리로 제 귀가를 알렸다.

"엄마! 나 왔어."

안방 침대에 누워 있던 해주가 거실로 나와 보았다. 흰색 마스크팩을 얼굴에 붙이고 있는 해주는 부엌에서 물을 벌컥벌컥 들이켜고 있는 소임과 시계를 번갈아 보며 의아해했다.

"왜 이렇게 일찍 왔니?"

"으응. 내 취향이 아니더라고."

"아니, 왜? 난 사진 보니까 착실하니 괜찮던데. 턱도 부자 될 관상이고."

"실제로 보니까 이마가 더 까졌어."

해주는 그녀를 흘겨보며 잔소리를 쏟아 냈다.

"에휴, 계집애. 눈만 높아서. 남자 별거 아녀. 그냥 살다 보면 어차피 다 나중에 배 나오고 머리 빠지는 건데."

"다른 거 다 참아도 난 대머리는 못 참아."

소임은 어깨를 으쓱이며 냄비에 물을 받아 가스레인지 위에 올렸다. 소면 어디 있느냐고 묻는 딸을 기가 막힌 표정으로 보면서도 해주는 결국 냄비 손잡이를 잡았다.

"나와 봐. 엄마가 끓여 줄게. 가서 화장이나 지워라."

"응. 간장 말고 고추장 넣어서 매콤하게 해 줘. 오이도 하나 다 썰어 넣어 주고."

"알았어. 너 계란도 먹을 거니?"

"응. 반숙으로 두 개만 삶아줘. 고마워, 김 여사!"

태평하게 외치며 자신의 방으로 들어간 소임은 단추를 풀어 블라우스를 훌러덩 벗으면서 생각했다. 대관절 결혼할 이유가 뭐란 말인가? 이렇게 맛있는 것을 해 주는 엄마랑 오래오래 사는 게 행복이다.

그녀는 엄마아빠의 새해 소원이 항상 '변소임이 괜찮은 남자를 집에 데려오게 해 주세요.'라는 것을 가뿐히 무시했다.

소임은 부모님께 충실한 게 자신의 몫이라고 합리화했다. 딸이 많지도 않고 딱 둘뿐인데, 큰딸이 미국에서 일하고 있으니 작은딸이라도 집에서 재롱을 피워 줘야지. 가끔 재식이 술 마신 날에 '변 사장니임' 하고 비위를 잘 맞춰 주면 그도 집이 떠나가라 껄껄 웃으며 딸이 최고라고 엄지를 치켜들지 않는가.

오늘 맞선을 보고 왔으니 해주는 이제 또 서너 달 잠잠할 것이다. 해주가 소임에게 맞선을 권하는 것은 일 년에 두어 번 정도다. 비록 시간이 지날수록 그 횟수가 점점 늘어난다는 게 문제지만 일단 올해의 일거리는 다 해결했다. 그렇게 생각하자 마음이 한결 가벼워졌다.

가볍게 샤워한 소임은 편한 트레이닝복으로 갈아입고 거실로 나왔다. 들기름의 고소한 향과 새콤달콤한 초고추장의 향이 콧속으로 밀려왔다. 환상적인 냄새에 입맛을 다시며 그녀는 식탁 의자에 앉았다. 빨간 비빔국수 위에 아삭한 오이채를 올리니 색감이 아주 훌륭했다. 옆에 곁들여진 계란도 아주 소임이 딱 좋아하는 정도의 반숙이었다.

"오, 진짜 맛있겠다. 잘 먹겠습니다!"

소임은 젓가락을 들고 비빔국수를 열심히 후루룩 흡입했다. 변씨 가문에서 제일 식성이 좋은 그녀가 한 그릇 뚝딱 비우는 것은 일도 아니었다. 비빔국수를 금세 먹어 치운 소임은 황홀한 포만감에 배를 앞으로 내밀고 고개를 의자 뒤로 젖혔다.

"어우, 좋아. 진짜 죽인다."

맞은편에 앉아 소임이 먹는 것을 지켜보던 해주가 한숨을 쉬었다.

"무슨 아가씨가 저렇게 아저씨처럼 행동하니."

"뭔 아저씨래. 트림도 안 했구만."

억울해진 소임은 입을 삐죽거리며 자리에서 벌떡 일어났다. 메인을 먹었으니 후식 시간이다. 냉동고를 열어 보았으나 자신이 찾는 것은 보이지 않았다. 멀뚱히 냉동고 안을 바라보는 소임을 해주가 재촉했다.

"왜 그렇게 계속 열고 있니? 문 빨리 닫아야지."

"엄마, 아이스크림 다 먹었어? 내가 지난번에 사다 놓은 거 왜 없지?"

"통에 든 거? 그거 내가 아까 티비 보면서 퍼먹었다."

"그래?"

잠시 고민하던 소임은 빠르게 결론을 내렸다. 편의점에서 하드라도 사 와야겠다. 매콤한 비빔국수를 먹고 나서 달콤한 아이스크림으로 입가심하는 것은 필수였다. 아까 집에 들어올 때 왜 미리 아이스크림 사 올 생각을 못했는지 반성하며 소임은 지갑을 찾았다.

"엄마도 아이스크림 먹을래? 하드 사 올까?"

"난 됐다."

먹을 땐 어떻게 또 저렇게 부지런할 수가 있느냐는 해주의 타박을 뒤로한 채 소임은 씩씩하게 집을 나섰다. 맛있는 것을 먹기 위한 여정은 전혀 고되지 않다.

아파트 단지 내 편의점에서 자신이 좋아하는 하드 아이스크림을 고른 소임은 계산을 마치자마자 껍질을 까서 입에 가져갔다. 혀를 내밀어 날름 핥자 달콤하고 시원한 초콜릿 맛이 느껴졌다. 기대하던 바로 그 맛에 전율하며 소임은 기분 좋게 편의점을 나왔다.

산책도 할 겸 아파트 단지를 빙 돌아오다가 놀이터를 지나갈 즈음이었다. 소임은 익숙한 인물을 보고 제자리에 우뚝 멈추었다.

'뭐지?'

소임은 선호를 의심스레 바라봤다. 그는 쭈그려 앉은 채 남자아이의 더러워진 바지를 털어 주고 있었다. 놀이터 모래밭에서 놀았는지, 아이의 남색 바지는 하얀색 모래가 잔뜩 묻어 엉망이었다.

부드러운 갈색 머리카락이 아주 예쁘게 다듬어져 있는 남자아이는 서너 살 정도 되어 보였다. 자그만 아이인데도 나중에 크면 한 인물 하겠다 싶을 정도로 외모가 준수했다.

소임은 주변을 둘러보았다. 마크팰리스의 자랑인 넓은 놀이터에는 아이와 놀아 주는 부모들이 가득했다. 그네 밀어 주는 아빠, 시소 태워 주는 엄마, 모래성 쌓아 주는 엄마 아빠들……. 주말이라 유독 사람이 많았다.

선호가 그 무리에 끼어 있으니 묘하게 이질적이었다. 위화감을 느낀 소임은 슬며시 몸을 쪼그려 벤치 뒤에 숨었다. 그러고는 시선을 놀이터 중앙에 고정한 채, 혀로 야무지게 하드 아이스크림을 핥았다.

그냥 지나가면 그만이었는데 뭐랄까, 마치 정탐하는 사람처럼 숨어서 선호를 그냥 계속 지켜보고 있게 됐다. 사실 굉장히 수상쩍긴 했다. 애라면 질색할 것 같은 남자가 아이와 다정히 손을 맞잡고 있으니까.

소임은 심각한 표정으로 그들을 염탐했다. 아이들이 즐겁게 소리 지르고 있는 놀이터는 약간 시끄러웠는데도 아이의 목소리가 워낙 또랑또랑해서 대화가 그녀에게까지 들렸다.

"아빠, 엄마 언제 와?"

"건우야, 삼촌이라고 부르랬잖아."

선호는 나지막한 목소리로 부드럽게 아이를 타일렀다. 소임의 미간이 반사적으로 찌푸려졌다.

'건우?'

그러고 보니 아까 엘리베이터에서 그 여자가 그랬다.

그럼 지금 건우랑 같이 계신 거예요?

그보다 잠깐. 소임은 눈을 찡그렸다. 저 애가 방금 선호를 뭐라고 불렀던가. 긴가민가하던 것을 확신해 주듯, 아이가 다시 칭얼거렸다.

"아빠아. 엄마아 언제 와아."

선호는 어쩔 수 없다는 듯 피식 웃고는 아이의 허리를 잡고 번쩍 들어 올렸다. 그러고는 소임이 있는 벤치 쪽으로 걸어왔다. 소임은 그가 혹시라도 자신을 발견할까 봐 마음을 졸였다.

다행히 선호는 몇 걸음 오지 않고 멈춰 서서 아이를 계속 얼렀다. 나무 벤치 등받이의 틈으로 그를 살펴보니, 그는 아이의 밤톨 같은 머리를 큰 손으로 쓰다듬고 있었다.

"엄마 곧 오니까 조금만 기다리자."

"으응……."

아이는 선호의 품에 안기는 게 익숙한지 그의 가슴팍에 가만히 얼굴을 묻고 있었다.

소임의 입이 충격으로 쩍 벌어졌다. 자신의 청각에는 이상이 없었다. 동시에 선호가 숨겨 왔던 어마어마한 진실이 밝혀지는 순간이었다. 그녀는 할 말을 잃고 가만히 그들을 바라보았다.

해가 평화롭게 뉘엿뉘엿 저물어가는 주말 오후의 놀이터. 행복해 보이는 부자(父子).

절대 방해할 수 없을 것만 같은 그림에 한 사람이 끼어들었다. 소임은 흠칫 놀라며 어깨를 쪼그렸다. 저 멀리 놀이터 반대편 입구에서 말숙이 종종 걸어 들어오고 있었다.

그냥 애랑 놀고 있나 보다, 하고 슬쩍 지나가도 상관없는 거리였는데 말숙은 굳이 아는 척을 하기 위해 놀이터에 들어왔다. 소임은 그 모습을 보면서 역시 2동 반장은 아무나 하는 게 아니라고 생각했다.

장바구니를 든 말숙이 활짝 웃으며 물었다.

"어머, 1202호 총각! 이 귀여운 왕자님은 누구야?"

"조카입니다."

"에구, 그래서 이렇게 쏙 빼닮았구나? 난 또 숨겨 둔 아들인가 했네."

말숙은 아이에게 장난치듯 입으로 똑 소리를 내며 고개를 끄덕거려 보였다. 아이는 가벼운 앙탈 소리를 내며 선호의 품에 파고들었다. 선호가 양해해 달라는 듯이 낮게 웃으며 설명했다.

"애가 낯을 많이 가리는 편이에요."

"아이구, 수줍기도 하지. 귀여워라. 우리 왕자님, 다음에 보면 할머니한테 인사 해 줘, 응? 알았지?"

말숙은 씩 웃으며 아이의 손등에다가 쪽 뽀뽀를 하고는 아까 올 때와 똑같이 종종걸음으로 떠나갔다.

소임은 이제 말숙에게 '마크팰리스 2동 1202호 총각'에 대한 에피소드가 하나 더 생겼다는 것을 확신했다. 얼마 지나지 않아 아파트 내에는 낯을 많이 가리는 선호의 조카에 대한 소식이 파다하게 퍼지리라. 말숙은 아마 선호가 주말에도 조카를 잘 돌보는 친절하고 다정한 삼촌이라고 생각하고 있을 것이다.

'조카 아닌데. 쟤가 이 씨를 아빠라고 불렀는데.'

소임은 제일 중요한 사실을 저 혼자만 목격했다는 사실에 심각해졌다. 그때 손에 뭔가 주르륵 흐르는 느낌이 났다. 무의식적으로 그곳을 바라봤다가 하마터면 소리를 지를 뻔했다. 초코 아이스크림이 처참히 녹아 있었다. 그녀는 아이스크림 핥는 것조차 잊어버릴 정도로 충격에 빠져 있던 것이다.

아이스크림 막대를 다른 쪽에 건네 쥐고, 액체 묻은 손을 털어 보았지만, 이상한 형태로 흔적이 번져 갈 뿐이었다. 설상가상으로 막대를 옮겨 쥔 손에도 초콜릿색 액체가 뚝뚝 떨어졌다.

일단 남은 아이스크림을 한입에 다 넣은 소임은 두 손등을 보도블록의 각진 부분에 적당히 비비며 아이스크림의 흔적을 없애 보려고 시도했다. 한 90% 정도는 제거된 것 같으나, 손을 물로 씻지 않는 이상 찝찝하고 끈적한 느낌이 사라지지 않을 것 같았다.

인상을 쓴 채 수습에 몰두하던 그녀는 잠시 후 자신이 다시 집중해야 할 장면을 발견했다.

"저기 엄마 온다."

"엄마!"

아이의 명랑한 목소리에 뒤이어 쟁반 위 옥구슬이라고 칭해도 전혀 모자람 없을 맑은 음성이 들렸다.

"많이 기다렸어?"

소임은 눈을 가늘게 뜨고 선호와 아이에게 다가온 여자를 바라보았다. 능력 있는 직장인처럼 깔끔하고 세련된 정장을 입은 여자는 머리를 하나로 높이 묶고 있었다. 숱 많은 검은색 머리카락이 샴푸 모델의 것처럼 찰랑찰랑 흔들렸다.

소임은 여자의 정체를 머리를 굴려 고민할 필요도 없었다. 지난번 그 사람이다. 늦은 밤, 선호의 집에서 나오던 청순한 미인.

낯을 가린다는 아이가 활짝 웃으면서 여자를 향해 팔을 뻗었다.

"엄마아."

"응. 건우야. 엄마 보고 싶었어?"

자연스럽게 남자아이를 선호에게 넘겨받아 안은 여자는 미안한 기색이 담뿍 담긴 음성으로 말했다.

"갑자기 부탁해서 미안해. 돌봐 주는 아주머니가 따님 출산 때문에 급히 가셔야 한다는 거야. 근데 조퇴를 할 수 있었어야 말이지. 해외 바이어랑 화상 미팅 있었거든."

"괜찮아. 나도 오랜만에 건우랑 재밌게 놀았어. 근데 뭐, 다음 주에 어린이집에서 재롱 잔치해?"

"어. 다음 주 금요일인가……. 건우가 그래?"

"응. 엄마랑 아빠 둘 다 와야 한다고 하던데. 자기 주인공 한다고."

여자가 곤란한 듯 웃으며 아이를 얼렀다.

"아빠는 바빠서 못 온다고 했잖아, 건우야. 엄마만 가면 안 될까?"

애교 가득한 말투에도 아이가 고개를 젓기만 하자 여자는 고민하는 것처럼 눈을 찡그리다가 선호에게 조심스럽게 물었다.

"다음 주 금요일에 막…… 엄청 바쁘진 않지?"

선호가 피식 웃으며 대답했다.

"나야 프리랜선데 뭐. 필요하면 연락해."

"응. 그러면 상황 봐서 연락할게. 건우 또 이러다가 마음 바뀌어. 어제는 나도 오지 말랬어."

선호와 여자는 화기애애하게 웃으며 놀이터를 벗어났다.

소임은 그제야 퍼즐이 제대로 맞춰지는 느낌이었다.

'애인이 아니라 전 부인이었나 보다!'

그동안 선호가 괜찮은 청년이라는 평을 듣는 것을 보고 분명 자신이 알지 못하는 다른 면이 있겠지 싶었는데 정말 이면이 있었다. 성실하고 착한 청년이라고 평가받는 남자가 사실은 애 딸린 이혼남이었다니!

소임은 아까 그 엘리베이터에서 봤던 젊은 여자, 즉, 선호에게 파혼을 선언했던 여자의 입장을 뒤늦게 이해했다.

'건우랑 같이 있느냐부터 물었지……. 그다음에 뭐라 했지? 맞아, 자기는 받아들일 준비가 되어 있다고 했어.'

소임의 머릿속에 이선호 주연의 막장 드라마 요약본이 재생됐다.

'설마 이혼했던 거 숨기고 사기 결혼을 하려고 했나? 그래서 결혼 직전에 들켜서 파혼당한 거고? 하지만 여자는 이 씨를 사랑하니까 결국 과거와 애를 받아들이려고 한 거고? 와…….'

소임은 혀를 내둘렀다. 그 젊은 여자의 결단이 굉장히 대단하게 느껴졌다. 자신이라면 절대 받아들이지 못할 텐데 말이다. 이혼했는데도 애가 있으니 전 부인이랑 계속 연락해야 하지 않는가.

소임은 젊은 여자에게 심심한 애도를 표했다. 하해와 같은 마음씨를 보니 성녀의 현신임이 분명하다.

모호했던 상황을 다 파악한 이후에는 복합적인 감정이 파도처럼 밀려왔다. 제일 먼저 이 모든 비밀을 자신만 안다는 사실에 소임은 싱숭생숭한 마음이었다. 어차피 남의 사생활이니 어디 가서 떠벌리지는 않을 것이다. 하지만 자초지종을 다 알게 된 입장에서 예전처럼 그를 대할 수 있을지는 모르겠다.

선호는 소임이 꺼리는 유형의 남자였다. 첫 남자 친구에게 처참히 배신당한 그녀는 과거가 복잡한 남자라면 딱 질색이었다.

한때 유부남, 그리고 지금은 애 딸린 이혼남. 그리고 전 부인과 어린 여자애 사이에서 아슬아슬한 줄타기를 하는 인간.

소임은 잠시나마 선호를 괜찮은 사람이라고 생각했던 과거가 후회스러웠다. 여자 관계 복잡한 그와 얽혔다가는 분명히 번거로운 일이 생길 것이다. 앞으로는 거리를 두어야 했다. 근묵자흑이라고 하지 않나. 선호와 가까이 지내다가 자신에게 이상한 물이 들지도.

선호의 대단한 과거를 너무 깊게 알아 버린 소임은 소름이 돋아 몸을 부르르 떨었다.

지이잉.

주머니에서 몸 떨림보다 더 큰 진동이 느껴졌다. 뭔가 싶어서 확인해 보니 문자가 도착했다. 발신자를 확인한 소임은 얼굴을 무참히 구겼다. 양반은 못 되는 인간이 확실했다.

[집에 왔어요?]

소임은 끔찍한 것을 보듯이 핸드폰 화면을 흘겨봤다. 자신에게도 이렇게 문자를 쉽게 보내는데, 다른 여자에게는 얼마나 더 자주 보낼까? 심지어 전 부인과 아들과 헤어진 지 몇 분 지나지도 않은 상태이지 않은가. 정말 상종하지 말아야 할 부류임이 틀림없었다.

'네! 그래서 나 방금 이 씨가 놀이터에서 아들이랑 있는 거 다 봤거든요?' 하고 아는 척해서 그에게 면박을 주고 싶은 마음도 있었지만, 막상 그렇게 하기엔 거북했다.

좀 선을 넘는 것 같기도 하고……. 그의 사생활에 너무 신경 쓰는 여자처럼 보일 듯했다. 소임은 선호에게 자신이 그를 너무 의식한다는 티를 내고 싶지 않았다. 그에게 관심 많은 것처럼 보이는 것은 왠지 자존심이 상하고 가슴 뜨끔한 면이 있었다.

그래서 자신이 본 것에 대해 선호에게 설명을 요구하는 것은 상상도 안 될뿐더러, 설령 물어본다 하더라도 그가 '그걸 당신이 왜 궁금해 하냐'며 불쾌하다는 반응을 보일까 봐 소임은 질문할 용기가 나지 않았다.

선호가 자신에게 솔직한 모습을 보여 줄 의무는 없다. 자신 역시도 그에게 거짓말을 종종 한다. 하지만 그걸 속으로 알고 있는 것과 당사자에게 정말 확인받는 것은 천지 차이였다. 괜히 긁어 부스럼 만들고 싶지 않았던 그녀는 심각한 표정으로 답장했다.

[아뇨. 저 지금 밖에서 밥 먹고 있어요.]

답장은 금방 도착했다.

[뭐 먹는데요?]

답장하지 말까 하는 생각이 잠깐 들기도 했지만 문자를 읽고 씹는 것은 소임의 스타일이 아니었다. 게다가 상황이 어찌 됐든 옆집 사는 사람이고, 근무지도 똑같은데 대놓고 싫어하는 티를 낼 수 없었다. 앞으로 계속 마주칠 사이니까 말이다.

그녀는 그냥 적당히 선을 긋기로 정했다. 사회생활에 익숙한 어른답게 완곡히 마음을 표현하는 것이다. 선호도 눈치는 있을 테니 그녀의 무심한 말투에 머쓱함을 느낄 것이다. 그러다 보면 자연스럽게 사이가 서먹해지고, 더불어 언젠가는 마주친대도 슬쩍 묵례만 하고 가벼운 안부조차 묻지 않는 사이가 될 것이다.

사실 단순히 피한다고 해서 끊어 낼 수 있는 관계는 아니었다. 주말에 만나는 것엔 차 수리 비용을 갚는다는 이유가 포함되어 있었다. 소임은 선호에게 빚을 갚긴 해야 했다.

하지만 당장의 현실을 회피하고 싶은 마음이 컸다. 그와 만나는 것은 꺼려졌다.

'뭐……, 자기가 돈 받고 싶으면 계좌라도 찍어서 보내겠지?'

빚에 관련해서는 선호가 뭐라고 언질이라도 해 줄 것이다. 소임은 찝찝한 구석을 대충 뭉뚱그려 넘기고 문자를 보냈다.

[칼국수요.]

[그거 다음 주에 나랑 먹기로 했잖아요.]

소임은 미간을 좁힌 채로 화면을 노려보았다.

'뭐라고 답장하지?'

워낙 싸움을 피하고 싶은 느긋한 성격이라 그런지 '미안해요…….'라는 대답밖에 안 떠올랐다. 그녀는 자신이 선호에게 미안해할 필요는 없다는 점을 되새기며 손가락을 움직였다.

[근데 저 다음 주말에 근무해요. 경지가 오프 냈거든요. 같이 밥 못 먹을 것 같아요.]

이 정도면 안 만나겠다는 의향이 충분히 전해졌을 것 같아 소임은 흡족한 미소를 지었다.

그러나.

[다다음 주는요?]

머리가 아파 왔다. 너무 부드럽게 돌려 말했나 싶었다. 그녀는 심호흡한 후에 거절의 뜻을 조금 더 강하게 내비쳐 보았다.

[죄송한데 다다음 주도 못 뵐 것 같아요. 일요일에 가족끼리 할머니 댁에 내려가기로 했거든요.]

[그럼 토요일 저녁은요? 학원 쉬잖아요.]

왜 이렇게 끈질긴 것인가.

'대체 어떻게 끊어 내지?'

고민하던 소임은 에라 모르겠다 싶어서 눈을 딱 감고 문자를 보냈다. 그가 자신에게 아예 밥을 청하지 못하도록 임자 있는 여자인 척을 하는 것이다. 만나는 사람이 있는 여자와 약속을 잡지는 않을 테니까.

[오늘 만난 분이랑 그날 한 번 더 볼 것 같아요.]

핸드폰 화면은 한동안 잠잠하다가 한참 후에야 반짝 불이 켜졌다.

[알겠어요.]

소임은 긴가민가했다.

'성공인가? 만나기 싫다는 거 눈치챈 건가?'

그 이후로 선호에게 문자가 더 오진 않았다. 하지만 왠지 모를 찜찜함에 소임은 핸드폰 화면을 계속 내려다보았다.

'기분 상했으려나?'

사실 선호가 기분이 상했든 말든 자신과는 상관없다. 그런데 어째서인지 그의 기분을 자꾸 상상해 보게 됐다. 그녀는 자신의 소심한 성격을 탓하며 한숨을 푹 내쉬었다.

9. 옆집에서의 31분

한가한 주말 오전. 변 씨 일가는 아침을 먹고 나서 TV를 보는 중이었다. 조금 소화가 되면 강원도로 떠날 예정이었다. 춘천에는 소임의 할머니가 홀로 살고 계신다. 얼마 후 있을 할머니의 여든 번째 생신을 기념해 다 같이 할머니를 뵈러 가는 것이다.

재식의 핸드폰에서 벨소리가 띠리링 시끄럽게 울려 댔다. 발신자를 확인한 재식이 껄껄 웃으며 소임에게 핸드폰을 보여 줬다.

"할머니다. 얼른 오라고 하나 보다. 응, 엄마. 아뇨, 아직 출발 안 했는데."

대수롭지 않게 전화를 받았던 그의 목소리가 금세 높아졌다.

"예?"

소파에 드러누워 TV를 보고 있던 소임은 심상치 않은 기세에 리모컨으로 음량을 줄였다. 설마 할머니에게 안 좋은 일이 생겼나 싶어서 조마조마하게 재식을 바라봤다.

"아……."

재식은 고개를 좌우로 내저으면서 심각하게 통화했다.

"네, 네. 알았어요. 그럼 다음 달에 갈 테니까 잘 지내고 계시고. 알았어요. 네. 끊어요."

전화를 끊은 재식은 안타깝다는 듯 혀를 찼다.

"아, 이번 주 라운딩에서 일부러 빠졌는데."

상황을 파악한 소임이 재식에게 물었다.

"춘천 오지 말래?"

"응. 너희 할머니 친구랑 다른 동네 가신단다. 밥은 다음에 먹자고 하네."

재식의 말에 따르면, 할머니는 노인정에서 열릴 장기 자랑을 대비해 무대의상을 사러 옆 동네로 원정을 떠난다고 했다. 작년부터 벨리댄스를 배우기 시작했는데, 그 갈고닦은 실력을 이때 뽐내야 한다고. 우승 상품이 한우라 다들 욕심을 내고 있다고 했다.

"그래서 스팽글 달린 의상 사러 옆 동네 가는 거야?"

듣고도 믿기지 않아, 소임은 크게 웃음을 터뜨렸다.

"할머니 진짜 열정적이시다."

"젊게 사시니까 좋지, 뭐."

드라이기로 머리 손질을 끝낸 해주가 안방에서 나오며 말했다. 이미 단장을 다 한 상태였지만 그래도 바뀐 일정이 더 좋은 것처럼 그녀는 싱글벙글했다.

“그럼 난 아줌마들이랑 놀아야겠다. 오늘 브런치 카페 간다고 했는데.”

해주는 등산을 같이 다니는 멤버들과 점심을 먹겠다는 의향을 밝혔다. 재식 역시도 휴일을 보람차게 보낼 차선책을 금방 떠올려 냈다.

“여보, 아이스박스 좀 줘 봐. 나 낚시하러 가야겠다. 물고기 큰 거 잡아 올게.”

“잡아 오면 누가 먹는다고. 지난번 것도 비린내 나더만.”

“아니야. 이번에는 붕어 큰 거 잡아올게. 푹 고아 먹자고.”

재식은 전화를 이리저리하더니 곧 같이 낚시 갈 동료를 두어 명 구했다.

부모님이 바지런히 움직이는 동안 소임은 아주 평화로이 소파에 누워 있었다. 외향적이지 않은 그녀는 주말에 만날 사람이 딱히 없었다. 그리고 하고 싶은 것도 별로 없었다. 그저 집에 가만히 틀어박혀 있는 게 제일 좋았다.

부랴부랴 준비한 재식이 먼저 홀랑 떠나 버리고, 해주가 그다음 타자로 집을 떠날 준비를 했다. 겉옷을 걸쳐 입으며 해주는 TV를 보고 있는 소임에게 일거리를 던져 줬다.

“소임아, 이따 마트 좀 가서 장 좀 봐 와라. 내일 무화과 잼 졸여야 하는데 설탕이 없어.”

“으응.”

저 먹을 무화과 잼을 만들어 주겠다는 말에 소임은 착하게 대답했다. 해주는 미리 적어 놓은 쇼핑 리스트를 누워 있는 소임에게 갖다 주었다.

"차 끌고 갔다 와. 살 거 많으니까."

소임은 해주가 건네준 종이를 빠르게 훑어보았다.

[설탕 2kg

레몬즙

간장 한 병(양조간장)

올리브유 큰 거 1병

귀리 1kg

부침가루]

"살 거 많네……."

소임이 중얼거리자 해주가 지갑에서 카드를 한 장 꺼내 줬다.

"엄마 돈으로 사."

소임은 사양치 않고 카드를 넙죽 받아 들었다. 그러고는 슬쩍 물어보았다.

"엄마, 과자도 사 와도 돼?"

"그래라."

아싸! 허락받은 소임은 함박웃음을 지었다.

갑작스레 일정이 틀어졌지만 그녀에게는 훨씬 좋은 일이었다. 춘천 깡 시골 동네보다는 집 주변을 돌아다니는 게 덜 피로하다. 게다가 대형 마트도 걸어서 15분 거리다. 차를 타고 가면 더욱 빨라질 거였다. 주말에 편히 쉴 수 있어서 소임은 행복했다.

* * *

브랜드 홍보용으로 전시해 놓은 안마 의자 앞을 지나가던 소임은 한 아주머니의 인자한 미소를 발견하고 발걸음을 멈췄다. 부드러운 갈색 가죽에 전신을 폭 감싸인 아주머니는 이미 극락에 당도한 모습이었다.

'나도 하고 갈까?'

판매 사원도 자리를 비운 상태니 체험만 하고 간대도 덜 눈치가 보일 것이다. 소임은 수백만 원을 호가하는 안마 의자가 선사하는 황홀함을 익히 알고 있었다. 가끔 해주랑 마트에 오면 안마 의자를 체험해 보고 가곤 했다.

유혹을 거부할 수 없었던 그녀는 신발을 벗고 빈 의자에 몸을 누였다. 안마 코스는 전신으로 15분짜리를 선택했다.

'역시 비싼 거라 그런지 다르네.'

전신을 빈틈없이 감싸며 근육을 꽉꽉 눌러 주는 기계는 황제 코스라는 이름값을 톡톡히 해 주고 있었다. 간만에 호사를 누린다고 생각하며 소임은 눈을 감고 안마를 즐겼다. 뭉친 근육을 시원하게 풀어 주니까 입가에 미소가 절로 지어졌다. 피로 누적으로 쑤셨던 삭신이 치유되고 있었다.

소임은 안마 기계를 집 안에 들일까 고민했다. 하지만 가격이 가격이니만큼 충동적으로 구매할 수 없었다. 할부로 나눠 내기도 부담되는 금액이다. 한번 해주를 꼬셔 볼까 하다가, 네가 사서 부모에게 효도 좀 하라는 타박을 들을까 봐 그만두었다.

뭐, 가끔가다 이렇게 공짜로 체험하면 족하다. 그리고 막상 사 놓으면 옷걸이로 전락할 수도 있다.

어쨌든 안마를 받고 있는 지금은 기분이 너무 좋았다. 몸이 노곤하니 잠이 올 듯, 말 듯했다. 소임은 안마 코스가 끝나지 않길 바라며 미동 없이 누워 있었다.

어느 순간, 기계의 움직임이 느껴지지 않았다. 벌써 15분이 지났나 싶어 아쉬웠다. 만약 기다리는 사람이 없으면 황제 코스를 한 번 더 돌려도 되겠다고 생각하면서 그녀는 살짝 눈을 떠 보았다.

"……!"

불퉁한 표정의 선호가 눈앞에 있었다. 그는 냉랭하게 중얼거렸다.

"바쁘다더니."

깜짝 놀란 소임은 무의식적으로 손을 들어 입가를 닦다가 멈칫했다.

'왜 닦은 거지? 이러면 침 흘린 거 같잖아!'

소임은 빠르게 손을 무릎 위에 내려놓고는 입 닦았던 적이 없었던 것처럼 시치미를 뗐다. 하지만 태연해 보이는 겉모습과 달리 그녀의 머릿속은 불난 것처럼 복잡했다.

'이렇게 만날 줄이야.'

소임은 지난 일주일 동안 선호와 마주치지 않기 위해 부단히 노력했다. 출근 시간도 앞당겼고, 그의 사무실에는 절대 놀러 가지 않았다. 진수가 와도 바쁘다면서 돌려보냈다. 언젠가 한 번 선호가 원장실에 왔었는데 소임은 학부모와 통화를 하는 척했다.

아마 선호는 자신이 그를 피하는 것을 눈치챘을 것이다. 그가 알아채든 말든 상관없다고 생각했지만, 막상 그를 정면으로 마주하니까 굉장히 마음이 불편했다. 시골에 할머니 뵈러 간다고 하고 마트에 와 있다니. 나이는 서른하나나 먹어 놓고 사람 마주치기 싫어서 유치하게 잔머리 쓰다가 추하게 들킨 꼴이지 않나.

물론 그게 사실이라 해도 선호에게 그렇게 보일 수는 없었다. 이건 자존심의 문제였다.

그녀는 애써 아무렇지 않은 척, 선호에게 전혀 악감정이 없는 척, 더 나아가 이 뜻밖의 만남을 흥미롭게 여긴다는 것처럼 미소를 띠고 물었다.

"어머, 이 씨. 여기 웬일이에요?"

"그러게요. 내가 변 씨 할머니 댁에 왜 왔을까."

밑에서 올려다보니 그의 그늘진 얼굴이 더욱 흉흉해 보였다. 등골이 서늘해지는 것을 느끼며 소임은 어색하게 입꼬리를 끌어 올렸다.

"아니, 원래 오늘 진짜 가려고 했는데……."

그녀는 자신을 빤히 바라보는 선호의 시선에 당황했다.

'원래 사람이 난처한 기색을 보이면 양해해 주는 게 일반적이지 않나?'

할 말 있으면 해 보라는 눈빛에 소임은 하는 수 없이 사정을 설명했다.

"할머니가 갑자기 아침에 전화하셨어요. 자기 벨리댄스 무대 의상 사러 가야 하니까 집에는 다음에 오라고. 노인정 장기자랑 하는데 1등상이 한우 세트래요. 자기 1등 할 거래요. 그래서 아주 화려한 무대의상 사야 한대요. 근데 시장에 마땅한 게 안 팔아서 옆 동네로 가기로 했다는 거예요."

선호는 여전히 무표정이었다. 굳어진 입매만 봐도 그가 자신을 불신하고 있다는 게 확실히 느껴졌다. 까딱하면 제 꼴이 정말 우스워질 수도 있다는 위기감에 소임은 좀 더 자세히 설명해 보기로 했다.

"우리 할머니가 여든이신데 아직 정정하시거든요. 그래서 노인정에서 강사 초청해서 벨리댄스 배우는데…… 그 반짝거리는 스팽글 알잖아요. 동그란 거에 구멍 뚫어서 허리춤에 막 꿰어서 장식하고. 흔들면 막 짤랑짤랑 소리 나고 그런 거…… 알죠? 그거 달린 의상 사고 싶으시대요. 근데 가까운 시장엔 안 팔아서 친구 분이랑 차타고 옆 동네 시장 둘러보기로 했대요. 오늘 갑자기 아침에 전화 온 거예요. 그래서 엄마는 등산 멤버들이랑 브런치 카페 가고, 아빠는 낚시터 갔어요."

"그래서 시골에 못 갔다?"

"네."

"재밌네요."

선호는 전혀 웃음기 없는 말투로 대꾸하고서 떠나 버렸다. 소임은 그가 긴 다리로 휘적휘적 걸어가는 모습을 멀뚱히 바라보았다.

'뭐야? 내 말 안 믿는 건가?'

솔직히 본인이 생각해도 뜬금없는 변명처럼 들리긴 하는데 할머니가 벨리댄스 배우는 건 진짜였다. 소임은 꿍얼거렸다.

"뭐야? 사람이 말을 하면 믿어야지."

자신이 거짓말을 밥 먹듯이 하는 양치기 소년이라면 모를까, 그에게 갑자기 이런 취급을 받으니 억울했다. 오늘 할머니 댁에 안 가게 된 것은 진짜 갑자기 결정된 일인데 말이다.

안마 의자에서 일어난 그녀는 얼른 선호를 뒤따라갔다. 카트를 뽑고 있는 그에게 쭈뼛쭈뼛 다가가서 헛기침한 뒤 말을 붙여 봤다.

"흠, 저기…… 혹시 제가 말을 꾸며 냈다고 생각하시나요?"

"그럴 리가요."

선호가 심드렁하게 대꾸했다.

"변 씨가 내게 왜 거짓말을 하겠습니까? 주말에 만나지도 않는 사람한테."

소임의 양심이 콕콕 찔렸다. 자신이 그를 피해 다녔다는 사실을 선호 역시도 알고 있는 게 확실했다. '그럼 그렇지' 하는 눈빛과 무심한 말투. 선호는 혼잣말치고 크다 싶은 음성을 내었다.

"변 씨가 나한테 일부러 거짓말을 할 필요가 없지."

소임은 그의 냉랭한 표정에 주눅이 들었다.

'저건 나 들으라고 하는 소리 아닌가…….'

그를 피한 건 맞는데, 그렇다고 이렇게 눈치를 줄 필요가 있나 싶었다. 소임은 가시방석에 앉은 것처럼 몸 전체가 따끔따끔했다. 이미 상대방에게 미운털이 단단히 박혀 버린 상태에서 친한 척하기도 민망해서 소임은 딴청을 피웠다.

"으음, 나도 카트 뽑아야겠다."

소임은 가방 안을 뒤적거리며 동전을 찾는 척했다. 그러나 사실 가방 안에는 차 키와 핸드폰, 그리고 신용카드 한 장밖에 없었다. 손에 잡히는 것이 없는데도 뭔가 찾으면 나올 것 같은 표정을 지으며 소임은 오랜 시간 가방을 뒤적거렸다. 그만둘 수가 없었다. 선호가 계속 지켜보고 있었으니까.

'먼저 들어가지 왜 계속 버티고 있는 거야?'

소임은 어째서 지갑을 안 가져왔을까 후회했다. 고작 100원이 없어서 카트를 못 뽑는 곤경에 처해야 한다니. 선호가 '저 인간이 뭘 하고 있나?'라는 식으로 구경하고 있으니 마치 바나나도 못 까먹는 원숭이가 된 기분이었다. 애꿎은 차 키만 쥐었다 놓았다 반복하다가 결국 백기를 들었다.

"동전이 없네요."

"저 옆에 동전 교환기 있네요."

하지만 지갑 자체를 놓고 온 소임에게는 동전 교환기도 쓸모가 없었다. 그녀는 뻘쭘히 대꾸했다.

"카드밖에 없어요."

"그럼 카트 어떻게 뽑으려고?"

"아니…… 원래, 여기 직원이 서 있어서, 동전 없다고 말하면 그 마스터키 넣어서 카트 뽑아 주는데…… 왜 없지? 화장실 갔나?"

허둥지둥하던 소임은 약간 풀죽은 목소리로 말했다.

"남는 동전 있으면 하나만 빌려주세요. 나중에 갚을게요."

"나도 딱 하나만 가져왔습니다."

"전 그럼 직원 올 때까지 여기서 조금 더 기다려 볼래요……."

별사람을 다 보겠다는 듯한 선호의 표정에 소임은 초라해지는 느낌이었다. 그녀는 참 선호가 사람 무안하게 한다고 생각하며 뾰로통하게 말했다.

"제 일은 제가 알아서 할게요. 이 씨는 바쁘실 텐데 먼저 들어가서 장 보세요."

"하나도 안 바쁩니다."

그가 소임을 뚫어져라 바라보며 팔짱을 꼈다. 어딘가 위압적인 자세에 소임은 약간 긴장했다.

"근데 마트엔 안마 의자 체험하러 온 겁니까?"

소임은 순간 욱했다. 저렇게 말하면 자신이 무엇이 되는가. 서른한 살이라는 창창한 나이에, 그것도 남들 다 놀러 다니는 주말에 굳이 마트에 와서 안마 기계에 누워 있는 여자가 되는 거 아닌가.

안마 의자 체험한 게 사실이긴 하지만 그게 마트에 온 유일한 목적은 아니었다. 소임은 곧바로 반박했다.

"장 보러 온 거거든요?"

"뭐 살 건데요?"

"살 거 엄청 많아요. 엄마가 사 올 거 되게 많이 적어 줬어요."

소임은 주머니에 넣어 둔 종이를 꺼내 보였다. 꼬깃꼬깃 접은 그것을 펴 보이며, 자신은 엄마 심부름으로 마트에 장 보러 왔다는 것을 강조했다. 리스트를 유심히 바라보던 선호가 고개를 끄덕이자 소임은 누명을 벗은 듯해서 뿌듯했다.

"변 씨는 꼭 카트 뽑아야겠네요. 무거운 거 많이 사는데 장바구니 들 순 없으니까."

아뿔싸. 소임은 미간을 찡그렸다. 차라리 쇼핑리스트를 보여주지 말고 그냥 장바구니를 드는 척했으면 되었을 텐데. 놓쳐 버린 기회가 너무 아쉬웠다. 그가 이미 쇼핑 리스트를 확인한 상황에서 그냥 장바구니를 들겠다고 나서면 괜히 오기 부리는 사람으로 보일 것 아닌가.

설마 이대로 카트 뽑을 방법을 찾기 위해 마트를 떠도는 하이에나 신세가 되나 싶어 소임은 눈앞이 아득해졌다. 선호가 자신을 비웃고도 남을 것 같았다.

"내 카트에 같이 짐 놓게 해 줄게요."

뜻밖의 제안에 소임은 얼떨떨했다. 그러나 그의 저의를 살필 여유도 없이 몸이 본능적으로 거부감을 표했다. 그녀는 기겁하며 손을 내저었다.

"어떻게 그래요! 괜찮아요."

"어차피 나 살 거 물이랑 과일밖에 없어요."

"아니에요. 제가 이 씨 카트를 어떻게 같이 써요. 절대 안 돼요."

"왜 안 되는데요?"

소임은 너무 당연한 질문에 풋 하고 웃으면서 답했다.

"그럼 우리 둘이 같이 장 보는 것 같잖아요!"

선호가 뚱하니 대꾸했다.

"같이 장 보는 거 맞잖아요."

"……."

"함께 장 보면 안 되는 이유라도 있습니까?"

소임은 잠시 고민했다.

'그런가?'

생각해 보니, 딱히 거절할 이유는 없었다.

혹여 같이 카트를 밀었다가 선호와 너무 친밀한 사이로 보일까 봐 걱정했다. 하지만 따지고 보면 아무하고도 장을 볼 수 있는 거다. 예를 들어 대학에서 엠티 갈 때 안 친한 동기들과도 같이 장을 봤다. 그리고 요즘에 학원에 상비해 놓을 간식이 필요할 때도 우진이와 함께 장을 본다.

"이유 있으면 말해 봐요."

선호의 눈이 가늘어져 있었다. 무언가를 살피는 눈빛.

소임은 적당히 수긍해야 할 타이밍이라고 직감했다. 너무 과하게 거절해도 그를 몹시 의식하고 있다는 것을 드러내는 꼴이다. 그와 살짝 거리를 두고 싶은 거지, 적대감을 표하려는 게 아니었다.

앞으로 더 껄끄러운 사이가 되지 않으려면 이쯤에서 제안을 받아들이는 게 낫다.

'그냥 카트를 같이 사용하는 것뿐이잖아?'

소임은 별거 아닌 것에 큰 의미를 부여하고 싶지 않았다. 그냥 가볍게 이웃의 친절이라고 생각하면 되는 거다. 특히 자신은 선호와 아무 사이도 아니라서 이런 호의를 받아들이는 것이다. 그에게 별 마음도 없으니까.

그녀는 전문적인 사람처럼 가장했다. 남들과 장을 보는 일이 아주 많은 것처럼, 그리고 그를 전혀 신경 쓰지 않는 것처럼 힘차게 고개를 끄덕였다.

"알았어요. 그럼 신세 좀 질게요."

소임은 들고 있던 손가방을 선호의 카트 안에 내려놓으며 상냥히 말했다.

"카트는 제가 밀게요."

"싫어요. 내가 밀 겁니다."

선호는 카트 손잡이를 붙잡고 상체를 그 위로 굽혀서 스케이트 타듯이 쪼르르 미끄러져 갔다. 소임은 충격에 입을 살짝 벌린 채 그를 멍하니 쳐다보았다.

'뭐야……!'

그러다 자신의 가방이 그 카트 안에 있다는 것을 깨닫고 허겁지겁 쫓아갔다. 가방 안에는 핸드폰과 차 키가 들어 있다. 이 넓은 마트에서 선호를 놓치면 아주 난감해진다.

* * *

소임은 시식 코너에서 빵 조각 하나를 집어 먹었다. 부드러운 생크림과 팥소의 단맛이 환상적이라 입에 넣자마자 목구멍으로 꿀떡꿀떡 넘어갔다. 맛있어서 한 조각을 더 집어 먹었다. 시식용 빵을 아주 숭덩숭덩 크게 잘라 놔서 고마웠다. 그녀는 빵을 우물거리면서 선호를 따라갔다.

몇 걸음 정도 앞서 있는 그를 뒤따라가던 소임의 발걸음은 금세 늦춰졌다.

"향이 일품인 송화 버섯입니다! 일반 표고랑 달라요. 그냥 버섯이 아닙니다. 쫄깃한 송화 버섯입니다. 소고기 식감이에요."

소임은 신나게 외치는 판매원에게 이끌리듯 다가갔다. 사람들 두어 명이 집어 먹고 있는 것을 슬쩍 보다가 파프리카와 함께 굴 소스에 볶아진 버섯이 맛있어 보여서 한번 시식해 봤다. 자신 있게 외치던 판매원 말대로 유난히 식감이 쫄깃했다.

하지만 소임은 버섯을 집어 들지 않았다. 신기하게 마트에서 먹으면 맛있는데 막상 집에 가져가서 요리하면 크게 끌리지 않았다. 놔뒀다가 물이 생겨서 버린 버섯만 한 바가지였다.

소임은 또 발걸음을 멈췄다. 버섯 매대 바로 옆에는 노릇노릇 구워지고 있는 호박전 시식대가 있었다.

"한번 드셔 보세요."

판매원이 인심 좋은 미소와 함께 시식을 권하니 그냥 지나칠

수가 없었다. 소임은 호박전을 먹어 봤다. 소금간이 짜지 않게 잘 배인 호박은 적당히 익혀져서 아삭아삭했다.

주변을 둘러보니 선호는 다행히 멀리 가지 않은 상태였다. 소임은 바나나를 고르고 있는 그에게 종종걸음으로 돌아갔다. 완전 범죄를 확신했건만 선호는 소임이 걸어온 쪽을 바라보더니 그녀가 뭘 먹었는지 알겠다는 표정을 지어 보였다.

그가 아무 말도 하지 않았지만 소임은 살짝 기가 죽었다. 먹고 온 건 많은데 손에 든 건 없으니 약간 얌체처럼 보일까 싶었다. 그렇지만 좀 억울하기도 했다.

'마트 와서 시식 코너 그냥 지나가는 사람도 있나…….'

어색하게 서 있는 그녀에게 선호가 손을 내밀었다.

"쇼핑 리스트 줘 봐요."

왜 달라고 하는지는 모르겠지만 일단 달라고 하니까 소임은 종이를 넘겨줬다. 선호는 종이를 확인하더니 소임에게 별말 없이 방향을 돌려서 다른 쪽으로 걸어갔다.

'자기가 고르겠다는 건가?'

소임이 자꾸 뒤처지니까 답답해서 저러는 것일 수도 있었다. 멀뚱히 그를 바라보던 소임은 쪼르르 뒤따라갔다.

그러나 고양이가 생선 가게 앞을 그냥 지나치지 못한다고, 소임은 만두 시식 코너를 발견하고 방향을 틀어 황급히 다가갔다. 냉동 코너 양쪽에 물만두, 군만두, 찜 만두 시식대가 늘어서 있었다. 이미 사람들로 북적이는 곳에 소임도 끼어들었다.

즐겁게 신 메뉴 시식을 마친 소임은 만족스럽게 선호에게 돌아왔다. 그는 육류 매대에서 장조림용 홍두깨살을 고르고 있었다. 만두가 뜨거워서 호호거리며 입안에서 굴려 먹는 소임을 본 그의 눈이 좀 가늘어졌다.

"……."

소임은 당황했다.

"왜, 왜요?"

"혼자만 날름 먹으러 가고."

그가 냉랭히 대꾸했다.

소임은 순식간에 민망해졌다. 양심이 마구마구 찔리기 시작했다. 그가 열심히 장을 보는 동안 저 혼자 신나게 시식하고 다닌 것은 사실이었다. 그가 치사하다고 여겨도 변명할 여지가 없었다. 그녀는 어색한 웃음을 지어 보였다.

"이 씨도 먹을래요? 먹고 와요. 내가 카트 보고 있을게요. 저기 만두 시식 세 개나 있어요."

"됐습니다. 혼자 많이 드세요."

선호가 살짝 콧방귀를 뀌더니 카트를 밀며 그녀를 지나쳤다. 소임은 난감해서 눈을 데구루루 굴렸다.

'뭐야? 내가 그렇게 잘못했나?'

아무리 봐도 삐진 것 같았다. 하지만 제 잘못은 없지 않은가? 만약 자기도 먹고 싶었으면 잠깐 시식 코너로 왔으면 되는 일이다.

'누가 먹지 말라고 한 것도 아닌데 자기가 안 먹고는.'

소임은 불만스럽게 입을 삐죽 내밀었다.

'좀생이 같으니라고.'

선호를 뒤에서 노려보다가 소임은 한숨을 푹 쉬었다. 또 저러니까 신경이 쓰였다. 그녀는 시식 코너로 가서 만두 하나를 이쑤시개로 집어 와 선호에게 들이밀었다.

"자요. 먹어요."

선호가 살짝 눈을 찌푸렸다.

"됐어요."

"맛있어요. 얼른 먹어요."

"됐다니까요?"

"갖고 와도 왜 안 먹어요? 기껏 가져왔구만. 먹어요."

"아니. 먹고 싶지 않다고요. 변 씨 드세요."

그가 소임을 향해 먹으라고 손짓했다. 재촉하던 소임은 진땀이 흐르는 것을 느꼈다. 그녀는 만두 코너를 흘끔거리면서 목소리를 낮췄다.

"저 사람이 보고 있잖아요. 내가 '같이 온 사람 갖다 줘야지.' 하고 집어 왔는데 내가 먹으면 뭐가 돼요? 시식에 환장하는 사람 같잖아요."

"뭔 상관입니까? 아까 보니까 두 번 집어 먹던데."

"내가 세 번 먹는 줄 알 거라구요. 그니까 이 씨가 빨리 먹어 줘요."

소임은 선호의 입에 만두를 들이댔다. 공짜 시식에 환장하는 사람으로 몰리는 게 좀 부끄럽기도 했고, 그렇다고 선호 본인은 얼마나 고상하길래 자꾸 시식하는 자신에게 눈치를 주나 괘씸했다.

"빨리 드세요. 손 아파요."

소임의 닦달에 선호는 어쩔 수 없다는 듯이 입을 벌려 받아먹었다. 그러고는 우물거리며 소임을 빤히 바라보았다. 소임은 이제 그도 자신과 공범이 되었다는 생각에 뿌듯해졌다.

"맛있죠?"

아무 말 없는 것은 맛있다는 뜻이리라. 소임은 선호가 조용하니까 어깨가 으쓱 올라갔다. 민망함을 참고 만두 하나를 더 집어온 보람이 있었다.

그냥 맛있는 게 아니라 엄청 맛있었는지, 선호는 아예 카트 방향을 돌려 만두 코너로 갔다. 우쭐해진 소임은 그를 따라가며 옆에서 조잘거렸다.

"그봐요. 맛있다니까! 지금 신제품 출시 기념으로 하나 사면 하나 더 준대요. 군만두랑 찐만두랑 세트로. 이 씨가 방금 먹은 건 군만두."

선호는 소임이 가져온 고추 만두 시식대 앞에서 카트를 멈췄다. 만두 판매원은 소임을 알아보고 반가움을 표했다.

"어머, 맛있게 먹더니만 남편 데려왔구나."

남편이라니! 깜짝 놀라 아니라고 부정하려던 소임은 본능적으로 입을 다물었다. 판매원이 증정 제품을 꺼냈기 때문이다.

"그래, 잘 생각했어요. 지금 딱 좋은 기회예요. 이거 진짜 맛있어서 나도 어제 퇴근하고 세 봉지나 사 갔어. 매콤하니 자꾸 들어가. 특별히 증정으로 이거 하나 더 붙여 줄게요."

증정용으로 한 팩 더 붙여 준다는데 괜히 판매원의 심기를 거슬러서는 안 됐다. 소임은 감사하다고 눈웃음을 지어 보이기만 했다.

선호와 함께 만두 코너를 벗어나자마자 소임은 재빨리 말을 붙였다. 혼자 얌체처럼 시식하고 다녔던 과거를 미화하기 위해서라도 생색을 부리고 싶었다. 그녀는 짐짓 젠체를 했다.

"이 씨 나 덕분에 엄청 이득 봤네요? 증정용에 만두 세 개나 들어 있잖아요. 그거 은근히 많은 거예요. 한 봉지에 열두 개 들어 있어요."

"얼마나 많이 먹었으면 판매원이 기억합니까?"

소임의 속에서 또다시 감정이 울컥 차올랐다. 덕 봐 놓고는 어떻게 저렇게 얄밉게 구는지. 그녀는 선호를 비밀스럽게 째려보다가 그와 눈이 마주치자 절대 그런 적 없다는 것처럼 순진한 표정을 지었다.

"글쎄요. 내가 좀 복스럽게 먹었나 보죠?"

"아주 맛있게 먹는 것처럼 보이긴 했어요."

그가 피식 웃으면서 카트를 밀었다.

'왜 저렇게 얄미울까 몰라.'

소임은 그의 너른 등을 노려보다가 허겁지겁 따라갔다. 조금만 늦춰지면 또 시식하고 왔다고 생각할지도 모른다. 이제 더는 시식에 눈 뒤집힌 인간처럼 보이고 싶지 않았기에 그녀는 선호의 옆에 찰싹 붙어 있었다.

장을 다 본 뒤에 선호는 고맙게도 양손 가득인 짐을 소임의 차까지 가져다줬다. 물어보니까 선호는 걸어왔다고 했다. 바로 옆집 사는데 혼자만 쌩하니 가 버리기 좀 그래서 소임은 그를 옆자리에 태우고 마크팰리스로 돌아왔다.

소임은 자신이 그와 멀리해야 하는 이유를 어느새 까먹고 있었다는 것을 알아차렸다. 그와 가까이 얽히는 일은 피하려고 했는데 어쩌다 보니 평소보다 더 친근하게 지내는 것 같았다.

성실해 보이는 겉모습과는 달리 선호는 사생활이 복잡한 남자다. 그래서 분명히 상종하지 말아야 할 부류라고 여겼는데…… 막상 같이 있을 때 끔찍하다는 인상이 들지 않았다. 음흉하게 사람 마음을 조종하는 것 같지도 않았고, 뭐랄까, 그냥 시비를 많이 걸어댈 뿐이었다.

소임은 선호를 어떻게 대해야 할지 참 아리송했다. 그와 거리를 두어야 할 이유가 점점 흐릿해지는 것 같았다.

'근데 어차피 친하지도 않은데 애초에 거리를 두고 말 게 있나?'

소임은 과연 자신이 선호와 그동안 친하게 지냈었는지 기억을 더듬어 보다가 아니라는 결론을 내놓았다.

그 증거로, 지금도 멀리 떨어져 서 있다. 엘리베이터 구석에 붙은 소임은 무표정한 선호를 살폈다. 그는 아까부터 무척이나 조용했다. 어색한 적막을 견딜 수 없었던 그녀가 먼저 입을 뗐다.

"집에 가면 이제 뭐 할 거예요?"

"쉴 겁니다."

소임의 입이 부루퉁 튀어나왔다.

'봐. 이렇게 말도 짧잖아.'

그녀는 자신이 과민반응하고 있었다고 인정했다. 선호에게 자신은 어차피 별 존재감이 없다. 대화를 길게 나누지도 않는 사이니까.

그녀는 그를 피해 다녔던 제 모습이 우습게 느껴졌다. 길에 놓인 돌멩이 하나가 무서워서 길가를 빙 둘러서 지나다녔던 꼴이지 않은가. 하등 신경 쓸 필요가 없었는데 말이다.

12층에 도착한 엘리베이터 문이 열리고, 선호가 지나가듯 말했다.

"만두 쪄 줄 테니까 놀러 오든지."

솔깃한 제안이었다.

'만두?'

소임은 잠시 고민하다가 고개를 절레절레 저었다.

"안돼요."

"왜요."

"우리 아빠가 외간 남자 집에 함부로 들어가는 거 아니랬어요."

"옆집 잠깐 들렀다 가는 거로 유난은."

선호는 기분 상한 듯이 들고 있던 짐을 소임에게 휙 내밀었다.

"가세요. 만두 나 혼자 다 먹을 겁니다."

그에게서 짐을 넘겨받은 소임은 다시 고민에 빠졌다. 처음에 거절했던 것은 분명히 자신인데, 선호가 이렇게 또 밀어내니까 괜히 손해 보는 느낌이 들었다.

'아까 먹은 만두가 맛있긴 했었는데.'

고소한 육즙 가득한 그 맛을 떠올리자 입에 군침이 돌았다. 누가 공짜로 준다면 당장 달려가서 먹어야 할 그런 맛이었다. 꿀꺽 침을 삼킨 소임은 주저하면서 물었다.

"만두 찌는 데 몇 분 걸리는데요?"

눈썹을 까닥거린 선호가 비닐봉지 안에 든 만두 봉지를 꺼냈다. 소임은 이유 없이 조마조마했다. 포장지를 유심히 살펴보던 그가 간단히 답했다.

"15분 찌라고 되어 있네요."

소임은 어쩔 수 없다는 듯이 말했다.

"잠깐만 기다려 보세요."

집 도어락을 해제한 후 그녀는 현관에 짐을 놓고 다시 문을 닫았다. 냉장고에 넣어 놓을 상품은 없으니 잠깐 현관에 놔 둬도 괜찮을 것이다. 손이 가벼워진 소임은 새침하게 선언했다.

"딱 30분만 있다 갈 거예요."

"31분 되면 빗자루 들고 내쫓을 겁니다."

흥, 코웃음을 친 소임은 선호가 현관문을 열자마자 후다닥 신발을 훽 벗고 1202호 안으로 들어갔다. 마크팰리스에 10년을 넘게 살았어도 이웃집에 들어가 본 적 없는데 어째서인지 선호네 집에는 자주 들어오는 것 같다는 생각이 얼핏 떠올랐지만, 곧 먹을 만두 생각이 머릿속을 가득 채웠다.

* * *

선호가 찜기를 불 위에 올리는 동안 소임은 얌전히 소파에 앉아 있었다. 지난번에 술 취한 그를 소파에 눕혀 줬을 때도 생각한 거지만 그의 집은 일반적인 가정집과 다르게 휑한 느낌이 있었다. 새로 이사해서 그렇다고 치기에는 그가 1202호에 들어온 지도 반 년이 넘었다.

선호가 인테리어에 큰 욕심이 없는 편인가 싶기도 했다. 사실 따지고 보면 TV, 에어컨, 공기청정기, 무선청소기 심지어 로봇청소기 같은 전자제품은 다 있는데 어딘지 모르게 황량했다. 사진 담긴 액자라든지, 아기자기하고 자그마한 소품들이 전혀 없어서 그럴지도 모른다. 마치 깔끔하게 꾸며진 모델 하우스를 보는 듯했다.

'자고로 물건이 조금 흐트러져 있어야 사람 사는 집 같지 않나?'

소임은 베란다를 확장해서 더욱 넓어 보이는 거실을 훑어보았다. 매일 청소기만 돌리고 사나 싶을 정도로 바닥이 너무 깨끗했다. 탁자에 놓인 리모컨마저도 너무 반듯했다. 아마 선호가 제 방을 보면 기겁할 거라고 확신하며 소임은 리모컨을 집었다.

선호 집의 TV는 무척이나 컸다. 사이즈는 소임의 집 TV보다 큰데 화질은 더 좋은 것 같아서 소임은 혀를 내둘렀다.

요즘 과학기술이 이렇게 발전했나 싶어서 감탄이 나왔다. 재식에게 집 TV 좀 바꾸자고 건의해야겠다고 생각하면서 채널을 바꾸다가 좋은 것을 발견했다.

"어, 이거 그건데."

호평이 자자하던 고전 영화가 방영되고 있었다. 영화제 상을 싹 쓸어 가고 많은 사람의 인생 영화라 꼽힌다는 외국 영화. 남들 다 봤다지만 소임은 보지 않았던, '언젠가는 봐야지' 하고 미뤄 두었던 바로 그 영화였다. 방송 시간을 확인하니 이제 막 시작한 듯했다. 소임은 흥미진진하게 영화를 시청하기 시작했다.

영화는 몰입감이 상당했다. 소임은 금세 영화에 푹 빠졌다. 넋 놓고 보고 있다가 선호가 내온 만두를 기계적으로 집어 먹었다. 그래도 잘 먹겠다고 인사하는 것은 잊지 않았다.

시선을 TV에 고정한 채 우물우물 만두를 먹던 소임은 멈칫했다. 어느새 그릇이 비어 있었다. 처음에 몇 개가 있었나 기억을 더듬어 보니 적어도 여섯 개는 있었던 것 같다. 그러면 반 봉지를 혼자 다 먹은 게 되는데 아직 배가 덜 찬 듯했다.

하지만 남의 집에서 간식 얻어먹는 입장에 배고프다고 칭얼거릴 수도 없는 노릇이라 소임은 어른스럽게 젓가락을 내려놓았다. 시계를 보니 처음에 단언했던 30분이 다 지나 있었다. 소임은 슬쩍 선호의 눈치를 보았다. 천천히 먹는 편인 그의 접시에는 아직 만두 두 개가 남아 있었다. 그리고 그의 눈도 TV에 고정되어 있었다.

영화 보는 흐름이 끊기고 싶지 않았던 그녀는 가만히 있기로 했다. 약속했던 31분이 지났지만 선호가 아직 눈치채지 못한 듯 하니 조금 더 영화를 보는 거다.

"변 씨."

그러나 숨죽이고 있던 소임은 갑작스레 들려온 목소리에 화들짝 놀랐다.

"네, 네?"

"아직 배 안 찼죠?"

묻는 의도를 모르겠어서 소임은 머리를 열심히 굴리다가 조심스럽게 반문했다.

"왜…… 그렇게 생각하시죠?"

"자꾸 내 접시 흘끔거리길래."

"아니에요! 그냥 본 거예요."

"그럼 나 혼자 먹어야지."

선호가 벌떡 일어나 부엌으로 갔다. 소임은 눈치를 살폈다.

'아직 만두가 더 남아 있나? 조금 더 먹을 수 있다고 말할 걸 그랬나?'

자동으로 입에 군침이 생기기 시작했다. 자존심을 지키는 것과 솔직해지는 것 사이에서 갈팡질팡하던 소임은 결심했다.

약간의 용기만 내면 행복해질 수 있다. 요구하지 않아서 제 몫 못 챙겨 먹는 것은 미련한 짓이다. 어른이라면 자기 의사를 확실히 표현할 수 있어야 한다. 그녀는 목소리를 살짝 높였다.

"어…… 조금 더 먹을 수 있을 것 같긴 해요!"

"알았어요."

대수롭지 않은 어투를 듣고 소임은 만족스럽게 웃었다. 그래, 생각보다 상대방은 이쪽을 크게 신경 쓰지 않고 있다. 선호는 그녀가 먹보라고 절대 생각하지 않을 것이다. 소임은 흐뭇하게 기다렸다.

선호는 빨갛고 큼직한 딸기가 박힌 롤케이크를 내왔다. 그것도 예쁜 접시에 담아서. 그가 디저트까지 내줄 줄은 몰랐기에 소임은 꽤 놀랐다. 롤케이크는 오늘 아침에 사 온 것처럼 촉촉해 보였다. 모양을 보니 수제 빵집에서 만든 느낌이었다. 그녀는 선호의 집에 케이크가 있다는 점이 아주 많이 의외였다.

"케이크도 있어요? 집에 손님 자주 와요?"

선호는 어이없다는 표정을 지으며 본인 접시의 케이크를 포크로 잘라 먹었다.

"내 입은 입도 아닙니까?"

소임은 순식간에 머쓱해졌다.

'맞아. 이 씨도 케이크를 먹을 수 있지.'

워낙 운동을 열심히 하는 사람이라 당 높은 디저트는 잘 안 먹을 것 같았다. 가끔 외식할 때 먹는다고 쳐도 집에 사다 둘 정도로 케이크를 좋아하지 않을 거라고 생각했다. 선호는 카페에서도 시럽을 넣지 않은 아메리카노만 마시는 타입이니까.

민망했던 소임은 부러 너스레를 떨었다.

"이렇게 맛있는 게 집에 있으면 가끔 손님 초대도 해 주고 그러세요."

"나 혼자서 다 먹을 겁니다."

심술 맞은 답변이 돌아오자 소임도 심기가 살짝 불편해졌다.

'농담도 몰라?'

선호가 삐딱하게 나오니 자신도 심술을 부리고 싶어졌다. 그를 살짝 흘겨보던 그녀는 소심하게 꿍얼거렸다.

"근데 이거 칼로리 되게 높을걸요?"

"먹는 만큼 운동하니까 괜찮아요."

그렇다면 할 말이 없다. 소임은 가만히 포크를 들었다. 롤케이크를 입가에 가져간 그녀는 먹기 전에 잠시 망설였다. 조금 전의 대화가 갑자기 신경 쓰이기 시작했다. 케이크는 칼로리가 높다. 그리고 자신은 선호와 다르게 운동도 안 한다.

오늘 시식도 많이 한 데다가 방금 만두도 여섯 개나 먹었다. 하루 치 권장 칼로리를 너무 초과한 건 아닌가 걱정하던 소임은 이내 깔끔히 포기했다. 칼로리를 걱정하려면 진작 걱정했어야 옳다. 이미 오늘은 늦었다고 생각하며 케이크를 입에 넣었다.

소임의 눈이 동그래졌다. 어마어마하게 맛있는 케이크였다. 고소한 우유의 맛과 풍부하게 느껴지는 생크림은 혀에 닿자마자 사르르 녹았다. 케이크 시트도 폭신폭신한 것이 몹시 매력적이었다.

상큼한 딸기가 들어가 있어서 느끼하지도 않았다. 자꾸 끌리는 맛이라서 소임은 홀린 듯이 포크질을 했다. 몇 번 먹지도 않은 것 같은데 접시는 금세 바닥을 보였다.

"되게 잘 먹네요."

소임은 포크를 입에 넣은 채로 어정쩡하게 굳었다.

'남이 먹는 걸 왜 이렇게 바라보는 거야?'

자신을 무슨 괴생명체 보듯 빤히 바라보는 선호의 눈길에 부담을 느끼는 와중에도 혀는 착실하게 포크를 핥았다. 포크를 입에서 뺀 소임은 얼굴이 살짝 달아오르는 것을 느끼며 새침하게 대꾸했다.

"맛있으니까요."

"집에 갈 때 좀 줘요?"

소임은 눈을 동그랗게 떴다. 정말 뜻밖이었다. 그가 이런 호의를 베풀 리 없다고 생각하면서도 입은 저절로 움직였다.

"그래도 돼요?"

"아까 변 씨가 혼자 다 먹으면 돼지 된다면서요."

"그렇게 말 안 했어요!"

"어쨌든. 가져갈 거예요?"

준다는데 안 받는 건 바보 같았다. 좋은 제안에 기분이 누그러진 소임은 턱을 살짝 안으로 당기고 부드럽게 대답했다.

"뭐, 이 씨의 건강을 생각해서 제가 좀 처리를 도와줄게요."

"이따가 줄게요. 지금은 영화 좀 보고."

"네에."

소임은 그가 자신을 쫓아내지 않은 것에 안도하며 다시 영화에 집중했다.

빈 접시를 부엌에 가져간 선호는 거실로 올 때 또 손에 뭔가를 들고 왔다. 이번에는 따뜻한 차였다. 소임은 선호가 무척이나 새로이 보였다. 어쩌면 아주머니들의 평가대로 인성이 괜찮은 청년일지도 모른다. 손님에게 먹을 걸 계속 갖다 주니까. 소임은 향긋한 허브 향을 느끼며 차를 홀짝였다.

한동안 조용히 영화를 시청하던 선호가 갑작스럽게 말을 걸었다.

"그 남자랑은 어떻게 됐습니까?"

"어떤 남자요?"

"맞선본 사람이요."

소임은 선호의 표정을 살폈다. 그의 시선은 화면에 고정되어 있었다. 크게 관심이 있어 보이는 눈치도 아니고, 그냥 예의상 묻는 것에 가까워 보였다.

'별로 신경도 쓰지 않을 거면서 왜 물어본대? 설마 내가 까였을 거라고 짐작해서 물어보는 건가?'

소임은 입을 삐죽이며 대답했다.

"어떻게 되긴요. 그냥저냥 됐죠."

"어제 안 만났어요?"

뒤늦게 아차 싶었다. 이래서 사기도 똑똑한 사람이 쳐야 한다는 말이 있는 거구나. 소임은 자신이 예전에 선호에게 보냈던 문자—그 남자를 토요일 저녁에 만나기로 했다—를 떠올리며 태연히 말을 꾸며 냈다.

"만났는데 일찍 헤어졌어요."

"왜요?"

"그냥 대화가 재미없었어요."

소임은 맞선 상대, 곽수택을 떠올렸다. 얼마나 됐다고 그새 기억이 가물가물했다. 생김새도 흐릿했지만, 그가 어떤 사람이었는지는 대충 생각났다. 제 자랑만 잔뜩 했던 사람.

"그리고 그 남자 머리숱도 없었어요. 아직 삼십 대인데 벌써 정수리가 보였다구요. 그래서 제가 대화에 집중 안 하긴 했었어요."

아무 생각 없이 뱉어 놓고 소임은 가슴이 철렁했다.

'이러면 외모지상주의처럼 보이려나?'

소임은 지난번에 그가 기분 나빠했던 이유를 떠올렸다. 맞선 상대에 대한 정보를 모른다고 선호는 얼굴을 찌푸렸다.

'같은 남자라고 또 싫어하려나?'

가슴을 졸이며 그를 쳐다보았다. 걱정과는 다르게 그는 미소를 머금고 있었다.

소임은 정말 얼떨떨했다.

'어……? 왜 웃지?'

그가 비웃는 것 같지는 않았다. 오히려……. 그럴 리가 없는데 다정해 보였다.

당황한 소임은 찻잔에 코를 박았다. 눈알만 돌려 그를 슬쩍 살펴보았다. 기분 탓인지, 내내 무표정하던 선호의 얼굴이 부드럽게 풀려 있는 것도 같았다. 참 이상하다고 생각하며 소임은 차를 들이켰다. 뜨거운 것을 마셔서 그런지 몸이 조금 더워지는 것도 같았다.

멍하니 앉아서 영화를 보던 소임은 엔딩 크레딧이 올라가는 것과 동시에 소파에서 벌떡 일어났다. 감동은 집에 가서 만끽하는 게 좋을 듯했다.

"저 갈게요. 만두랑 케이크 잘 먹었어요. 허브 차도요."

"잠깐만요."

선호가 따라서 일어나자 소임의 심장이 쿵 떨어졌다. 그녀는 흠칫하며 선호에게 가만히 있으라는 손짓을 취해 보였다.

"그냥 계세요. 잡아도 저 집에 갈 거예요."

"케이크 안 가져갑니까?"

"아, 맞다."

소임은 빠르게 이해하고 손을 내렸다.

그가 소파에서 일어난 이유를 알게 되었지만, 마음을 놓을 수 없었다. 정말 이상하게도 뭔지 모를 긴장감에 어깨가 바짝 굳었다. 소임은 혼란스러운 기분을 느끼며 거실에 우두커니 서 있었다.

선호가 케이크를 상자 째로 건네주자 소임은 잠시 망설였다. 상자 위 투명한 비닐을 통해 내용물을 보니 딱 그와 자신이 먹은 것만 빼고 남은 것을 그대로 준 듯했다. 너무 많이 주는 거 아닌가 싶었지만, 선호에게 말을 걸 수가 없었다. 대화가 길어지는 게 싫었다.

소임은 어서 자리를 피하고 싶었다. 빨리 자신의 집으로 돌아가서, 제 침대에 눕고 싶었다. 아무도 들어오지 못하는 자신만의 공간에. 그 정도로 갑자기 숨이 막혔다. 그녀는 혹시나 해서 선호에게 단단히 일렀다.

"절대 나오지 마세요. 바로 옆집인데."

"네. 가세요."

선호는 고개를 끄덕이더니 소파에 앉았다. TV 채널을 바꾸는 것을 보니, 처음부터 배웅해 줄 계획이 없었던 것처럼 보였다. 떡 줄 사람은 생각도 없는데 괜한 소리를 했다고 자책하며 소임은 현관으로 향했다.

'어?'

신발을 신으려던 소임은 멈칫했다. 아까 들어올 때 제멋대로 휙 벗어 두었던 것 같은데 신발 두 짝이 가지런히 정리되어 있었다.

'설마 이 씨가 해 놨나?'

그녀는 선호가 있는 거실 쪽을 흘끗 바라보다가 허리를 굽혀 신발 한 짝을 들어 올렸다. 그러고는 조심스럽게 코를 킁킁댔다.

다행이다. 냄새는 안 났다.

안도의 미소를 지었다가 소임은 제 행동에 까무러치게 놀랐다.

'뭐야! 냄새나든 말든 무슨 상관이야? 어차피 이 씨한테 잘 보일 것도 아닌데.'

설마 선호도 남자라고, 그에게 잘 보이고 싶은 마음이 있는 건가 싶어서 스스로에게 기가 찼다. 제 교활하고 나약한 면모에 부르르 떨던 소임은 역시 아까 만두를 먹고 트림을 해야 했다고 후회하며 1202호를 나왔다.

10. 상대적 박탈감

며칠 전에 중학교 중간고사가 끝났다. 약속대로 소임은 아이들에게 피자를 시켜 줬다. 그동안 아이들은 주말에도 학원에 나와서 추가로 공부하는 열성을 보여 줬다. 애들을 행복하게 해 주기는 참 쉽다고 생각하며 소임은 턱을 괸 채로 아이들을 지켜봤다.

"야, 너 왜 또 큰 거 먹냐?"

"크긴 뭐가 커. 똑같아."

"뭐가 똑같아. 너 눈 삐었냐?"

아이들은 피자 크기를 가지고 투덕댔다. 소임은 '또 시작이구나' 하고 한숨을 쉬었다. 혈기 넘치는 중학생들은 매일 아웅다웅했다. 이러다 분위기가 조금 더 과열되면 욕이 튀어나온다. 그녀는 소란을 미리 방지하기 위해 손바닥으로 책상을 쿵쿵 두들겨 경고했다.

"조용! 규현이, 누가 친구한테 눈 삐었다고 하래? 선생님이 고운 말 쓰랬지?"

주의받은 남학생이 억울한 듯 목소리를 높였다.

"얘가 자꾸 큰 거만 먹잖아요. 그리고 치즈도 붙은 거 다 가져가고."

규현과 피자를 공유하던 다른 남학생, 기윤도 지지 않고 목청을 키웠다.

"아니, 원래 이렇게 잘려 있었는데 내가 무슨 일부러 그런 것처럼 말하냐? 너도 처음에 제일 큰 거 먹었잖아."

"아, 나 진짜 얘랑 같이 먹기 싫은데!"

규현이 신경질을 내며 의자 뒤로 몸을 눕혔다. 누구는 같이 먹고 싶은 줄 아느냐고 옆에서 톡 쏘아붙이는 기윤 탓에 분위기는 더욱 흉흉해졌다. 거의 프로레슬링 경기를 하는 것처럼 서로에게 눈을 부라리고 있는 두 남학생 때문에 소임은 머리가 지끈거렸다.

'기운도 좋아…….'

저렇게 지치지 않고 싸울 수 있는 체력이 부러울 지경이었다. 소임은 다시 한번 경고했다.

"규현이랑 기윤이, 싸우기만 해 봐. 앞으로 피자 절대 안 시켜 줘."

그 말이 끝나자마자 조용하던 아이들이 규현과 기윤을 향해 한마디씩 던졌다.

"야. 그냥 조용히 먹어."

"시끄럽게 하지 좀 마. 너희 때문에 피자 파티 없어지면 어쩔 거야."

쏟아지는 친구들의 타박에 기윤과 규현은 금방 조용해졌다.

소임은 다시금 실감했다. 어른이 타이르는 것보다 또래 압력이 더 효과적이다. 선생님이 경고해도 계속 투덕거리던 애들이 친구들의 압박에는 입을 순순히 다물지 않는가.

싸우던 아이들이 조용해지니 교실에는 피자를 먹는 소리밖에 나지 않았다. 소임은 교실에 찾아온 평화를 느긋이 즐겼다.

그녀가 맡은 중학교 2학년 퀴리 반은 학생이 여덟 명이었다. 남자 다섯, 여자 셋. 사이 좋게 번갈아 가면서 한 명씩 결석하긴 하지만 피자 파티를 하는 오늘은 당연히 출석률이 100%였다.

대답이 무척이나 활발한 경지나 우진의 반에 비하면 퀴리 반은 매우 소극적인 편이었지만, 그래도 소임은 크게 걱정하지 않았다. 퀴리 반 아이들의 성적 상승률이 가장 높았기 때문이다.

소임은 아이들에게 수집한 중간고사 시험지를 다시 훑어보았다. 학원 선생님인 만큼, 아이들의 성적을 올려 줘야 할 의무가 있었다. 학부모들이 그녀에게 기대하는 것이 바로 그것이니까.

'94점, 92점, 98점…… 아이고, 민희는 2점짜리를 틀렸네.'

안타까움에 혀를 차던 소임은 다음 시험지를 발견하고 심각해졌다. 갈릴레오 과학 학원에서부터 그녀를 따라온 민수의 시험 점수는 28점. 여덟 명 중에서 가장 점수가 낮았다.

그래도 명색이 소임에게서 가장 오래 배운 학생인데 점수가 처참하니 그녀는 근심할 수밖에 없었다.

평균이 80점이라는 과학 시험에서 28점이라면 하위권이다. 다른 학생의 것과 비교할 때 민수의 시험지는 아주 깨끗했다. 컴퓨터용 사인펜으로 답만 간단히 체크 되어 있었다.

오래전, 소임이 고등학교에 재학하던 때, 수학 선생님은 10년 동안 학생들을 가르치면서 컴퓨터용 사인펜으로 문제를 풀었는데 점수가 높은 학생을 딱 두 명 봤다고 하셨다. 한 명은 우리나라 최고 대학의 의예과에 진학했고, 다른 한 명은 과학 인재를 양성하는 특수목적으로 설립된 대학교에 갔다.

민수가 그런 부류의 천재라면 소임도 너무나 기쁘고 자랑스럽겠으나, 빨간색 색연필로 찍찍 쓰인 '28점'이라는 숫자는 그의 천재성을 입증해 주지 않았다. 그녀는 음산한 목소리로 민수를 불렀다.

"민수야."

"왜요?"

민수는 피자를 와앙 베어 물며 대답했다. 중학교 2학년이지만 얼핏 보면 고학년 초등학생으로 보일 정도로 덩치가 작은 민수는 날쌘 다람쥐처럼 까불거리는 장난꾸러기였다. 여자애들에게 짓궂은 장난치기를 좋아해서 소임에게 많이 혼나곤 했다.

"연필로 문제 푸는 성의는 보여 주지 그랬니?"

"샤프 안에 샤프심이 없었어요."

"친구한테 빌려 달라 하지."

"근데 다들 B심밖에 없는 거예요. 저 HB 아니면 안 쓰거든요.

딱딱한 게 좋아요. 그래서 그냥 컴싸로 풀었어요."

민수의 얘기를 들은 소임은 더욱 낙심했다. 문제를 푼 거였다니. 차라리 찍었다고 했으면 훈계라도 할 수 있을 텐데 말이다. 그녀는 민수의 과학 성적이 꾸준히 2, 30점 부근을 맴돈다는 사실을 떠올렸다.

이제 내년이면 중학교 3학년이 되는데, 과연 50점을 넘길 수 있을 것인가? 소임은 3년 동안 가르친 제자가 성장하는 모습을 보고 싶었다.

민수가 쩝쩝거리며 물었다.

"쌤, 근데 저 질문 있어요."

"응?"

소임은 시험지에서 눈을 떼고 민수를 바라봤다.

"왜 공부를 잘해야 해요?"

소임은 긴장했다. 이런 것은 가볍게 받아칠 수 있는 질문이 아니다. 몹시 어렵고, 철학적인 주제다.

나머지 아이들도 말똥말똥한 눈으로 소임을 쳐다보고 있었다. 그녀는 어른으로서 아이들의 학업 의욕을 고취할 책임이 있었다.

어떤 대답을 내어놓아야 아이들에게 희망적이고 긍정적인 인상을 심어 줄 수 있을까 머리를 굴렸다.

진지한 그녀와 정반대로 민수는 태평했다.

"저 게임 잘해요. 사람은 잘하는 걸 하고 살아야 하는 거 아니에요? 저 프로게이머 될 거예요. 근데 엄마는 저보고 공부만 하라고 해요. 오늘도 싸웠어요."

소임이 생각하기에도, 잘하는 게 있으면 그걸 하고 사는 게 제일 좋았다. 요즘 프로게이머들도 아이돌 뺨치게 인기 있지 않은가. 돈도 많이 번다고 들었다.

하지만 민수에게 '네 꿈을 좇으렴' 같은 말을 해 줄 수 없었다. 그녀는 민수 어머니에게 학원비를 받고 있다. 제 아들 좀 잘 가르쳐 달라며 간곡히 부탁하는 어머니를 어떻게 외면하겠는가.

특히 지금처럼 질풍노도의 시기를 겪고 있는 민수에게 무작정 응원하는 말만 했다가는 헛바람이 들 수도 있었다. '학원 선생님은 이렇게 말했는데 왜 엄마는 그러느냐?' 하면서 집 안에서 강짜를 놓을 수도 있는 것이다.

그래서 소임은 식상하지만 모범적인 답변을 내놓을 수밖에 없었다.

"민수야, 공부를 잘하면 게임도 더 잘할 수 있어."

"왜요?"

"좀 더 전략적으로 사고하는 방법을 깨닫게 되잖아. 예를 들어서, 음, 수학 문제를 푼다고 가정하자. 답 구하는 방법이 한 가지가 아니잖아? 이렇게도, 저렇게도 풀 수 있는 거지. 그것처럼 게임할 때도 적에게 접근하는 방식을 여러 가지 생각해볼 수 있어. 그럼 게임을 더 잘하게 되겠지? 또 아직 네 나이에 직업을 확실히 정하기엔 일러. 훗날 민수가 갑자기 의사가 되고 싶어질 수도 있잖아. 만약 공부를 잘하면 직업 선택의 폭이 넓어진단다. 그러니 지금은 공부를 열심히 해 놓는 게 좋을 거야. 게임은 대학에 간 후에도 많이 할 수 있어."

"아아, 넵."

민수는 피자를 쩝쩝 먹으면서 그럴 줄 알았다는 말투로 말했다.

"쌤도 우리 엄마랑 똑같은 말 하네요."

대화에 흥미가 없어졌는지, 민수는 핸드폰을 만지작거리기 시작했다.

소임은 입을 다물었다. 애들에게 자신이 고리타분한 어른처럼 보이리라고 생각하니 조금 씁쓸했다.

'근데 뭐, 고리타분한 건 맞지.'

퀴리 반 아이들은 열다섯 살. 그리고 소임은 서른한 살. 그들에겐 강산이 바뀌고도 남는 시간의 나이 차가 있었다. 그녀는 종종 아이들이 사용하는 신조어를 이해하지 못해서 되묻곤 했는데, 애들은 그럴 때마다 '선생님은 그것도 모르냐'며 깔깔대곤 했다.

소임은 어서 자신의 또래와 어울리고 싶은 충동을 느꼈다. 오늘 수업을 일찍 끝내고 경지와 우진이와 함께 돼지갈비를 먹으러 가기로 했다. 아마 거기서는 최신 유행에 뒤처진 기분을 느끼지 않을 것이다.

* * *

소임은 우진과 함께 학원 건물 앞에 서서 경지를 기다리고 있었다. 그런데 화장실에 들렀다 온다고 했던 경지보다 남자 두 명이 더 빠르게 건물을 빠져 나왔다. 우진은 헤벌쭉 웃으며 인사했다.

“형들, 퇴근하세요?”

“응. 저녁 먹으러 가려고.”

진수가 우진에게 손을 들어 아는 척을 해 보이며 소임에게도 반갑게 인사했다.

“소임 씨, 오늘은 일찍 집에 가시나 봐요?”

“네, 저희 오늘은 학원 좀 일찍 닫고 다 같이 밥 먹으러 가요. 애들 중간고사 끝났거든요. 그래서 회식 좀 하려고요.”

소임은 진수에게 상냥히 대답하며 우진을 흘끗댔다. 우진은 그새 선호에게 찰싹 달라붙어 시계를 새로 사셨느냐며 호들갑을 떨고 있었다. 그녀는 우진이 붙임성에 더불어 관찰력까지 끝내준다고 생각했다. 그 짧은 시간에 대체 어떻게 시계가 새 것인지 알아본 걸까? 자신은 암만 봐도 모르겠구만.

“오, 저희도 오늘 축하 파티하는데.”

우진이 진수의 말에 귀를 쫑긋 세우며 달려들었다.

“뭐 좋은 일 생기셨어요?”

“응. 프로젝트 잘 마무리한 기념으로. 오늘 돈 들어왔거든.”

"와아, 축하드려요. 뭐 드시러 가세요?"

"소갈비 먹기로 했어."

"우와……. 진짜 부럽다. 나도 소갈비 먹고 싶다."

우진이 넋 나간 것처럼 중얼거리며 입맛을 다셨다. 소임은 그가 지금만큼 철없게 느껴진 적이 없었다. 그런 건 속으로 생각했으면 좋으련만. 아니면 적어도 선호와 진수가 없을 때 말해 줬으면 좋았을걸. 고장 난 기계처럼 '우리는 돼지갈비 먹는데…….' 만 반복하니까 소임은 악덕 고용주가 된 느낌이었다. 소고기 따위는 절대 사 주지 않고 가성비 따져서 돼지고기로만 회식 퉁 치려는 쩨쩨한 고용주.

침 흘리기 직전인 우진을 귀엽다는 듯이 보던 진수가 흔쾌히 제안했다.

"소갈비 먹고 싶어? 그럼 우리 팀에 낄래?"

소임은 내심 우진을 믿었다. 설마 우진이 그 정도로 낯짝이 두꺼울 것 같지 않았다. 남의 회식 자리에 왜 가겠는가? 아무리 외향적인 우진이라도 그건 부담스러울 것이다.

"헐! 완전 좋아요! 형 최고!"

우진은 응원하던 축구팀이 이긴 것처럼 주먹을 꽉 쥐고 흔들며 환호성을 질렀다. 소임은 심한 배신감을 느꼈다.

"우리랑 같이 회식해요, 소임 씨. 저희가 쏠게요."

"어우, 아니에요. 괜찮아요. 저희 신경 쓰지 마시고 두 분이서 맛있게 드세요."

진수는 살갑게 재차 권했다.

"에이, 그러지 마시고요. 같이 밥 먹어요. 지희도 오기로 했거든요. 이번 기회에 한번 얼굴 같이 봐요."

"오오, 사모님도 참석하시는군요. 식당으로 바로 오신대요?"

우진은 살랑살랑 꼬리 흔드는 여우처럼 진수에게 알랑거렸다. 소임이 우진에게 가만히 좀 있으라고 눈치를 주었으나, 이미 그는 소갈비에 정신이 팔린 것 같았다. 그녀의 굳은 표정에도 우진은 아랑곳하지 않고 눈을 반짝거리며 매달렸다.

"소임 쌤, 우리도 소갈비 먹으러 가요. 형들 좋은 일 생겼는데 우리도 끼어야죠. 축하 파티에는 사람이 많아야 기분이 나잖아요."

"어? 우리 소갈비 먹어요? 안녕하세요?"

때마침 건물을 빠져나온 경지도 화기애애한 분위기 속에 끼어들었다. 우진은 지원군의 등장에 함박웃음을 지었다.

"경지 누나, 형들이 소갈비 사 준대요. 누나도 돼지보단 소가 좋죠?"

"그걸 말이라고 하니? 난 원래 소 좋아했어. 음메에."

경지는 까르르 웃으면서 어느 소갈비집을 가시느냐, 거기는 가격에 비해 좀 양이 적다, 그래도 비싼 값을 하긴 한다면서 신나게 조잘거렸다

소임은 언제 그렇게들 친분을 쌓았는지 궁금했다. 옆 사무실의 회식에 끼는 것에 어색함을 느끼는 사람은 그녀 혼자인 것만 같았다.

슬쩍 선호의 동향을 살폈으나, 그는 별 생각이 없는 듯했다. 사교적이지 않은 그마저도 가만히 있는데 자신만 유난히 부담을 느끼는 건가 싶어 소임은 싱숭생숭했다.

"가실 거죠, 소임 씨?"

"언니, 가요. 소갈비 사 주신대잖아요."

"소임 쌤, 가요, 제발. 저 소갈비 진짜 먹고 싶어요."

모두가 자신의 허락만 바라고 있었다. 양 옆에서 경지와 우진이 팔을 잡고 졸라 대니 소임은 식은땀이 났다. 여기서 거절하면 분위기가 무척이나 싸해질 것 같은 위기감이 들었다. 결국 어영부영 승낙했다.

"그럼 뭐…… 그럴까요?"

"아싸!"

우진과 경지가 기뻐하는 모습을 보니 소임의 기분도 썩 나쁘지 않았다. 그래, 따지고 보면 같이 회식하는 게 아예 뜬금없는 일은 아니다. 몇 개월간 같은 층을 공유했고, 앞으로도 계속 볼 사람들이지 않은가? 다 같이 밥 한번 먹을 때도 됐다.

게다가 진수와 선호는 그동안 꽤 깊은 인내심을 보여 줬다. 애들이 시끄럽게 복도를 뛰어다녔는데도 불평하지 않았다. 소임도 그 부분에 관해서는 큰 고마움을 느끼고 있었다.

'어? 그럼 내가 대접해야 하는 거 아닌가.'

문득 부담감을 느낀 소임은 흘깃 옆을 바라보았다. 건물 앞에서는 분명 다섯 명이 같이 있었는데 어느새 짝이 나누어져 있었다.

활발한 경지, 우진, 진수, 이렇게 셋이 수다를 떨며 앞서 갔고, 그녀는 선호와 걸음 속도를 맞추었다.

지금 향하는 소갈비집이 가격대가 높은 곳이라는 것을 떠올린 소임은 걱정이 됐다. 경지는 그래도 적당히 먹는데 우진은 거대한 위를 가졌다.

그간의 데이터를 참고하면 적어도 3인분 이상을 거뜬히 넘길 것이다. 돈을 내는 쪽이 선호와 진수라는 게 마음에 걸렸다.

'먼저 사 준다고 제안하긴 했지만, 정말 얻어먹기만 하면 너무 양심 없어 보이지 않을까?'

고민하던 소임은 슬쩍 운을 떼었다.

"근데 우진이 진짜 많이 먹는데…… 괜찮겠어요? 우리 팀 건 내가 낼까요?"

선호가 평이한 어조로 반문했다.

"변 씨보다 많이 먹습니까?"

"그럼요. 쟤가 얼마나 먹보인데요. 회식 한번 할 때마다 저 등뼈 휘어져요."

"진짜 변 씨보다 더 많이 먹어요?"

"그렇다니까요."

"정말로?"

"……."

소임은 자신을 놀리고 있는 선호를 찌릿 째려보았다.

'부담될까 봐 신경 써 줬더니만.'

그녀의 가자미눈을 발견한 선호가 피식 웃음을 터뜨렸다.

"오늘은 내가 살게요. 대신에 변 씨가 내 식비 책임져 줘요."

"이 씨 거 내가 내라고요?"

소임은 진지해졌다. 선호가 오늘 하루 쫄쫄 굶었다면 우진이보다 많이 먹을 수도 있었다. 그럼 차라리 우진의 밥값을 내는 게 나을 수도.

"오늘은 내가 산다니까요. 둘이 있을 때 사 주세요. 어차피 변 씨 나한테 갚아야 할 돈도 많은데."

소임의 양심이 뜨끔 찔렸다. 잊어 주길 바랐건만, 그는 아직 채무 관계를 똑똑히 기억하고 있었다. 그로서는 당연할 수도 있었다. 소임에게 동전 하나조차 받은 적 없으니.

그동안 둘이 만날 때마다 돈을 낸 사람은 선호였다. 그는 성격이 급한 모양인지 계산할 일이 있으면 곧바로 자기 신용카드를 내밀었다. 소임은 즉각 돈을 갚아 버리고 싶었건만 그는 송금 자체를 성가셔했다.

모았다가 한 달에 한 번 보내요. 알림 뜨는 거 지우기 귀찮아요.

당장은 돈 나갈 일 없어서 좋긴 한데 어차피 조삼모사 아닐까 싶기도 했다. 나중에 몇백만 원을 한 번에 갚게 될 테니. 소임은 자신이 매주 추가로 핸드폰 메모장에 써 놓은 금액을 떠올리며 한숨을 쉬었다. 아직 고지가 멀어 보였다.

"다음 주 일요일에는 밥 얻어먹을 수 있습니까?"

소임은 잠시 머릿속으로 일정을 살펴봤다가 고개를 저었다.

"그날엔 안 돼요. 저 또 선보거든요."

선호가 제자리에 우뚝 멈춰 섰다. 그러고는 미간을 살짝 찡그린 채로 소임을 바라봤다.

'왜 또 싫어하는 표정이야?'

소임은 주춤거리면서 식당 문을 열었다. 걷다 보니 어느새 목적지에 도착했다.

식당 안으로 들어가니 직원이 친절한 미소로 맞았다.

"일행분이시죠? 이쪽으로 오세요."

직원은 소임과 선호를 식당 안쪽으로 안내했다. 식당은 고객들의 사생활을 위해 칸막이를 쳐서 방마다 분리해 놓았다. 독방에 한발 빠르게 도착한 경지가 반갑게 손짓했다.

"언니! 여기로 와요."

경지 옆에 서 있는 여자는 진수의 아내, 지희가 분명했다. 소임은 손바닥을 슬쩍 바지에 닦으며 그들에게 다가갔다. 처음 만나는 자리인 만큼 악수할 수도 있을 텐데 손에 땀이 나 있으면 민망하다.

경지가 홍홍 콧소리를 내면서 지희를 칭찬했다.

"어머, 사모님 되게 미인이시당. 피부가 왜 이렇게 좋으셔요? 파리도 미끄러지겠어요."

지희는 부끄러운 듯 눈꼬리를 사르르 접으며 웃었다. 양 볼에 보조개가 쏙 들어가는 게 매우 사랑스러웠다. 부부가 똑같이 인상이 좋다고 생각하며 소임은 지희에게 활기차게 인사했다.

"안녕하세요, 지희 씨. 변소임이라고 해요."

소임은 그녀의 맑은 눈동자를 보고 기시감을 느꼈다. 진수도 처음 만났을 때 이런 눈빛을 띠었다. 과연 진수가 아내에게 자신에 대해 어떻게 말해 놨을지 궁금했다.

"반가워요, 소임 씨. 얘기 많이 들었어요. 저희 남편이 매일 간식 뺏어 먹어서 귀찮으시죠?"

예쁘게 웃는 지희를 보며 소임은 그래도 제 평판이 나쁘지는 않은 모양이라고 확신했다. 지희에게서는 자신을 향한 호감과 호기심이 느껴졌다. 한결 마음이 편해진 소임은 마주 웃으며 말했다.

"아니요. 진수 씨도 먹을 거 많이 나눠 주시는걸요. 괜찮아요. 참, 오실 때는 불편하지 않으셨어요? 지금 차 막힐 시간일 텐데."

"그래서 조금 일찍 출발했어요. 다행히 제가 시간 맞춰서 잘 도착했네요. 저희 남편이 배고픈 걸 정말 못 참거든요. 아마 늦었으면 입이 부루퉁 나왔을 거예요. 아까부터 출발했느냐며 계속 재촉했거든요."

지희는 부드럽게 웃으며 진수를 쳐다보았다.

"우리 지희 빨리 맛있는 거 먹여 주고 싶어서 연락한 거지."

진수도 배실 웃으며 그녀의 허리에 팔을 둘렀다. 딱 신혼부부답게 서로를 향한 애정이 넘쳤다. 지켜보던 소임은 괜히 낯간지러워서 입술을 핥았다.

형들에게는 잘 치대던 우진은 의외로 지희 앞에서 수줍음을 탔다. 얌전히 고개를 꾸벅 숙이고서는 슬쩍 경지 뒤로 숨었다. 선호와 지희는 이미 잘 알고 있는 사이인 듯, 따로 인사를 나누지 않고 가볍게 목례만 했다.

안부 인사를 다 나눈 다음에는 가로로 긴 사각 테이블에 착석했다. 우진, 지희, 진수가 나란히 앉았고 맞은편에는 경지, 소임, 그리고 선호가 앉았다.

"뭐 드실래요? 여기 소갈비도 있고, 그냥 한우도 파는데."

사람들은 각각 둘씩 나누어 메뉴판을 들여다봤다. 부부인 진수와 지희가 함께, 그리고 마주 앉은 우진과 경지가 또 함께.

가만히 있으면 사람들이 알아서 메뉴를 골라 주겠지 생각하며 소임은 멍하니 젓가락만 내려다보고 있었다.

혼자 메뉴판을 보던 선호가 소임에게만 들릴 크기로 말을 걸었다.

"또 선을 보기로 했습니까?"

소임은 퍼뜩 고개를 돌려 그를 쳐다봤다. 선호는 심기가 불편한 기색이었다. 메뉴 결정이 고민되기보다는 그냥 무언가가 마음에 안 드는 것 같았다. 소임은 그가 미간을 찌푸리고 있는 이유를 짐작할 수 있었다.

'내가 또 상대방 정보 모르고 선본다고 생각하는 모양이지?'

하지만 이번에는 그에게 트집 잡히지 않을 것이다. 소임은 선호 쪽으로 몸을 좀 기울여서 소곤거렸다.

"이번엔 누군지 잘 알아요. 아빠랑 같은 직장에 근무하는 사람이에요. 한번 인사도 했어요."

재식은 소임이 수택과 더 만나지 않는다는 소식을 전해 듣더니,

이번에는 직장 신입인 정우와의 소개팅 자리를 잡아 왔다. 어떻게 보면 딸의 결혼에 해주보다 더 열띤 관심을 보이는 것 같았다.

학원 때문에 바빠 죽겠는데 무슨 맞선을 계속 보게 하느냐고 성을 부리는 소임에게 비싼 옷을 사 주겠다며 살살 달래서 기어코 약속에 나가겠다는 확답을 받아 냈다.

선호가 눈을 확연히 찡그린 채 되물었다.

"인사?"

"네, 예전에 아빠 야근한대서 옷 갖다 주려고 사무실 갔을 때 봤거든요. 스치듯이 인사한 게 다지만 그래도 그 정도면 아는 사람이라고 칠 수 있죠. 서로 이름 알고, 얼굴 봤으니까. 뭐, 맞선이라고 치기도 어정쩡해요. 그냥 따로 만나 보는 거죠. 아빠가 그 사람 성격 되게 좋다고 했거든요."

"성격?"

"네, 아빠가 보장했어요. 같이 일하는데 싹싹하고 예의도 바르대요. 요즘 청년들 같지 않게 아주 성실하고 순하다고. 나이 먹은 것치고는 세상의 때가 안 묻었대요."

"나이?"

"서른다섯인가? 근데 그렇게 안 보여요. 신입이라기에 처음엔 대학교 갓 졸업하고 온 사람인 줄 알았다니까요. 많아봤자 한 스물여덟이나 아홉쯤 됐을 줄 알았는데."

소임은 재식에게 들었던 내용을 떠올리고 덧붙였다.

"맞다, 대학을 두 번 다녔대요. 처음엔 미국에서 경영학과.

그다음에 우리나라 와서 A대 건축학과. 그래서 더 졸업이 늦었대요. 우리 아빠가 그랬는데 이민자 2세라 영어도 진짜 유창하게 한대요."

"살다 왔는데 영어 못하면 바보 아닙니까?"

소임은 선호의 음성이 점점 비틀려 가는 것 같다는, 착각일 게 분명한 인상을 받았다. 어쩌면 그는 소임이 예상외로 맞선 상대에 대해 너무 잘 알고 있어서 분한 것일지도 모른다. 시비를 걸 수 없으니까. 자신의 철통 방어에 뿌듯함을 느끼면서 소임은 소곤거렸다.

"개도 두 마리 키운다고 했는데. 하나는 치와와, 다른 애는 말티즈. 이름이 뭐였지? 사과랑 바나나였나? 과일 이름이었는데. 하여튼 아빠가 동물 좋아하는 사람치고 나쁜 사람 없다면서 만나 보랬어요."

"그래서 얼씨구나 좋다고 했어요?"

소임은 살짝 기분이 상했다. 설마 남자를 만나고 싶어서 안달난 여자로 보는 것인가? 선호에게 그렇게 보이기는 싫어서 새침하게 항변했다.

"아빠가 옷 사 준다고 했거든요? 두 시간 투자하면 몇십만 원어치 옷 얻어 낼 수 있는데 안 나가는 게 미련한 거 아니에요?"

"옷 장만하려고 맞선봅니까?"

소임은 잘못 대답했다고 생각했다. 고작 사소한 물욕에 눈 뒤집힌 여자로 보이긴 싫었다. 그녀는 우물쭈물하며 정정했다.

"그냥 옷 아니고 브랜드 옷인데…… 비싼 거. 아빠가 그리고 코트도 사 준다고 했어요."

"남는 장사라 좋겠네요."

선호가 코웃음을 치자 소임은 순간 욱했다.

"아니, 나도 그다지 좋지는 않거든요?"

목소리가 다소 우렁찼는지, 방 안의 이목이 다 소임에게 쏠렸다. 소임은 무척이나 당황했다. 잘 떠들던 인간들이 하필이면 지금은 왜 입을 다물고 있을까. 그녀의 얼굴이 새빨갛게 달아오르기 시작했다.

"아……."

적막이 흐르던 와중에 선호가 테이블에 붙은 호출 벨을 눌렀다.

삐리리리리.

직원이 헉헉거리면서 방에 빠르게 찾아왔다.

"부르셨어요? 뭐 드릴까요?"

진수가 눈치 빠르게 메뉴판을 덮으며 말했다.

"매운 갈비찜 6인분이랑 구이용 생 소갈비 4인분 주세요."

소임은 대각선 쪽에 앉은 우진의 입이 씰룩거리는 것을 봤다. 웃고 싶은데 그래도 소임이 더 창피당하는 일을 막기 위해 최대한 꾹 참고 있는 듯했다.

경지가 슬쩍 몸을 기대어 소임에게 속삭였다.

"언니, 무슨 일이에요?"

"아무 것도 아니야."

소임은 참담한 심정이었다. 지희가 놀란 토끼처럼 눈을 동그랗게 뜨고 자신을 바라보고 있었다. 처음 만나는 자리인데 너무 튀어 보였을까 봐 걱정스러웠다. 소임은 자신을 이런 상황에 처하게 한 선호 옆에 앉아 있는 게 끔찍하게 느껴졌다. 속으로 씩씩거리다가 의자에서 일어났다.

"어디 가게요."

소임은 부러 선호에게 상냥하게 웃어 보였다.

"화장실이요."

그러나 어금니는 꽉 악문 채였다.

화장실에 간 소임은 거울에 비친 제 얼굴을 봤다. 심통이 잔뜩 나 보였다. 그녀는 고개를 도리도리 저었다. 선호에게 휘둘려서야 좋지 않다. 이대로라면 저를 기분 나쁘게 만들려는 그의 계략이 성공하는 셈이다.

'참자, 소임아.'

스스로를 달랜 소임은 다시 밝은 얼굴로 방에 돌아왔다. 그사이에 음식이 나온 모양이었다. 매콤한 향이 풍기는 갈비찜 뚝배기가 맛깔스러워 보이는 밑반찬과 함께 테이블에 세팅되어 있었다.

다른 쪽 불판에서는 빛깔 좋은 생고기가 구워지고 있었다. 그녀는 천연덕스럽게 우진에게 말을 걸었다.

"얘, 우진아. 나 지희 씨랑 얘기 좀 하고 싶은데."

"오키오키. 자리 바꿔 드릴게요."

우진이 싹싹하게 제 쌀밥과 수저를 들고 자리를 옮겼다. 소임은 자신을 빤히 쳐다보는 선호를 무시한 채 지희 옆에 앉았다.

지희가 상냥하게 권했다.

“소임 씨, 어서 이 갈비찜 좀 드셔 보세요. 양념이 정말 맛있어요.”

“아우, 네. 지희 씨도 많이 드세요.”

옆에 붙어 앉으니 확실히 맞은편에 앉았을 때보다 이야기를 나누기 수월했다. 소임은 지희와 대화를 주고받기 시작했다.

지희는 소임보다 한 살 아래였다. 곧 결혼 1주년을 맞이한다는 그녀의 말을 듣고 소임은 지희가 스물아홉에 결혼했음을 알게 됐다.

“아, 정말요? 축하드려요.”

소임은 자신의 스물아홉 시절을 떠올려 봤다. 2년 전에는 갈릴레오 과학 학원이 아니라 돌턴 과학 학원에서 일하고 있었다. 물론 그때도 남자 친구는 없었다. 그녀는 역시 사람들은 각자 다른 삶을 살고 있구나를 실감했다.

지희와 진수는 4년 간의 열애 끝에 결혼했다고 했다. 진수가 플로리스트인 지희의 꽃집에 손님으로 방문했다가 한눈에 반했다고.

‘꽃집 아가씨와 말쑥한 청년의 러브스토리라…….’

한 편의 로맨스 영화가 따로 없다고 생각하며 소임은 오징어채 반찬을 질겅질겅 씹었다. 그녀와는 먼 얘기였다.

주 6회, 적어도 주 5회 학원에 틀어박혀서 제 나이의 반절밖에 안 먹은 애들을 상대하는 학원 강사에게 이런 로맨틱한 일이 일어날 확률은 극히 낮다.

가끔 찾아오는 사람이라고는 학부모, 즉, 이미 결혼한 사람들뿐이지 않은가. 자신만의 낭만을 꿈꾸기에 그녀는 너무 현실적이었다.

지희는 임신 계획이 있어서 현재 꽃집을 정리하고 집에서 쉬고 있다고 했다. 앞마당에 정원을 꾸며 놓았다는 말에 소임이 큰 관심을 보이자, 지희는 상기된 얼굴로 제안했다.

"언제 한번 집에 놀러 오실래요?"

"그럼요. 초대해 주시면 당연히 가죠."

소임은 매운 양념을 밥에 쓱쓱 비비며 태평히 대답했다.

맛있는 걸 먹다 보니 아까 선호 때문에 기분이 상했던 일도 완전히 잊어버렸다. 갈비찜은 야들야들하게 결대로 찢어졌고, 불판에 구운 갈비는 지방층이 적당히 껴 있어서 혀에 살살 녹았다.

선호가 잘 익은 고기를 제 앞쪽으로 밀어 주자, 어쩌면 아까는 자신이 예민하게 굴었던 걸지도 모른다는 생각이 들었다.

'뭐, 기분이 나쁠 수도? 이 씨는 남자 편이니까.'

소임은 제 우유부단한 행동이 결혼이 급한 상대방을 기만하는 것처럼 보일 수도 있다는 점을 인정했다.

그녀는 선호의 입장도 이해해 보기로 했다. 배가 불러서 몹시 너그러워진 소임은 눈이 마주친 선호에게 히죽 웃어 보였다. 그에게 전혀 악감정이 없다는 것처럼.

그러나 선호는 같이 웃어 주기는커녕 무표정으로 눈썹을 까닥이기만 했다.

소임은 그가 아무래도 밴댕이처럼 속이 좁다는 느낌을 지울 수 없었다.

* * *

회식은 전체적으로 화목한 분위기에서 끝났다. 평소 1차 회식으로 만족하지 못하고 자리를 옮겨 2차 회식을 하자고 부르짖는 우진마저도 소고기를 먹어서 마음이 풍족해진 모양인지 식사 후에 멀쑥한 신사처럼 인사하며 귀가를 준비했다. 선호와 진수에게 맛있게 잘 먹었다며 예의 바르게 허리를 숙인 우진은 소임에게 다가와 속닥거렸다.

"쌤, 저 군대 다녀와서 학교에 적응 못 하면 컴퓨터공학과로 전과하려고요. 아무래도 이쪽 분야가 전도유망한 거 같아요. 돈도 많이 벌고요. 안 그래도 새로 시작하고 싶었는데 전과가 답인 듯해요. 거기선 CC 안 할 생각이에요."

소임은 그의 허리를 꼬집는 것으로 작별 인사를 대신했다.

우진은 지하철을 타러 갔고 경지는 애인이 데리러 오기로 했다며 근처 카페로 갔다. 이제 가게 앞에 남은 사람은 네 명. 진수는 지희가 끌고 온 차를 타고 집에 갈 테니 선호는 아마 사무실 건물 주차장으로 돌아갈 것이다.

오늘 학원 회식 자리에서 술을 마시게 될까 봐 일부러 차를 집에 두고 온 소임은 과연 선호의 차를 얻어 타는 게 나을지에 대해 고민했다. 그에게 끼어 가는 것이 합리적이지만, 정신 건강에는 그냥 따로 귀가하는 것이 나을 것이다. 단둘이 있으면 선호가 또 시비를 걸어올 수 있으니.

'하지만 바로 옆집이라 따로 가기도 이상한데…….'

소임은 슬쩍 선호의 눈치를 살폈다. 만약 그가 제안한다면, 그의 차를 얻어 탈 의향은 있었다. 집에 어떻게 가느냐고 먼저 물어봐 주면 좋으련만.

하지만 바라던 사람은 반응이 없고, 대신 진수가 자상하게 관심을 보였다.

"소임 씨는 집에 어떻게 가세요?"

"아, 저는 택시 타고 가려고요. 오늘 술 마시게 될까 봐 차 놓고 왔거든요."

지희는 그녀의 대답에 잘됐다는 듯이 진수와 눈짓을 주고받더니 발랄하게 제안했다.

"소임 씨, 그럼 저희 집에 같이 가실래요? 제가 드라이플라워 가랜드 만들어 드릴게요. 저희 집에 놀러 오셔서 하나 가지고 가세요."

소임은 그녀의 상냥한 마음 씀씀이에 감동했다. 아까 식사하다가 지희의 최근 취미인 드라이 플라워 공예 얘기가 나왔다. 소임이 관심을 보이니 지희는 그녀에게 제가 만든 것을 하나 선물해 주겠다며 흔쾌히 제안했었다. 지나가는 말이 아니라 정말 선물해 주려는 모양이었다.

"어머나. 감사해라. 근데 나중에 편한 시간에 주셔도 돼요. 급한 것도 아닌걸요."

"오늘이 딱 좋은 거 같아요! 저희 집 안 멀어요. 여기서 한 30분 거리? 그러니 놀러 오세요, 네?"

지희가 애교 넘치게 소임의 팔을 붙잡아 왔다. 진수도 옆에서 거들었다.

"그래요, 소임 씨! 오늘 차 안 가져오셨으니 이왕이면 저희 집 놀러 오세요. 여기서 택시 타나, 저희 집 쪽에서 택시 타나 사실 마크팰리스까지는 시간 비슷하거든요."

게다가 진수의 얘기를 들어 보니 선호도 그들과 같은 차를 타고 집으로 향하는 모양이었다. 원래 저녁을 먹은 후 같이 집에서 술을 마시기로 계획했었다고. 그래서 어차피 소임은 혼자 택시를 타야 하는 상황이었다.

부부가 양옆에서 채근하니 소임은 점점 마음이 기울었다. 그녀는 원래 거절에 약했다. 집에 딱히 빨리 돌아가야 할 이유는 없고 어차피 거리가 그렇게 멀지도 않으니까…….

소임은 마침내 동의하는 미소를 지어 보였다.

"그러면 잠깐 빵집 좀 들를까요? 집에 초대해 주시는데 제가 케이크라도 살게요."

"괜찮아요. 집에 먹을 거 되게 많아요. 냉장고도 꽉 찼고 간식 창고도 가득 찼어요. 그냥 오셔도 돼요."

진수의 말이 진짜라는 듯 지희가 활짝 웃으며 고개를 끄덕였다.

“그리고 안 그래도 제가 오늘 아침에 디저트 만들어 놨어요. 집에 치즈 케이크랑 브라우니 있어요.”

“소임 씨, 우리 지희가 베이킹은 또 기가 막히게 잘하거든요? 안 드시면 후회해요.”

진수의 넉살에 소임의 마음도 몽글몽글해졌다. 이렇게 손님 마음을 편하게 해 주다니. 게다가 분명히 배불렀는데 치즈 케이크를 떠올리니 신기하게도 입에 침이 고였다. 역시 후식 배는 따로다. 정말 사랑스러운 부부라고 느끼며 소임은 히죽 웃었다.

“아……. 그러면 감사히 따라가겠습니다. 초대해 주셔서 감사해요.”

그녀는 입맛을 다시며 지희와 진수를 뒤따랐다. 옆에 선호가 바짝 붙어서 따라오고 있다는 게 약간 찜찜했지만, 따지고 보면 이 모임에 갑자기 끼어들은 사람은 자신이었으므로 소임은 선호를 향한 거리낌을 날려 버리려고 노력했다.

* * *

부유하기로 유명한 동네에 차가 들어설 때부터 설마 싶었는데, 지희의 고급스러운 승용차는 익숙하게 단독 주택의 개인 주차장으로 진입했다. 주차장 셔터는 심지어 자동이었다.

소임은 내심 감탄했다. 소박해 보이던 진수가 이렇게나 부자였다니. 그녀는 역시 세상은 넓고 부자는 많다는 사실을 실감했다.

대문을 통과하고 나서 조금 더 놀랐다. 그렇게 크지는 않지만 마당이 있었다.

'땅값 비싼 이 동네에 마당을 가진 주택이라니!'

마당에는 관상용 화단이 꾸며져 있었다. 이런 곳은 집값이 얼마나 할까 무의식적으로 생각했다가 소임은 고개를 도리도리 저었다. 알고 싶지 않았다. 그리고 정확한 금액을 알지 못해도 하나는 확실했다.

'죽어도 나는 못 사는 집이겠다.'

집 안은 가정집 분위기가 물씬 났다. 은은한 꽃향기가 배어 있는 집은 부부의 인상처럼 편안하고 사랑스러웠다. 소임은 벽면에 붙어 있는 부부의 알콩달콩한 폴라로이드 사진 모음을 발견하고 미소를 지었다. 누가 봐도 애정이 넘치는 신혼부부의 집이다.

"소임 씨, 보라색 좋아한다고 하셨죠?"

지희는 집에 들어가자마자 소매를 걷어붙이고 씩씩하게 물었다. 얼른 가랜드를 만들어 줄 생각에 의욕이 넘치는 듯했다.

"먼저 재료가 있는지 볼게요. 며칠 전에 아는 동생 선물해 주느라 보라색 꽃을 다 쓴 것 같거든요. 혹시 보라색이 없으면 다른 색도 괜찮으신가요?"

"그럼요. 꼭 보라색 아니어도 돼요. 천천히 하세요."

진수가 부엌 싱크대에서 손을 씻으며 다정다감하게 외쳤다.

"자기야, 나는 테이블 세팅하고 있을게. 케이크는 냉장고에 넣어 놨어?"

"응. 치즈 케이크는 잘라 놨으니까 그냥 꺼내면 되고 브라우니는 꺼낸 다음에 살짝 오븐에 데워 줘. 이번 거는 따뜻해야 맛있어."

지희는 진수에게 대답하며 현관과 가까운 방 쪽으로 총총 걸어갔다. 소임은 그녀가 작업실에 가는 것이겠거니 짐작했다. 아까 집에 취미 생활용 방이 있다고 들었다. 지희가 그곳에 공예 재료를 산더미처럼 쌓아 놨다고 했다.

다들 분주하게 움직이는 와중에 혼자만 느긋하게 있는 건가 싶어서 소임은 부엌으로 다가가 보았다. 그러나 손님은 편히 계시라는 진수의 완곡한 거절에 머쓱하게 거실로 다시 나왔다.

같은 손님 입장인 선호는 무얼 하고 있나 살펴보니, 그는 거실 창문 쪽에 가지런하게 나열된 화분들을 들여다보고 있었다. 소임으로서는 정체를 알 수 없는 초록색 식물들이 아주 튼튼하게 자라 있었다.

낯선 환경에서 그나마 제일 익숙한 사람이라서 소임은 선호에게 슬금슬금 다가갔다. 그는 전문가가 품평하듯 식물의 넓적한 잎사귀를 유심히 들여다보고 있었다. 소임은 슬쩍 말을 붙여 보았다.

"이거 무슨 종인지 알아요? 다육식물처럼 보이긴 하는데. 요즘에 이렇게 생긴 거 사람들이 실내에서 많이 키우더라고요. 공기 정화용으로요."

"문샤인 산세베리아요."

대답이 순순히 나오는 것을 보니 지금은 또 선호의 기분이 괜찮은 모양이었다. 한결 긴장이 풀린 소임은 감탄사를 내놓았다.

"오……. 이 씨는 식물에도 조예가 깊군요."

선호가 바지 주머니에 꽂았던 손을 꺼내 검지를 펴 들었다. 갑자기 왜 그러나 싶었는데 그의 손가락이 가리킨 곳을 눈으로 따라가 보니 화분에 이름표가 붙어 있었다.

"오……."

소임은 고개를 끄덕이며 게걸음처럼 옆으로 슬쩍 자리를 피했다. 사실 별거 아닌데, 그냥 이름표가 있는 걸 발견하지 못했을 수도 있는 법인데 괜히 민망했다.

식물을 구경하는 소임을 뒤에서 지희가 불렀다.

"소임 씨, 보라색 꽃 여분이 없더라고요. 제가 예전에 만들어 둔 가랜드가 푸른색 계열이라 이거 드릴게요. 살짝 다시 손 봤어요."

소임은 때마침 나타난 지희에게 반가움을 느끼며 냉큼 다가갔다. 민망한 상황에서 벗어날 수 있게 해 줘서 고마웠다. 소임은 가랜드를 받아 들며 감탄했다.

"와아, 진짜 예뻐요!"

갈색 나뭇가지와 짙은 초록색 풀잎들을 엮어 만든 바탕에 포인트로 색색의 꽃이 꽂아져 있는 가랜드에서는 기분 좋은 향이 풍겼다. 가져갈 때 편하라고 종이 가방까지 챙겨 준 지희의 섬세함에 소임은 정말 감동받았다.

소임은 자신이 진수였더라도 지희에게 한눈에 반했을 거라 생각했다. 이렇게 친절한 분이 운영하는 가게에 다시 오지 않고서는 못 배길 것이다.

그녀는 선물 받은 가랜드를 종이 가방에 집어넣으며 진심을 담아 인사했다.

"감사해요, 지희 씨. 집에 가서 예쁘게 걸어 둘게요."

지희가 양 볼에 보조개가 쏙 들어가도록 사랑스럽게 웃으며 대꾸했다.

"다음에 또 만들어 드릴게요. 향기 날아가면 말씀하세요."

화기애애한 두 여자 사이에 진수가 끼어들었다.

"자, 이제 디저트 타임입니다. 어서 식탁에 와서 앉으세요. 선호야, 너도 와."

아기 돌보는 펭귄처럼 지희를 뒤에서 감싸 안은 진수가 뒤뚱거리며 부엌으로 다가갔다. 집이라서 그런지 바깥에서보다 한층 더 친밀해진 스킨십 정도에 소임은 남몰래 입술을 안으로 말았다. 보기 좋은 부부라도 커플의 애정 행각을 가까이서 목격하면 닭살이 돋는다.

이끌어 주는 사람 없이 혼자 멋쩍게 슬금슬금 식탁으로 다가간 소임은 테이블 세팅을 보고 적잖이 놀랐다. 먹음직스러운 치즈 케이크와 진하고 촉촉해 보이는 브라우니는 빵집에서 샀다고 해도 믿을 듯했다. 지희가 참 다재다능하다고 느끼며 소임은 지희와 맞은편에 앉았다.

소리 없이 다가온 선호가 소임의 옆 의자를 빼서 앉았다. 소임은 잠깐 놀랐지만 이내 납득했다. 지희의 옆자리는 진수 자리일 테니 4인용 식탁에서는 이 자리 배치가 최선이다.

부엌 뒤쪽 베란다로 잠시 사라졌던 진수는 검은색 병에 담긴 와인 하나를 들고 나타났다.

"소임 씨, 혹시 와인 마실래요? 이거 프랑스산 레드와인인데 치즈 케이크랑 되게 잘 어울리거든요."

소임은 넙죽 응답했다.

"아, 그럴까요?"

사실 술 마실 생각은 없었는데 상대방이 권하니 자연스럽게 응하게 되었다. 어차피 집에 돌아갈 때는 택시를 탈 테니 거절할 이유도 없었다.

무엇보다 레드와인은 범상치 않아 보였다. 치즈 케이크랑 잘 어울린다는 말에도 혹했지만, 외관이 고급스러운 것을 보니 술맛이 장난 아닐 것 같은 느낌적인 느낌. 낯선 와인을 향한 기대감에 소임의 가슴이 쿵덕거리기 시작했다. 진수는 식탁 한쪽에 서서 오프너로 와인의 코르크 마개를 따며 설명했다.

"이거 저희 신혼여행 때 프랑스에서 사 온 거예요. 저희가 농장에 가서 직접 포도 따서 와인 만드는 체험했거든요. 그때 만든 건 숙성 과정 때문에 조금 더 놔두고 있고, 이건 그 농장에서 판매하는 와인이에요. 역시 전문가가 만든 게 맛있더라고요."

"어머, 그런 귀한 것을……."

"귀한 손님 오셨으니까 내와야죠."

진수의 넉살에 소임은 입을 가리고 까르르 웃었다. 술을 마시기도 전에 기분이 좋아졌다. 그녀는 투명한 유리잔에 차르르 담기는 자줏빛 액체를 열심히 바라봤다. 딱히 와인 애호가는 아니지만 어서 맛보고 싶었다.

돌아가며 와인 잔을 채우던 진수는 선호에게 확인 질문을 던졌다.

"너도 마실 거야?"

선호가 가볍게 고개를 끄덕이자, 진수는 의외라는 듯이 키득거리며 술잔을 채웠다. 소임의 의아한 눈빛을 발견한 그가 코를 찡긋거리며 말했다.

"선호 술 잘 안 마시거든요. 보기보다 약해 빠져 가지고."

"네가 말술인 거지. 술을 물처럼 마시면서."

선호가 볼멘소리로 대꾸했다.

소임은 상반된 주장을 흥미롭게 경청했다. 과연 누구 말이 옳은가. 아주 예전, 술에 떡이 된 선호를 집까지 옮겨 준 경험으로 판단하면 적어도 둘 중에 진수가 더 술이 센 것은 확실했다. 그나마 정신이 남아 있어서 친구가 안전히 귀가하도록 신경을 써 줬으니까.

'아니, 근데 진수 씨는 토하려고 했었잖아.'

딸꾹거리면서 헛구역질을 하던 그를 떠올리고 소임은 긴가민가해졌다. 몸이 술을 안 받는 정도까지 들이마신 것을 과연 술이 세다고 말할 수 있을까? 그냥 같은 양 마시고 얌전히 잠든 사람이 술을 더 잘 마신 것이지 않나.

하여튼 소주병을 까는 것도 아니고 고상한 와인 한 잔으로 누구 말이 옳은지 판별되지는 않을 것이다. 소임은 별로 중요하지도 않은 궁금증을 훌쩍 날려 버리고 다시 와인에 집중했다. 술을 잔에 따르기만 했는데도 진한 포도 향이 코끝에 느껴졌다.

"자, 우리 집에 와 주셔서 다들 감사합니다."

손님을 적극적으로 접대하는 집주인의 자세로 진수가 와인잔을 허공에 들었다. 나머지 사람들이 그를 따라 건배했다.

소임은 미간을 좁힌 채 천천히 와인을 음미했다. 도수가 꽤 있는 모양인지 알코올 향이 묵직했다. 풍부한 과일 향을 베이스로 단맛과 쓴맛, 그리고 신맛이 적당히 어우러져 있었다.

사실 소임은 맥주랑 소주를 더 좋아해서 와인은 즐겨 마시지 않았다. 그런데 괜히 저 멀리 대서양 건너 온 프랑스산 와인이라고 하니 더 맛있는 것 같았다.

"어때요? 맛 괜찮나요?"

미소를 띠고 물어보는 지희에게 소임도 마주 웃어 주었다. 와인에 대해 잘은 몰라도 일단 입에서 '맛있음'이라는 기준치를 넘었기에 대답하는 것은 어렵지 않았다.

"아우! 너무 맛있네요. 향이 묵직한 게 딱 제 스타일이에요. 치즈케이크랑 먹으면 정말 잘 어울리겠네요. 아참. 먹어 봐야지."

소임은 아까부터 탐이 나던 노란색 치즈 케이크를 제 접시로 한 조각 덜어 와 포크로 잘라 먹어 보았다. 달콤한 치즈 케이크가 입에서 사르르 녹았다.

눈을 부릅뜬 채 '으음' 하고 표정으로 감탄하는 소임을 보고 지희가 손으로 입을 가렸다. 집주인을 웃게 하는 것에 성공한 소임은 만족스럽게 다시 와인으로 목을 축였다. 풍미 가득한 와인과 부드러운 치즈 케이크의 조화는 환상적이었다.

“이거 되게 단 포도로 만들었나 봐요. 도수가 좀 있는 것 같은데.”

소임의 감상에 진수가 관심을 보이며 질문했다.

“아, 맞아요. 거기 농장 포도 되게 달았어요. 근데 그게 혹시 알코올 도수랑 관련이 있나요? 그때 가이드한테 영어로 설명을 듣긴 했는데 불어 억양이라서 제대로 못 알아들었거든요. 뭐 대충 듣기에는 단 포도로 담가야 알코올 도수 높다고? 뭐 때문이라고 하던데.”

“아마 효모 얘기였을 거예요. 효모가 발효하면서 알코올을 만들어 내잖아요. 근데 얘가 포도당을 먹고 자라거든요. 먹이가 많으면 알코올도 많이 만들어 내죠. 그래서 당분 높은 포도로 만든 와인이 알코올 도수도 높아요.”

“우와. 역시 과학 선생님.”

몸을 의자 뒤로 눕히며 크게 감탄하는 진수를 보고 소임은 속으로 훗 하고 웃었다. 프로페셔널하게 보였나 싶어서 신이 났다. 그녀는 지금이 술에 관한 제 과학 지식을 뽐낼 때라고 직감했다.

“근데 효모는 좀 민감한 아이라 주변 알코올 농도가 너무 높으면 죽거든요? 그 기준점이 한 20도 정도? 그래서 와인이 20도 넘으면 따로 알코올 첨가한 거예요. 아마 이 와인도 농장에서 자연발효 시켰으면, 음, 14도나 15도 정도 되지 않을까 싶네요.”

진수의 입이 떡 벌어졌다.

"맞아요! 이거 14.7도예요."

여기서 조금만 더 하면 그가 놀라서 뒤로 넘어갈 것 같았다. 소임은 근질거리는 입을 열었다. 대학 다닐 때 교수님께서 수업 시간에 지나가듯 알려 주신 내용을 대체 몇 년째 술자리에서 우려먹는지 모르겠다고 생각하면서도 본능적으로 주절거렸다.

"제가 재밌는 얘기 하나 해 드릴까요?"

부부가 똑같이 눈을 동그랗게 뜨고 고개를 끄덕였다. 소임은 제게 집중된 이목에 희열을 느꼈다.

"혹시 진수 씨랑 지희 씨는 왜 소맥 마실 때 빨리 취하는지 아세요? 그냥 소주랑 맥주 각각 따로 마시는 것보다 섞어 마실 때가 취기 더 빨리 돌잖아요."

지희와 진수가 둘 다 고개를 도리도리 저었다. 소임은 만족하며 말을 이었다.

"보통 맥주가 6도, 소주가 20도 정도 하거든요? 근데 둘을 황금 비율로 잘 섞으면 15도나 16도가 돼요. 그 알코올 농도가 체내에 제일 잘 흡수되는 농도예요. 그래서 소주만 쭉 마시는 것보다 소맥 마시는 게 더 빨리 취하는 거죠."

"대박. 그래서 그랬구나."

소임은 부부의 깨달은 표정을 보고 몹시 뿌듯해졌다. 선호도 감탄하고 있을까 싶어 슬쩍 옆을 바라보니……. 그는 벌써 술을 다 마셨는지 두 번째 잔을 채우고 있었다.

'안 듣고 있었던 거 아냐?'

놀라는 기색 하나 없이 무덤덤한 그의 모습에 소임은 입을 삐죽거렸다. 자신이 간만에 아주 똑똑하게 보이는 순간이었는데 말이다.

다른 누구도 아닌 그가 '변소임은 똑똑한 사람'이라는 것을 알아줘야 했다. 왜냐하면 선호에게 허당스러운 모습만 많이 보여줬으니까.

역시 술이 있으니 자리가 편안해졌다. 소임은 완전히 긴장을 풀고 부부와의 대화에 빠져들었다. 그들의 신혼 여행기가 화제에 올랐는데, 한 달 동안 서유럽을 여행하다가 마지막 여행지에서 소매치기를 당했다고 했다.

"그때 지희 핸드폰이 신상이라서 노렸나 봐요. 가방도 분명히 잠가 놨는데 언제 빼갔는지도 모르게 훔쳐 갔더라고요."

"어우. 속상하셨겠어요. 다른 것도 아니고 사진 들어 있는데."

소임은 고개를 크게 끄덕이며 공감했다. 그녀의 리액션에 지희도 부쩍 속상한 표정을 지어보였다.

"그래도 저녁마다 숙소에 돌아와서 외장하드에 백업 해 놔서 다행이었어요. 그날 하루치만 없어졌죠."

"다행이긴. 거기에 나 되게 잘 나온 거 있었단 말이야. 그날 동상 앞에서 찍은 거 있잖아."

지희가 서운한 얼굴로 앙탈을 부리듯 진수를 쳐다보자, 진수가 히죽 웃으며 그녀의 어깨를 끌어당겨 제게 기대게 했다.

"내가 다 기억하고 있으니까 괜찮아. 자기가 얼마나 예쁜지 내가 다 봤어."

"그래도……. 몰라."

지희가 진수의 어깨에 얼굴을 폭 박았다. 진수는 달래듯 그녀의 팔을 부드러이 계속 쓸었다.

참 애정이 가득해 보이는 모습이었다. 소임은 두 사람이 잘 어울린다고 생각하면서 와인을 홀짝였다. 아까는 두 사람의 스킨십을 목격하고 좀 민망했었는데 이제는 점점 무뎌지는 것 같았다.

둘만의 세상에 푹 빠진 듯, 소임에게는 들리지 않는 크기로 소곤대던 부부는 문득 재밌는 것을 떠올려 냈는지 들뜬 목소리로 말했다.

"소임 씨, 저희가 이탈리아에서 기념품으로 샀던 브로치 있거든요? 그거 보여 드릴 테니까 얼마짜린지 한번 맞춰 보시겠어요? 저희 뭣도 모르고 바가지 옴팡 썼거든요. 자기야, 그거 어디 다 뒀다고 했지?"

"글쎄. 악세사리 함에는 안 뒀고, 내 방에 있긴 있을 텐데……."

둘은 눈을 반짝이며 브로치를 찾아오겠다고 의자에서 일어났다. 손잡고 같이 떠나는 사이좋은 모습에 소임은 기분이 생경했다.

변 씨 집안에서는 좀처럼 보기 힘든 광경이다. 물건 찾으러 두 명이서 같이 가는 저 잉꼬부부 같은 모습은 아마 신혼 초라서 가능한 것일 터. 결혼한 지 35년 차인 해주는 필요한 게 있으면 재식에게 가져오라고 시키기만 한다.

신나게 얘기를 나누던 상대가 없어지니 소임은 단숨에 심심해졌다. 치즈 케이크와 브라우니를 안주 삼아 계속 와인을 홀짝이던 소임은 어느 순간 찌르르 울리는 두통에 살짝 미간을 좁혔다. 그냥 별 생각 없이 마셨는데 그래도 도수가 꽤 높다고 술기운이 도는 듯했다.

소임은 열이 올라 뜨거워진 볼을 손등으로 쓸어내리며 옆을 바라보았다. 선호는 아까부터 무심하게 술만 마시고 있었다. 진수와 지희 부부는 그가 말이 없는 것을 이상하게 여기지도 않았다. 그런 걸 보면 원래 조용히 술 마시는 부류인 듯했다.

'술자리에서 침묵하는 사람이란……. 으, 정말 재미없는 타입이지.'

소임은 역시 부부가 자신을 필사적으로 집에 초대하려고 했던 이유가 있었노라 판단했다. 신나게 떠들 사람이 필요했던 거다. 고개를 끄덕거리던 그녀는 불현듯 호기심이 들었다. 방금 전에 부부의 다정한 모습이 너무 인상 깊게 남아서 그런지, 아니면 술기운에 허무맹랑한 생각이 떠오르는 것인지. 어쨌든 쓸데없이 궁금한 게 생겼다.

만약 여기서 자신이 고개를 떨군다면……. 그러니까 선호의 어깨에 머리를 기댄다면 그가 밀쳐 낼까, 아니면 친절하게 어깨를 빌려 줄까?

정말 쓸데없고 부질없는 생각인데 이유 없이 결과가 궁금했다.

역시 술이 문제다. 왜 알코올만 섭취하면 얼토당토않은 일이 궁금해지는 것인가?

예전에 소임이 친구들과 술을 마시다가 거나하게 취했을 때는 양말을 두 쪽 다 구겨서 입안에 넣을 수 있는지가 궁금했다. 당연히 실제로 해 보지는 않았다. 그저 호기심이 생겨서 계속 상상했을 뿐이다.

하지만 조금 전에 떠올린 생각은 온종일 신고 있었던 양말을 입안에 넣는 것보다 해 볼 만하다는 생각이 들었다. 선호의 어깨가 역하거나 더러운 건 아니니까.

만약 조금만 더 취했으면 한번 용기를 내서 실험을 해 보았을 텐데, 딱 와인 한 잔만 마셨기에 소임의 정신은 덜 몽롱했다. 스멀스멀 피어오르는 호기심을 억누르며 그녀는 아무렇지 않은 투로 선호에게 말을 걸었다.

"아우, 이거 은근히 도수 센 것 같지 않아요? 살짝 속이 울렁거리네."

"화장실은 저쪽이에요. 왼쪽 코너 돌아서."

소임의 미간에 힘이 실렸다.

'누가 언제 화장실 어디 있는지 물어봤대? 내가 자기한테 토할 것 같았나?'

그녀는 어쩜 이렇게 빠르게 사람의 감정이 변할 수 있는지 스스로가 놀랄 정도로 순식간에 기분이 상해 버렸다. 다정한 반응을 기대하고 던진 질문이 아니긴 하지만, 그래도 이런 대꾸를 받으니 빈정이 상했다.

소임은 선호를 흘겨보았다. 옆 사람이랑 대화도 안 하고, 심지어 그녀의 잔이 비어 있는데 신경도 안 쓰고 본인 잔에만 집중하는 남자가 밉상처럼 느껴졌다.

'근데 토하면 뭐 어때서. 옷 빨고 샤워하면 대수지, 자기 옷이 문제야? 사람 속이 안 좋다는데 걱정도 안 해 주나.'

완전히 기분이 상해 버린 소임은 고개를 정면으로 휙 돌리면서 새침하게 대꾸했다.

"안 토해요."

제가 멀쩡하다는 것을 보여 주기 위해 소임은 와인 병을 들어 잔에 술을 더 따랐다. 두 잔 정도는 가볍게 마실 수 있는 여자라고 증명하는 것이다.

심통 난 표정으로 술을 꿀꺽 삼키는 그녀를 바라보던 선호가 문득 입을 열었다.

"맞선 보러 가서도 이렇게 술 왕창 마실 거예요?"

소임은 기가 막혀서 하마터면 마시던 술을 뿜을 뻔했다.

이 남자는 왜 남의 맞선에 이렇게 관심이 많은 것인가? 게다가 남이 선보러 가서 술 마시는 게 자기랑 무슨 상관이 있다고!

'술 많이 마셔서 이미지 깨져도 내가 깨지지, 뭔 상관이람?'

자꾸 태클을 거는 선호에게 질려 버린 소임은 새침하게 대꾸했다.

"네. 그 사람은 제가 술 많이 마셔도 이 씨처럼 눈치 안 줄 테니까 맘 놓고 한 사발 들이킬 거예요."

“내가 언제 눈치를 줬다고…….”

소임의 눈매가 사나워졌다. 바로 지금처럼 다 들리는 크기로 말하는 게 눈치를 주는 거다! 그녀는 뾰로통하니 말했다.

“그분은 좋은 사람이라, 내가 술 좀 마신다고 막 누구처럼 뭐라 하진 않을 거예요.”

“좋은 사람인지 어떻게 압니까? 얼굴 잠깐 봤다면서.”

“우리 아빠가 괜찮다고 말해 줬거든요? 어른들한테 예의 바르고 일도 잘하고, 또 성실한 사람이랬어요. 나이에 비해 돈도 많이 모아 놨댔고. 그러니까 전체적으로 아주 괜찮은 사람이죠.”

“돈 많이 모았으면 괜찮은 사람이에요?”

소임은 경악하고 싶은 기분이었다. 앞에 설명한 내용은 다 빼놓고 어떻게 ‘돈’ 부분에만 집중할 수 있는가! 자꾸 자신의 속을 긁어 대는 선호를 한번만 꼬집을 수 있으면 원이 없을 것 같았다.

‘흥. 속물로 보이든 말든.’

눈에는 눈, 이에는 이. 자신 역시도 삐딱하게 나가리라 마음먹은 소임은 속으로 콧방귀를 뀌며 태연하게 대답했다.

“당연한 거 아니에요?”

“왜요?”

그러나 그가 정말 궁금하다는 듯이 되묻자 진땀이 흘렀다. 왜라니. 그렇게 어려운 질문을 던지면 어쩌란 말인가.

오직 선호를 무안하게 하고 싶어서 톡 쏜 질문이 자신에게 그대로 돌아오자 소임은 몹시 당황했다.

"그야……. 돈 열심히 모았으면 열심히 살아온 사람일 테니까? 막 딴 곳에 정신 안 팔고, 쓰고 싶은 거 꾹 참고 성실하게 살아온 거잖아요. 아주 멋진 사람이죠. 자기를 통제할 줄 알잖아요."

나름의 답변을 떠듬떠듬 내놓았는데, 뱉고 보니 썩 괜찮다 싶었다. 이 논리라면 돈을 많이 모아 놓은 사람이 인성도 괜찮다는 기준이 될 수 있을 것 같았다. 소임은 스스로의 임기응변 능력에 감명받았다.

하지만 그녀에게 별로 동의하지 않는지, 선호는 와인잔을 살짝 흔들었다. 투명한 유리잔 안에서 회오리를 일으키며 흔들리는 붉은 액체를 물끄러미 바라보면서 그가 나직이 중얼거렸다.

"근데 그렇다고 그게 사람을 판단하는 기준이 될 수 있나……."

소임은 눈을 감고 어금니를 악물었다. 제발 그런 철학적인 질문은 혼자서 생각해 줬으면 싶었다. 굳이 입 밖으로 내서 남을 물질만능 주의를 추구하는 사람으로 몰 필요는 없지 않은가.

'누가 돈만 본댔냐고! 그냥 돈 많이 모아 놨으면 대단하다는 거지.'

하지만 이미 선호는 자신만의 세상에 빠져 있는 듯했다. 인생을 고뇌하는 학자처럼 차분히 와인잔만 응시했다.

그에게 변명하기도 썩 끌리지 않고, 물론 자신이 부연설명 한다고 그가 귀를 기울일 것 같지도 않고. 이미 자신의 이미지는 저 멀리 우주 끝으로 날아갔다.

될 대로 되어라 싶어서 소임은 자포자기한 채로 조소했다.

"네……. 저는 돈 많이 버는 사람이 좋아요. 돈 쓰는 건 내가 알아서 잘하니까 나한테 돈 아주 많이 벌어다 주는 사람이랑 살고 싶네요."

혼잣말처럼 중얼거리며 소임은 와인을 마셨다. 황량한 기분 때문인지 아까보다 와인 맛이 썼다. 선호에게 어떻게 보이든 전혀 상관이 없는데 어쩐지 속이 헛헛해졌다. 그녀는 작게 한숨을 쉬며 브라우니를 집어 먹었다. 초콜릿이 많이 들어가 꾸덕꾸덕한 브라우니는 매우 달달했다.

'맛있네.'

기계적으로 브라우니를 씹던 소임은 옆에서 느껴지는 뜨거운 시선을 인식했다. 고개를 돌려봤더니, 선호가 손으로 턱을 괸 채 뚫어져라 자신을 바라보고 있었다. 알 수 없는 표정으로 저를 빤히 바라보는 남자 때문에 당황한 소임은 브라우니를 삼키는 척하다가 살짝 헛기침을 했다. 그가 시선을 거둬 줬으면 하는 바람에서였다.

그때, 선호가 갑자기 의자에 걸어 두었던 재킷의 주머니를 더듬어서는 핸드폰을 꺼냈다. 잠시 그것을 만지작거리던 그는 화면이 켜진 핸드폰을 식탁 위에 가만히 올려놓았다.

소임이 일부러 보려고 한 건 아니었다. 하지만 시선이 안 갈 수가 있나. 그냥 걸어가다가 옆 도로에서 빵 하고 클락션을 울리면 무의식적으로 고개가 돌아가는 것처럼, 눈앞에 화면이 켜진 핸드폰이 있으니 저절로 눈길이 향했다. 순전히 본능적인 행동이었다.

그런데…….

'아니, 저게 뭐야?'

핸드폰 화면에 나타난 것은 은행 계좌였다. 소임도 같은 은행 어플을 사용하고 있기 때문에 한눈에 알아볼 수 있었다. 계좌의 잔고를 확인한 소임의 눈이 휘둥그레졌다.

'일, 십, 백, 천, 만, 십만, 백만, 천만…….'

그다음 이어지는 단위에 소임은 놀라서 뒤집힐 뻔했다. 정말 억 소리가 나는 잔고였다. 머릿속이 멍해지고 턱은 빠질 듯했다. 그녀는 반쯤 넋이 나갔다. 제 계좌에서는 절대 본 적이 없는 액수였다.

이게 대체 누구 통장인가. 소유주가 누군가. 누가 이렇게 부자인가.

소임의 사고가 느릿하게 굴러갔다. 이 핸드폰의 주인이 선호라는 것을 파악한 후에는 한 생각이 머릿속을 가득 채웠다.

'뭐야? 돈 이렇게 많은데 나한테 밥값이 없다 어쩐다 앓는 소리를 한 거야?'

부자들이 더 한다는 말이 정말이었다. 소임이 이만큼 돈이 있었으면 당장에 학원을 때려치우고 해외로 떠났을 것이다. 물가 싼 곳 위주로 돌아다니면 유유자적하게 평생을 놀고먹으면서 살 수 있는 자산이었다.

당장 비행기를 타고 떠나도 모자랄 판에 서울에서 일을 하고 있다니. 돈이 이렇게나 많은데! 자신도 모르게 입을 살짝 벌리고 있던 소임에게 선호가 물었다.

"어떻게 생각해요?"

몰래 핸드폰 화면을 보고 있던 것을 들켰나 싶어 소임은 황급히 고개를 들고 시치미를 뚝 뗐다.

"뭐, 뭘요?"

선호가 이번에는 마치 제대로 보라는 듯 아예 핸드폰을 소임 앞으로 들이밀었다.

"난 그동안 열심히 살아온 것 같으냐고요."

소임은 얼이 빠졌다.

'이걸 질문이라고 하는 거야?'

열심히 살아오다마다. 소임은 선호가 자신보다 나이가 많다는 점을 떠올리며 그가 자신보다 모은 돈이 더 많은 건 당연하다고 합리화하려고 했지만 사실 자신이 선호보다 3년을 먼저 태어났대도 이만큼 모을 수는 없을 것 같았다.

그는 소임보다 고작 세 살 많았는데 모은 돈은 그녀보다 세 배도 아니고 무슨, 거의 수십 배가 차이 났다.

'대단하네. 이 씨…….'

소임은 이웃의 성공을 기꺼이 축하하고 싶었다. 그러나 어색한 미소를 짓고 있는 입꼬리가 바르르 떨렸다.

그래, 사실대로 말하자면 배가 아팠다. 너무 부러워서 배가 아플 지경이었다. 입을 열면 흑흑 울음소리가 쏟아질 것 같았지만 소임은 애써 너스레를 떨었다.

"글쎄요?"

소임은 일부러 심각한 표정으로 핸드폰 화면과 선호를 번갈아 보았다.

"음, 이 씨 나이가 몇인데 이만큼밖에 못 모았어요? 좀 더 열심히 모았어야죠! 나중에 처자식 어떻게 먹여 살리려고?"

누가 들어도 농담이었다. 뛰어나게 잘생긴 사람에게 눈코입 배열이 아주 맹숭맹숭하다고 장난을 치는 것처럼 그냥 우스갯소리였다. 소임은 그런 류의 농담을 한 거였다.

'처자식이 뭐야. 처가 살림까지 다 먹여 살려 주겠는데.'

단순하게 웃고 넘어가면 그만인 얘기였는데 선호는 의외로 진지했다. 그가 걱정스레 미간을 좁히고 정지 화면처럼 있다가 번뜩 핸드폰을 집어 들었다.

"아……. 좀 마음에 안 들어요? 기다려 봐요."

그는 얼른 다른 은행의 어플을 켜서 소임에게 보여 주었다.

"이쪽에 돈 더 많습니다. 근데 이건 묶어 둔 거라서 지금 당장은 못 빼요."

소임은 화면에 나타난 액수를 확인하고 눈이 튀어나올 뻔했다. 왜 저녁마다 TV를 봤던 걸까? 채널 돌리면 나오는 청년 갑부가 바로 옆집에 살고 있었는데 말이다.

잠시 굳어 있던 소임은 애써 태연한 척 손을 들었다. 그러고는 선호의 팔을 살짝 때렸다. 하는 짓이 주책이라는 것처럼 찰싹. 사적인 감정을 담아서 조금 세게 때리긴 했다.

"아우, 이 씨 사는 거 좀 힘들겠네요. 이래서 매달 외제 차

할부금 어떻게 갚는대?"

본인이 말해 놓고도 웃겨서 피식거리던 소임은 곧 돌아온 답에 얼어붙었다.

"그거 일시불로 사서 할부금 없어요."

"……."

소임은 말을 잃었다. 선호의 차는 신형 외제 차였다. 우진이 자신은 나중에 돈 벌어서 그런 차를 제일 먼저 장만할 거라고 떠들어 대던 드림 카. 억대를 호가하는 차를 일시불로 샀다는 재력에 소임은 주눅이 들기 시작했다. 그녀는 현재 친언니의 차를 무상으로 빌려 쓰고 있었다.

선호가 진지하게 말했다.

"나 빚 하나도 없어요."

소임은 당혹스러웠다.

'왜 나한테 이런 걸 말하는 거지?'

그녀는 눈을 가늘게 뜨고 선호를 살펴봤다.

'혹시 술에 취한 건가?'

그렇다면 선호는 말이 많아지는 주사가 있는 모양이다. 내내 조용하더니만 지금은 누가 시키지도 않았는데 스스로 떠들고 있었다.

반면 소임은 술이 완전히 깨 버렸다. 정확히 말하자면 아까 선호의 통장 잔고를 봤을 때부터 정신이 말짱 돌아왔다.

선호는 통장 이외의 재정 상태도 상세히 말하기 시작했다.

예전에 아는 형이 스타트업으로 게임 회사를 차렸는데 그때

도와준 공으로 주식을 받았다. 그런데 그게 요즘 주가가 많이 올랐다. 그런데 아직 현금화하진 않았다. 아마 시간이 지나면 더 오를 것 같다.

소임은 떨떠름한 기분으로 그의 말을 가만히 듣고 있었다.

'왜 이렇게 자랑을 하는 거야?'

비교하고 싶지 않았는데 자신의 상황과 너무 다르니 입술이 부루퉁 튀어나왔다. 소임은 학원을 개원할 때 부모님 돈 끌어다 쓰고도 모자라서 대출을 받았다. 돈 모으기 힘들어서 아등바등 사는 자신과 달리 선호는 지금부터 일 하나도 안 하고 펑펑 놀아도 괜찮을 것이다. 그는 부유한 삶이 완벽히 보장되어 있으니까.

소임이 할 말이 없어서 입을 다물고 있는 것이, 열정적으로 듣고 있는 것처럼 보이는지 선호는 말을 멈추지 않았다. 그는 느릿하지만 명확한 투로 이번에 작업한 프로젝트가 성공해서 받은 보너스에 대해 얘기했다.

이러다가 그릇이랑 수저 개수까지 다 말할 지경이었다. 아마 그것들은 금으로 만들어졌겠지. 부러워서 배가 꼬일 지경이었던 소임은 피눈물을 삼키며 자리에서 일어났다.

"화장실 좀 다녀올게요."

아까는 안 그러더니 선호가 짐짓 걱정하듯 미간을 좁혔다.

"등 두드려 줘요?"

"아니요."

지금 자신은 토하고 싶은 게 아니라 당신의 등을 때리고 싶은 기분이라고 말하고 싶은 것을 꾹 참으며 소임은 도망치듯 부엌을 빠져나왔다. 그러고는 거실 복도를 지나 그가 자신을 볼 수 없는 코너로 가서 벽에 등을 대고 한숨을 푹 쉬었다.

"후……."

소임은 선호의 자랑을 들어주느라 고생했다고 스스로를 다독이며 잠시 휴식했다.

'근데 진수 씨랑 지희 씨는 왜 이렇게 늦게 오는 거야?'

기념품 찾으러 갔다가 그대로 잠에 들어 버린 걸까? 소임은 그들의 방을 한번 기웃거려 볼까 생각했다.

그런데 호랑이도 제 말하면 온다는 말처럼 진수가 저편에서 나타났다. 그는 벽에 딱 등을 붙이고 있는 소임을 보고 살짝 놀란 눈치였다.

"왜 여기에 계세요?"

"잠시 화장실 갔다 왔어요."

소임은 히죽 웃으면서 물기도 묻어 있지 않은 손을 옷에 닦는 척했다. 진수가 이해했다는 듯 고개를 끄덕였다.

"그렇구나. 지희는 지금 진주알 찾고 있어요. 아까 악세사리함을 실수로 엎었는데 목걸이가 끊어져 있었는지 알이 다 빠져서 또르르 굴러간 거예요. 다 찾으려면 조금 더 시간 걸릴 거예요. 저보고 먼저 가 있으래요."

진수는 아무 생각 없이 부엌으로 향하려고 했다. 선호의 자랑에 시달리다가 겨우 빠져나온 소임은 다시 그 자리로 돌아가는 게 탐탁지 않았다. 망설이던 그녀는 개미 기어가는 소리만큼 작게 진수를 불렀다.

“저기, 진수 씨.”

“네?”

진수가 미소를 띠고 반문했다. 소임은 조금 주저했다.

“그 있잖아요…….”

“네, 말씀하세요.”

해맑고 친절한 낯에 소임은 무엇이든지 다 털어놓을 용기가 생겼다. 부엌에 있는 선호에게는 이쪽의 모습이 보이지 않을 테지만 소임은 괜히 눈치를 보며 진수에게 속삭였다.

“친구 분 조금 잘난 척 심한 거 같아요.”

“무슨 뜻이에요? 선호요?”

소임은 비밀 얘기를 하듯 손으로 입을 가리고 소곤댔다.

“자기 부자라고 저한테 되게 자랑했어요.”

진수가 덩달아 소리를 죽였다.

“어떻게요?”

“그냥. 보여 달라 하지도 않았는데 막 어플 켜서 통장 잔고 보여 주고. 자기 앞으로 빚이 하나도 없다고 그러고.”

소임은 조금 전까지 자신이 들었던 내용을 그대로 읊었다. 흥미롭게 듣고 있던 진수가 웃음을 터뜨렸다.

“선호가 그런 말도 했어요?”

“네에. 그리고 자기 시계 무슨 한정판이라고. 근데 집에는 이거보다 더 비싼 거 있다고."

웃겨 죽겠다는 표정을 짓던 진수가 장난스럽게 눈을 빛냈다.

"그럼 그거 한번 달라고 해 봐요. 지금 차고 있는 시계, 소임 씨 달라고."

"네?"

소임은 화들짝 놀라 반문했다.

"그러면 저 미쳤다고 생각할 거 아니에요? 이천만 원짜리 시계라는데."

"왜요, 해 봐요. 선호 술 마셨잖아요. 어차피 기억 못할 거예요. 걔 술 되게 약하거든요. 그니까 한번 장난삼아서 물어봐요. 반응 궁금하잖아요. 걔 소임 씨한테 다 줄지도 몰라요."

진수가 키득거리면서 부추기니까 소임도 귀가 솔깃했다.

'술 마시면 너그러워지는 성격인가?'

가끔 그런 사람들이 있었다. 소임의 친구 명진이도 술만 마시면 자신이 쏘겠다고 카드 들고 테이블 올라가서 고래고래 소리 지른다. 그래 놓고 다음 날 술이 깨면 왜 그렇게 돈을 써 댔을까 후회한다.

선호도 그런 타입이면 아주 웃기겠다고 생각하며, 소임은 진수의 계획에 동참하겠다는 뜻을 내비쳤다.

"음, 그럼 한번 해 볼까요?"

"네. 한번 해 보시고 결과 꼭 알려 주세요."

"어? 진수 씨는 같이 안 가세요?"

"소임 씨 혼자서 부탁해도 선호가 충분히 넘어갈 거예요. 저는 다시 방에 가 볼게요. 아무래도 지희 혼자 진주알 다 찾기는 힘들 것 같거든요. 도와줘야죠."

진수가 쿡쿡거리면서 방으로 돌아갔다.

아내 도와주러 가겠다는데 잡을 수도 없는 노릇이다. 소임은 하는 수 없이 혼자 부엌으로 돌아갔다. 자랑을 듣기는 너무 싫지만, 그래도 선호를 놀릴 계획이 있으니 그곳에 다시 가는 게 그다지 끔찍하지 않았다. 그리고 솔직히 그녀도 선호의 반응이 궁금했다.

만약 지금은 술에 취해 흔쾌히 줘 놓고 다음 날 쩔쩔매면서 시계를 돌려달라고 부탁해 온다면……. 그 모습을 보면 십 년 묵은 체증이 쑥 내려갈 듯했다.

"왜 이렇게 늦게 왔어요?"

소임을 기다리고 있었는지 선호가 득달같이 말을 붙였다.

"토하고 왔어요?"

그는 진지하게 소임을 이리저리 살폈다. 소임은 그가 제게 보이는 관심에 흠칫 놀랐다. 자랑 들어줄 상대가 없어서 많이 심심했던 것인가? 그녀는 떨떠름한 표정으로 선호를 향해 고개를 도리도리 저었다.

진수와 계획한 것을 막상 또 실행하려니 입이 떨어지지 않았지만, 까딱하다가는 또 선호의 지독한 자기 자랑을 들어줘야 할지도 모른다. 소임은 그가 대화의 주도권을 가지기 전에 움직여야겠다고 생각하며 의자에 앉았다.

"있잖아요."

그녀는 무난하게 운을 떼면서 그의 눈치를 살폈다.

선호의 두 손은 식탁 위에 올라와 있었다. 뼈대 굵은 손목을 감싸고 있는 메탈 시계는 금색과 은색 사이의 오묘한 빛을 띠었다. 고가 브랜드의 로고가 박혀 있는 그 시계를 달라고 하는 건 아무리 장난이라도 좀 심하지 않나 소임은 고민했다.

선호가 이어질 말을 기다리는 것처럼 그녀를 물끄러미 바라보았다.

'으, 모르겠다.'

소임은 눈을 질끈 감았다 뜬 후에 그의 손목시계를 검지로 쿡 찔러 봤다.

"이 씨, 저 이거 줄 수 있어요? 예뻐서 탐나요."

선호가 천천히 눈을 끔뻑였다.

"……."

소임은 불길한 기운을 느꼈다.

'제정신인 거 아냐?'

지금 보니까 또 눈빛이 멀끔한 게 선호는 술에 안 취한 것 같았다.

등 뒤로 식은땀이 흘렀다. 얼마나 긴장이 되던지, 째깍째깍 초침이 흐르는 소리마저 귓가에 선명히 들려오는 것 같았다.

선호가 한순간 피식 웃더니 손목에서 시계를 풀어 소임에게 건넸다.

조마조마하게 기다리던 소임은 현 상황이 믿기지 않았다.

그가 시계를 풀 때까지만 해도 설마 자신에게 넘기겠느냐 싶었다. 시계 줄 것처럼 하다가 '안 줄 건데요.' 하고서 다른 쪽 손목에 바꿔 차는 게 더 가능성이 높을 것 같았다.

소임은 제 손바닥 위에 올라와 있는 시계를 보고도 어리둥절했다. 가격을 알기 때문인지 어쩐지 일반 시계보다 더 무겁게 느껴졌다. 시계를 내려다보던 그녀는 멍하니 물었다.

"이거 왜 주는 거예요?"

"변 씨가 달라고 했잖아요."

소임은 어안이 벙벙했다. 고장 난 기계처럼 가만히 손바닥에 시계만 올려놓고 있는데 선호가 예고도 없이 손을 잡았다. 소임은 예상치 못한 접촉에 깜짝 놀라 굳었다. 그는 직접 시계를 채워 줬다.

"근데 손목이 너무 말랐다. 이만큼이나 남네."

그가 헐렁거리는 시곗줄을 건들며 말했다.

소임의 심장이 덜컥 내려앉았다. 그녀는 그에게서 얼른 손을 빼내고는 무릎에 올려놓았다.

이상했다. 큰 잘못을 한 것처럼 심장이 쿵쿵 뛰었다. 자꾸 고개가 아래로 숙여지고 죄지은 사람처럼 부끄러운 기분에 주먹을 쥐게 되었다. 선호를 쳐다볼 수가 없었다. 초조한 마음이 들고 볼이 달아오르는 느낌이 났다.

'왜 이러지?'

소임은 당황스러운 감정이 드는 이유를 생각해 보았다.

선호 때문에 당황한 건 아닐 것이다. 아무리 마지막 연애가 오래

전이었어도 그렇지 이렇게 가볍고 별것 아닌 접촉에 혼자 뺨을 붉힐 리 없었다. 그러니 선호를 의식하는 건 절대 아니었다. 분명히 다른 이유가 있을 터였다. 자꾸 가슴이 둥둥거리는 이유가.

혼란스러워하던 소임은 이내 정답을 찾아냈다.

그래, 불안한 거다.

이천만 원짜리 시계라서 이렇게 불안한 것이리라. 은행에서 현금 다발 뽑아 올 때도 누가 훔쳐 갈까 봐 손이 달달 떨리는데, 하물며 고급 시계가 제 손목에서 헐렁거리고 있으니 심장이 떨리지 않을 리 없었다. 이것을 잃어버리는 것은 둘째 치고, 매끈한 유리에 흠집이라도 나면 가슴이 갈기갈기 찢어질 것이다.

게다가 제일 두려운 것은 선호의 태도였다. 아무래도 자신이 시계를 달라고 요청한 것은 과한 장난이었다.

만약 그가 술이 깨고 나서 시계를 돌려 달라고 부탁한다면 소임은 당연히 돌려줄 것이다. 진짜로 시계를 얻고 싶었던 것도 아니고, 그냥 선호가 술에 취했을 때의 반응을 보고 싶었던 거니까. 근데 그렇게 끝나면 다행이지만, 만약 그가 스스로 시계를 풀어 준 것을 기억 못한다면 소임만 새 되는 거였다.

'내가 훔쳐 갔다고 경찰에 신고할지도 몰라. 술 취한 사람의 소지품을 강탈했다고.'

지레 겁이 난 소임은 얼른 시계를 풀어 식탁 위에 올려놓았다. 덩그러니 놓인 시계를 보고 선호가 고개를 옆으로 기울였다.

"왜요? 갖고 싶다면서."

“못 찰 것 같아요. 너무 크고 무거워요. 손목 부러질지도 몰라요. 저 손목 되게 약하거든요.”

“아아.”

선호가 알겠다는 듯 고개를 끄덕이며 자신의 손목에 도로 시계를 채웠다. 소임은 제자리로 돌아간 시계를 보며 안도의 한숨을 내쉬었다. 역시 자신은 새가슴이다. 입맛을 쩝 다시던 그녀는 어느 순간 다시 호기심이 돋았다. 이렇게 단순히 끝내기엔 뭔가 조금 허전했다.

‘시계 말고 다른 걸 달라고 해 볼까?’

다시 장난을 치고 싶어 입이 근질거리던 소임은 은근슬쩍 선호를 떠보았다.

“근데 이 씨 차는 얼마짜리예요? 아까 일시불로 샀다면서요.”

“얼마였지…….”

눈을 가늘게 좁힌 선호는 조금 섹시해 보였다. 소임은 무의식적으로 그런 끔찍한 생각을 해 버린 자신을 책망하며 혀를 깨물었다. 그녀는 대답을 기다리지 않고 즉각 말을 돌렸다.

“혹시 차 빌려줄 수 있어요? 나 그거 한번 운전해 보고 싶은데.”

말이 끝나기 무섭게 선호가 재킷 주머니를 뒤져 차 키를 꺼내 줬다.

소임은 혀를 내둘렀다.

‘와아, 내가 운전하다가 벽에 차 박으면 어쩌려고? 나 와인도 마셨는데.’

선호는 정말 술을 마시면 안 되는 사람 같았다. 사리분별이 제대로 안 되니까. 이대로라면 나중에 집문서도 넘겨줄 판이다.

'집문서가 뭐야? 혼인 도장도 찍어 주겠다.'

라스베이거스인가 어딘가에서는 하루 만에 결혼도 가능해서 술을 잔뜩 마신 후 처음 본 사람과 결혼하는 해프닝도 종종 있다는데 선호는 절대 그곳에 가면 안 될 것 같았다. 가진 거 달라고 하면 다 내어주니까.

그의 기막힌 주사에 질려 버린 소임은 속마음을 저도 모르게 내어놓았다.

"와아. 이 씨는 진짜 술 취하면 안 되는 사람이네."

선호가 눈을 천천히 깜박였다.

"나 안 취했는데?"

소임은 웃음이 터질 것 같아서 입술을 꾹 다물었다.

'그게 다 술 취한 사람들이 하는 말입니다.'

취한 사람하고 무슨 말씨름을 할까 싶기도 했지만 소임은 피식거리며 딴지를 걸었다.

"안 취하긴요. 완전히 취했구만."

"진짜예요. 나 세 잔밖에 안 마셨어요."

"에이. 해 달라면 다 해 주는데요?"

"아닌데. 다 생각하고 해 주는 건데."

"이 씨가 무슨 생각을 했는데요?"

"변 씨 생각."

말꼬리가 살짝 늘어지는 것, 그리고 답지 않게 떼를 쓰는 말투. 그리고 말도 안 되는 변명까지. 소임은 선호가 술에 취했다고 확신했다. 지금처럼 진중한 표정으로 말하는 것조차 실은 술에 취해서 그런 것이리라.

자기가 무슨 말을 하는지도 모르는 사람이라고 생각하니 어느 정도는 갸륵해서 조금의 헛소리는 참아 줄 수 있었다. 그녀는 선호에게 가볍게 핀잔을 주었다.

"뭘 내 생각을 해서 시계도 주고 차도 빌려줘요. 그런 소중하고 비싼 걸. 술 마셔서 이러는 거잖아요. 평소에는 절대 안 넘겨줬을 거면서."

"아니. 평소에도 변 씨가 달라고 했으면 줬어요."

소임은 허세가 분명한 대답에 피식거리며 그가 맨 정신이라면 절대 수락하지 않을 말을 던졌다.

"그럼 내가 결혼해 달라면요? 그것도 평소에 해 주려고 했어요?"

"결혼? 난 결혼하기 싫은데."

"그럴 줄 알았어요. 내 생각 하기는 무슨."

"근데 변 씨랑은 같이 살고 싶다."

"그 말 우리 아빠한테 가서 해 볼래요?"

"인사 시켜 줄 거예요?"

"아니, 이 씨 뺨 맞으라고."

소임은 고개를 절레절레 저었다.

'결혼하긴 싫고 같이 살고만 싶다니. 이거 완전 도둑놈 심보잖아?'

선호가 뚱한 표정으로 물었다.

"내가 뺨 맞았으면 좋겠어요?"

"그럼요. 왜냐하면 나는 이 씨가 싫거든요. 으으으."

소임은 끔찍하다는 듯이 과장해서 몸서리를 쳤다.

"왜 내가 싫지?"

선호가 불만스럽게 코를 찡긋거리더니 작게 중얼거렸다.

"난 변 씨 좋은데."

소임은 결국 웃음을 터뜨렸다.

'매일 시비 걸어 대면서. 무슨.'

하도 허무맹랑한 얘기라서 반박할 마음도 들지 않았다. 취한 남자의 말은 신빙성이 없다. 평소에 진중한 척은 다 하더니, 술에 취하면 아무 말이나 던지는 게 선호도 별 수 없는 남자구나 싶었다.

그래도 평소보다 귀엽게 보였다. 많이는 아니고 아주 조금.

11. 돈 안 갚고 도망간 원수

"새임이도 그렇고, 소임이도 그렇고. 딸들은 둘 다 내가 아주 잘 낳아 놨어."

재식은 아주 싱글벙글했다. 쉬는 날에는 해가 뜨기도 전에 홀라당 집을 떠나 취미 생활을 하는 그가 오늘은 소임을 약속 장소까지 태워다 준다며 기사 역할을 자처했다. 그만큼 유달리 기분이 좋은 상태였다.

"우리 딸들 미인이라고 사람들이 깜짝 놀라. 사진 보여 주면 다 연예인인 줄 알더라고."

껄껄 웃는 재식과 상반되게 조수석에 앉은 소임은 시큰둥했다. 아빠의 너스레에 장단을 맞춰 줄 의욕이 솟지 않았다.

재식의 말은 반쯤만 진실이다. 아마 사람들은 소임의 언니,

새임의 사진을 보고 놀랐을 것이다. 새임은 어딜 가든 사람들의 시선을 잡아 끄는 미인이니까. 그녀는 연예기획사에서 명함도 종종 받았고, 대학생 때는 잡지 모델도 했다.

"신정우, 고놈도 소임이 네 미모에 넘어간 거 아니여. 내가 그동안 '우리 딸 만나 볼텨?' 하면 말없이 웃기만 하더니, 지난번에 네가 나한테 옷 가져다준 적 있지? 그때 실물 딱 보더니 그럼 한 번만 만나 보겠다고 하는 거야."

소임이 심드렁히 대꾸했다.

"상사가 '내 딸 만나 볼텨?' 하는데 '싫습니다!' 할 신입이 몇 명이나 되겠어? 아빠가 자꾸 권하니까 더는 거절할 수 없었던 거지."

"예끼! 그렇게 눈치 안 줬어. 청년이 휴일에 하릴없이 집에 가만히 있는다고 해서 한번 밖에 나와 보라고 약속 잡아 준 거지."

소임은 정우의 순진한 면모에 쯧쯧 혀를 찼다. 휴일을 어떻게 보내느냐는 상사의 질문에 순순히 진실을 대답하는 것은 미련한 짓이다. 일정이 없어도 바쁜 척을 해야 한다. 안 그러면 이렇게 번거로운 일이 생겨 버리니까.

"하여튼. 다녀올게."

그녀는 무릎에 올려 두었던 핸드백을 들고 차에서 내릴 준비를 했다. 어느새 약속 장소인 백화점에 도착해 있었다. 정우와 백화점 정문 앞에서 만나기로 했다.

재식이 흐뭇한 미소를 지으며 말했다.

"재밌게 놀고 와. 얘기 잘 통하면 저녁까지 먹고 오고."

"어엉."

소임은 건성으로 대답하며 차 문을 닫았다. 이 만남에 큰 설렘을 느끼는 사람은 자신도, 정우도 아닌 오직 재식일 뿐이라고 생각하면서.

그녀는 백화점 정문 앞에 서 있는 정우를 쉽게 발견했다. 그는 무난하게 베이지색 셔츠와 진 청바지를 입고 있었는데 바쁘게 오가는 사람들과 다르게 한 자리에 가만히 서 있으니 눈에 띄었다.

"안녕하세요?"

소임을 발견한 그가 반갑게 웃으며 고개를 숙였다.

"아, 네. 안녕하세요."

그녀는 마주 인사하며 역시 정우가 동안이라고 생각했다. 지난번에 언뜻 봤을 때도 그랬지만 그는 전혀 서른다섯 살처럼 보이지 않았다. 소임 주변의 삼십 대 중반 남자, 예를 들면 사촌 오빠나 친구들의 남편들처럼 늙수그레하거나 생기가 쭉 빨린 기색이 전혀 돌지 않았다.

'가만, 그러고 보면 이 씨도 서른넷처럼은 안 보였는데.'

소임은 그가 자신보다 세 살이 많다고 밝혔을 때 놀랐던 기억을 떠올렸다. 어째서인지 그의 나이가 서른 중반이라는 사실이 새삼스러웠다. 생각해 보면 소임은 선호의 나이 자체를 추측해 본 적이 없었다.

'어쩌면 내가 그냥 남자들의 나이를 잘 가늠하지 못하는 건지도?'

하여튼 요즘 남자들도 관리를 잘해서 그런 건지 동안처럼 보이는 사람이 많은 것 같다는 실없는 생각이 들었다.

"지하철 타고 오셨어요?"

정우가 빙그레 웃었다. 그는 남녀노소 가리지 않고 두루두루 친근함을 느낄 만한 호감형 인상이었다. 예를 들자면 길 물어보기 딱 좋은 스타일. 저기요, 하고 말 걸으면 깜짝 놀라서 우왕좌왕하다가 친절히 길을 알려 줄 남자처럼 생겼다.

단둘이 만나면 어색할 만도 한데 소임은 웬일인지 긴장되지 않았다. 그냥 친구 만나는 듯했다. 첫 만남부터 편한 사람이 있는데 정우가 그런 타입이었다.

"아니요. 아빠가 여기까지 태워다 주셨어요."

정우가 놀란 듯이 눈을 크게 뜨고 두리번거렸다.

"부장님도 같이 오셨어요?"

소임은 별 우스운 얘기를 다 듣겠다는 듯이 손을 내저었다.

"아뇨. 제가 빨리 가라고 했어요. 정우 씨 쉬는 날에 상사 만나기 싫을 거 아니에요. 제가 얼른 쫓아 버렸답니다."

그녀의 장난기 어린 말투에 정우가 머쓱하게 웃었다.

"저는 부장님 뵈어도 괜찮은데."

소임은 순식간에 마음이 편해졌다. 시종일관 미소를 띠고 있는 그를 보자니, 마치 숙제를 꼬박꼬박 잘 해 오는 모범생을 보는 느낌이었다. 물론 그녀가 전담하는 쿼리 반에 그런 남학생은 없다. 그러니 정우가 참 새롭게 느껴졌다.

소임은 재식이 어떤 면에서 정우를 괜찮다고 평가했는지 알 것 같았다. 청개구리 심보를 가져서 뭔 얘기만 하면 '싫어' 하고 내뱉고 보는 소임과 다르게 정우는 완전히 유순한 성질을 가졌다. 그러니 아마 직장에서도 많은 귀염을 받을 것이다. 어른들은 자기 말을 잘 따르는 사람을 좋아하니까.

"정말요? 그럼 다시 전화해서 같이 점심 먹자고 할까요?"

"아……."

정우는 뭐라 할 말을 찾지 못하고 어색한 미소를 지었다. 소임은 풋 웃음을 터뜨리며 농담을 거두었다.

"어차피 전화한대도 오지 않을 거예요. 아빠 지금 낚시터 가고 있거든요. 걱정 마세요."

정우의 낯빛에 은근히 안도하는 기색이 감돌았다. 그는 소임 앞에서 대답을 머뭇거린 것이 민망했는지, 뒷머리를 긁으며 눈웃음을 지었다.

"맞다, 부장님 오늘 낚시 가신다고 하셨었는데. 저한테도 권하셨거든요. 그새 까먹었네요."

소임은 역시 자신의 추측이 틀리지 않았음을 확인했다. 실물 보고 마음을 바꿨긴 무슨. 정우는 재식의 닦달에 어쩔 수 없이 나온 것이리라.

'휴일에 같이 낚시하러 가자고 했다니. 으, 끔찍해.'

소임은 매우 활발한 재식의 성향에 한숨이 나왔다.

'우리 아빠지만 참 오지랖 넓단 말이야.'

집에서도 소임에게 부지런히 움직이라며 달달 들볶더니, 직장에서도 정우에게 많이 들이대는 모양이다. 요즘 청년들은 어른이 너무 많은 관심을 보이면 부담스러워한다고 소임이 우려했던 내용을 재식은 까마득히 잊어버린 듯했다.

아마 정우는 하루 꼬박 상사에게 붙잡혀 있는 것보다 차라리 상사 딸과 점심을 같이 먹는 게 낫겠다고 판단했을 것이다. 아빠의 주책에 고통받는 남자를 가까이서 목격한 소임은 정우를 향한 안쓰러움과 미안함이 동시에 가득 치밀었다.

"어휴, 저희 아빠가 정우 씨를 너무 좋아하시네요……."

정우는 그녀의 말을 긍정적으로 받아들인 건지 고개를 크게 끄덕였다.

"네, 부장님께서 친근하게 잘 대해 주세요. 제가 어리벙벙하게 헷갈리는 것도 잘 알려 주시고. 맛있는 것도 많이 사 주세요."

해맑은 대답에 소임은 정우가 더욱 갸륵해졌다.

'이러니까 아빠가 계속 나 만나 보라고 추근덕 대지. 사람이 이렇게 착해서야.'

소임은 다년간의 사회생활, 주로 원장님 앞에서 빌빌대던 강사 시절의 제 경험을 떠올리고 정우에게 한껏 이입했다. 주변 어른의 간섭에 얼마나 난감했을까?

그녀는 어떻게든 그의 부담을 덜어 줘야 할 것 같은 의무감을 느꼈다. 정우가 이 만남에 대해 스트레스를 느끼지 않았으면 싶었다.

소임은 상냥한 어조로 말했다.

"저희 아빠가 워낙 활동적이신 편이라서 젊은이들이 집에서 쉬는 걸 잘 이해 못 하세요. 휴일에는 꼭 밖에 나가서 놀아야 한다고 생각하시는 편이라. 그래서 정우 씨랑 저랑 자꾸 만나라고 하셨나 봐요. 저도 쉬는 날에 가만히 집에만 있거든요. 오늘은 그냥 동네 친구랑 밥 먹으러 나왔다고 편하게 생각하시고 우리 밥 같이 맛있게 먹어요."

그녀가 넌지시 비춘 뜻이 잘 전달됐는지 정우도 한결 긴장을 푼 듯했다. 그가 수줍게 눈을 찡긋거리며 웃어 보였다.

그들은 백화점 7층에 있는 전문 식당가로 향했다. 원래 점심 약속으로 만난 것이기에 식사할 때였다.

죽 늘어선 식당가를 둘러보던 소임은 뭘 먹을까 고민하다가 유난히 북적이는 가게 앞에서 걸음을 멈추었다. 손님이 많은 것을 보니 맛집일 가능성이 컸다.

"정우 씨는 동남아 음식 좋아하세요? 우리 가볍게 월남쌈이나……."

출입구 앞에 놓인 메뉴판을 눈으로 훑던 소임은 말을 멈추었다.

'가만. 과연 월남쌈이 가벼운 음식인가?'

뭔가 단어 선택을 애매하게 했다는 생각이 들었지만 거리낌 없이 돌아온 정우의 대답에 마음이 편해졌다.

"네, 저 동남아 음식 좋아해요. 월남쌈 먹어요."

그래, 깔끔하게 흘리지 않고 먹을 수 있으니까 가벼운 거다.

사실 그녀는 제게 무겁게 느껴지는 음식은 별로 없다는 것을 알고 있었다. 뭐든지 가볍게 시도할 수 있었다. 가볍게 국수 한 그릇, 가볍게 고기 한 접시.

소임은 경쾌한 기분으로 동남아 음식점에 들어섰다. 직원에게 테이블을 안내받고 식사 메뉴를 주문한 뒤, 그녀는 물티슈로 손을 꼼꼼히 닦았다. 곧 맛있는 음식을 먹을 생각에 기분이 좋았다.

식당은 동남아시아 음식을 파는 곳답게 가게 인테리어도 아시아풍으로 되어 있었다. 소임은 정우와 가게 분위기가 좋다고 단순한 감상을 주고받았다.

그다음에 이제는 무슨 얘기를 할까 고민하려던 차, 타이밍 좋게 직원이 주문한 음식을 내왔다. 소임의 입이 감탄하듯 동그랗게 오므려졌다.

보기 좋은 떡이 맛도 있다고, 가지각색의 채소들이 접시에 조화롭게 나열되어 있으니 식욕이 크게 돌았다. 얼른 이 색색의 채소들을 라이스 페이퍼에 싸서 고소한 땅콩 소스와 매콤 달달한 칠리소스에 찍어 먹고 싶었다. 숯불 향이 밴 고기도 노릇노릇 구워진 게 맛있어 보였다.

음식을 앞에 두고 어느 때보다 너그러워진 소임은 눈꼬리를 활짝 접으며 정우에게 친절히 권했다.

"어서 드세요."

"네. 소임 씨도 맛있게 드세요."

식사 분위기는 여유로웠다. 입안에서 아삭아삭 씹히는 채소들의 맛을 느긋이 즐기며, 소임은 쌀국수 말고 월남쌈을 시키길 잘했다고 생각했다.

뜨끈한 쌀국수도 맛있겠지만, 어쩌면 정우는 그녀가 국수 한 그릇을 5분도 안 되어서 해치우는 걸 보고 놀랄지도 모른다. 첫 식사인데 너무 깊은 인상을 주기는 싫었다.

정우는 확실히 괜찮은 남자였다. 생긴 것도 호감형이고, 말할 때마다 눈을 맞추는 모습에서 상대를 배려하는 마음씨도 잘 느껴진다. 게다가 소임이 무슨 말만 하면 부드럽게 웃어 줬다.

"정우 씨 일 싹싹하게 잘한다고 들었어요. 아빠가 칭찬 많이 하시던데요?"

"아니에요."

간단한 칭찬에도 귀를 금세 새빨갛게 붉히며 부끄러워하는 점도 순진하니 귀여웠다. 하지만 이 자리에 나오기 전부터 가졌던 소임의 의견은 변함없었다. 그녀는 정우와 관계를 발전시키는 것은 위험천만하다고 여겼다.

정우는 재식의 직장 동료다. 만약 이 만남이 결혼까지 이어지면 다행이지만, 그렇지 않을 경우에는 상황이 껄끄러워질 것이다. 재식의 동료들이 소임과 정우를 다 알기 때문이다.

소임이 예전에 똥 마렵다고 징징거리던 것은 여덟 살 때였는데, 그때의 기억으로 재식의 동료들은 지금까지 그녀를 똥쟁이라고 놀린다. 소임은 그들의 안부 인사에 '어쩌다가 정우랑 헤어졌어?'라는 질문까지 더해지는 것을 원치 않았다.

또 재식이 정우에게 눈치를 줄지도 모른다. 아무렴 그가 공과 사를 구별한다고 해도 자신의 딸과 사귀다가 헤어진 남자를 고운 눈으로 보겠는가?

그러니 정우와는 동네 친구 같은 관계가 되어야 했다. 어쩌다 따로 만나서 밥 먹는 건 괜찮다. 하지만 더 진득한 관계로 발전하는 건 위험하다. 밥 한번 먹은 것과 연애 하다가 깨진 것 사이엔 하늘과 땅 차이만큼의 거리가 있으니까. 소임은 크나큰 위험을 감수하면서까지 연애하고 싶지 않았다. 요즘 그렇게 외롭지도 않았고.

그런데 소임이 그와 친구만 하고 싶다는 의지를 표명할 필요도 없어 보였다. 정우는 자상하고 친절했지만 그녀에게 따로 호감을 느껴서 그러는 것이라기보다는 원체 착하고 다정한 성격이기 때문으로 보였다.

소임은 이 관계의 끝을 수월하게 예상했다.

'이렇게 한두 번 만나다가 슬슬 연락이 뜸해지고 멀어지겠지.'

상사 체면도 있으니까 정우는 예의상 소임에게 또 연락을 취할 것이고, 소임도 외출하는 걸 귀찮아하긴 하지만 남이 막 부르는데 안 나가는 스타일도 아니니 한두 번은 또 만남에 응할 것이다. 하지만 둘이 연인이 될 일은 없을 듯했다.

왜냐하면…… 소임은 정우랑 연인이 된 제 모습이 상상 가지 않았다. 그냥 사촌 오빠랑 만나서 밥 먹는 것처럼 자리가 편안했다. 긴장하면 꾸르륵거리는 배도 오늘은 잠잠했다.

소임은 활기차게 대화를 주도했다. 속이 든든하게 채워지니 입이 알아서 움직였다.

“정우 씨 강아지 두 마리 키운다면서요. 이름이 과일이라고 하던데. 사과랑 또 뭐였죠?”

“사과랑 머루요. 사과가 말티즈고 머루가 치와와예요.”

“아! 머루였구나. 이름 귀엽다. 어떻게 하다가 이름 그렇게 붙이신 거예요?”

“머루는 털이 새까매서 머루라고 지었고요, 사과는 그냥 사과같이 예뻐서 사과로 지었어요.”

밥 한 끼 같이 먹는 동안 친밀감이 쌓였는지 정우도 처음보다 더 스스럼없이 소임을 대하는 것 같았다.

“개 키우시는 거 정말 부러워요. 저도 강아지 진짜 좋아하는데 저희 엄마가 개털 알레르기가 있으시거든요. 그래서 독립하지 않는 한 절대 못 키워요.”

“저도 아버지께서 동물을 싫어하셔서 가족들이랑 같이 살 때는 못 키웠어요. 한국에 와서 새로 데려오게 된 거예요.”

호구 조사를 하려던 건 아닌데 대화를 하다 보니 저절로 가족 관계를 알게 됐다. 정우는 나이 차가 많이 나는 여동생이 한 명 있었다. 부모님은 미국에서 노후를 보내고 계시고, 지금은 여동생과 함께 한국에 들어와 살고 있다고 했다.

소임은 돌연 정우가 자신의 이상형에 가깝다는 것을 인식했다. 꿈에 그리던 왕자님 같은 건 원래부터 없었지만 적어도 기대하는 배우자상은 있었다.

성격이랑 외모가 제 마음에 들어야 한다는 것은 당연하니, 논할 것은 그 이외다.

일단 정우는 부모님이 저 멀리 해외에 계시다는 것부터 높은 점수를 얻고 들어갔다. 여동생이 있는 것도 딱 좋았다. 소임은 언제나 남자를 대하는 것보다 여자를 대하는 게 편했다.

둘의 나이 차가 네 살로 딱 좋다던 재식의 말이 문득 떠올랐다. 운명인가? 소임은 잠시 혹했다가 곧바로 미련을 떨쳐 버렸다. 괜히 위험한 도박을 하지 말자. 그녀는 평화로운 삶을 추구했다.

안 그래도 학원 개원한 지 채 1년도 안 되어서 빚 갚을 생각에 아득한데 여기에다가 누구랑 결혼하니, 마니, 하면서 고민거리를 더 늘리는 것은 딱 질색이었다. 아직 그녀에게 결혼은 시기상조였다. 모아 놓은 돈도 없으니까 말이다.

대화하다 보니 정우의 동생이 최근 취업했다는 사실이 자연스럽게 화제에 올랐다. 그의 여동생은 대학 졸업 후 1년 동안 취업 준비를 하다가 이번에 대기업 공개채용에 합격했다고 했다.

"어머! 축하드려요. 고생 너무 많았겠다."

나이 차가 많이 나는 동생이 취업한 게 기특한지 정우의 단정한 입매도 부드럽게 늘어졌다.

"고생 많았죠. 밤마다 울기도 하고."

소임이 공감하는 표정으로 고개를 빠르게 끄덕였다. 그녀 역시 대학교 졸업 후 백수 생활을 했던 기간이 있기에 취업 준비가 얼마나 고된지 익히 알고 있었다.

잠시 생각에 잠긴 듯, 눈을 내리깔고 있던 정우가 갑작스레 제안했다.

"혹시 원피스 고르는 것 좀 도와주실 수 있으세요? 동생한테 입사 선물로 옷 좀 사 주고 싶은데 제가 보는 눈이 없어서……."

정우가 이런 얘기를 꺼내게 된 근거로는, 마침 그들이 있는 곳이 백화점이라는 점, 그리고 소임이 여자라는 점, 그리고 아무래도 가장 큰 이유로 그들이 밥을 먹고 나서 딱히 할 일이 없다는 점이 복합적으로 작용한 것 같았다.

소임도 그가 때마침 좋은 선택지를 꺼냈다고 생각했다. 밥만 먹고 이대로 휑하니 헤어지기도 민망하고, 또 카페에 간다면 주구장창 얘기만 하게 될 텐데 이미 주요한 질문은 밥 먹으면서 다 했다. 서로에 대해 너무 자세히 알게 되는 것은 부담스러울 수 있다. 그녀는 흔쾌히 수락했다.

"그럼요. 동생 분 평소 패션 취향 말씀해 주시면 최대한 예쁜 걸로 골라 보도록 할게요. 사이즈는 알고 계시죠?"

"네. 얼마 전에 알아 놨어요. 55 사이즈 입는다고 하더라고요."

편안한 분위기에서 식사를 마치고 나온 그들은 에스컬레이터를 타고 아래층으로 쭉쭉 내려갔다. 여성복 코너는 백화점 2층에 있었다.

은은한 클래식 음악이 흐르는 백화점 내부는 몹시 쾌적했다. 주변이 깔끔하고 바라보는 곳마다 반짝반짝 빛이 나니 소임의 기분도 덩달아 산뜻해졌다.

"정우 씨, 제가 재밌는 거 알려 드릴까요?"

"뭔데요?"

그가 자상하게 반문했다. 상대방이 경청하는 태도를 보이면 말하는 사람은 신이 난다. 소임은 의욕적으로 떠들었다.

"백화점에는 시계 없는 거 아세요? 일부러 시계 안 놓잖아요. 고객들이 시간 모르고 쇼핑에 푹 빠지도록 하려고요."

"아아. 그러고 보니 정말 시계가 안 보이네요."

"네, 근데 목욕탕에는 시계가 꼭 있어요. 시간 보고서 아이쿠 밥시간이네, 하면서 얼른 집에 가라고요. 저희 아파트 휘트니스 지하 목욕탕에도 시계 두 개나 있어요. 디지털 시계 하나, 아날로그 하나."

층수 표지를 확인한 소임은 정우에게 어서 내리라고 덧붙였다.

"여기예요. 2층이 여성복 매장이거든요. 아까 동생 분이 B 브랜드 즐겨 입는다고 하셨죠?"

B 브랜드는 20대 여성들을 타겟으로 한 젊은 브랜드로, 소임도 한때 그쪽 옷을 많이 사 입곤 했다. 소임은 자신 있게 정우를 안내했다. 백화점 2층 매장의 구조는 뻔히 꿰뚫고 있었다. 지금 입고 있는 자주색 니트 원피스도 이 백화점에서 샀다.

"B 브랜드 저기 있네요. 저기 한번 돌아보고 그 옆에도 가 봐요. C 브랜드도 요즘 되게 인기 많거든요. 디자인 진짜 잘 나와요. 아우, 저거 예쁘다."

소임은 제 옷을 고르는 것처럼 마음이 들떠서 마네킹에 쪼르르 다가갔다. 완벽한 굴곡을 자랑하는 마네킹이 걸친 옷은 계절에 딱 어울리는 베이지색 골지 원피스였다.

"동생 분 이런 스타일 좋아해요?"

"이것보다는 좀 더 화려한 거 좋아하는 것 같아요. 막 무늬 요란한 거요."

"으음. 나이가 어리니까 좀 더 화사한 것도 이쁘겠다."

그녀는 고개를 끄덕이며 매장을 둘러봤다. 그녀가 매장 직원이 추천해 주는 옷들을 열심히 구경하는 동안, 정우는 한 발짝 뒤에 떨어져 서 있었다. 그는 익숙하지 않은 곳에 와서 조금 어색한 듯했다.

썩 마음에 드는 옷이 보이지 않았다. 자고로 멋진 옷 하나를 건지려면 열심히 발품을 팔아야 하는 법. 그녀는 씩씩하게 정우를 데리고 B 브랜드 매장을 벗어났다.

"다른 데도 가 볼까요? 저 반대편 쪽에도 괜찮은 브랜드 있어요."

"네. 좋아요."

"한번 전체적으로 싹 둘러보고 결정해요. 마음에 드는 거 몇 개 집어 두고."

적극적으로 정우를 이끌고 가던 소임은 어느 순간 발걸음을 멈칫했다. 뜻밖의 인물을 발견한 탓이다.

'이 씨잖아?'

2층 여성복 매장과는 전혀 어울리지 않는 사람이 떡 하고

서 있었다. 그는 키가 커서 눈에 띄었다. 소임의 미간이 좁아졌다.

선호가 저기에 있을 이유가 무엇이란 말인가. 20대 여성, 그것도 초중반을 타겟으로 한 캐쥬얼 매장에 본인 옷을 사러 왔을 리는 없으니 다른 사람과 함께 온 것일 텐데…….

그때, 그녀의 시야에 한 여자가 들어왔다. 매장 안쪽 탈의실에서 옷을 시착하고 나온 모양이었다.무릎을 덮는 길이의 벙벙한 진녹색 니트 원피스를 입은 여자는 소임도 익히 아는 얼굴이었다. 소임의 옆집에 입주할 뻔했다는 사람. 바로 선호와 결혼할 뻔했던 여자였다.

여자는 쑥스러운 듯 배시시 웃었고 선호는 엄지를 치켜들어 보였다. 놀라거나 감탄하는 표정은 아니었지만 만족해한다는 것은 확실했다. 그는 입가에 미소를 머금고 있었다.

소임은 그 모습을 보면서 기분이 싱숭생숭했다. 제게는 중지만 치켜들 것 같은 남자였는데 옷 갈아입고 나온 여자에게 저런 반응도 보여 주다니. 선호는 누가 봐도 자상한 애인의 역할을 수행하고 있었다.

"왜 그러세요?"

소임이 제자리에 우뚝 멈춰 서있자 정우가 의아해했다. 그는 소임의 시선이 향한 곳과 그녀를 번갈아 보다가 어리둥절히 물었다.

"저 매장 가시려는 거예요?"

"……."

정우에게 대답해야 하는데 말이 잘 안 나왔다. 소임은 잠시 선호와 여자를 멍하니 바라보았다. 둘은 키 차이도 적당해서 잘 어울렸다.

선남선녀 커플에 시선을 뺏긴 채로 서 있던 소임의 머릿속에 무언가가 번뜩 스치고 지나갔다. 동시에 그녀의 미간에 깊은 주름이 생겼다.

자신이 틀렸으면 하는 바람이 얼핏 들었는데, 왜 그랬으면 하는지는 스스로도 이유를 설명할 수 없었다. 그녀는 제 추측을 확인하기 위해 입을 열었다.

"정우 씨, 근데 오늘 날짜가 어떻게 되죠?"

"오늘요? 10월 2일이에요."

"그렇구나."

소임은 허탈한 숨을 뱉어냈다. 찜찜하던 것이 사실로 드러났다. 1202호의 현관 비밀번호는 1002. 바로 오늘이다.

그리고 정황상 여자와 관련되어 있는 날짜라는 게 명백해 보였다.

'저 여자의 생일 선물을 사 주러 온 거겠구나.'

선호가 저 여자에게 옷을 사 주든 말든, 아니, 사 주는 게 마땅하다. 결혼할 뻔했던 여자고, 그리고 이제 다시 결혼할지도 모르는 여자니까.

둘이 쇼핑을 같이 하든 말든 소임과 전혀 관계가 없는데 다정해 보이는 그들을 지켜보고 있으니 어쩐지 기분이 떫었다.

소임은 우연히 목격한 모습에 크게 집중하지 않으려고 노력하며 걸음의 방향을 돌렸다.

"정우 씨, 우리는 저쪽 매장 가 봐요. 저 브랜드는 동생 분 스타일하고 안 맞을 것 같아요."

어리둥절해하는 정우를 이끌고 선호가 있는 매장과 꽤 떨어진 건너편 브랜드 매장으로 향하던 소임은 자신도 모르게 슬쩍 뒤를 돌아봤다. 그러다가 선호와 눈이 마주쳤다. 소임은 그를 보지 못한 것처럼 곧바로 홱 고개를 돌렸다.

각자 일행이 있고 거리가 그렇게 가깝지도 않으니 인사하지 않는 게 합리적이다. 소임은 아마 선호도 딱히 제게 아는 척을 하고 싶지는 않을 거라고 생각하며 매장에 들어갔다.

그런데 계속 옷을 살피면서도 자꾸 건너편 매장의 상황이 궁금했다. 선호와 여자가 아직도 거기에 있을지, 혹은 그가 여자의 옷차림에 또 찬사를 보낼지. 왜 그런 쓸데없는 게 신경 쓰이는지 모를 노릇이었다.

소임은 눈을 찡그린 채 손에 든 원피스를 한참 들여다봤다. 고개를 돌려 확인하고 싶은 욕구를 꾹 참느라 곤욕이었다.

"그거 좀 괜찮은 거 같아요. 동생이 그런 진한 파랑색 좋아하거든요."

"그래요?"

소임은 한번 자세히 살펴보라며, 들고 있던 원피스를 정우에게 넘겼다. 그는 우둘투둘하게 기형학적인 문양이 들어가 있는 옷감을 손바닥으로 쓸어 보다가 궁금한 듯 질문했다.

"그런데 있잖아요. 혹시 저 남자 아는 분이에요? 아까부터 이쪽 되게 쳐다보는데."

정우가 건너편 매장을 향해 턱짓했다. 소임은 반사적으로 그가 가리킨 쪽을 바라보았다가 줄곧 의식하던 사람과 직면했다. 선호는 이쪽 매장으로 오지만 않을 뿐, 시선을 아예 이쪽에 고정시키고 있었다. 여자는 다시 옷을 갈아입으러 간 것인지 그의 곁에 없었다.

소임은 고개를 도로 돌리면서 능청을 떨었다.

"글쎄요. 저는 처음 보는데요. 왜 저렇게 쳐다보지?"

정우가 빙그레 웃으면서 말했다.

"무슨 돈 안 갚고 도망간 원수 발견한 눈빛인데요."

"그러니까 말이에요. 무서워 죽겠네."

참 살 떨리는 농담이라고 생각하면서 소임은 어색하게 하하 웃었다. 선호에게 갚을 돈이 있긴 했으니까 어떻게 보면 반쯤은 맞는 얘기였다.

'근데 내가 언제 튀었냐고.'

소임은 대번에 기분이 상했다. 돈을 갚기 싫어서 그를 피하는 것도 아니고, 단지 먼저 약속한 일정을 수행하고 있을 뿐이다. 자신은 채무를 불이행하는 게 아니었다. 그런데 왜 저렇게 탐탁지 않은 표정으로 바라보는 것인가. 어차피 그 역시도 오늘 여자 만나느라 시간을 낼 수조차 없었을 거면서.

꽁해서 입을 꾹 다물고 있던 소임은 한순간 불안감이 들었다.

'이쪽으로 오면 어떡하지?'

정우에게는 모르는 사람이라고 말해 놨는데 만약 선호가 와서 아는 척하면 곤란해진다. 까딱하다가 체면 버릴 수도 있지 않나. 근심하던 소임은 쭈뼛거리다가 정우에게 양해를 구했다.

"정우 씨, 저 화장실 좀 다녀올게요."

정우는 사람 좋게 웃었다.

"네. 천천히 다녀오세요. 저는 이거 결제하고 있을게요. 이 원피스 괜찮은 거 같아요."

눈치를 보면서 슬슬 매장을 벗어난 소임은 곧이어 제 예상이 들어맞았다는 점에 깜짝 놀랐다. 조금만 더 늑장을 부렸으면 선호가 찾아왔을지도 모른다.

정우가 있는데도 불구하고 매장에 기어코 들어왔을지, 아니면 소임이 혼자 있어서 아는 척을 하러 오는 건지는 불확실하지만 어쨌든 선호가 그녀 쪽으로 걸어왔다.

정우가 있는 매장에서 멀리 떨어진 코너에 몸을 숨긴 소임은 선호를 마주하고 과장스럽게 인사했다.

"어머! 이 씨. 웬일이에요? 여기서 만나다니! 이런 우연이!"

괜한 오기 때문인지도 모르겠다. 소임은 저조한 기분을 밖으로 드러내고 싶지 않았다. 그가 여자와 함께 즐거운 시간을 보내고 있었던 것처럼, 자신도 정우와 함께 하하 호호 웃으며 쇼핑하는 것으로 보였으면 했다. 그래서 더욱 활짝 웃으며 호들갑을 떨었다.

“진짜 이게 웬일이야. 이 씨랑 이렇게 만나다니. 이 넓은 백화점에서!”

선호가 눈을 가늘게 좁혔다.

“저 사람이 그 사람이에요? 아버지 직장 동료? 서른다섯 살?”

대뜸 묻는 모습에 소임은 눈을 찌푸렸다.

‘웬 참견이야?’

하지만 불만 가득한 속내를 그대로 드러내는 것은 어리숙한 사람이나 하는 짓이다. 그에게 지고 싶지 않았던 소임은 천연덕스럽게 대답했다.

“네. 봤어요? 같이 옷 사러 왔어요. 저 보고 여동생 옷 골라 달래요.”

선호가 인상을 확연히 찡그린 채로 쏘아붙였다.

“왜 벌써 여동생 옷을 골라 주고 있습니까? 오늘 처음 만난다면서.”

자기 주관도 없이 끌려다니는 사람 보는 듯한 그의 눈빛에 소임은 짜증이 일었다.

‘뭔 상관이야?’

그녀는 화를 꾹 참으며 발랄한 음성을 꾸며 냈다.

“그거야 제가 패션 센스가 뛰어나기 때문이겠죠? 제 스타일이 멋지대요. 여동생도 이렇게 입고 싶어 한대요.”

정우가 그렇게 말한 적은 없었지만 소임은 뻔뻔히 주장했다. 선호가 사실관계를 확인할 수도 없을 테니 일단 말하고 보는 것이다.

그녀는 심기 불편한 티를 팍팍 내는 그에게 생긋 웃어 보였다.

"근데 이 씨는 백화점에 웬일이에요? 그것도 여성복 매장에."

"아는 동생 생일 선물로 옷 사 주러 왔습니다."

소임은 하마터면 소리 내어 비웃을 뻔했다.

'아는 동생은 무슨! 결혼하려던 여자구만.'

끝까지 사생활을 숨기려는 그가 얄미웠다. 소임은 선호를 삐딱하게 노려보았다.

싱글인 척하는 건 나쁜 버릇이다. 여자 친구나 애인이 있으면 티를 내야 할 것 아닌가. 반지를 끼든, 말로 표현을 하든. 그래야 자신 같은 사람이 배신당한 기분이…… 응?

소임은 헷갈렸다. 자신이 선호에게 배신감을 느낄 이유는 없다. 그가 애인 있는 티를 내지 않았다고 해서 왜 제 기분이 상해야 하는가?

'어째서 화나는 거지?'

급격한 혼란을 느끼던 소임은 곧 적당한 이유를 찾아냈다. 임자 있는 티를 내지 않는 선호가 좋게 보이지 않는 이유는 바로…… 유부남이 될 예정인 남자가 곧 죽어도 미혼 행세를 하는 것의 이면에는 교활한 속셈이 있을 테니까!

자신은 그냥 그 자체에 배알이 꼴리는 것이 분명하다. 남을 속이거나, 남에게 피해를 주는 이들을 꺼리는 것은 인간의 본능이지 않은가.

소임은 선호에게 부러 상냥하게 웃었다.

"그렇구나. 쇼핑 잘하고 돌아가세요!"

고개를 까딱이며 지나가려고 하는데 선호가 뚱한 표정으로 앞을 막아섰다.

"저 남자 마음에 듭니까?"

소임은 그가 기세등등해할 만한 조그마한 꼬투리도 내어주고 싶지 않았다. 그녀가 지루한 시간을 보내고 있다는 점에 그가 승리감을 느낄지도 모르니까. 그래서 머리를 갸웃거리면서 당연하다는 말투로 대꾸했다.

"그럼요! 이 씨가 보기에도 괜찮지 않아요? 인상 너무 좋잖아요. 서른다섯 살인데 전혀 그렇게 안 보이고. 웃는 것도 귀엽고. 목소리도 완전 다정해요."

마음에 든다는 듯이 히죽거리니, 선호의 눈빛에 심술이 잔뜩 어렸다. 그는 불만 가득한 음성으로 태클을 걸었다.

"아뇨. 내가 보기엔 별론데."

"왜요? 되게 선한 인상인데."

"여자 많을 거 같은 인상이에요. 남자가 봤을 때 그래요."

소임은 속으로 콧방귀를 뿍 뀌었다.

'정말 여자가 많은 건 누군데.'

본심과 달리 소임은 눈꼬리를 매끄럽게 접어 보였다.

"그래요? 여자들이 좋아하는 유형이긴 하죠. 착하게 웃잖아요."

"그건 뭔 헛소립니까? 누구는 나쁘게 웃나……."

소임은 버럭 소리치고 싶은 마음이었다.

'그쪽보다 훨씬 착하게 웃거든요!'

소임은 선호의 웃는 모습을 떠올려 봤다. 여러 가지 기억이 떠올랐다.

한쪽 입꼬리만 삐뚜름히 올려서 비웃던 모습, 새어 나오는 웃음을 참듯이 입술을 꾹 다문 모습, 어이없다는 듯이 피식 웃던 모습, 그리고 언젠가 한 번은……

다정히 웃어 줬었다.

소임이 그의 집에서 만두를 얻어먹을 때, 맞선 상대에 대한 그녀의 불평을 가만히 듣고 있다가.

의미를 알 수 없던 미소를 떠올리자 소임의 심장이 쿵덕 뛰었다. 왜 그렇게 자상하게 웃어 줬는지 아직까지도 모르겠다. 선호는 그렇게 웃어 줄 인간이 아닌데. 지금도 자신에게 시비만 걸어 대는데.

선호의 웃는 모습이 별로라고 결론 내리기에는 마음에 걸리는 부분이 있었다. 소임은 갈팡질팡하다가 인정했다. 사실 그가 웃는 모습은 나쁘지 않다. 아니, 솔직히 사심 빼면 멋졌다. 선호는 치열도 고르고 입술도 보기 좋게 생겼으니까.

하지만 중요한 건 그 다정한 웃음이 자신에게 향하지 않는다는 사실이다.

'나한테는 별로 웃어 주지도 않으면서.'

선호가 애인에게 짓던 부드러운 표정을 떠올린 소임은 속이 부글부글 끓었다. 그렇게 웃을 줄도 아는 사람이 제게는 비웃음만 지어 줬다. 그녀는 새치름하게 쏘아붙였다.

“하여튼 저 이만 돌아가 볼게요. 이 씨도 아는 동생 분이랑 쇼핑 잘하고 귀가하세요.”

“이따가 저녁 나랑 같이 먹어요.”

소임은 뜬금없는 제안에 미간을 좁혔다.

“네? 동생 분은 어쩌구요. 같이 쇼핑하러 온 거 아니에요?”

“걔도 저녁엔 걔 나름의 일정이 있으니까.”

소임은 기가 막혔다.

‘남는 시간에 나 만나겠다는 거구만? 내가 부르기만 하면 쪼르르 달려와서 시간 채워 주는 잉여 인간인 줄 아나.’

이제는 속내를 숨길 여유조차 없었다. 기분이 어마어마하게 나빴다. 소임은 심통 가득한 목소리로 대꾸했다.

“몰라요. 저는 오늘 저분한테 저녁까지 얻어먹을 거예요.”

선호가 답답하다는 듯이 인상을 찡그렸다.

“내가 사 줄게요. 나랑 먹어요.”

그녀는 미심쩍은 눈으로 선호를 쳐다봤다.

‘왜 자꾸 들러붙는 거야?’

유독 끈질긴 게 수상했다. 선호는 마치 그녀의 선이 파투나길 바라는 사람처럼 굴고 있었다.

‘설마 내가 인기 없을 줄 알았나?’

본인 예상과는 달리 소임이 남자와 화기애애하게 있으니까 배가 아픈 것일 수도 있다.

‘이런 식으로 남의 일에 훼방 놓겠다 이거지?’

그가 대단히 속이 좁다고 생각하며 소임은 입을 삐죽였다.

"싫어요. 저분이랑 밥 먹을래요. 되게 재밌는 시간 보내고 있단 말이에요."

그 말을 던져 놓고 소임은 도망치듯이 자리를 피했다. 혹여나 선호가 자신을 붙잡을까 봐 헐레벌떡 뛰다시피 걸었다. 근데 따라오는 기색이 느껴지지 않았다. 슬쩍 뒤를 확인해 보니 선호는 우두커니 제자리에 서 있었다.

애초에 잡을 생각이 없었을지도 모른다. 소임은 어쩐지 맥이 빠졌다. 속으로 투덜대면서 그녀는 정우가 기다리고 있는 매장에 돌아갔다.

이후의 시간은 소임이 선호에게 어깃장을 놓은 것과는 거리가 멀게 흘러갔다. 쇼핑을 마친 정우와 소임은 자연스럽게 헤어질 준비를 했다.

"덕분에 잘 샀어요. 감사해요."

"아니에요. 동생 분이 마음에 들어 했으면 좋겠네요. 영수증 지참하면 교환도 가능하다니까 혹시 잘 안 입을 거 같으면 그것도 알려 주세요."

"그럴게요. 집에는 어떻게 돌아가세요? 저 차 끌고 왔는데 태워다 드릴까요?"

정우의 호의는 고마웠지만 너무 데이트스러운 코스는 좋지 않았다. 소임은 부드럽게 거절했다.

"아니요. 괜찮아요. 저 이왕 밖에 나온 거 서점에 좀 들러서 애들 문제집 좀 보다가 가려고요. 정우 씨 먼저 들어가세요."

정우는 재차 권하는 대신 예의 바른 미소를 지어 보였다.

"네, 소임 씨도 조심해서 들어가세요. 오늘 즐거웠어요."

끝까지 좋은 인상을 주는 그에게 소임은 고마움을 느꼈다. 마무리를 산뜻하게 맺어 줘서 기분이 좋았다. 소개팅을 하거나 맞선을 보면 찜찜하게 끝나는 경우도 있는데 지금은 그냥 오랜 친구와 인사하는 것처럼 편안했다. 어쩌면 정우와 정말 동네 친구처럼 지낼 수도 있겠다는 생각이 들었다.

'가끔 만나서 밥이나 먹고 헤어지면 딱 좋을 텐데.'

그러면 부모님은 흡족해할 것이다. 딸이 남자와 데이트를 하는 줄 알 테니까. 그렇게 되면 귀찮은 잔소리와 중매를 피할 수 있을 거라는 희망이 소임의 가슴 속에 뭉게뭉게 자라났다.

하지만 세상에 어떤 남자가 그런 관계에 동의하겠는가? 본인은 결혼 생각도 없는데 딸 가진 부모에게 미래 사윗감으로 낙점당하면 부담 백배일 것이다.

그리고 만에 하나 그런 남자가 있다 하더라도, 정우가 그 사람이 될 수는 없었다. 아까도 생각했지만 재식의 직장 동료와 사귀는 것은 위험성이 너무 크다.

소임은 과연 재식에게 오늘의 만남에 대해 어떻게 말하면 좋을지 고민했다.

즐거웠다고 하면 또 만나 보라고 부추길 것이고, 싫었다고 하면

‘내 딸에게 대체 어떻게 행동했느냐’며 정우를 타박할지도 모른다. 아직 잘 모르겠다고 애매하게 답한다면 ‘그럴 때는 또 만나 봐야지’ 할 게 자명했다.

참 딜레마라고 생각하며 그녀는 백화점에 다시 들어갔다. 정우에게 말한 대로 오랜만에 책 좀 둘러볼까 하던 차였다.

그때, 핸드폰의 진동이 울렸다. 소임은 핸드백 속에서 핸드폰을 꺼내 화면을 확인하고는 고개를 갸웃거렸다. 모르는 번호였다. 스팸 전화는 아닌 것 같고. 누군지 궁금해하다가 통화를 연결했다.

“여보세요?”

태평하게 전화를 받은 소임은 곧 미간을 모았다. 발신인의 정체는 건물 경비원이었다.

“네? 뭐라고요? 학원에 누가 침입한 거 같다고요?”

상상치도 못한 소식에 그녀는 심각해졌다. ATP 과학 학원을 개원한 지 4개월 만에 처음 발생한 중대 사건이었다.

12. 설마가 설마

소임은 근심스러웠다. 학원에 침입자가 들다니 이게 무슨 봉변이란 말인가. 오늘 출근했던 경지에게 전화해 보니 그녀도 깜짝 놀라서 무슨 일이냐며 되물었다.

—도둑 들었대요? 저 애들 보내고 문단속 다 잘했는데?

소임은 자신이 학원에 가서 상황을 알아보겠다고 말하며 전화를 끊었다. 택시 기사에게 비용을 두 배로 드리겠다고 하면서까지 학원에 후다닥 도착했건만 막상 현장에서는 맥이 풀리는 상황에 직면했다.

"……민수야?"

학원의 경보 시스템을 웽웽 울리게 한 장본인은 바로 ATP 학원 수강생, 중학교 3학년 조민수였다.

소임에게 황급히 전화했던 경비원의 얘기를 들어 보니, 민수는 경보음을 들은 경비원이 순찰을 돌 때까지도 원장실에 가만히 숨어 있다가 결국 들킨 모양이었다.

"요 조그만 학생이 책상 밑에 들어가니 보여야지 말이지. 아주 쏙 들어가서 보이지도 않았어."

흰머리가 지긋한 경비원이 쯧쯧 혀를 찼다. 그가 학원에 도둑이 들은 모양이라고 오해할 만도 했다. 원장실에 불도 켜져 있고, 누군가 침입한 흔적은 있는데 누군지 알 수가 없으니까 말이다. 그래서 걱정이 되어서 소임에게 부리나케 전화를 건 거라고 했다.

"근데 전화 드리고 경비실 돌아와서 CCTV 돌려 보니까 웬걸. 이 학생이 불 꺼진 학원에 들어가는 게 찍혀 있지 뭐요?"

소임은 경비원의 수사기를 숙연하게 경청했다. 도난당한 물건도 없고 피해 본 게 아니니 다행이긴 하지만 소임의 학생인 민수 탓에 경보 시스템이 울려서 경비원이 괜한 고생을 했으니까 죄송하기 짝이 없었다. 번거롭게 해서 죄송하다며 소임이 꾸벅 허리를 숙이자 경비원은 괜찮다며 손을 내젓고 현장을 떠났다.

이제 4층에는 사건의 주동자인 민수와 그에게 피해당한 학원 선생만이 남았다. 소임은 눈을 부릅뜬 채 민수를 향해 고개를 돌렸다. 아까 경비원의 전화를 받고 심장이 얼마나 쿵 내려앉았던가. 택시를 타고 오는 30분간 소임은 확실히 평소보다 빠른 속도로 늙었을 것이다.

그녀는 애써 상냥한 음성으로 말을 붙였다.

“민수야, 너 오늘 수업도 없잖니? 왜 여기에 있는 거야?”

“엄마가 제 게임기 부숴 버렸어요. 그래서 집 나왔어요. 쌤도 저 여기 있다고 엄마한테 안 말할 거죠?”

민수는 아예 원장실에서 하룻밤을 보낼 생각으로 학원에 온 거라고 밝혔다. 소임은 제자의 가출 선언에 얼이 빠졌다.

띠잉.

4층에 도착한 엘리베이터 문이 스르륵 열리고…….

“학생이 경보 시스템 울린 거라면서요?”

괜한 걸음을 한 사람이 한 명 더 나타났다.

같은 층을 공유하는 선호도 경비원의 전화를 받은 모양이었다. 소임은 낯이 살짝 달아올랐다. 적어도 오늘은 절대 다시 볼 일 없을 거라고 생각했던 남자와 재회하니 민망했다.

“아, 네.”

괜히 바쁜 사람에게 헛걸음하게 한 것 같아서 눈치가 보였다. 여자 친구랑 데이트 잘하고 있던 사람인데 말이다. ATP 학원생 때문에 벌어진 일이니까 아무래도 자신의 책임이었다. 그녀는 선호에게도 꾸벅 인사했다.

“죄송해요. 번거롭게 먼 길 오셨네요.”

선생님은 본인 때문에 남한테 미안하다고 말하고 있는데 민수는 태평하게 소임의 옷깃을 잡아 당겼다.

“쌤, 저 여기서 하루 자도 되는 거죠? 어차피 내일 학원 안 열잖아요. 소파도 있으니까 원장실에서 잘게요.”

"아니, 집에 가야지. 민수야. 왜 여기서 잔다는 거야."

"저 집 나왔다고 했잖아요. 갈 데 없어요."

소임은 골치가 아파지는 것을 느끼며 민수를 부드럽게 달랬다.

"민수야, 집에 안 가면 엄마도 걱정하시고……."

"제가 가출한다니까 알았다고 절대 집 들어오지 말랬어요. 엄마는 저 싫어해요."

"그게 무슨 소리니? 엄마가 얼마나 민수를 사랑하시는데. 매달 꼬박꼬박 상담하러 오시잖아."

민수는 소임의 말에 감화되긴커녕 딴청을 피웠다.

"저 여기서 신문지 덮고 잘게요. 안 얼어 죽으니까 걱정 마세요."

소임은 급속도로 늙어 가는 기분이었다. 중학생은 정말 사악하다. 자신에게 고통을 주는 민수 때문에 소임은 정신이 나가버릴 것 같았지만 그녀는 단단히 심신을 재정비하고 불의에 대처했다. 부드럽게 말해서 안 통하면 이번에는 엄하게 혼내는 것이다. 그녀는 허리에 양 손을 올리고 배에 힘을 주어 큰 목소리로 민수를 꾸짖었다.

"조민수! 선생님이 집에 가라고 했지! 어떻게 학원에서 잔다는 거야?"

그런데 별로 효과가 없었다. 민수는 시큰둥했다.

정작 호령이 먹혀 들어 가길 바라는 대상은 딴 곳만 쳐다보고 선호만 저 하는 행태를 물끄러미 바라보고 있으니까 소임은 낯이 달아올랐다.

무서운 호랑이 선생님은 무슨, 이빨 다 빠진 호랑이였다. 이 방법이 안 먹힐 것을 빠르게 판단한 소임은 허리에 짚었던 손을 슬쩍 내렸다. 그래, 생각해 보면 사람의 옷을 벗기는 것은 매서운 바람이 아니라 따스한 햇볕이다. 그녀는 그렇게 스스로를 위안하며 다정한 목소리로 민수를 구슬렸다.

"민수야, 선생님이 데려다줄 테니까 집에 가자, 응? 너 어차피 월요일에 학교도 가야 하잖아."

"여기서 바로 가면 돼요. 가방에 교복 챙겨 왔어요."

"그래도 학원이랑 집이랑은 달라. 민수 씻어야 하잖아. 그리고 부모님께서 걱정하신다? 민수는 소중한 아들인데 이렇게 싸늘한 학원 바닥에서 잔다면 부모님 심정이 어떠시겠어."

"아뇨. 저 빼고 아빠랑 엄마랑 둘이 외식하러 갔어요. 저는 코빼기도 신경 안 쓴다니까요."

"그게 무슨 소리니. 부모님 속상하시겠다. 만약 민수가 혼자 집에 가는 게 어렵다면 선생님이 부모님한테 전화해 줄게, 응? 어때, 괜찮겠지?"

민수가 심드렁히 대꾸했다.

"한번 해 보세요. 전화 꺼 놨을 걸요."

설마 하면서 소임은 민수의 어머니에게 전화를 걸었다. 하지만 민수의 주장대로 전화기는 꺼져 있었다. 민수를 닦달해서 아버지 핸드폰으로도 전화를 걸어 보았으나 역시 전원이 나가 있었다.

"배터리가 없으신가?"

난감해하는 소임을 보고 민수는 그럴 줄 알았다는 표정을 지어 보였다.

"제 말 맞죠? 일부러 꺼 놨다니까요. 그러니까 저 학원에서 잘래요."

소임은 지끈거리는 이마를 짚으며 고뇌했다.

'어떻게 하지?'

ATP 과학 학원 원장이고 민수를 데리고 있으니 연락 달라는 문자를 남겨 놓았지만, 부모님이 언제 확인하실지 모른다.

갈 데 없어서 학원에 왔다는 애를 홀로 놔두고 갈 수도 없고, 민수의 부모님과 연락이 닿을 때까지 학원에서 계속 우두커니 기다릴 수도 없는 노릇이고. 어쨌든 소임이 임시 보호를 해야만 하는 입장이었다.

가만히 지켜보던 선호가 대뜸 구원투수처럼 나섰다.

"우리 집에서 재워 줄 수 있어요."

"네? 아니에요. 어떻게 이 씨 집에서 재워요. 얘도 그건 싫다 할 거예요."

소임은 싱겁게 웃으면서 손을 내저었다가 충격을 받았다. 민수는 이미 선호 쪽에 서 있었다. 자신을 도와줄 어른이라고 판단한 듯, 선호의 뒤에 숨어 옷깃을 꼭 잡은 채 되레 소임을 낯선 사람 보듯 하고 있었다.

"저 이분 집에 갈래요."

거의 3년째 가르치고 있는 제자에게서 받는 경계심 어린 눈빛이란. 터무니없는 상황에 기가 막혔다. 소임은 한숨을 쉬며 민수의 팔을 잡고 끌어당겼다.

"언제 봤다고 모르는 사람을 따라가니. 이리 와, 민수. 집에 가자."

"싫어요. 저 가출했다니까요."

민수는 선호의 팔을 꼭 붙잡고 떨어지지 않았다. 소임이 눈을 무섭게 부라려 봤지만 민수는 겁을 먹지도 않았다.

"이분이 저 재워 주신다는데 왜 그러세요."

민수가 억울하다는 듯이 종알거렸다.

"쌤네 집에서 재워 줄 것도 아니면서."

소임은 이내 포기하고 푹 한숨 쉬었다. 마치 부질없는 줄다리기를 하는 느낌이었다. 지쳐서 민수를 설득할 의욕도 들지 않았다.

"그래, 그래. 다 너 원하는 대로 하렴."

그녀는 하는 수 없이 어색한 미소를 지어 보이며 양해를 구했다.

"고마워요, 이 씨. 그럼 부탁드릴게요."

그가 별거 아니라는 듯 어깨를 으쓱여 보였다.

소임은 통곡하고 싶은 심정이었다. 다른 누구도 아니라 하필 선호에게 신세를 지다니. 분해서 입안이 썼다.

* * *

아무리 선호의 신변을 알고 있어도, 그리고 그가 애한테 나쁜 짓을 할 거 같지는 않은 사람처럼 보여도 제 학생을 냉큼 맡겨 놓고 갈 수는 없기에 소임은 반강제적으로 1202호에 머물렀다. 부디 민수의 부모님이 최대한 빠른 시간 안에 연락을 해 주길 바라면서.

날쌘 다람쥐 같은 장난꾸러기 민수는 선호의 집에 도착하자마자 쪼르르 뛰어다녔다. 네 집처럼 편히 여기라는 말을 한 적도 없는데 먼저 방문을 여기저기 열어 봤다. 그러고 나서는 선호의 작업실인 게 분명한 방에 들어가 환호했다.

"와, 모니터 세 대라니! 게임하면 죽이겠다. 이거 키보드, 기계식이죠?"

민수는 상기된 얼굴로 침을 튀기다시피 하며 주인이 허락도 안 했는데 폴짝 뛰어 의자에 앉더니 키보드를 전력으로 두드렸다. 타닥타닥 소리가 크게 울려 퍼졌다.

"피씨방 것보다 훨씬 좋네!"

제자의 버릇없는 행동에 소임의 낯이 파리해졌다. 키감을 보니 비싼 게 분명하다고 품평하는 민수를 보면서 그녀는 쥐구멍에라도 숨고 싶었다.

'아우, 창피해.'

남의 집에 왔으면 좀 낯설어서 쭈뼛거려야 하지 않나. 민수는 신나게 컴퓨터를 켜고 있었다. 오랜만에 보는 친척 집에 가도 이렇게 활기차고 거리낌 없이 행동할 수 없을 텐데 말이다.

제자의 대범한 행동에 소임은 부끄러움을 느꼈다.

"민수야! 남의 컴퓨터 함부로 만지면 안 되지."

그녀는 안절부절못하면서 민수를 타일렀지만 별 효과는 없었다. 민수는 컴퓨터의 빠른 부팅 속도에 흥분해서 소리 질렀다.

"와! 진짜 피시방 것보다 훨씬 좋다! 형, 저 여기에 풀리건샷 다운 받아도 돼요? 이거 글카도 완전 높은 거 같은데. 게임할 때 풀옵으로 돌릴 수 있겠다."

선호가 고개를 끄덕이자 민수는 신나서 마우스를 딸깍거리며 인터넷 창에 접속했다.

"와아, 장난 아니다. 대박."

좋아서 날뛰는 한 마리의 망아지 같은 민수의 모습에 소임은 살짝 넋이 나갔다. 그녀는 걱정스러운 투로 선호에게 물었다.

"저거 비싼 컴퓨터 아니에요? 게임 돌려도 괜찮아요?"

"괜찮아요."

대수롭지 않은 반응에 소임의 마음은 급격히 편안해졌다.

'맞아, 이쪽은 컴퓨터를 업으로 삼는 사람이지?'

선호가 괜찮다고 했으니 괜찮을 것이다. 만약 민수가 만져서 조금이라도 문제가 생길 수 있다면 허락하지도 않았을 터. 그다지 걱정할 필요가 없었다는 것을 깨달은 소임은 조금 누그러진 표정으로 민수를 바라봤다.

'저 버릇없는 녀석…….'

큰 의자에 앉아 있는 민수는 유독 자그마하게 보였다. 아무 거리낌 없이 행동하는 것을 보니 참 어리긴 어리구나, 생각하면서 밤톨 같은 뒤통수를 바라보던 소임은 한 가지 사실을 번뜩 떠올렸다.

"어머, 그러고 보니 이 씨가 조언 좀 해 줘 봐요. 민수는 게이머 되고 싶대요, 프로게이머."

그 말에 선호가 말없이 자신을 물끄러미 바라보자 소임은 뜨끔했다.

"왜, 왜요?"

"프로그래머랑 프로게이머랑 다른 거는 알죠?"

"당연히 알죠!"

소임의 가슴이 순간 철렁했다. 실은 잠깐 헷갈렸다. 하지만 착각했다는 것을 절대 그에게 들킬 수 없었다. 그녀는 선호에게 결백한 표정을 지어 보이고는 민수에게 다가가 어깨에 손을 얹었다.

"민수야, 이분이 게임 만드시는 분이란다. 궁금했던 거 있으면 질문 좀 해 봐."

"아, 쌤. 저 지금 게임 하잖아요."

민수가 귀찮다는 듯이 어깨를 털어 냈다.

어쩜 이렇게 버릇없는 애가 다 있나 싶어서 소임은 속으로 눈물을 삼켰다. 역시 중딩은 사악하다. 자신을 괴롭히기 위해 내려온 악마가 틀림없었다.

민수가 게임에 푹 빠져 있는 동안 소임은 거실 소파에 시큰둥하게 앉아 있었다. 민수의 부모님께 연락이 오길 바라면서 애꿎은 핸드폰만 노려보았지만 화면은 내내 깜깜했다.

'만약 밤늦게 전화가 오면 어떡하지?'

지금은 오후 여섯 시. 과연 몇 시까지 선호의 집에서 버텨야 하나. 바로 옆집이니까 크게 상관은 없겠지만. 또 단둘이 있는 것도 아니고 중학교 3학년짜리 남자애가 같이 있는 거였지만 솔직히 신경 쓰였다. 소임이 선호의 집에 머무른다는 사실에 그의 애인이 불쾌할 수도 있는 거니까.

그러고 보면 참 선호는 비밀이 많은 남자였다. 학원에서부터 마크팰리스까지 오는 동안 계속 같이 있었는데 소임은 그가 따로 통화하거나 문자를 보내는 모습을 본 적이 없다.

'이런 건 애인한테 좀 양해를 구해야 하지 않나?'

어린 남자애를 하룻밤 재워 주는 것은 그렇다 쳐도, 어떤 여자를 제 집에 오랫동안 앉혀 놓는 것은 중대한 일인데 재깍 보고하지 않다니.

물론 긁어 부스럼을 만들지 않기 위해서일 수도 있었다. 하지만 소임은 그의 어린 애인에게 안타까움을 느꼈다. 별 사이도 아닌 여자에게 이렇게 친절히 차를 끓여 주는 남자를 애인으로 두면 매우 속이 탈 것이다.

'애인이 뭐 하고 있는지도 모르면 답답하지.'

그녀는 선호가 내어준 레몬 티를 호록 마시면서 속으로는 그의 헌신적이지 못한 태도를 비난했다. 예쁘고 어린 애인이 있으면 잘 해야지, 어떻게 그녀 몰래 다른 여자를 집에 초대할 수 있는가?

'이래서 내가 나이 차 많이 나는 연애를 끔찍해하는 거야.'

소임은 레몬 티를 후후 부는 척하면서 찻잔 너머로 선호를 노려보았다. 정말 마음에 들지 않았다. 왜 어린 여자랑 사귀는지 모를 노릇이다. 나이는 서른넷이나 먹어 놓고 왜 스물셋 여자애랑!

"쌤! 소임 쌤! 큰일 났어요. 이리 와 보세요."

속으로 열심히 선호를 욕하는 와중에 들린 우렁찬 목소리에 소임은 깜짝 놀랐다. 눈이 반사적으로 찌푸려지고 불안감이 전신을 감쌌다. 느낌이 좋지 않았다.

게임 잘하고 있는 아이가 자신을 부를 이유가 무엇이겠는가. 어쩌면 사고를 쳤을지도 모른다.

'설마 게임 잘 안 풀린다고 화나서 모니터를 주먹으로 부순 건 아니겠지?'

그래도 민수가 그럴 애는 아니었다. 주의가 산만할 뿐이지, 폭력적인 성향을 가지진 않았다. 선호에게 돈 물어 줄 일이 생긴 건 아닐 거라고 스스로를 안심시키며 소임은 헐레벌떡 달려갔다.

"왜 부르니, 민수야!"

조마조마하게 방문을 열었는데 다행히 방 안은 평화로웠다. 민수는 급하게 소임을 불렀던 것과는 상반되는 태평스러운 어조로 호출 이유를 밝혔다.

"쌤, 저 배고파요. 햄버거 시켜 주세요."

충격적이었다. 고작 저런 이유로 자신을 불렀다니. 소임의 볼 근육이 부들부들 떨렸다. 방 문고리를 잡은 손에 힘이 들어갔다. 꿀밤을 딱 한 대만 때리고 싶었다. 그러나 요즘 세상에 애들 머리를 함부로 쥐어박았다가는 큰일 난다. 소임은 나긋나긋하게 대꾸했다.

"민수야? 여기는 피시방이 아니란다."

"넵. 저 돈 낼게요. 제 가방 앞주머니에 만 원 있어요."

소임은 이를 꽉 깨물었다.

돈이 문제가 아니다. 태도의 문제란 말이다!

민수는 휘황찬란한 그래픽이 펼쳐지는 모니터에 시선을 고정한 채로 덧붙였다.

"불고기 버거 세트로 시켜 주세요. 감자는 양념 감자 어니언 맛이요. 콜라는 제로로 바꿔 주세요."

소임은 고개를 떨어뜨리고 한숨을 푹 쉬었다. 민수 어머니가 어째서 아들이 게임 하는 것을 싫어하는지 조금은 알 것 같았다. 아마 공부 때문만은 아닐 것이다.

민수가 바라던 햄버거 세트는 선호가 시켜 줬다. 그는 어차피 저녁을 먹을 때가 됐다면서 소임과 본인 몫까지 포함해 햄버거 세트 세 개를 주문했다. 게임에 홀딱 빠진 민수는 햄버거를 넙죽 받아 들고는 방으로 들어갔다. 소임은 이제 그를 나무랄 의지조차 없었다. 하지만 어른의 책임감을 가까스로 떠올리고 민수에게 부디 흘리지 말고 먹으라는 얘기를 전해 줬다.

선호와 식탁에 마주 앉은 소임은 뚱한 표정으로 햄버거를 우물거렸다.

'역시 인생사 한 치 앞을 모른다더니.'

평상시라면 침대에서 편히 쉬고 있어야 마땅할 저녁 시간에 옆집에 와 있다는 것, 그리고 신경 써야 할 학생이 있다는 게 마음에 들지 않았다.

특히 오늘과 내일은 오랜만의 휴무였다. 학원 일을 잠시 까먹을 수 있는 기회였는데 민수 때문에 그 좋은 기회가 날아갔다. 민수도 나름의 고민이 있겠지만, 그렇다고 물귀신처럼 자신까지 가출 작전에 끼어들게 할 필요는 없지 않은가.

소임이 현 상황에 불만을 느끼는 이유에는 물론 선호도 큰 지분을 차지했다. 저녁을 같이 먹자는 제안을 거절한 게 고작 몇 시간 전인데 그와 마주 보며 햄버거를 먹고 있으니 분했다. 뭔가 그의 뜻대로 제 인생이 흘러가는 느낌.

'근데 햄버거는 왜 이렇게 맛있는 거야?'

바삭한 튀김옷 아래 닭고기는 촉촉하고 부드러웠다. 이 뜻밖의 식사가 만족스러워서 더 자존심이 상했다. 소임은 꽁한 기분에 더 입을 크게 벌려 햄버거를 와앙 베어 물었다.

"잘 먹네요."

소임을 유심히 바라보던 선호가 한마디 했다.

열심히 햄버거를 먹어 치우던 소임의 미간이 살포시 찌푸려졌다. 그의 의중을 헤아려 봤지만 감이 잘 잡히지 않았다. 시비를 거는 것이라기에는 표정이 좀 무덤덤했고, 감탄사라고 보기에도 적절하지 않았다.

'잘 먹어서 뭐 어떻다는 거야?'

딱히 대꾸를 바라는 눈치도 아니니, 그냥 쓸데없는 말을 한 것 같은데 사실 그게 더 이상했다. 선호와 자신이 쓸데없는 말을 주고받을 사이인가?

의아함을 느끼며 소임은 콜라 컵을 들었다. 빨대를 입에 물었는데 어느새 콜라를 다 마셨는지 공기를 빨아들이는 소리밖에 나지 않았다.

소임이 무의식적으로 컵을 흔들자 선호가 자리에서 벌떡 일어나 냉장고 문을 열었다.

"뭐 마실래요?"

소임은 선호가 손님 대접은 섭섭지 않게 한다고 생각하며 대답했다.

"있는 거 아무거나 주세요. 물도 괜찮아요."

"맥주 줘요? 원래 오늘 술 마시려고 했잖아요."

소임은 뜬금없는 소리에 눈을 동그랗게 떴다.

"그게 무슨 소리예요?"

"오늘 그 남자랑 술 왕창 마실 거라고 했잖습니까."

갈피를 잡지 못해 얼떨떨한 표정을 짓던 소임은 이내 그가 무슨 얘기를 하는지 알아차렸다. 지난주 진수네 집에 놀러 갔을 때 나눈 대화를 가리키는 듯했다.

그때 선호는 그녀가 와인을 많이 마신다며 눈치를 줬었고, 맞선 보러 가서도 술을 그렇게 많이 마실 거냐며 틱틱거렸다. 소임은 괜한 오기로 당연히 그럴 거라고 대답했었다.

그녀는 선호가 그때 일을 기억하는 게 좀 뜻밖이었다. 취중에 나눈 대화였고 별로 중요한 화제도 아니어서 자신은 이미 까마득하게 잊은 내용이었다. 소임은 놀리듯이 대꾸했다.

"아아, 그랬죠. 근데 이 씨랑은 술 안 마셔요."

"왜요."

"이 씨는 술 너무 약해서 술 상대로 재미없거든요. 취해서 무슨 얘기 오가는지도 모를 텐데 나 혼자 뭘 떠들어요? 재미없게. 맥주 안 마실래요. 물이나 주세요."

탁, 냉장고 문을 닫은 선호가 불퉁한 얼굴로 돌아섰다. 그의 손에는 보리차가 담긴 물병이 들려 있었다. 소임은 풋 웃고 싶은 심정이었다.

그가 투명한 유리잔에 보리차를 따르며 볼멘소리로 투덜댔다.

"기억 다 하거든요?"

"뭘요?"

"술 마시면서 한 얘기들."

"에이. 아닐 텐데. 이 씨 그날 일 기억 전혀 안 나잖아요."

"그날 변 씨 혼자 홀랑 택시 타고 집 갔잖아요. 바로 옆집 사는 나는 내버려 두고."

그는 배신자 보듯 소임을 내려다봤다. 비난하는 눈빛에 소임은 조금 양심이 찔렸다. 혼자 귀가한 건 사실이었다. 그녀는 우물쭈물 변명했다.

"이 씨는 거기서 자면 됐잖아요. 손님 방 하나인데 어떡해요.

그리고 이 씨는 프리랜서라 괜찮겠지만 나는 다음날 출근을 해야 했고…….”

어느 순간 자신이 왜 변명을 해야 하는지 모르겠다는 생각이 들었다. 제가 잘못한 것도 아닌데 이렇게 저자세로 나갈 필요 없다. 소임은 새침하게 눈을 내리깔며 말을 아꼈다.

“하여튼. 물 고마워요. 잘 마실게요.”

소임은 유리컵에 담긴 보리차를 꿀꺽 마셨다. 시원한 보리차는 보리가 우러난 농도도 구수하니 딱 좋았다.

크으, 소리를 내고 싶은 것을 참으며 소임은 감자튀김을 집어 먹었다. 그녀가 짭짤한 감자튀김을 기계적으로 입에 넣고 있을 무렵이었다. 선호가 갑자기 물었다.

“그 남자가 뭐래요?”

“네? 뭐가요?”

소임은 감자를 오물오물 씹으며 되물었다. 케첩이 바닥난 상태였는데 선호한테 냉장고에서 케첩 좀 꺼내 달라고 할까 말까 고민이 됐다.

“변 씨랑 또 만나고 싶대요?”

굉장히 직설적인 질문에 소임은 눈가를 살짝 찡그렸다.

‘왜 이렇게 궁금해하는 거지?’

어떻게 보면 친구들보다 선호가 더 오지랖이 넓은 것 같다고 생각하며 그녀는 심드렁히 대답했다.

“몰라요. 연락한다고는 했는데 봐야 알죠.”

"연락 오면 또 만날 거예요?"

"네. 그분 아주 괜찮아요."

"……."

인상을 쓴 건 아닌데, 그는 딱 봐도 불만스러운 표정이었다.

"뭐가 그렇게 좋았습니까?"

소임은 탐구적인 자세를 취하는 선호가 이해되지 않았다.

'아니, 그걸 왜 알고 싶어 해? 정우 씨 매력 포인트를 자기가 왜 찾아? 본인이 사귈 거야?'

그녀는 속으로 불만을 가득 품었으면서도 겉으로는 천진난만하게 어깨를 으쓱였다.

"글쎄요, 딱 하나 집을 거 없이 전체적으로 다 괜찮던데? 정석적인 분이었어요. 결혼하기 좋은 타입이요."

"그게 어떤 타입인데요."

"으음……."

소임은 이목구비를 찡그리며 고민하는 표정을 지어 보이다가 명랑하게 목소리를 높였다.

"호감 가는 외모고, 성격 좋고, 돈 잘 벌고, 배려심 넘치고, 부모님 해외에 사시고 동생도 한 명뿐이고, 강아지도 좋아하고! 같이 있으면 편안하구요."

선호의 심기가 불편해지는 것이 한눈에 보였다. 그의 얼굴이 심통 난 아이처럼 변해 가는 것에 소임은 즐거움을 느꼈다. 그는 소임이 이 만남에 만족하는 것이 마음에 안 드는 게 확실했다. 사촌이

땅 사면 배가 아프다는 말처럼, 이웃사촌인 그녀의 행복에 심술이 난 것이리라.

선호가 부쩍 낮아진 목소리로 질문했다.

"그래서 그 남자랑 결혼할 거예요?"

소임은 천연덕스럽게 눈을 깜빡였다.

"몰라요. 하게 되면 하는 거고. 아니면 안 하는 거지."

마음에 드는 대답이 아니었나 보다. 선호가 눈을 대폭 찡그렸다.

"그게 뭡니까?"

그가 짜증 섞인 말투로 말했다.

"자기 일인데 그렇게 우유부단하면 안 되죠."

노려보는 눈빛에 조금 기가 죽은 소임은 소심히 항변했다.

"아니…… 결혼이 내가 하고 싶다고 딱 할 수 있는 건가? 둘이 합의를 해야지."

"그러니까 본인 의견 묻는 거잖아요. 그 남자랑 결혼하고 싶냐고요."

"모른다구요."

"그걸 왜 모릅니까? 본인 마음인데."

답답한 사람 취급하는 선호의 태도에 기분이 상한 소임은 꿍얼거렸다.

"아니, 사람이 자기 마음 모를 수도 있지. 이 씨는 왜 그렇게 나한테 뭐라고 해요. 내가 무슨 잘못이라도 한 것처럼. 내가 마음에 그렇게 안 드나."

마지막 문장은 거의 혼잣말이었는데 선호는 그것을 들었는지, 소임을 노려보면서 톡 쏘아붙였다.

"네."

소임은 귀를 의심하며 반문했다.

"뭐라고요?"

"변 씨 싫다고요."

소임의 입이 크게 벌어졌다. 충격에 손이 바들바들 떨렸다.

어떻게 이런 말을 대놓고 할 수 있는가? 남의 가슴에 비수 꽂는 말을! 자신은 아무리 선호가 끔찍했어도 차마 대놓고 표현한 적은 없는데. 이건 반칙이다. 억울해진 소임도 비명처럼 외쳤다.

"나도 이 씨 마음에 안 들거든요?"

"왜요."

소임은 기가 막혔다. 왜냐니!

"난 아무것도 안 하고 가만히 있었는데 왜."

소임이 선호를 싫어하는 이유는 수두룩했다. 너무 많아서 뭐부터 말해야 할지 모르겠다. 진짜 너무 많은데……. 머릿속이 백지상태가 된 소임은 일단 버럭 소리를 질렀다. 상세한 이유보다는 그냥 그를 싫어하는 마음이 충분히 전해지는 게 좋을 것 같았다.

"이 씨가 나를 싫어하는 것처럼 나도 이 씨 싫어요!"

"그러니까 그쪽이 왜 나를 싫어하느냐고."

"사람이 좋고 싫고에 무슨 이유가 있어요. 그냥 싫은 거지. 이 씨도 날 싫어하는 이유 따로 없잖아요!"

"있습니다. 말해 줘요?"

소임은 속으로 헉했다. 절대 듣고 싶지 않았다. 아마도 조목조목 상세한 근거를 들어 줄 것 같은데 그걸 들으면 마음에 큰 상처가 될 것 같았다. 그녀는 황급히 말을 돌렸다.

"아뇨, 그건 됐고……. 근데 세상 모든 사람이 다 이 씨를 좋아해야 해요? 난 이 씨 싫다구요!"

"사람들이 날 싫어하든 말든 별로 상관없는데. 그중에서 굳이 변 씨가 나를 싫어하는 이유가 궁금해서."

선호의 눈이 가늘어지자 소임은 진땀이 났다. 위급 상황이다. 그는 자신을 싫어하는 이유가 있다는데, 제가 그를 싫어하는 명분을 밝히지 못하면 자신만 이상해진다. 그녀는 명확한 이유도 없이 남을 싫어하는 사람이 되는 거였다.

소임은 평정을 유지하려 노력했다. 아까는 당황해서 좀처럼 정리되지 않았던 것들이 머릿속에 차차 떠올랐다.

선호가 싫은 이유?

많고 많았다. 제일 먼저 떠오르는 것은 당연히 그의 어린 여자 친구다. 소임은 열 살보다 나이 차가 더 나는 애인을 둔 그가 마음에 안 들었다.

'또래를 만나야지, 왜 어린애를 만나는 거야?'

하지만 그 얘기를 꺼내는 것은 조금 오해의 소지가 있을 것 같아서 망설여졌다. 소임은 그의 현재 여자 친구를 너무 의식하는 것처럼 보이고 싶지 않았다.

솔직히 성인끼리 사귀는 건데 나이 차이가 무슨 대수겠는가. 그녀는 자신이 갖지 못한 어린 애인을 소유한 선호에게 열등감을 표출하는 모습으로 보일 수도 있다는 점을 염려했다.

'그럼 다른 것을 지적해야겠다.'

다행히 선호에게는 어린 애인 이외의 단점이 있었다. 씩씩거리던 소임은 비겁하지만 그의 과거를 물고 늘어지기로 했다. 전혀 부럽지 않은 그의 어두운 과거. 바로 애가 딸렸다는 사실이다. 그녀가 목격한 그의 비밀은 지금 좋은 무기가 될 수 있었다.

"나 다 봤거든요?"

"뭘요?"

"이 씨가 지난번에 놀이터에서 건우라는 애랑 놀아 주는 거."

"그래요? 근데 왜 인사 안 했어요? 난 변 씨 못 봤는데."

선호는 질겁하는 기색 하나 없이 덤덤했다. 소임은 그가 역시 보통 남자가 아니라는 것을 새삼 느꼈다.

'애 정도는 자기한테 흠조차 안 된다는 건가? 발뺌하려고 하지도 않네.'

소임은 여유 넘치는 선호가 얄미웠다. 물론 요즘 세상에 애가 있든 없든 큰 상관은 없지만 선호는 그걸 숨기고 재혼을 하려 했다. 그게 비겁한 행동이 아니면 뭐겠는가.

소임은 못마땅한 말투로 톡 쏘았다.

"아들이랑 재밌게 놀고 있는 사람한테 내가 굳이 인사를 왜 해요?"

"……."

선호의 표정이 미묘했다. 그는 의미를 알 수 없는 눈빛으로 소임을 빤히 바라봤다.

침묵이 유난히 길어지자, 소임은 몹시 당황스러웠다.

'너무 무례하게 말했나? 근데 틀린 말은 아니잖아. 오붓한 시간 보내는 가족을 방해하긴 좀 그러니까.'

하지만 2동 대표 김말숙은 개의치 않고 선호에게 다가가 아는 척을 했다. 그런 사람도 있는 와중에 자신이 그를 모른 척 한 게 이웃끼리 너무 정 없는 행동은 아니었나, 소임은 말실수를 했나 싶어 신경이 쓰였다. 무슨 말이라도 좀 덧붙일까 싶어서 그녀가 우물쭈물하던 차, 선호가 짧은 감탄사를 뱉어 냈다.

"아."

'설마 그건 아니겠지' 하는 의심이 담긴 눈으로 그가 소임을 바라봤다.

"건우가 내 애라고 생각하고 있는 겁니까?"

소임은 예상했던 전개에 픽 웃음이 나왔다.

'이제야 시치미를 떼시는군. 하지만 내가 다 봤다고요, 이 아저씨야.'

그러나 선호는 너무 태연했다.

"건우는 조카예요. 건우 엄마가 내 사촌이에요. 친가 쪽."

소임은 그가 변명도 웃기게 한다고 콧방귀를 픽 뀌었다.

'무슨 사촌이야. 말도 안 돼.'

그런데 석연치 않은 구석이 있었다. 왜 사촌이면 안 되는가? 기억을 더듬어 보니, 둘 다 콧대가 뚜렷하고 눈매가 서늘했다. 불안감이 스멀스멀 소임의 등줄기를 타고 올라왔다.

'그 정도는 사람끼리 다 닮는 거지. 얼굴에 눈, 코, 입밖에 더 있어?'

자신도 따지고 보면 선호와 닮았을 거라 생각했지만, 그건 또 아닌 것 같았다. 당황한 소임은 횡설수설했다.

"그, 그럼 애 유치원에는 왜 갔는데요? 건우가 아빠 꼭 오라고 해서, 엄마가 아빠는 바쁘다고……. 맞아, 그러고 보니 나 그것도 다 들었는데! 건우가 이 씨를 아빠라고 불렀어요."

"건우는 내 또래 남자한테 다 아빠라고 불러요."

어이가 없어서 대꾸하기도 싫다는 표정. 선호가 바로 그 표정을 짓고 있었다.

"건우 아빠는 지금 요르단에 파견 나가 있습니다. 그러니까 유치원 재롱 잔치에 못 오지."

흠칫거리는 그녀와 달리 그는 매우 여유로웠다. 소임은 땀이 삘삘 났다. 일이 잘못되고 있는 느낌이다. 이 기세로 판단하면 선호가 옳고, 자신이 틀렸다.

선호가 핸드폰을 식탁 위에 올려놨다.

"기다려 봐요."

그는 어딘가로 전화를 걸더니 스피커 폰으로 전환해 소임도 통화 내용을 들을 수 있도록 했다.

뚜우, 뚜우, 반복되던 신호음은 곧 상냥한 여자 목소리로 바꿔었다.

—어, 선호야. 왜?

소임은 그 친근한 말투에 살짝 기분이 상했다. 그러다 의아해졌다. 자신이 기분이 상할 이유가 하나 없었다. 누군지 모르는 여자가 선호를 다정하게 부르든 말든 알 바 아니다. 제 기분이 대체 왜 나빴던 건지 혼란스러워하던 소임은 곧 이어지는 통화 내용에 귀를 기울였다.

“가족사진 좀 보내 줘 봐. 올해 초에 사진관에서 찍은 거 있잖아.”

—사진? 갑자기 왜?

“매형 얼굴 까먹을 거 같아서.”

낭랑한 웃음소리가 울려 퍼졌다.

—잘생긴 매형 얼굴 까먹으면 쓰나! 기다려 봐. 바로 보내 줄게.

딸깍, 전화가 끊기고 곧이어 문자 메시지가 도착했다는 알림이 울렸다. 선호는 보라는 듯이 소임 쪽으로 핸드폰을 밀었다.

소임은 제 앞에 놓인 핸드폰 화면을 멍하니 응시했다. 아주 단란한 분위기였다. 청순한 미모의 여자와 잘 어울리는 반듯한 인상의 남자. 활짝 웃고 있는 그들의 사이에는 똘똘하게 눈을 빛내고 있는 건우가 있었다. 어느 사진관에서 찍었는지 몰라도 가족사진이 매우 잘 나왔다.

‘이렇게 보니까 이 씨랑 되게 닮았네.’

친척이라는 것을 알고 보니까 닮은 점만 보였다.

'사촌끼리 자주 왕래할 게 뭐람.'

소임은 또래 이종사촌과 안 본 지 거의 5년이 넘었다. 사촌이 지금 어느 지역에 사는지 알지도 못한다. 그녀는 바싹 마른 입술을 핥으며 슬그머니 그의 핸드폰을 밀어냈다.

"……사촌 분이 아주 미인이시네요."

섣부른 오단으로 인해 제가 선호에게 얼마나 웃기게 보였을까 생각하니 창피해서 낯이 화끈거렸다. 소임은 조금 전의 망신거리를 적당히 수습하기로 했다.

"건우가 이 씨 애라고 생각해서 이 씨를 싫어했던 건 절대 아니고. 솔직히 애 있다고 왜 싫어하겠어요? 저 애 놀아 주는 남자 되게 좋아해요. 가정적인 사람 멋있잖아요. 그거는 그냥 궁금했던 거 한번 말해 본 거니까 오해하지 마세요. 조카 잘 놀아 주는 삼촌이라 아주 보기 좋았어요."

선호가 그녀를 또렷이 바라보며 독촉했다.

"그래서 변 씨가 날 싫어하는 이유가 뭡니까?"

아, 잘못 걸렸다. 소임은 곤란한 상황에 처했다고 생각하며 재빨리 머리를 굴렸다.

그가 애 딸린 이혼남이라는 가설은 거짓으로 판명 났지만, 그래도 그를 못마땅해 할 이유가 여전히 남아 있었다. 그는 파혼을 당했다. 어린 애인의 신뢰를 단번에 깨뜨렸을 치명적인 단점이 분명히 있을 거였다.

소임은 여자의 감정을 농락하는 남자들이 싫었다. 그러니 파혼당한 선호도 끔찍했다. 어떤 이유로 결혼이 깨졌는지 모르겠지만, 순진하고 착해 보이는 어린 여자에게 귀책사유가 있었을 것 같지는 않으니 아마 선호의 잘못일 것이다.

그러나 그의 파혼당한 상처를 제대로 후벼 파는 것은 너무 가혹한 처사 같아 그녀는 결국 하지 않으려던 나이 어린 애인 얘기를 꺼냈다.

"사실 저는 좀 나이 차 많이 나는 연애가 좋아 보이진 않아요. 그냥 좀 별로예요. 제가 예전에 복학생한테 데여서 그런가, 연하 만나는 남자가 썩 호감 가지는 않더라고요. 뭐, 이 씨가 어린 여자분이랑 사귀어서 막 음흉하다거나 별로인 남자라는 게 아니라 그냥 개인적으로 거리를 두고 싶은 타입이라는 거죠. 그뿐이에요."

선호가 이해 안 간다는 듯이 인상을 찡그리면서 되물었다.

"언제는 오늘 만난 사람 괜찮다면서요? 그 남자도 변 씨랑 네 살 차이 나잖아요."

소임은 헛웃음이 나왔다. 이건 무슨 심술 맞은 심보인가. 설마 저 혼자 이미지 망치기 싫다고 정우도 깎아내리려는 것인가? 하지만 정우와 선호 사이에는 하늘과 땅 같은 차이가 있었다.

"이 씨보다는 훨씬 낫죠! 그분은 나랑 네 살밖에 차이 안 나는데."

"변 씨랑 나는 세 살밖에 차이 안 나요."

"누가 나랑 비교하자 했느냐고요. 이 씨 여자 친구랑 비교해야지. 둘이 열 살은 족히 차이 나면서."

생각해 보니 또 열불이 치밀어 소임은 그를 가자미눈으로 째려보았다. 왜 이렇게 짜증 나는지 모르겠지만, 연하 애인을 둔 선호가 너무 아니꼬웠다. 진짜 마음에 안 들어서, 할 수만 있다면 그의 반반한 낯짝을 막 요리조리 꼬집고 싶었다.

"지금 누구 말하는 겁니까?"

"누구긴 누구예요. 이 씨 애인 말하는 거죠."

"그러니까 누구?"

소임은 기가 막혔다.

'우씨. 왜 모르는 척이야? 애인이 걔 말고 또 있어?'

어쩌면 선호가 여러 명의 애인을 둔 건지도 모르겠다고 생각하며 소임은 불퉁히 답했다.

"오늘 백화점에서 이 씨가 옷 사 준 여자 있잖아요."

선호가 눈을 찌푸리더니 반문했다.

"세영이?"

그 여자의 이름이 세영인지는 모르겠지만 듣고 보니 딱 세영이처럼 생긴 것 같았다. 밝고 사랑스러운 아가씨. 예쁘고 착해서 학교에서든 어디서든 인기 많을 것 같은 여자.

소임은 선호가 세영이의 이름을 친근하게 불렀다는 점이 거슬렸다.

'성 떼고 여자 이름 잘 부르네. 그렇게 할 줄 알면서 나한테는 왜 그랬담?'

그녀는 심통이 단단히 난 음성으로 말했다.

"네. 세영이요."

선호가 헛웃음을 터뜨렸다.

"걔 스물세 살인가 그래요. 나랑 열한 살 차이 납니다."

"그러니까 이 씨는 연하랑 교제하는 거잖아요. 그것도 나이 차 완전히 많이 나는."

소임은 불만스레 종알거렸다.

"그거 진짜 별로거든요? 사회생활 좀 했으면 몰라, 아직 학교도 졸업 안 한 이십 대 초반인데. 나이 차 많이 나는 커플은 별로예요. 특히 남자가 나이 많은 쪽이면 어린 여자애 막 쥐락펴락하는 것처럼 보여요. 이 씨가 그렇다는 건 아닌데 그냥 개인적으로 싫다고요. 그런 관계가."

선호가 단언했다.

"사귀는 거 아닙니다. 세영이는 그냥 아는 동생이에요."

소임은 그의 면전에 콧방귀를 뀌고 싶어서 미칠 지경이었다. 고작 아는 동생인데 생일을 같이 보낸다? 말이 안 된다. 선물만 주는 거면 모르겠지만, 일 년에 단 한 번뿐인 날을 함께하는데 그냥 아는 동생이라니.

'애인이잖아!'

소임은 시치미를 뚝 떼는 선호가 너무 얄미웠다. 어찌나 연기력이 훌륭하던지, 만약 소임이 아무것도 몰랐으면 깜빡 속아 넘어갔을 테다. 하지만 그녀는 세영이 원래 이 집 주인이 될 뻔했다는 사실을 알고 있었다.

"웃겨! 이 씨네 집 비밀번호도 걔 생일이면서."

"아. 우리 집 비밀번호가 걔 생일이에요?"

소임은 막 깨달은 척하는 선호가 가증스러웠다.

"그러고 보니 1002가 오늘 날짜구나. 몰랐네."

저 뻔뻔한 인간의 가면을 확 벗겨 내고 싶다는 욕구가 마구 차올랐다. 소임은 앙칼지게 쏘아붙였다.

"모르긴 뭘 몰라요! 자기네 집 비밀번혼데 모르고 설정했다는 게 말이 돼요?"

"동생이 알려 준 거 그대로 쓰는 건데? 귀찮아서 안 바꿨어요."

그는 전력을 다해 자신을 째려보는 소임이 우스운지 피식거렸다.

"내가 설정해 놨으면 영 네 개로 해 놨겠죠. 나 그렇게 부지런한 사람 아니에요. 무슨 비밀번호 따위에 의미를 부여합니까? 귀찮게."

여유 넘치는 그의 태도가 분해 소임은 몸을 부들부들 떨었다.

"무슨 이 씨네 집 비밀번호를 동생이 설정해요! 말이 되는 소리를 하세요."

"명의가 내 거긴 한데 원래는 동생이 들어와 살려고 했었어요. 그러니까 걔가 세영이 생일로 설정해 놓은 거지. 난 그냥 안 바꾸고 쓰는 거고요."

그의 궤변을 더는 참을 수 없었던 소임은 마침내 비장의 카드를 꺼내 들었다.

"왜 갑자기 동생을 끌어들여요? 이 씨가 세영이랑 결혼할 뻔했던 거 다 알거든요?"

홧김에 툭 던져 놓고 소임은 후회했다. 남의 과거를 너무 잘 알고 있는 여자처럼 보일 게 아닌가. 마치 소름 돋는 스토커처럼. 그녀는 자신도 피치 못하게 알게 된 것이라는 티를 내기로 했다. 그래야 덜 음침해 보일 테니까.

"그러니까, 나만 아는 게 아니라 마크팰리스 사람들 다 알거든요? 여기가 주민들끼리 친목도모가 잘 돼서 좀 소문이 빨라요. 나도 그래서 아는 거예요."

선호는 애매한 기색을 띠고 있었다. 제 사생활이 드러나 화가 난 것 같지는 않고, 굳이 따지자면 당혹스러워하는 것 같았다.

"내 소문이 뭐라고 났는데요?"

"네?"

"얘기해 봐요. 궁금해서 그럽니다."

그가 부추기니 소임은 '뭐지?' 싶었지만 질문을 받았으니 입을 착실히 움직였다.

"그냥 2동 1202호가 원래 신혼집이었는데 식 2주 앞두고 결혼 쫑 나서 신랑 혼자 들어와 산다, 정도?"

수심에 찬 선호의 얼굴을 본 소임은 괜히 나불댔다는 생각이 들었다. 그래, 아무리 그가 싫어도 이 얘기를 하지는 말았어야 했다. 내내 자신만만하던 그가 말을 잃었다. 그녀는 성급했던 행동을 반성하며 그의 근심을 덜어 주기 위해 덧붙였다.

"크게 나쁜 말이 오간 건 아니었어요. 그냥 어른들이 이런저런 얘기하잖아요. 우리 2동 12라인만 해도 서로 집안 사정 거의 다 아는데요. 여기 301호 사는 민경 아주머니네 아들 행정

고시에 붙었다는 거랑 우리 집 같은 경우에는 큰딸이 미국에 취업해서 갔다더라, 하는 거요. 그것처럼 이 씨 얘기도 그냥 알려진 거죠."

"변 씨도 나 그렇게 알고 있었어요? 최근에 결혼 깨진 남자로?"

지금 계속 그 얘기 하고 있는데 대체 무슨 질문을 하는 건가 싶어서 소임이 떨떠름하게 고개를 끄덕이니 선호가 더 심각해졌다.

"나 되게 매력 없게 보였겠네."

그는 갑자기 의자에서 벌떡 일어나 침실로 향했다. 부엌에 홀로 남겨진 소임은 어리둥절했다.

'기분이 상해서 방으로 들어가 버린 건가?'

제가 승리했다고 보기에는 뒷마무리가 깔끔하지 못했다. 차라리 선호가 화를 내면 좋을 텐데 평소 행색답지 않게 자리를 피하니까 소임은 화장실 가서 볼일 다 못 보고 나온 것처럼 찝찝했다. 그녀가 껄끄러운 기분에 입맛을 다시고 있을 무렵 그가 돌아왔다.

"이번엔 전화는 못할 거 같고. 이거 봐요."

"이게 뭐예요?"

소임은 머리를 갸웃거리며 그가 내미는 것을 받아들었다.

손에 잡히는 것은 빳빳하고 두꺼운 종이였다. 고급스러운 디자인과 사이즈, 그리고 종이에 인쇄된 내용을 보니…….

'청첩장이잖아?'

소임은 눈을 가늘게 뜨고 청첩장을 읽었다.

서로 사랑하는 남녀가 부부의 연을 맺으니, 부디 참석하셔서 축복해 달라는 문구는 평범했다. 그러나 그녀의 눈길을 사로잡은 것은 신랑과 신부의 이름이었다.

[이민호(28) ♥ 최세영(23)]

소임은 꽤 오랫동안 그 부분을 내려다보았다. 어려운 내용도 아니었는데 사고가 유독 느리게 흘러갔다.

결혼식 날짜도 올해 초였고, 신부 이름이 '세영'인 데다가 선호가 이것을 줬으니 상식적으로 그와 관련된 것일 텐데, 보면 볼수록 아주 꺼림칙했다.

'왜 신랑 이름이 이선호가 아니라 이민호지?'

수상쩍은 눈빛으로 청첩장과 선호를 번갈아 보던 그녀는 그나마 가능성 높은 추측을 입 밖으로 냈다.

"개명했어요?"

그가 냉소적으로 대답했다.

"예. 나이도 변 씨보다 세 살 적습니다."

소임은 눈을 부릅뜨고 청첩장을 다시 샅샅이 살폈다. 하지만 아무리 끈질기게 노려보아도 종이에 인쇄된 글자는 변하지 않았다.

평소엔 어제 일도 잘 깜빡깜빡하는 뇌가 신기하게도 이 순간엔 과거의 기억을 생생히 중계했다.

선호 놈, 첫째거든요. 동생도 밑으로 두 명이나 있는데.

진수의 걱정스러운 음성 위로 예전에 소임이 선호와 나눴던 대화가 덧씌워졌다.

각각 여섯 살, 여덟 살 차이 납니다.

바로 밑에 남동생이 지금 몇 살인데요?

스물여덟 살.

불길한 기운이 싸하게 그녀의 등골을 타고 올라왔다.

'설마 동생이 세영이랑 결혼하려고 했던 건가?'

자연스럽게 추론한 내용이 아무래도 옳은 것 같았다.

"누나라고 불러 줘요?"

"아뇨."

소임은 황급히 부정하며 청첩장을 식탁 위에 내려놓고는 딴 곳을 바라봤다. 죄지은 사람들이 하는 모양이 저절로 몸에 배어 나왔다.

선호가 무덤덤하게 설명했다.

"원래 여기가 신혼집이었던 건 맞아요. 동생이 세영이랑 들어와 살려고 했었거든요. 근데 결혼식이 갑자기 취소되어서 내가 대신 입주한 겁니다."

소임은 어색한 미소를 지었다.

'그런 사정이 있었을 줄이야. 신혼집에 젊은 남자 혼자 들어와 사니까 당연히 소문이 진짠 줄 알았지.'

'결혼식이 깨졌다.' 인테리어 업자들이 해 주고 간 말을 동대표 말숙이 신나게 떠벌리고 다녔다. 아파트 계약자 혼자 입주했으니까 말숙을 포함한 모두는 선호를 파혼당한 당사자로 알고 있었다. 소임도 여론에 탑승했을 뿐이었다.

그녀는 변명하듯 중얼거렸다.

"지난번에 세영 씨랑 엘리베이터에서 잠깐 얘기 나눴는데 여기 들어와 살 뻔했다고 하더라고요. 이 씨랑 통화하는 것도 들었고. 그래서 당연히 이 씨 애인인 줄 알았어요."

"아는 동생이라니까요. 세영이 어릴 때 우리 옆집 살았어요. 내 동생이랑 사귀기 전부터 아는 사이였습니다."

"세영 씨가 이 씨네 집 비밀번호도 알던데……. 그렇게 여자가 미혼 남자 집에 막 드나드는 모습을 보면 충분히 오해할 수도 있는 거라고요."

"난 비밀번호 말한 적 없어요. 동생이 알려 줬나 보죠."

선호가 눈가를 찌푸리며 덧붙였다.

"세영이 평소에 이쪽 동네 오지도 않아요. 그날만 특별히 반찬 주러 온 거예요. 세영이 어머니가 나 먹으라고 청국장 주셨는데 그거 밖에 놓으면 녹을까 봐 냉동고에 넣고 간 겁니다. 그리고 비밀번호 아는 게 뭐 대수라고. 변 씨도 우리 집 비밀번호 알잖아요. 예전에 내가 술에 취했을 때 집에 데려다 놨으면서."

소임은 뜨끔했다. 물어보는 것마다 이렇게 따박따박 대답을 잘해 주다니. 아니, 그것보다 이렇게 무고하다니. 그녀는 결백한 이에게 흠을 잡는 까칠한 인간이 된 기분이었다. 자신이 충분히 오해할 만한 상황이었다는 것을 피력하려 다시 한번 기를 모았다.

"오늘 이 씨가 백화점에서 세영이한테 옷 사 줬잖아요. 그래서 난 당연히 둘이 커플인 줄 알았죠. 그 백화점 브랜드 가격대 좀 나가는데 고작 아는 동생한테 누가 그렇게 비싼 옷을 사 줘요. 여자 친구한테나 사 주지."

"곧 가족 될 사람인데 그 정도도 못해 줍니까?"

"내 말은, 그러니까 보통 연인끼리 생일 같이 보내잖아요. 동생분은 어디 있고 왜 이 씨가 세영이 선물을 사 주느냐고요."

"동생 지금 한국에 없어요. 해외에 있습니다. 그래서 내가 대신에 선물 사 주겠다고 불러낸 겁니다."

위기에 봉착한 그녀는 땀을 삐질 흘렸다. 더는 반박할 수 없다. 선호는 그저 착한 시형 노릇을 했을 뿐이었다. 소임은 식은땀이 났다.

'내가 애먼 사람을 잡았네.'

지금 이 순간 어떻게 행동해야 하는지는 명백했다. 오해해서 미안하다고 사과해야 한다. 그게 지극히 당연한 도리다.

무난한 선택지 세 개가 머릿속에 주르륵 떠올랐다.

1. 미안합니다.

2. 내가 착각했어요, 미안합니다.

3. 저 바보 같죠?

셋 중에서 아무거나 말해도 되는데 웬일인지 풀칠이라도 한 것처럼 입술이 딱 들러붙어서 떨어지지 않았다.

'아까 맥주 마신다고 할걸. 그럼 지금 술 취해서 헛소리하는 척하면 되는데.'

평소에는 진짜 안 이러는데 왜 하필 선호 앞에서만 요란스럽게 삐걱거리게 되는 걸까? 그에게 매번 실수하는 느낌이었다.

어찌할 바를 몰라 두 손만 만지작거리던 그녀는 결국 홀랑 도망치는 것을 선택했다.

"죄송한데 저 집에 가 볼게요. 생각해 보니 엄마가 저녁에 일찍 오라고 했었거든요. 민수 좀 잘 부탁드릴게요! 무슨 일 있으면 연락 주세요! 미안해요!"

어른답지 못하게 내빼는 것도 싫었지만 당장 1202호를 떠나는 것 이외에 마땅한 방법이 떠오르지 않았다. 민망해서 선호를 쳐다볼 수가 없었으니까.

* * *

간밤에는 잠을 설쳤다. 앞으로 선호를 어떻게 마주할까, 제가 얼마나 허무맹랑한 여자로 보였을까, 과대망상에 빠진 여자라고 생각할지도 모른다 등등. 오만 가지 잡생각이 떠올라 괴로웠다. 선호가 자신을 향해 지었던 심각한 표정과 어이없다는 눈빛. 소임은 좀처럼 잊히지 않는 창피한 기억에 발버둥 치다가 어느 순간 깜빡 잠들었다.

상쾌한 주말 아침을 맞는 것은 글렀다고 짐작한 대로 그녀는 요란하게 울리는 전화벨에 깜짝 놀라 기상했다.

"여보세요?"

—원장 선생님, 죄송합니다. 저 민수 엄마예요.

소임은 졸린 눈을 비비며 대답했다.

"아, 네. 민수 어머니. 문자 확인하셨어요?"

—네, 선생님. 저 여기 아파트 밑에 와 있는데 잠시 내려오실 수 있으세요? 민수는 만났어요. 지금 같이 있어요.

민수 어머니가 저희 아파트에 와 있다는 소식에 소임은 퍼뜩 잠이 깼다. 곧 내려가겠다고 대답한 그녀는 황급히 침대를 벗어났다. 씻지도 않은 상태로 학부모를 만나야 한다는 게 꺼림칙했지만 밖에서 오래 기다리게 할 수도 없는 노릇이었다. 소임은 얼른 옷을 갈아입고 아파트 1층으로 내려갔다.

"어우, 선생님. 아침부터 전화 드려서 죄송해요."

민수 엄마는 소임을 향해 면구한 표정을 지어 보였다.

"우리 민수 때문에 고생하셨겠어요. 너무 죄송합니다."

소임이 이야기를 들어 본즉슨, 민수 엄마는 처음에 아들이 집을 나간 지도 몰랐다고 했다. 게임만 하는 아들을 크게 호통친 후 남편과 단둘이 외식하러 갔다가 늦게 돌아왔는데, 민수의 방문이 닫혀 있기에 그냥 자는 줄 알았다고. 그러다가 새벽쯤에 핸드폰 문자를 확인했다.

"깜짝 놀라서 곧바로 민수한테 전화했는데, 얘가 '소임 쌤 친구네서 하룻밤 자기로 했으니 내일 데리러 와라' 하고서 뚝 끊는 거예요. 주소도 안 알려 주고."

민수 엄마는 곤란한 미소와 함께 말을 이었다. 원장 쌤은 자러 갔다는 민수의 말에 소임에게 차마 전화를 하지 못했다고.

"민수가 오늘 아침에서야 집 주소를 알려 줬어요. 여기까지 왔는데 인사도 안 드리고 가기 그래서 연락 드렸어요. 정말 죄송해요.

이 녀석 때문에 얼마나 번거로우셨겠어요. 제가 앞으로는 단단히 주의시킬게요."

민수 엄마는 소임에게 꾸벅 인사하더니 민수를 혼냈다.

"평소에 가출한다는 말을 입에 달고 살더니……. 넌 정 가출하고 싶었으면 할머니 집에나 갔어야지! 선생님한테 이게 무슨 민폐니?"

민수 엄마가 민수에게 꿀밤을 놓는 것을 보면서 소임은 큰 쾌감을 느꼈다. 조금 더 세게 때려도 괜찮을 것 같았다. 그녀는 사랑의 손찌검을 얼마든지 못 본 척할 수 있었다.

하지만 민수는 질풍노도의 시기에 접어든 중학생답게 눈을 찡그리며 엄마에게 대들었다.

"엄마가 게임기 부숴서 그렇잖아! 마귀할멈처럼 째지는 비명 지르면서 막 내 컨트롤러 집어 던졌잖아. 그거 이제 고장 나서 키 안 먹힌다고!"

소임이 듣고 있어서 민망했는지, 민수 엄마는 크게 당황하며 민수의 입을 막았다.

"얘는. 엄마가 아까 새로 사 준다고 했잖아."

"말 바꾸면 안 된다? 증인 있다? 여기 소임 쌤이 들었다?"

"얘도 참. 사 준다니까!"

내내 부루퉁하던 민수는 확답을 받아 내자마자 히죽 웃어 댔다. 소임은 그 모습을 보며 참 애답다고 생각했다.

"아참, 선생님. 요즘 포도가 맛있더라고요."

민수 엄마가 자동차 트렁크에서 탐스러운 포도 한 박스를 꺼내 왔다. 그건 만약 소임이 공직자였으면 단번에 거절했어야 할 선물이었다. 하지만 그녀는 법에 저촉되지 않는 신분이었으므로 감사히 받기로 했다.

"어머나. 안 주셔도 되는데……. 잘 먹겠습니다, 어머니."

"네, 실례가 많았어요. 불편했을 텐데 민수 잘 돌봐 주셔서 정말 감사합니다. 애인 분께도 감사하다고 전해 주세요. 밥도 잘 챙겨 주고, 게임 하는 법도 잘 알려 줬다고 하더라고요. 민수가 그 집 컴퓨터 좋다고 거기서 아예 살고 싶다고 야단이에요."

뜬금없는 인사말에 어리둥절해하던 소임은 눈치 빠르게 알아차렸다.

'또 헛소리를 주절거린 모양이군.'

장난꾸러기 민수가 저지른 짓이 확실했다. 남녀가 붙어 있는 모습만 봐도 얼레리 꼴레리 몰아가는 애였으니까. 소임은 웃으며 고개를 내저었다.

"민수 재워 주신 분이요? 그분이랑은 그냥 이웃 사이예요. 방이 남는대서 부탁 좀 드렸어요. 저희 집에 손님방이 없거든요."

"어머, 그렇구나. 아까 그분이 민수 데려다 주셔서 잠깐 인사 나눴거든요. 워낙 잘생기신 분이라 선생님 애인이신 줄 알았어요. 민수가 소임 쌤 친구라고 하기도 했고."

민수 엄마가 양해를 구하듯이 눈을 찡긋거렸다. 소임 역시 너그럽게 이해한다는 표정을 지어 보였다. 훈훈하게 대화를 잘 마무리할 분위기였는데 민수가 갑자기 툭 끼어들었다.

"근데 둘이 막 애칭으로 부르던데? 이 씨, 변 씨, 하면서."

민수는 제가 들은 것들을 교묘하게 편집해서 엄마에게 종알거렸다.

"결혼 얘기도 하고. 소임 쌤이 '그 여자는 누군데요!' 하면서 소리 지르고. 백화점에서 왜 그 여자 옷 사 줬느냐고 따지던데. 나 있는 방까지 다 들렸어."

소임은 퀭한 눈으로 민수를 바라보았다. 황당해서 말도 안 나왔다.

마치 멀쩡하게 길거리 잘 걷고 있다가 봉변당한 기분이었다. 자동차가 실수로 흙탕물을 튀겼으면 '에이, 재수 없다' 하고서 넘겨 버릴 텐데, 이건 운전자가 양동이를 들고 와서 직접 그녀의 머리 위에 들이부은 격이었다. 그만큼 악의적이었다.

"소임 쌤 떠나는 소리 들려서 나와 보니까 형이 식탁 치우고 있더라고. 그 뭐지, 겉에 화려한 디자인 보니까 청첩장이던데 그거 쓰레기통에 버리더라고?"

태평하게 조잘거리던 민수가 마지막으로 치명타를 날렸다.

"어제 신나게 싸우더니 그새 헤어진 건가?"

민수 엄마는 혼란스러운 눈빛으로 소임을 바라보았다.

"……."

소임의 심장이 쿵 내려앉았다. 큰일 났다. 이미 민수 엄마는 소임이 옆집 남자와 사귀는 사이인데, 둘이 어제 거하게 싸워서 이별의 위기에 처했다고 반쯤 확신하는 듯했다.

'그래서 내가 지금 안 사귀는 척한다고 생각하는 거겠지.'

선호와 자신 사이에 있었던, 그 복잡하고 긴 얘기를 설명하려고 시도하면 구차해 보일 테고, 가령 해명한대도 민수 엄마가 믿을지 불확실했다. 한번 자리 잡은 사람의 믿음을 흔들기는 아주 어렵다.

"저어, 선생님…… 괜찮으세요?"

민수 엄마는 기혼자의 연륜을 발휘하고 싶은 모양이었다. 걱정스레 모아진 미간 아래 눈동자에는 안타까운 빛이 서려 있었고, 입술은 조언을 해 주고 싶은 것처럼 계속 들썩거렸다.

소임은 여기서 어떤 입장을 취하는 것이 그나마 제게 이득이 될지, 아니, 이득의 문제가 아니었다. 이미 손해를 봤다. 이제는 제 이미지를 어떻게 덜 깎아 먹을지 고민해야 했다.

민수 엄마는 ATP 과학 학원에 신규 수강생을 우르르 데려와 준 조력자기도 했지만, 동시에 아주 위험한 사람이기도 했다. 그만큼 소임의 소식을 퍼뜨릴 루트도 많다는 뜻이니까.

소임은 두 경우를 견주어 보다가 빠르게 결정했다. 민수 엄마에게 의구심을 남겨서 그녀가 동네 모임에서 ATP 과학 원장의 안타까운 연애기에 관해 한바탕 수다의 물꼬를 트게 하는 것보다는, 차라리 그녀를 안심시켜서 입을 단단히 봉해 두는 게 나아 보였다.

소임은 숙연하게 속삭였다.

"살짝 다투긴 했는데 심각한 건 아니에요. 어제 바로 화해했어요."

민수 엄마의 낯이 대번에 환해졌다.

"어머나. 그랬구나! 다행이에요. 아까 보니까 되게 묵묵한 스타일

같던데, 그래요. 그런 스타일이 뒤끝 없어서 싸워도 금방 풀리죠."

"어머니, 다른 학부모님들껜 비밀로 해 주세요. 아직 오래되지는 않아서……."

"그럼요. 저만 알고 있을게요. 만난 지는 얼마나 되셨어요?"

소임은 애써 믿음직한 미소를 지어 보였다.

"1년 조금 덜 됐어요."

영 거짓말은 아니었다. 선호가 마크팰리스에 이사 온 지 1년이 조금 덜 되긴 했으니까.

민수 엄마는 궁금증이 풀려서 기분이 좋은지 호호 웃었다.

"나중에 좋은 소식 있으면 저한테만 슬쩍 알려 주세요, 선생님!"

"……네."

소임은 흐르는 눈물을 참았다. 그녀는 학원에서 민수에게 나머지 공부를 시키겠노라 다짐했다. 그렇게나마 복수하고 싶었다.

* * *

소임은 1202호 앞에서 머뭇거리다가 선호에게 전화를 걸었다.

"저기, 민수 어머니가 감사하다고 먹을 것 좀 주셨는데……. 어떡할까요?"

그녀는 내심 그가 흥미를 보이지 않기를 바랐다. 자기는 괜찮다고 대답해 주면 좋을 것 같았다. 포도를 혼자 먹으려고 욕심을 부리는 게 아니라, 이걸 전해 주려면 그의 얼굴을 또 봐야 하지 않는가. 맞닥뜨릴 상황을 최대한 피하고 싶었다.

—그래요? 갖다 주세요.

선호는 그녀를 마주하는 것을 별로 개의치 않는 듯했다. 소임의 눈이 불만스레 가늘어졌다.

'뭔지 물어보지도 않고 가져다 달래?'

하지만 어떻게 보면 이건 청신호일 수도 있었다. 만약 어제 오해받아서 기분 나빴다면 얼굴 마주하는 것을 꺼릴 텐데, 선호는 어제 있었던 일을 크게 신경 쓰지 않는 거다.

'워낙에 쿨한 인간이라 그새 잊었나 보지?'

그렇게 생각하자 소임은 마음이 한결 편해졌다.

'좋아. 나도 어제 사건을 아예 잊은 듯이 행동하는 거야.'

그녀는 기운을 차리고 활기차게 대답했다.

"알겠어요. 지금 드릴게요!"

—예. 변 씨는 우리 집 비밀 번호 아니까 알아서 잘 누르고 들어오세요?

비꼬듯이 말끝을 올린 그가 전화를 뚝 끊었다.

소임은 통화가 끊긴 핸드폰을 들고 우두커니 서 있었다. 쿨하긴 무슨, 뒤끝 쩌는 인간이었다.

"하아."

땅이 꺼져라 한숨을 내쉰 소임은 1202호의 도어락으로 손가락을 뻗었다.

'일, 공, 공, 이.'

오해의 근원이 되었던 네 자리 숫자를 누르자 잠금장치에서 경쾌한 음성이 흘러나왔다.

띠리링. 열렸습니다!

적장에 맨몸으로 들어서는 졸병처럼 발걸음이 무거웠다. 기가 확 죽은 채로 1202호에 들어간 소임은 거실에 있는 선호를 쉽게 발견했다. 그는 마스크까지 끼고 청소기를 돌리고 있었다. 세탁기가 돌아가는 소리도 희미하게 들렸다. 주말을 맞아 청소를 하는 모양이었다.소임은 그가 껄끄러웠지만, 최대한 친근하게 말을 걸어 보았다.

"아침부터 부지런하시네요."

분위기를 부드럽게 풀기 위한 시도였지만 선호는 묵묵부답이었다. 그가 청소기로 바닥 미는 것에만 집중하고 있어서 뻘쭘해진 소임은 어색하게 게걸음 쳐서 식탁 위에 포도 상자를 올려놓았다.

"여기에 놓고 갈게요. 나중에 씻어 드세요."

선호가 청소기 전원을 껐다.

"그거 다 주고 가는 겁니까? 변 씨는 뭐 먹게요."

"저야 뭐 한 것도 없고……. 이 씨가 민수 재워 주고 컴퓨터도 빌려주셨잖아요. 이 씨 맛있게 드세요."

"같이 먹어요. 지금 한 송이 씻어 줄게요."

그런 큰일 날 소리를! 1202호에 들어와 있는 게 가시방석이었던 소임은 황급히 손을 내저었다.

"아뇨. 전 진짜 괜찮아요. 이만 집에 가 볼게요. 안녕히 계세요!"

"더 있다 가요."

소임은 뜬금없는 소리에 황당한 표정을 지으며 선호를 바라봤다. 무선 청소기를 제자리에 갖다 놓지 않고 붙들고 있는 것을 보면 청소를 계속하려는 것 같은데 자신에게 왜 집에 있으라는 건가.

"네? 아니……. 남의 집에서 뭐 해요. 여기 멀뚱히 서서 뭐 하라고."

"아무것도 하지 말고 있어요."

선호가 소파를 향해 턱짓했다.

"저기 앉아 있어요."

은근히 고집스러운 어투에 소임은 의아했다.

'왜 앉아 있으라는 거지? 어차피 자기는 청소할 거 아냐?'

설마 자신을 괴롭히려는 계략인가? 모터 돌아갈 때 청소기 필터에서 미세 먼지가 은근히 많이 발생한다고 하니까. 그거 들이마시라는 것일지도 모른다.

의중을 알 수 없는 선호의 제안이 꺼림칙했던 소임은 턱을 몸쪽으로 당긴 채 의심스럽게 그를 쳐다봤다.

"왜요?"

"나 혼자 청소하기 심심하니까."

소임은 입을 삐죽였다. 역시 선호는 유치한 면이 있다. 예전에도 자기 일할 때 진수가 노는 꼴을 못 보더니, 자기 혼자 청소하는 게 싫어서 누군가를 끌어들이려고 하는 거다. 하지만 그 귀찮은 수렁에 소임이 왜 같이 발을 담가야 하는가? 그녀는 선호의 집이 깨끗해지든 말든 전혀 상관없었다. 같이 청소해야 할 의무가 없다는 뜻이다.

"그래서 나보고 이 씨 빤히 바라보고 있으라는 거예요? 이 씨 청소 잘하나, 못하나?"

"네. 저기 앉아서 그렇게 계속 투덜거려 줘요. 지금처럼."

소임은 기가 막혔다. 그가 시비를 걸고 있음을 확신한 그녀는 곧바로 언성을 높였다.

"내가 언제 투덜거렸다고 그렇게 말해요? 아니, 그건 그렇다 치고, 이 씨가 마땅한 이유도 없이 나 집에 가지 말라고 하는데 불만스럽지 않겠어요? 왜 붙잡아 두는 건데요. 이 씨 심심한 게 나랑 무슨 상관이 있다고."

"그거야 재밌으니까요. 변 씨랑 얘기하는 거 좋아요."

공격 태세였던 소임은 순식간에 얼떨떨해졌다.

'응? 뭐라는 거야?'

귀를 의심해야 하는 말이었다. 저렇게 우호적인 태도라니. 하지만 소임은 분명히 제가 파악하지 못한 꿍꿍이가 있을 거라 생각하며 퉁명스레 대꾸했다.

"됐어요. 나 갈 거예요. 나도 바쁜 사람이에요."

"뭐 하는데요?"

"비밀이에요."

소임은 도도하게 턱을 치켜들었다. 집에 가서 온종일 늘어지게 잘 거라는 건 정말 비밀이었다. 자고로 주말엔 좀 바쁘게 지내는 것처럼 보여야 한다. 그간 좀 둔했던 이미지도 쇄신할 겸.

"집에 가면 자는 것밖에 더 합니까?"

정곡을 찔린 소임의 심장이 쿵 내려앉았다. 그녀는 당황했지만 일단 오리발을 내밀었다.

"아니거든요? 오늘 할 거 많거든요?"

"뭐 할 건데요."

"뭐 하긴요. 할 거 많다니까!"

소임은 동요하면 목소리가 커지는 사람의 표본이었다.

할 거 없는데 왜 자꾸 물어보는 것인가. 그녀는 허리에 손을 올렸다. 가진 것 없는 사람이 괜히 허세 부리는 모양새라는 생각이 들었지만 일단 뿔났다는 것을 보여 줘야 했다. 잉여 인간이라는 것을 인정하고 싶지 않았다.

"그리고 내가 왜 이 씨한테 내 일정을 말해 줘야 하죠?"

소임은 심통 난 표정을 감추지 않은 채 그를 쏘아봤다. 기 싸움에서 절대 지지 않으리라. 그녀는 불만스럽게 덧붙였다.

"이 씨가 선생님이에요? 왜 시시콜콜 내 일정을 알려고 하느냐고요."

똑같이 노려볼 줄 알았던 그가 예상외로 싱거운 웃음을 터뜨렸다.

"궁금하니까요."

왠지 다정하게 느껴지는 말투에 소임은 기우뚱했다.

'응?'

왜 자꾸 이상한 느낌이 드는지 모를 노릇이다. 어째서 그의 눈빛이 부드럽게 느껴지는 것인가? 마치 뻗대는 아이를 달래는 사람처럼.

"오늘 뭐 할 건지 알려 주세요."

"시, 싫어요."

소임은 괜히 헛기침을 하고 싶은 기분이었다. 선호가 자신을 보지 않았으면 했다. 빤히 바라보고 있으니까 볼이 달아오르고 조금 가슴이 간질거렸다.

"딱히 중요한 일정 없으면 이따 영화관 같이 가요. 변 씨가 같이 안 가 줘서 공포 영화 아직도 못 봤잖아요."

소임은 떨떠름한 기분으로 선호를 쳐다봤다. 그의 입꼬리가 살짝 올라가 있었다. 그 기분 좋은 모습이 수상했다.

아마 착각일 것이다. 소임이 잠에서 덜 깨서 귀가 멍멍하고 눈이 침침한 것이거나, 아니면 선호가 단순히 장난을 치고 있는 것일 수도 있었다.

보고 싶었던 영화를 자신 때문에 못 봤다니 말도 안 되지 않는가. 허무맹랑한 소리인데……. 그냥 시간이 없어서 영화관에 가는 것을 차일피일 미룬 것일 텐데. 선호가 빈말을 하는 게 분명할 텐데 소임은 자꾸 이상한 생각이 떠올랐다. 그게 뭐냐 하면…….

'왜 꼬시는 것 같지? 설마 나를 좋아하나?'

바로 옆집 남자가 자신을 좋아하는 건지도 모르겠다는 생각이었다.

〈다음 권에 계속〉